VERLAG
FRITZ
MOLDEN

William Blatty

DER EXORZIST

ROMAN

VERLAG FRITZ MOLDEN · WIEN-MÜNCHEN-ZÜRICH

3. Auflage
21.—35. Tausend

Aus dem Amerikanischen übertragen von
GISELA STEGE

Titel der amerikanischen Originalausgabe
THE EXORCIST

Erstmals erschienen bei Bantam Books, Inc., New York

Schutzumschlag und Ausstattung: Hans Schaumberger, Wien
Lektor: Franz Schrapfeneder
Technischer Betreuer: Ernst Ablöscher
Schrift: Garmond Garamond-Antiqua
Gesamtherstellung: Wiener Verlag, Wien
ISBN 3-217-00411-6

Für Beth

INHALT

ERSTES BUCH

Der Anfang

1

Der Anfang des Grauens kam beinahe unbemerkt, flackerte auf wie explodierende, zum Verlöschen verurteilte Sonnen, nur vage wahrgenommen vom Auge des Blinden. Er wurde im Ansturm dessen, was anschließend folgte, sogar vergessen und möglicherweise überhaupt nicht mit dem Grauen selbst in Verbindung gebracht.

Das Haus war gemietet. Düster, eng, efeuumrankt stand es da, mitten im Washingtoner Stadtteil Georgetown. Kolonialstil der Jahrhundertwende. Gegenüber lag der Campus der Georgetown University; hinten ein steiler Abhang, der sich zu der belebten M-Street und weiter bis zum schlammigen Potomac hinunterzog.

In der Nacht zum 1. April war alles ruhig im Haus. Chris MacNeil saß im Bett und repetierte ihren Text für die Filmaufnahmen des nächsten Tages. Regan, ihre Tochter, schlief nebenan, und unten, im Zimmer neben der Anrichtekammer, lagen Willie und Karl, das ungefähr fünfzigjährige Dienerpaar, in tiefem Schlaf. Um etwa halb eins blickte Chris verwundert von ihrem Drehbuch auf. Sie hatte ein Klopfen gehört. Ein sonderbares Geräusch. Dumpf. Dröhnend. Rhythmisch. Wie ein unbekannter, von einem Toten gehämmerter Code.

Komisch.

Sie lauschte. Schüttelte den Kopf. Aber das Klopfen hörte nicht auf, und sie konnte sich nicht mehr konzentrieren. Ärgerlich klatschte sie das Drehbuch auf ihre Bettdecke.

Himmel, das macht mich einfach krank!

Sie beschloß nachzusehen und stand auf.

Sie trat auf den Flur hinaus. Das Geräusch schien aus Regans Schlafzimmer zu kommen.

Was macht sie da bloß?

Auf nackten Füßen ging Chris den Flur entlang. Das Klopfen wurde unvermittelt lauter und schneller, brach aber ab, als sie die Tür aufstieß und ins Zimmer trat.

Verdammt noch mal, was geht hier vor?

Ihre elfjährige Tochter schlief, einen großen Stoffteddy mit runden Augen an sich gepreßt, tief und fest. Der gute Pookey! Unbarmherzig zerzaust von langen Jahren erstikkender Umarmungen, von langen Jahren schmatzender, feuchter Küsse.

Leise trat Chris an das Bett und beugte sich über das Kind. „Bist du wach?" flüsterte sie.

Ruhiges Atmen.

Chris ließ den Blick durch das Zimmer wandern. Der schwache Lichtschein vom Flur fiel bleich auf Regans gemalte Kunstwerke, auf Regans Plastiken, auf Regans Stofftiere.

Okay, Rags. Du hast deine Mutter reingelegt. Nun sag es schon — los: April! April!

Doch irgendwie paßte das nicht zu ihr. Regan war sehr scheu und zurückhaltend. Wer aber konnte denn sonst dieser Witzbold sein? War es ihr eigener, schlafbetäubter Verstand, der aus dem Knacken der Heizungs- oder Wasserrohre einen bestimmten Rhythmus herauszuhören glaubte? Einmal, in den Bergen von Bhutan, hatte sie stundenlang einen buddhistischen Mönch angestarrt, der meditierend auf dem Boden saß. Bis sie zuletzt gesehen hatte, wie er sich in die Luft erhob. Vielleicht. Dieses „Vielleicht“ fügte sie jedesmal hinzu, wenn sie die Geschichte erzählte. Und ebenso hatte ihr Verstand, dieser unermüdliche Erzeuger von Phantasiebildern, vielleicht auch dieses Klopfen ausgeschmückt.

Blödsinn! Ich habe es genau gehört!

Sie richtete den Blick zur Decke. Aha! Ein leises Kratzen.

Ratten auf dem Dachboden! Großer Gott — Ratten!

Sie seufzte. Das war es also! Klopf, klopf — mit ihren dicken Schwänzen. Seltsamerweise war sie erleichtert. Und dann spürte sie plötzlich die Kälte. Es war eiskalt im Zimmer.

Sie ging zum Fenster. Fest verschlossen. Sie legte die Hand an den Heizkörper. Warm.

Oder nicht?

Verwirrt trat sie wieder ans Bett und prüfte Regans Wange: pfirsichglatt und ein klein wenig schweißfeucht.

Ich muß wohl krank sein.

Sie betrachtete ihre Tochter — die Stupsnase, das sommersprossige Gesicht —, beugte sich zärtlich hinunter und küßte sie auf die Wange. „Ich hab dich sehr, sehr lieb“, flüsterte sie. Dann kehrte sie in ihr Zimmer zurück, schlüpfte ins Bett und konzentrierte sich wieder auf ihr Drehbuch.

Eine Zeitlang lernte sie noch. Der Film war eine musikalische Komödie, ein Remake von „Mr. Smith Goes to Washington“, dessen ursprüngliche Fassung durch Szenen von einem Studentenaufstand ergänzt worden war. Chris spielte darin die Hauptrolle: eine Psychologiedozentin, die zu den Rebellen hielt — und haßte die Rolle von ganzem Herzen, weil sie so unglaubhaft war. Diese Szenen waren absolut idiotisch! Chris hatte einen zwar ungeschulten, aber scharfen Verstand, der durchaus in der Lage war, Phrase von Wahrheit zu unterscheiden, und so pickte sie wie eine neugierige Elster so lange an dem Wortwust herum, bis sie den blanken, verborgenen Kern der Tatsachen freigelegt hatte. Daher fand sie das Motiv dieses Aufstandes idiotisch. Unlogisch. Wie kommt das nur? fragte sie sich. Liegt es vielleicht am Generationsunterschied? Unsinn, ich bin doch erst zweiunddreißig. Das Ganze ist schlicht und einfach idiotisch, und damit basta!

Die Innenaufnahmen in Hollywood waren abgedreht. Blieben einige Außenszenen auf dem Campus der Georgetown University. Morgen sollten sie beginnen. Die Studenten waren nicht da, weil sie Osterferien hatten.

Chris wurde schläfrig. Die Lider so schwer ... Die Seite, die sie jetzt umblätterte, hatte einen sonderbar zerfransten Rand. Sie mußte lächeln. Burke. Ihr englischer Regisseur! Wenn er nervös wurde, riß er mit bebenden Händen von der nächstbesten Seite einen schmalen Streifen herunter, steckte ihn Zentimeter um Zentimeter in den Mund und kaute darauf herum, bis er zu einem festen Ball geworden war.

Sie gähnte und musterte das Drehbuch liebevoll von der Seite. Alle Kanten waren angeknabbert. Jetzt fielen ihr wieder die Ratten ein. Diese Biester — einen Rhythmus hatten die! Sie nahm sich vor, gleich morgen früh dafür zu sorgen, daß Karl ein paar Fallen aufstellte.

Ihre Finger wurden schlaff. Ließen das Drehbuch fallen. Sie nahm es nicht wieder auf. Idiotisch. Es ist idiotisch. Ihre Hand tastete nach dem Lichtschalter. So. Sie seufzte. Eine Zeitlang lag sie, dicht vor dem Einschlafen, regungslos da. Dann schob sie träge die Decke beiseite. Viel zu heiß!

Ein leichter Feuchtigkeitsschleier hing an den Fensterscheiben.

Chris schlief. Und träumte vom Tod — einem erschütternden, persönlichen Tod, als wäre der Tod etwas ganz Neues, Unbekanntes. Irgend etwas klingelte dabei ohne Pause, während sie selber keuchte, sich auflöste, ins Leere fiel, ständig denkend: Ich werde nicht mehr sein, ich sterbe, ich werde nicht mehr sein, in alle Ewigkeit, o Papa, laß es nicht zu, bitte, laß es nicht zu, laß bitte nicht zu, daß ich in Ewigkeit nicht mehr bin. Und dann die Auflösung, und dieses Klingeln, das unaufhörliche Klingeln ...

Das Telefon!

Mit jagendem Herzen fuhr sie hoch, streckte die Hand nach dem Hörer aus. Ihr Magen war schwerelos, ein Kern ohne Gewicht, während das Telefon weiterschrillte.

Sie meldete sich.

Der Regieassistent. „Punkt sechs zum Make-up, Schätzchen."

„Okay."

„Wie geht's?"

„Weiß ich nicht, war noch nicht auf dem Lokus."

Er kicherte. „Also, bis nachher."

„Okay. Danke."

Sie legte auf und blieb eine Weile regungslos sitzen. Sie dachte an ihren Traum. Ein Traum? In diesem Halbschlaf eigentlich eher ein Gedanke. Diese bestürzende Deutlichkeit! Der glänzende Totenschädel. Das Nichtsein. Unwiderruflich. Sie konnte es sich nicht vorstellen.

Sie badete, zog einen Morgenrock an und lief in die Küche hinunter.

„Ah, guten Morgen, Mrs. MacNeil!"

Die graue, müde Willie hatte soeben Orangen ausgepreßt. Jetzt wischte sie sich die Hände an einem Papierhandtuch ab und wollte zum Herd.

„Lassen Sie nur, Willie. Ich hole ihn mir schon." Chris hatte sofort gemerkt, wie müde die Haushälterin aussah, und schenkte sich, während sich Willie knurrend wieder dem Spülstein zuwandte, selber den Kaffee ein. Die Tasse in der Hand, ging sie zur Frühstücksecke und setzte sich. Als sie ihren Teller sah, lächelte sie zärtlich. Eine blaßrote Rose. Regan. Das Engelchen! Immer wieder, wenn Chris morgens arbeiten mußte, kroch Regan in aller Frühe aus den Federn, lief in die Küche, um ihr eine Blume hinzulegen, und tastete sich dann mit verschlafenen Augen ins Bett zurück. Reumütig schüttelte Chris den Kopf, ihr Gesicht traurig, ihre großen grünen Augen kummervoll. Sie dachte an eine andere Blume. An ihren Sohn Jamie. Er war mit drei Jahren gestorben —

vor langer Zeit. Chris war damals noch jung und hatte als Revuetänzerin am Broadway gearbeitet. Damals hatte sie sich geschworen, nie wieder ihr Herz so sehr an einen Menschen zu hängen wie an Jamie und an seinen Vater, Howard MacNeil. Sie löste den Blick von der Rose, sah aber im Kaffeedampf nur wieder ihren Traum vom Tod. Rasch steckte sie sich eine Zigarette an. Willie brachte ihr den Orangensaft, und Chris erinnerte sich plötzlich an die Ratten. „Wo ist denn Karl?“ fragte sie.

„Hier bin ich, Madam.“

Geschmeidig wie eine Katze glitt er zur Tür herein, einen Fetzen Kleenex am Kinn, weil er sich beim Rasieren geschnitten hatte. Er stand vor ihr: muskulös, glitzernde Augen, Habichtsnase, Glatze. „Ja?“ Er hatte, wie Willie auch, einen leichten Schweizer Akzent.

„Karl, wir haben Ratten auf dem Dachboden. Am besten, Sie gehen gleich ein paar Fallen kaufen.“

„Ratten?“

„Das sagte ich.“

„Der Dachboden ist sauber.“

„Na schön, dann haben wir eben saubere Ratten.“

„Keine Ratten.“

„Karl, ich habe sie heute nacht selbst gehört“, widersprach Chris geduldig, ihr Temperament zügelnd.

„Vielleicht Wasserrohre“, überlegte Karl. „Vielleicht auch Dielenbretter.“

„Vielleicht auch Ratten! Werden Sie jetzt diese verdammten Fallen kaufen und aufhören zu widersprechen?“

„Jawohl, Madam!“ Eilfertig stiefelte er davon. „Sofort.“

„Aber nicht jetzt, Karl! Jetzt sind die Läden zu.“

„Ja, sie sind zu“, echote Willie.

„Mal sehen.“

Chris und Willie warfen sich einen vielsagenden Blick zu, dann schüttelte Willie den Kopf und widmete sich schweigend dem brutzelnden Speck. Chris trank ihren Kaffee aus.

Seltsamer Mann. Genauso fleißig wie Willie; treu, sehr diskret. Und doch hatte er etwas an sich, was ihr Unbehagen bereitete. Was war es nur? Die Arroganz, die er zur Schau trug? Sein Trotz? Nein. Etwas anderes. Irgend etwas schwer zu Definierendes. Das Ehepaar war jetzt seit fast sechs Jahren bei ihr beschäftigt, doch Karl war immer noch ein Rätsel für sie — eine sprechende, atmende, unübersetzte Hieroglyphe, die ihre Aufträge auf Stelzbeinen ausführte. Doch hinter dieser Maske regte sich etwas; sie glaubte ein Uhrwerk ticken zu hören. Sie drückte ihre Zigarette aus. Die Haustür quietschte, als sie geöffnet wurde. Dann fiel sie ins Schloß.

„Die Läden sind zu", murmelte Willie.

Chris aß den knusprigen Speck und ging dann wieder in ihr Zimmer, um für die Aufnahmen Rock und Pullover anzuziehen. Sie sah in den Spiegel, musterte aufmerksam ihr kurzes, rotes Haar, das immer unfrisiert wirkte, und die Sommersprossen in ihrem kleinen, frischen Gesicht. Dann schloß sie die Augen und grinste albern. Sie streckte sich wütend die Zunge heraus, seufzte — Gott, was für ein Leben! —, nahm ihren Perückenkoffer, stieg die Treppe hinunter und trat auf die würzig duftende, von Bäumen bestandene Straße hinaus.

Einen kurzen Moment blieb sie vor der Haustür stehen und sog in tiefen Zügen die frische Luft ein. Dann sah sie nach rechts. Neben dem Haus führte eine steile, alte Steintreppe zur M-Street hinab. Dahinter lag der obere Eingang des ehemaligen Straßenbahndepots: Mittelmeerstil, Ziegeldach, Rokokotürmchen, uralter Backstein. Sehnsüchtig betrachtete sie das Gebäude. Verdammt, warum bleibe ich nicht hier? Kaufe das Haus? Fange endlich an zu leben? Irgendwo begann eine Glocke zu läuten. Sie wandte den Kopf. Die Turmuhr des Georgetown-Campus. Der melancholische Klang echote über den Fluß. Chris machte sich auf den Weg zur Arbeit, zu dieser gräßlichen Scharade, zu dieser verstaubten Imitation lebendiger Menschen.

Als sie den Campus durch das Haupttor betrat, ließen die Depressionen sofort nach, und als sie die Reihe der Garderobenwagen auf dem Fahrweg an der Südmauer stehen sah, waren sie fast verschwunden. Um acht Uhr, bei der ersten Aufnahme, war sie beinahe wieder die alte: Sie brach einen Streit über das Drehbuch vom Zaun.

„He, Burke! Komm doch mal her! Sieh dir diesen Blödsinn an!"

„Ach nein, was sehe ich! Du hast ja tatsächlich ein Drehbuch! Wie schön!" Burke Dennings, der Regisseur, riß mit zuckendem linken Auge und bebenden Fingern einen schmalen Streifen von der aufgeschlagenen Seite ab.

Sie standen auf dem freien Platz vor dem Verwaltungsgebäude inmitten einer wimmelnden Menge von Schauspielern, Beleuchtern, Technikern, Komparsen und Bühnenarbeitern. Auf dem Rasen waren vereinzelte Zuschauer stehengeblieben, zumeist Jesuiten, Angehörige des Lehrkörpers. Außerdem gab es zahlreiche neugierige Kinder. Der Kameramann nahm sich gelangweilt die „Daily Variety" vor, während Dennings sich nervös die Papierstreifen in den Mund stopfte. Sein Atem roch schwach nach seinem ersten Morgen-Gin. Er war ein zierlicher Mann von ungefähr fünfzig Jahren und sprach mit starkem britischem Akzent — so gewählt und präzise, daß selbst die gemeinsten Obszönitäten in seinem Mund elegant klangen. Hatte er etwas getrunken, machte er stets den Eindruck, als wollte er jeden Augenblick in Gelächter ausbrechen und müßte sich unendliche Mühe geben, Haltung zu bewahren.

„Also, sag mir jetzt alles, mein Kind. Was bedrückt dich?"

In der zur Diskussion stehenden Szene sollte sich der Dekan des Colleges mit einem Appell an eine Studentenversammlung wenden, um sie von einem angedrohten Sit-in abzuhalten. Chris sollte dann die Stufen zum Vorplatz hinauflaufen, dem Dekan das Megaphon entreißen, zum Verwaltungsgebäude hinzeigen und rufen: „Kommt mit, wir machen es kaputt!"

„Das ist barer Unsinn“, erklärte Chris.

„Aber es ist doch ganz einleuchtend“, log Dennings.

„Warum in aller Welt sollen sie das Gebäude zerstören, Burke? Wozu?“

„Willst du mich jetzt auf den Arm nehmen?“

„Nein, ich will wissen, warum.“

„Weil es da steht, meine Liebe!“

„Im Drehbuch?“

„Nein, auf dem Campus!“

„Trotzdem ist es Unsinn, Burke. So was würde diese Dozentin einfach nicht tun.“

„Doch.“

„Nein.“

„Sollen wir den Autor holen? Ich glaube, er ist in Paris.“

„Versteckt er sich da?“

„Nein, er vögelt.“

Er artikulierte das Wort mit unnachahmlich korrekter Diktion, und seine Fuchsaugen glitzerten dabei. Haltlos vor Lachen fiel Chris gegen seine Schulter. „O Burke, du bist einfach unmöglich!“

„Stimmt.“ Er sagte es wie Cäsar, der bescheiden die Berichte von seinem dreimaligen Ablehnen der Krone bestätigt. „Na, dann können wir wohl anfangen, wie?“

Chris hörte ihn nicht. Sie hatte ganz in der Nähe einen Jesuiten entdeckt und blickte verstohlen zu ihm hinüber, um festzustellen, ob er das unanständige Wort gehört hatte. Dunkles, zerfurchtes Gesicht, wie aus Holz geschnitzt. Ungefähr in den Vierzigern. Um die Augen ein trauriger, fast schmerzlicher Zug; der Blick, den er auf sie richtete, trotzdem freundlich, beruhigend. Er hatte es also wirklich gehört! Aber er lächelte. Er sah auf seine Armbanduhr und ging davon.

„Ich fragte dich, ob wir anfangen können.“

Aus ihren Betrachtungen gerissen, fuhr sie herum. „Aber natürlich, Burke! Fangen wir an.“

„Gott sei Dank!“

„Nein, Augenblick!"

„Gütiger Himmel!"

Sie mochte den Schluß der Szene nicht. Nach ihrer Ansicht war der Höhepunkt erreicht, wenn sie ihr Sprüchlein heruntergesagt hatte. Daß sie dann anschließend noch in das Gebäude hineinlaufen sollte, erschien ihr überflüssig.

„Das gibt doch überhaupt nichts mehr her", beschwerte sie sich.

„Du hast ja recht, meine Liebe. Ich weiß", stimmte Burke ihr mit ernstem Blick zu. „Doch leider besteht der Cutter nun mal darauf. Nichts zu machen. Verstehst du mich?"

„Nein, ich verstehe dich nicht."

„Wie könntest du auch. Das Ganze ist wirklich zu dumm. Paß auf: Die folgende Szene beginnt nämlich damit", er kicherte, „daß Jed aus einer Tür herauskommt, und deswegen glaubt der Cutter an einen durchschlagenden Erfolg, wenn die vorhergehende Szene damit abschließt, daß jemand durch eine Tür verschwindet."

„Blödsinn!"

„Gewiß. Aber warum drehen wir diesen Mist nicht jetzt einfach, und später sorge ich dann dafür, daß er beim letzten Schnitt wieder rausgenommen wird?"

Chris mußte lachen. Sie war einverstanden. Burke sah sich nach dem Cutter um, einem stets mißgelaunten Egozentriker, der sich mit Vorliebe in endlose Diskussionen stürzte. Er war gerade mit dem Kameramann beschäftigt. Der Regisseur stieß einen erleichterten Seufzer aus.

Chris wartete auf dem Rasen vor der Treppe, bis die Scheinwerfer angewärmt waren, und beobachtete Dennings, der einen Bühnenarbeiter beschimpfte und dabei sichtlich aufblühte. Er schien seine Launen in vollen Zügen zu genießen. Doch wenn er jetzt noch einige Gläser trank, würde er, wie Chris genau wußte, Tobsuchtsanfälle bekommen. Er rief dann um drei oder vier Uhr morgens einflußreiche Leute an und überschüttete sie wegen geringfügiger Ärgernisse mit einer Flut von zotigen Schimpfworten. Chris erinnerte sich noch gut an einen Studioleiter, der die Ungeheuerlichkeit begangen hatte, bei einer Testvorführung eine Bemerkung über Dennings' ausgefranste Manschettenränder zu machen. Dennings holte ihn um drei Uhr nachts aus dem Schlaf und nannte ihn einen „Scheiß-Hinterwäldler“, dessen Vater „höchstwahrscheinlich geistesgestört“ gewesen sei. Am nächsten Tag pflegte er dann so zu tun, als wüßte er nicht, wovon die Rede gewesen sei, und strahlte über das ganze Gesicht, wenn das bedauernswerte Opfer schilderte, was ihm in der Nacht widerfahren war. Nur manchmal, wenn es ihm gerade paßte, geruhte er sich an seine Missetaten zu erinnern. Lächelnd dachte Chris an jenen Abend, als er, nach reichlichem Ginkonsum, zu toben begonnen und seine Büroeinrichtung demoliert hatte. Als man ihm später die Rechnung und als Beweis Polaroidfotos der angerichteten Zerstörungen vorlegte, hatte er diese als „eindeutig gefälscht“ abgetan und behauptet, der Schaden sei „wesentlich größer“ gewesen. Chris war überzeugt, daß Dennings kein Alkoholiker war und daß er lediglich trank, weil man es von ihm so erwartete. Er lebte seine eigene Legende.

Na schön, dachte sie. Auch das ist vielleicht eine Form der Unsterblichkeit.

Sie sah sich nach dem Jesuiten um, der ihr vorhin zugelächelt hatte. Er war schon weit fort und schritt mit gesenktem Kopf dahin — eine einsame, schwarze Gestalt.

Sie hatte nie viel für Priester übrig gehabt. Sie waren so sicher, so selbstbewußt. Der da, allerdings . . .

„Fertig, Chris?“ fragte Dennings.

„Ja, fertig.“

„Also, dann bitte Ruhe!“ rief der Regieassistent.

„Film ab!“ befahl Burke.

„Läuft.“

„Action!“

Unter dem Jubel der Komparsen lief Chris die Stufen hinauf. Dennings beobachtete sie; er fragte sich, was mit ihr los war. Sie hatte vorhin viel zu schnell nachgegeben. Er warf dem Dialogregisseur einen befehlenden Blick zu, und dieser kam eilfertig herbeigetrabt, um ihm das aufgeschlagene Drehbuch zu reichen — als wäre er ein alternder Meßdiener, der seinem Priester beim Hochamt das Missale brachte.

Sie arbeiteten bei wechselnder Bewölkung. Um vier Uhr war die Wolkendecke so dicht, daß der Regieassistent sie für den Rest des Tages alle entließ. Chris ging nach Hause. Sie war müde. An der Ecke Thirty-sixth und O-Street gab sie einem Lebensmittelhändler, einem ältlichen Italiener, der ihr von seiner Ladentür aus zuwinkte, ein Autogramm. Auf eine braune Packtüte schrieb sie „mit herzlichen Grüßen" ihren Namen. Bevor sie über die Straße ging, blickte sie zu der katholischen Kirche auf der anderen Seite hinüber. Die Kirche zur Heiligen-irgend-etwas. Gehörte den Jesuiten. Da drinnen war John F. Kennedy mit Jackie getraut worden; da drinnen hatte er gebetet. Sie versuchte sich das vorzustellen: John F. Kennedy inmitten der Votivkerzen und frommer, verhutzelter alter Frauen; John F. Kennedy kniend im Gebet. Ich glaube ... Entspannung mit Rußland; ich glaube, ich glaube ... Apollo IV unter dem Klappern von Rosenkränzen; ich glaube ... die Auferstehung und das Leben ...

Sie überquerte die Straße. Als sie die O-Street entlangging und gerade an einer Volksschule vorbeikam, wurde sie von einem Priester überholt: jung, unrasiert, die Hände in den Taschen seiner Windjacke vergraben. Weiter vorn wandte er sich nach rechts und bog in einen Garten hinter der Kirche ein.

Chris blieb an der Umzäunung stehen und sah ihm neugierig nach. Er ging auf ein weißes Fachwerkhaus zu. Eine alte Fliegendrahttür öffnete sich quietschend, und ein zweiter Priester kam heraus. Er nickte dem jungen Mann einmal kurz zu und eilte mit gesenktem Blick zur Kirchentür. Wieder wurde die Haustür von innen geöffnet. Ein dritter Priester. Der sieht ja aus wie ... Natürlich, das ist er! Der, der gelächelt hat, als Burke „vögeln“ sagte! Doch jetzt, als er den Neuankömmling begrüßte, war er sehr ernst. Väterlich, liebevoll legte er ihm den Arm um die Schultern und führte ihn ins Haus. Mit leisem, langsamem Quietschen fiel die Fliegendrahttür ins Schloß.

Chris starrte auf ihre Schuhspitzen. Sie war verblüfft. Was ging da vor? Sie überlegte, ob Jesuiten beichteten.

Fernes Donnergrollen. Sie sah zum Himmel. Weit entfernt grelle Blitze.

Sie schlug den Mantelkragen hoch und ging langsam weiter.

Eine Minute später war sie zu Hause. Zuerst lief sie schnell ins Badezimmer. Anschließend ging sie in die Küche.

„Hallo, Chris! Na, wie war's?“

Am Tisch saß eine hübsche Blondine in den Zwanzigern: Sharon Spencer, aus Oregon stammend, seit drei Jahren Regans Hauslehrerin und Chris' Privatsekretärin.

„Der übliche Mist.“ Chris schlenderte zum Tisch und sah ihre Post durch. „Irgend etwas Aufregendes?“

„Möchtest du nächste Woche im Weißen Haus speisen?“

„Nein. Wo ist übrigens Regan?“

„Unten im Spielzimmer.“

„Was macht sie da?“

„Sie modelliert. Einen Vogel. Ich glaube, für dich.“

„Fein, ich brauche dringend einen“, murmelte Chris. Sie ging an den Herd, um sich eine Tasse Kaffee einzuschenken. „Wolltest du mich eigentlich auf den Arm nehmen mit diesem Dinner?“ erkundigte sie sich.

„Nein, nein. Keineswegs“, antwortete Sharon. „Es soll am Donnerstag stattfinden.“

„Große Party?“

„Nein. Fünf bis sechs Personen, glaube ich.“

„Was du nicht sagst!"

Sie freute sich, doch sie war nicht überrascht. Sie war es gewohnt, daß man sich um sie bemühte. Taxifahrer, Dichter, Professoren und Könige. Was gefiel ihnen eigentlich so an ihr? Ihre Lebendigkeit? Chris setzte sich an den Tisch. „Wie ging der Unterricht?"

Stirnrunzelnd steckte Sharon sich eine Zigarette an. „Mit Mathematik war's wieder mal ziemlich schlecht."

„Wirklich? Komisch."

„Ich weiß. Mathematik ist doch ihr Lieblingsfach."

„Na ja, diese ‚neue' Mathematik! Himmel, nicht mal das Busgeld könnte ich abzählen, wenn ..."

„Hallo, Mom!"

Sie kam mit ausgestreckten Armen zur Tür hereingesprungen, mit wehendem rotem Rattenschwanz, das Gesicht voll Sommersprossen.

„Hallo, mein Dummerchen!" Glücklich drückte Chris sie an sich und pflanzte ihr schmatzende Küsse auf die Wange. Sie mußte ihrer Liebe einfach Luft machen. Noch mehr Küsse. Dann hielt sie Regan von sich ab und sah ihr forschend ins Gesicht. „Was hast du denn heute Schönes gemacht?"

„Och, alles mögliche."

„Aber was?"

„Warte mal ..." Die Knie gegen die Knie ihrer Mutter gedrückt, wiegte sie sich sanft vor und zurück. „Na, gelernt natürlich."

„Hm."

„Und gemalt."

„Was denn?"

„Och, weißt du ... Blumen und so. Gänseblümchen, aber rot. Und dann ... Ach ja! Das Pferd!" Sie wurde ganz aufgeregt. „Dieser Mann da, der hatte ein richtiges Pferd, weißt du. Unten am Fluß. Wir sind spazierengegangen, und da kam das Pferd daher. O Mom, es war so wunderschön! Schade, daß du es nicht gesehen hast. Und der Mann hat mich drauf sitzen lassen. Wirklich! Fast eine ganze Minute lang!“

Chris blinzelte Sharon mit heimlichem Vergnügen zu. „Er?“ fragte sie mit hochgezogenen Brauen. Als sie für die Dreharbeiten an diesem Film nach Washington umzogen, hatte die blonde Sekretärin, die inzwischen praktisch zur Familie gehörte, auch mit im Haus gewohnt — in einem eigenen Schlafzimmer im oberen Stock. Bis sie im nahen Reitstall den „Reiter“ kennengelernt hatte. Nunmehr, fand Chris, brauche Sharon einen Platz, wo sie auch einmal allein sein könne, und sie mietete ihr ein Apartment in einem recht teuren Hotel, dessen Kosten selbstverständlich sie übernahm.

„Ja, er.“ Sharon lächelte ebenfalls.

„Es war ein graues Pferd“, ergänzte Regan. „Mom, können wir nicht ein Pferd kaufen? Bitte?“

„Wir werden sehen, Kleines.“

„Wann können wir es denn kaufen?“

„Abwarten. Wo ist denn der Vogel, den du gemacht hast?“

Regan machte ein verständnisloses Gesicht; dann drehte sie sich grinsend, daß alle ihre Zahnklammern zu sehen waren, zu Sharon um. „Oh, du — du hast geschwatzt!“ Und wieder zur Mutter: „Es sollte die Überraschung sein.“

„Soll das heißen . . .“

„Ja, ja. Genau wie du ihn haben wolltest: mit einer ganz komischen, langen Nase.“

„O Rags, wie lieb von dir! Darf ich ihn sehen?“

„Nein, ich muß ihn noch anmalen. Wann essen wir, Mom?“

„Hast du Hunger?“

„Riesigen.“

„Großer Gott, es ist ja noch nicht einmal fünf! Wann habt ihr denn zu Mittag gegessen?“ wandte sich Chris an Sharon.

„So um zwölf.“

„Wann kommen Willie und Karl zurück?“

Sie hatte den beiden den Nachmittag freigegeben.

„Um sieben, glaube ich“, antwortete Sharon.

„Mom, könnten wir nicht in den Hot Shoppe gehen?“ bettelte Regan. „Ja?“

Lächelnd hob Chris die Hand ihrer Tochter an den Mund und küßte sie. „Na, dann lauf nach oben und zieh dich um!“

„Ach, Mom — ich hab dich ganz schrecklich lieb!“

Regan jagte zur Tür.

„Und, Liebes — zieh das neue Kleid an!“ rief Chris hinter ihr her.

„Möchtest du noch mal elf sein?“ sinnierte Sharon.

„Ist das ein Angebot?“

Chris nahm ihre Briefe und sah sie lustlos durch. Fast ausschließlich Verehrerpost.

„Nun, möchtest du?“ fragte Sharon.

„Mit meiner Erfahrung von heute? Mit allen Erinnerungen?“

„Gewiß.“

„Auf keinen Fall.“

„Überleg dir's einmal.“

„Ich überlege.“ Chris nahm ein Drehbuch zur Hand, an dessen Umschlag ein Begleitbrief geheftet war. Jarris. Ihr Agent. „Hab' ich denen nicht gesagt, sie sollen mich eine Zeitlang mit ihren Drehbüchern in Ruhe lassen?“

„Du solltest es erst lesen“, riet Sharon.

„Meinst du?“

„Ja. Ich habe es heute morgen gelesen.“

„Ist es gut?“

„Hervorragend.“

„Und ich muß eine Nonne spielen, die plötzlich feststellt, daß sie lesbisch ist. Stimmt's?“

„Nein. Du spielst überhaupt niemanden.“

„Was soll das heißen, Sharon? Warum grinst du so?“

„Sie bieten dir die Regie an.“ Sharon blies Zigarettenrauch aus.

„Wie bitte?“

„Lies den Brief.“

„Großer Gott, Shar! Du machst Witze!“

Chris stürzte sich gierig auf den Brief und fraß mit den Augen den maschinengeschriebenen Inhalt: „... neues Drehbuch ... dreiteilig ... Studio engagiert Sir Stephen Moore ... übernimmt die Rolle unter der Bedingung ...“

„Ich soll bei seinem Teil Regie führen!“

Chris warf die Arme hoch und stieß einen schrillen Freudenschrei aus. Dann drückte sie den Brief mit beiden Händen an ihre Brust. „O Steve, du bist ein Engel! Du hast tatsächlich daran gedacht!“ Es war während der Filmaufnahmen in Afrika. Sie tranken Whisky und verfolgten den blutroten Sonnenuntergang. „Weißt du, was das Beste ist in diesem Geschäft? Regie führen“, sagte damals Chris. „Da hast du doch wenigstens etwas geschaffen. Ich meine, etwas Lebendiges!“ — „Dann tu's doch“, sagte Steve. — „Ich hab's ja versucht. Niemand will mich.“ — „Und warum nicht?“ — „Ach komm — das weißt du genau: Sie wollen nicht glauben, daß ich es schaffe.“ Liebevolles Erinnern. Liebevolles Lächeln. Guter, alter Steve ...

„Mom, ich kann das neue Kleid nicht finden!“ rief Regan von der Treppe herab.

„Im Schrank!“ antwortete Chris.

„Hab' ich schon nachgesehen.“

„Komme sofort!“ Chris sah mit nachdenklichem Blick das Drehbuch an. Dann sank sie ein wenig in sich zusammen. „Na ja, vermutlich ist es großer Mist.“

„Jetzt hör auf! Ich finde es wirklich gut.“

„Du meintest ja auch, daß ‚Psycho‘ ein paar komische Einlagen haben müßte.“

Sharon lachte.

„Mommy?“

„Ich komme!“

Langsam erhob sich Chris. „Bist du verabredet, Shar?“

„Ja.“

Chris deutete auf die Post. „Dann geh nur. Das können wir auch morgen früh noch erledigen."

Sharon stand auf.

„Oder nein — warte einen Augenblick!" Chris war etwas eingefallen. „Ein Brief müßte heute abend noch fort."

„Okay." Die Sekretärin nahm ihren Stenoblock zur Hand.

„Muuutteeer!"

„Sharon, bitte warte, bis ich wieder herunterkomme", bat Chris. Sie wollte schon die Küche verlassen, blieb aber noch einmal stehen, weil sie gesehen hatte, daß Sharon auf ihre Uhr blickte.

„Ich habe Meditation, Chris", sagte sie.

Chris musterte sie mit stummer Erbitterung. Während der letzten sechs Monate hatte sie mit ansehen müssen, wie ihre Sekretärin zur ‚Klarheitssucherin' wurde. Angefangen hatte es in Los Angeles mit Autosuggestion, die bald schon von irgendeinem buddhistischen Singsang abgelöst worden war. In den vergangenen Wochen, als Sharon im oberen Stockwerk logierte, hatte es im ganzen Haus nach Weihrauch geduftet, und das monotone *„Nam myoho renge kyo"* war zu den unmöglichsten Zeiten erklungen — vor allem dann, wenn Chris ihren Text lernen mußte. „Wenn man es lange genug vor sich hinsingt, Chris, geht einem jeder Wunsch in Erfüllung." — „Von mir aus kannst du den Fernseher ruhig einschalten", hatte Sharon ihrer Arbeitgeberin einmal großzügig erklärt. „Das stört mich nicht im geringsten. Ich kann mich bei jedem Geräusch konzentrieren." Inzwischen hatte sie sich der transzendentalen Meditation zugewandt.

„Glaubst du denn wirklich, daß das etwas nützt, Shar?" erkundigte Chris sich ironisch.

„Es bringt mir inneren Frieden", erwiderte Sharon.

„Na schön." Chris wandte sich ab und verabschiedete sich. Den Brief erwähnte sie nicht mehr, sondern murmelte nur noch, als sie die Küche verließ, *„Nam myoho renge kyo"* vor sich hin.

„Du mußt es ungefähr fünfzehn bis zwanzig Minuten lang wiederholen", riet Sharon. „Kann sein, daß es bei dir klappt."

Chris blieb stehen und suchte nach einer passenden Antwort. Da sie keine fand, gab sie es auf. In Regans Schlafzimmer ging sie direkt zum Kleiderschrank. Regan stand mitten im Zimmer und starrte zur Decke.

„Was ist?" fragte Chris, die schon nach dem neuen Kleid suchte. Es handelte sich um ein hellblaues Baumwollkleid, das erst vor einer Woche gekauft worden war. Sie wußte genau, daß sie es in den Schrank gehängt hatte.

„Da oben sind so komische Geräusche", beschwerte sich Regan.

„Ich weiß, Kind. Wir haben Einquartierung."

Regan sah sie verwundert an. „Was?"

„Eichhörnchen, mein Schatz. Wir haben Eichhörnchen auf dem Dachboden." Ihre Tochter ekelte sich vor Ratten. Sogar Mäuse machten sie hysterisch.

Die Suche nach dem Kleid blieb ergebnislos.

„Siehst du, Mom? Es ist nicht da."

„Ja, ich sehe. Vielleicht hat Willie es zufällig mit den anderen Sachen in die Reinigung getan."

„Es ist weg."

„Dann zieh das Dunkelblaue an. Das ist genauso hübsch."

Sie gingen in den Hot Shoppe. Chris aß Salat, während Regan Suppe, vier Brötchen, Brathähnchen, einen Schokoladen-Shake und anderthalb Stück Blaubeertorte mit Mokkaeis verdrückte. Wo läßt sie das bloß? dachte Chris liebevoll. Das Kind war so dünn wie Luft.

Chris rauchte zu ihrem Kaffee eine Zigarette und sah aus dem Fenster zu ihrer Rechten. Der Fluß lag wartend, dunkel und still.

„Das Essen war prima, Mom."

Chris wandte sich ihrer Tochter zu und mußte, wie schon

so oft, den Atem anhalten: So stark erinnerte Regans Gesicht sie an Howard. Vermutlich lag es an der Beleuchtung. Sie richtete den Blick auf Regans Teller.

„Willst du das halbe Stück Torte liegenlassen?"

Regan schlug die Augen nieder. „Ich hab' vorher Schokolade gegessen."

Chris drückte ihre Zigarette aus und mußte lachen. „Na komm. Wir gehen."

Sie waren noch vor sieben Uhr wieder zu Hause. Auch Willie und Karl waren zurück. Regan lief gleich ins Spielzimmer hinunter, weil sie den Vogel für ihre Mutter fertigmachen wollte. Chris ging in die Küche, um ihr Drehbuch zu holen. Willie kochte soeben Kaffee. Im offenen Topf. Sie wirkte gereizt und ziemlich mürrisch.

„Hallo, Willie! Wie war's denn? Schön?"

„Ach, fragen Sie nicht!" Sie tat etwas Eierschale und eine Fingerspitze Salz in das brodelnde Wasser. Sie seien ins Kino gegangen, erklärte Willie. Sie habe die Beatles sehen wollen, doch Karl habe ja unbedingt in einen Mozart-Film gehen müssen.

„Furchtbar!" schimpfte sie und stellte die Flamme kleiner. „Dieser Holzkopf!"

„Das tut mir leid." Chris schob sich das Drehbuch unter den Arm. „Ach, Willie — haben Sie übrigens das Kleid gesehen, das ich letzte Woche für Regan gekauft habe? Das hellblaue?"

„Ja, heute morgen. Im Kleiderschrank."

„Wo haben Sie es denn hingetan?"

„Ist noch drin."

„Sie haben es nicht aus Versehen zu der Wäsche für die Reinigung getan?"

„Nein, es ist im Kleiderschrank."

„Nein, ist es nicht. Ich habe nachgesehen."

Willie wollte etwas entgegnen, preßte aber die Lippen

zusammen und konzentrierte sich stirnrunzelnd auf ihren Kaffee. Karl war hereingekommen.

„Guten Abend, Madam." Er ging zum Spülstein, um sich ein Glas Wasser zu holen.

„Haben Sie die Fallen aufgestellt?" fragte Chris.

„Es gibt keine Ratten."

„Haben Sie sie aufgestellt?"

„Habe ich, natürlich. Aber der Dachboden ist sauber."

„Wie war's im Kino, Karl?"

„Interessant." Sein Rücken war ebenso undurchdringlich wie seine Miene.

Chris badete lange und genußvoll, und als sie sich dann aus ihrem Kleiderschrank einen Morgenrock holen wollte, entdeckte sie dort Regans verschwundenes Kleid. Es lag zusammengeknüllt auf dem Schrankboden.

Chris hob es auf. Wie kam es dahin?

Das Preisschildchen baumelte noch dran. Chris überlegte. Dann fiel ihr ein, daß sie am selben Tag auch für sich einige Sachen gekauft hatte. Vielleicht habe ich alles zusammen hier hineingetan.

Sie trug das Kleid in Regans Zimmer hinüber, hängte es auf einen Bügel und räumte es in den Schrank. Prüfend musterte sie Regans Garderobe. Ein hübsches Kleidchen neben dem anderen.

Als sie sich umdrehte, stieß sie sich die Zehen an einer Kommodenecke. Während sie ihren Fuß massierte, stellte sie fest, daß die Kommode ungefähr einen Meter von ihrem Platz gerückt worden war. Kein Wunder, daß ich mich gestoßen habe. Vermutlich hat Willie hier Staub gesaugt.

Mit dem neuen Drehbuch unter dem Arm ging sie ins Arbeitszimmer.

Im Gegensatz zu dem weitläufigen Wohnzimmer mit den großen Erkerfenstern und der schönen Aussicht herrschte im Arbeitszimmer eine wesentlich intimere Atmosphäre: Backsteinkamin, Eichentäfelung, Deckenbalken, die aussahen, als stammten sie von einer Zugbrücke. Nur wenige Gegenstände spiegelten die Gegenwart: eine Bar, ein paar farbige Kissen, ein Leopardenfell, das Chris gehörte und vor dem Kamin auf dem Tannenholzboden lag. Hier streckte sie sich jetzt gemütlich aus und lehnte die Schultern an die Vorderseite eines daunenweichen Sofas.

Sie las den Brief ihres Agenten noch einmal in Ruhe. Glaube, Liebe, Hoffnung — drei abgeschlossene Teile, jeder mit einer anderen Besetzung und einem anderen Regisseur. Sie sollte die „Hoffnung“ übernehmen. Der Gedanke gefiel ihr. Der Titel auch. Vielleicht etwas langweilig, dachte sie, aber seriös.

Es klingelte an der Haustür. Burke Dennings. Er war sehr einsam, deswegen kam er häufig vorbei. Chris lächelte mitleidig und schüttelte den Kopf. Sie hörte, daß er Karl schon wieder unanständige Ausdrücke an den Kopf warf. Er schien den Diener zu verabscheuen und forderte ihn immer wieder heraus.

„Ja, hallo! Wo gibt's was zu trinken?“ fragte er mißlaunig, als er ins Zimmer kam. Ohne sie zu beachten, die Hände in den Taschen seines zerknitterten Regenmantels, ging er geradenwegs an die Bar und setzte sich auf einen Hocker. Er machte einen gereizten, unruhigen Eindruck.

„Wieder einmal auf der Pirsch?“ erkundigte sich Chris.

„Verdammt, was soll das heißen?“

„Du hast so einen komischen Ausdruck im Gesicht.“ Sie kannte diesen Ausdruck bereits: aus Lausanne, wo sie einmal zusammen an einem Film gearbeitet hatten. Dort hatte Chris in dem ruhigen Hotel am Genfer See in der ersten Nacht nicht einschlafen können. Um fünf Uhr morgens stieg sie aus dem Bett, zog sich an und beschloß, in der Halle nach Kaffee oder menschlicher Gesellschaft Ausschau zu halten. Während sie im Korridor auf den Lift wartete, blickte sie zufällig aus dem Fenster und sah den Regisseur, die Hände gegen die eisige Winterkälte tief in den Manteltaschen vergraben, steifbeinig am Seeufer entlangspazieren. Als sie mit dem Lift in der Halle eintraf, kam er gerade zur Haustür herein. „Kein einziges Straßenmädchen in Sicht", klagte er bitter, als er mit gesenktem Kopf an ihr vorbeistakste. Dann fuhr er nach oben und ging zu Bett. Als sie später einmal lachend eine Anspielung auf diesen Zwischenfall machte, war der Regisseur wütend geworden und hatte ihr vorgeworfen, Halluzinationen zu haben. Schließlich meinte er, es wäre möglich, daß sie jemanden gesehen und mit ihm verwechselt habe.

Jetzt stellte sich Chris hinter die Bar und erinnerte ihn wieder an die Geschichte.

„Sei nicht albern!" fuhr Dennings auf. „Zufällig habe ich den gesamten Abend bei einer blöden Teegesellschaft verbracht. Mit dem Lehrkörper."

Chris stützte sich auf die Bar. „Hat es tatsächlich nur Tee gegeben?"

„Ja. Und grinse nicht so."

„Dann hast du es fertiggebracht, dich mit Tee zu betrinken", sagte sie trocken. „Und überdies mit Jesuiten!"

„O nein, mein Schatz. Die Jesuiten waren nüchtern."

„Ach — trinken die gar nichts?"

„Ich habe nur gesagt, nüchtern", schrie er laut. „*Gesoffen* haben die! Ein derartiges Fassungsvermögen habe ich im Leben noch nicht gesehen."

„Burke, sei doch leise! Regan!"

„Ach ja — Regan", flüsterte Dennings. „Zum Teufel noch mal, wo bleibt mein Drink?"

„Würdest du mir erklären, was du auf einem Fakultätstee zu suchen hast?"

„Scheiß Public Relations. Wäre eigentlich deine Sache."

Chris reichte ihm einen Gin mit Eis.

„Na ja, so wie wir denen den Campus versaut haben . . .", murmelte Dennings einsichtig und hob das Glas an die Lippen. „Nur los — lach mich nur aus!"

„Ich lächle nur."

„Also, einer von uns mußte ja Eindruck schinden."

„Und wie oft hast du ‚Scheiße' gesagt, Burke?"

„Meine Liebe, das ist ein unanständiges Wort", tadelte er sanft. „Aber jetzt berichte, wie es dir geht."

Sie antwortete mit einem Achselzucken.

„Bist du deprimiert? Na komm schon, erzähl!"

„Ich weiß nicht."

„Sag's doch dem guten Onkel."

„Ach, Mist — ich glaube, ich werde auch etwas trinken." Sie langte nach einem Glas.

„Ja, tu das nur. Ist bestimmt gut für den Magen. Also, was ist?"

Sie schenkte sich einen Wodka ein. „Hast du schon einmal an den Tod gedacht?"

„Wie bitte?"

„An den Tod. Hast du schon jemals daran gedacht, Burke? Was das bedeutet — Sterben? Ich meine, was es wirklich bedeutet?"

Ein wenig ungehalten antwortete er: „Ich weiß nicht. Nein. Ich habe noch nie daran gedacht. Wie kommst du eigentlich darauf?"

Sie zuckte die Achseln. „Keine Ahnung", antwortete sie leise. Einzeln ließ sie die Eiswürfel in ihr Glas fallen. „Ich ... ja, ich habe erst heute morgen daran gedacht. Es war wie ein Traum ... Beim Aufwachen. Ich weiß nicht. Ich meine, es fiel auf einmal so über mich her ... Absolutes Ende. Als wäre mir dieser Gedanke völlig neu." Sie schüttelte den Kopf. „O Himmel, hat mir das einen Schreck eingejagt! Das war ein Gefühl, als fiele ich mit einer Stundengeschwindigkeit von hundert Meilen von diesem verdammten Planeten runter."

„Unsinn! Der Tod ist eine Erlösung."

„Für mich nicht, Charlie."

„Du lebst in deinen Kindern weiter."

„Quatsch! Meine Kinder sind nicht ich."

„Ja, Gott sei Dank! Eine von deiner Sorte reicht."

„Ich meine . . . Bedenke doch, Burke: Nicht mehr zu existieren — auf ewig! Das ist . . ."

„Himmel, Arsch und Zwirn! Zeig deinen Hintern nächste Woche beim Fakultätstee, dann kannst du dich ja von diesen Pfaffen trösten lassen!" Er knallte sein Glas auf die Bartheke. „Noch einen!"

Sein Blick wurde giftig. Näherte er sich dem Punkt, an dem es kein Umkehren mehr gab? Chris ahnte, daß sie einen Nerv getroffen hatte.

„Gehen die eigentlich zur Beichte?" fragte sie ihn.

„Woher soll ich das wissen?" brüllte er los.

„Du wolltest doch auch mal Priester wer- . . ."

„Wo bleibt mein Scheißdrink?"

„Möchtest du nicht vielleicht Kaffee?"

„Sei nicht so einfältig. Einen Drink will ich!"

„Nimm lieber einen Kaffee."

„Hör mal, mein Schatz — noch einen ganz kleinen auf den Weg, ja? Komm, schenk mir ein."

Er schob sein Glas über die Bar, und sie füllte es mit Gin.

„Ich sollte vielleicht ein paar von ihnen einladen", murmelte Chris.

„Wen einladen?"

„Ach, irgend jemand." Sie zuckte die Achseln. „Die hochwürdigen Herren. Die Priester."

„Dann wirst du sie nicht mehr los. Das sind doch Dreckfresser", sagte er und kippte seinen Gin.

Er dreht wirklich langsam durch, dachte Chris. Und wechselte rasch das Thema. Sie berichtete ihm von dem neuen Drehbuch und von dem Angebot, Regie zu führen.

„Wunderbar!" sagte Dennings.

„Aber ich habe Angst."

„Quatsch! Die einzige Schwierigkeit beim Regieführen, mein Kind, besteht darin, den anderen weiszumachen, daß es tatsächlich schwierig ist. Ich hatte ja auch keine Ahnung, als ich zum erstenmal antreten mußte, und wie du siehst, habe ich es trotzdem geschafft. Ein Kinderspiel!"

„Burke, ehrlich: Jetzt, wo sich mir die Chance bietet, weiß ich nicht einmal, ob ich imstande bin, meine Großmutter über die Straße zu führen. All dieses technische Drum und Dran . . ."

„Ach was! Das kannst du alles dem Aufnahmeleiter, dem Kameramann und dem Skriptgirl überlassen. Sind die gut, werden sie dich schon durchbringen. Wichtig ist nur die Führung der Schauspieler, und das wirst du großartig machen, einfach großartig! Du kannst ihnen ja nicht nur erklären, wie sie sich bewegen, wie sie den Text sprechen sollen, Kind — du kannst es ihnen ja sogar vormachen. Denk doch nur an Paul Newman. Und hör endlich auf, so hysterisch zu tun."

Zweifelnd sah sie ihn an. „Ich meinte ja auch nur die technischen Details."

Dennings war — betrunken oder nüchtern — nun einmal ein hervorragender Regisseur, und deshalb brauchte sie seinen Rat.

„Zum Beispiel?" fragte er.

Fast eine Stunde lang besprachen sie eine Fülle von Einzelheiten, die zwar alle irgendwo im Text zu finden waren, die sie aber nicht suchen mochte, weil sie keine Geduld zum Lesen hatte. Sie unterhielt sich lieber mit Menschen. Von Natur aus neugierig, fragte sie alle, deren sie habhaft wurde, gründlich aus. Bücher dagegen konnte man nicht ausfragen.

„Mein Schatz, du brauchst nichts weiter als einen hervorragenden Cutter", lachte der Regisseur zum Schluß. „Ich meine, einen, der wirklich weiß, wo der liebe Gott wohnt."

Er war wieder liebenswürdig und redselig geworden; anscheinend hatte er den kritischen Punkt überwunden.

„Verzeihung, Madam. Wünschen Sie etwas?"

An der Tür stand Karl, aufmerksam wartend.

„Oh, hallo — Thorndike!" kicherte Dennings. „Oder heißen Sie Heinrich? Ich kann es mir einfach nicht merken."

„Ich heiße Karl."

„Aber natürlich! Verdammt, das hatte ich total vergessen. Sagen Sie, Karl — haben Sie nicht für die Gestapo gearbeitet?"

Doch Karl ließ sich nicht so leicht provozieren. „Nein, Sir, Sie irren sich. Ich bin Schweizer", erwiderte er würdevoll.

„Ach ja, natürlich!" Dennings lachte. „Dann haben Sie vermutlich auch nie mit Goebbels gekegelt, nicht wahr?"

Unbeeindruckt wandte sich Karl an Chris.

„Und nie mit Rudolf Heß in einem Flugzeug gesessen?"

„Was wünschen Sie, Madam?"

„Burke, möchtest du Kaffee?"

„Scheiße!"

Abrupt stand Dennings auf und marschierte gereizt aus dem Zimmer und zum Haus hinaus.

Kopfschüttelnd wandte sich Chris an Karl. „Ziehen Sie sämtliche Telefonstecker heraus", ordnete sie trocken an.

„Jawohl, Madam. Sonst noch etwas?"

„Ja. Vielleicht einen koffeinfreien Kaffee. Wo ist Rags?"

„Unten im Spielzimmer. Soll ich sie rufen?"

„Ja, bitte. Schlafenszeit. Aber Moment, Karl! Lassen Sie nur. Ich muß mir ja noch den Vogel ansehen. Holen Sie mir inzwischen den Kaffee."

„Jawohl, Madam."

„Und außerdem möchte ich mich zum x-ten Mal für Burke bei Ihnen entschuldigen."

„Ich beachte es nicht."

„Ich weiß. Das reizt ihn ja gerade."

Chris ging in den Flur, öffnete die Kellertür und beugte sich übers Treppengeländer.

„Hallo, Dummerchen — was treibst du da? Ist der Vogel fertig?"

„Ja, Mom. Du kannst ihn dir ansehen kommen."

Das Spielzimmer war getäfelt und lustig-bunt dekoriert: Staffeleien, Bilder, ein Plattenspieler, Tische für Brettspiele, ein Tisch zum Modellieren, rot-weiße Papiergirlanden — Überbleibsel einer Party des früheren Besitzers.

„Der ist ja großartig!“ staunte Chris, als ihre Tochter ihr das noch feuchte Kunstwerk präsentierte. Es war — bis auf den grün-weiß gestreiften Schnabel — einheitlich orangefarben bemalt. Den Kopf zierte ein angeklebtes Federbüschel.

„Gefällt er dir?“ fragte Regan.

„Aber gewiß, mein Schatz. Hat er denn schon einen Namen?“

„Hm . . . nein.“

„Warte . . .“ Chris klopfte sich nachdenklich mit dem Fingernagel an die Zähne. „Was hältst du von Vogel Naseweis?“

Regan mußte lachen und verbarg ihre Zahnklammern dabei hinter der vorgehaltenen Hand. Sie nickte begeistert.

„Also Vogel Naseweis. Ich werde ihn hierlassen, bis er ganz trocken ist, und dann stelle ich ihn in mein Zimmer hinauf.“

Als Chris den Vogel vorsichtig absetzte, entdeckte sie das Ouija-Brett — eine Tafel, die man zu spiritistischen Sitzungen benutzte. Sie hatte völlig vergessen, daß sie so ein Ding besaß. Da sie in bezug auf sich selbst nicht weniger neugierig war als auf andere, hatte sie das Brett ursprünglich gekauft, weil sie glaubte, dadurch Aufschlüsse über ihr Unterbewußtsein zu bekommen. Aber es hatte nicht geklappt. Sie hatte es ein- oder zweimal mit Sharon und einmal sogar mit Dennings probiert, aber der hatte die Scheibe geschickt so dirigiert („Bewegst du das Ding etwa, meine Liebe?“), daß nur obszöne „Botschaften“ herauskamen, die er hinterher „diesen Scheißgeistern“ zuschrieb.

„Spielst du mit dem Ouija-Brett?“

„Ja, Mom.“

„Weißt du denn, wie man das macht?“

„Aber sicher. Paß auf, ich zeige es dir.“ Sie setzte sich vor das Brett.

„Schätzchen, ich glaube, man muß es zu zweit machen.“

„Nein, Mom. Ich mache es immer allein.“

Chris zog sich einen Stuhl herbei. „Hör zu, wir versuchen es jetzt beide zusammen, ja?“

Zögernd sagte Regan: „Na schön.“ Sie hatte die Fingerspitzen bereits auf die weiße Scheibe gesetzt. Als Chris ebenfalls die Hand ausstreckte, glitt die Scheibe schnell und ganz unvermittelt auf ‚Nein‘.

Chris lächelte ihrer Tochter verständnisvoll zu. „Das soll wohl heißen: Ich mache es lieber allein. Nicht wahr? Ist es dir lieber, wenn ich nicht mitspiele?“

„Aber nein — ich möchte sogar sehr gern mit dir spielen! Das war Captain Howdy, der nein gesagt hat.“

„Captain wer?“

„Captain Howdy.“

„Wer ist denn Captain Howdy, mein Schatz?“

„Ach, du weißt schon: Ich stelle Fragen und er antwortet.“

„So?“

„Ja, aber er ist wirklich nett!“

Chris mußte sich zwingen, nicht die Stirn zu runzeln, so beunruhigt war sie auf einmal. Das Kind hatte den Vater sehr geliebt, auf die Nachricht von der Scheidung jedoch überhaupt nicht reagiert. Das war Chris unheimlich. Möglich, daß das Kind weinte, wenn es allein war. Chris fürchtete allerdings, daß Reg ihre Gefühle ganz unterdrückte und diese sich eines Tages in einer gefährlichen Form Bahn brechen könnten. Ein eingebildeter Spielkamerad! Das war nicht normal. Und warum Howdy? Für Howard etwa? Ihren Vater? Der Name klang ähnlich.

„Dann sag mir bitte, wie es kommt, daß du mir hier einen Captain Howdy vorstellst, während du für deinen Vogel überhaupt keinen Namen gefunden hast. Wieso nennst du ihn Captain Howdy?“

„Weil er so heißt, natürlich“, lachte Regan.

„Wer sagt das?“

„Er selber.“

„Natürlich.“

„Natürlich."

„Und was sagt er dir sonst noch?"

„Ach, alles mögliche."

„Was?"

Regan zuckte die Achseln. „Alles."

„Zum Beispiel?"

„Ich werde es dir zeigen. Ich werde ihm ein paar Fragen stellen."

„Ja, tu das bitte."

Die Fingerspitzen auf der Scheibe, starrte Regan konzentriert auf das Brett. „Captain Howdy, findest du nicht auch, daß meine Mutter sehr hübsch ist?"

Eine Sekunde ... fünf ... zehn ... zwanzig ...

„Captain Howdy!"

Noch immer nichts. Chris war erstaunt. Sie hatte erwartet, daß ihre Tochter die Scheibe sofort auf Ja schieben würde. Mein Gott, was ist denn das wieder? Unterbewußte Feindseligkeit? Unsinn!

„Captain Howdy, das ist aber gar nicht nett von dir", beschwerte sich Regan.

„Vielleicht ist er schlafen gegangen."

„Meinst du?"

„Ich glaube, du solltest jetzt auch schlafen gehen."

„Schon?"

„Komm, Kind. Jetzt geht's ab in die Klappe!" Chris stand auf.

„Dieser Holzkopf!" murmelte Regan, folgte der Mutter aber gehorsam die Treppe hinauf.

Chris brachte sie zu Bett und setzte sich noch ein bißchen zu ihr. „Schätzchen, am Sonntag brauche ich nicht zu arbeiten. Wollen wir irgend was unternehmen?"

„Was denn?"

Als sie nach Washington gekommen waren, hatte Chris sich bemüht, Spielkameraden für Regan zu finden, aber nur eine Zwölfjährige namens Judy auftreiben können. Im Augenblick war Judy jedoch mit ihren Eltern in die Osterferien gefahren, und Chris fürchtete, daß Regan sich einsam fühlte.

„Ich weiß nicht", antwortete Chris. „Irgend etwas. Möchtest du die Sehenswürdigkeiten besichtigen? Ach ja, die Kirschblüte! Möchtest du da vielleicht hin?"

„O ja, Mom!"

„Und morgen abend gehen wir ins Kino. Was meinst du?"

„Ach Mom, ich hab' dich so lieb!"

Regan umarmte sie, und Chris flüsterte ihr ins Ohr: „Oh, Rags, mein Kleines, ich dich auch!"

„Wenn du willst, kannst du auch Mr. Dennings mitbringen."

Chris sah ihre Tochter forschend an. „Mr. Dennings?"

„Ja. Es macht mir nichts aus."

Chris mußte lachen. „Nein, mein Schatz! Weshalb sollte ich Mr. Dennings mitbringen wollen?"

„Na ja, du magst ihn doch gern."

„Aber sicher mag ich ihn. Du nicht?"

Sie antwortete nicht.

„Kleines, was ist denn?"

„Du willst ihn heiraten, nicht?" Das klang nicht wie eine Frage, sondern eher wie eine bedrückte Feststellung.

Chris brach in lautes Lachen aus. „Aber, mein Schätzchen — natürlich nicht! Wie kommst du denn darauf? Mr. Dennings?"

„Aber du magst ihn doch."

„Ich mag auch Pizza, aber ich würde bestimmt keine heiraten! Schätzchen, er ist nur ein guter Freund! Nichts weiter als ein verrückter, alter Freund."

„Und du magst ihn wirklich nicht so wie Daddy?"

„Deinen Daddy *liebe* ich, Schätzchen; deinen Daddy werde ich immer lieben. Mr. Dennings kommt nur so oft her, weil er einsam ist. Das ist der Grund."

„Weißt du, ich habe gehört ..."

„Was hast du gehört? Von wem?"

Zweifel im Blick. Zögern. Dann Achselzucken. „Ach, ich weiß nicht. Ich dachte bloß."

„Das war dumm von dir. Und jetzt vergiß es."

„Okay."

„Schlaf schön."

„Darf ich noch lesen? Ich bin noch nicht müde."

„Natürlich. Lies, bis du schlafen kannst."

„Danke, Mom."

„Gute Nacht, mein Schatz."

„Gute Nacht."

Von der Tür her warf Chris ihr noch eine Kußhand zu, dann stieg sie die Treppe hinab. Kinder! Woher die nur immer ihre Ideen hatten? Gern hätte sie gewußt, ob Regan die Einreichung ihrer Scheidung mit Dennings in Zusammenhang brachte. Ach was! Das ist doch albern. Regan wußte nur, daß Chris die Scheidung eingereicht, nicht aber, daß Howard es so gewünscht hatte. Zu lange Trennungen. Beeinträchtigung des Ego als Ehemann eines Stars. Er hatte eine andere gefunden. Aber das wußte Regan nicht. Nun hör schon endlich auf mit deiner Amateurpsychologie und kümmere dich ein bißchen mehr um das Kind!

Ins Arbeitszimmer zurück, wo sie im neuen Drehbuch las. Als sie zur Hälfte damit fertig war, kam Regan herein.

„Hallo! Stimmt etwas nicht?"

„Da sind so komische Geräusche, Mom."

„Wo — in deinem Zimmer?"

„Als ob da was klopft. Ich kann gar nicht einschlafen."

Verdammt, wo sind die Rattenfallen?

„Komm, Liebes. Du kannst bei mir schlafen. Ich werde nachsehen, was es ist."

Chris brachte sie in ihr Schlafzimmer hinauf, legte sie ins Bett und deckte sie zu.

„Darf ich noch ein bißchen fernsehen?"

„Wo ist denn dein Buch?"

„Das kann ich nicht finden. Darf ich, Mom?"

„Sicher." Chris schaltete den Fernseher ein. „Laut genug?"

„Ja."

„Versuch aber bald zu schlafen, ja?"

Chris machte das Licht aus und ging den Flur entlang zu der schmalen, teppichbelegten Treppe, die auf den Dachboden führte. Oben öffnete sie die Tür, tastete nach dem Lichtschalter, knipste und trat ein.

Sie sah sich um. Auf dem Tannenholzboden Pappkartons mit Zeitungsausschnitten und Briefen. Sonst nichts — nur die Fallen. Sechs. Mit Köder. Der ganze Raum war peinlich sauber. Sogar die Luft duftete rein und frisch. Heizung gab es hier oben nicht, also auch keine Rohre. Und keine Heizkörper. Keine Löcher im Dach.

„Hier ist nichts."

Chris fuhr herum. „Du lieber Gott!" keuchte sie, die Hand auf ihr rasendes Herz gedrückt. „Himmel, Karl — wie können Sie mich so erschrecken!"

Er stand an der Treppe.

„Verzeihung. Aber haben Sie gesehen? Alles sauber."

„Ja, alles sauber. Vielen Dank."

„Vielleicht Katze besser."

„Was?"

„Zum Rattenfangen."

Ohne auf eine Antwort zu warten, nickte er nur und verschwand.

Einen Augenblick noch blieb Chris an der Tür stehen. Entweder besaß Karl überhaupt keinen Humor oder einen so feinen, daß er ihr entging. Sie wußte es nicht.

Dann dachte sie wieder über die Klopfgeräusche nach und sah zu der spitzen Dachkonstruktion hinauf. Die Straße entlang standen hohe Bäume, die meist sehr knorrig und mit wildem Wein berankt waren. Die Vorderfront des Hauses wurde von den Ästen einer riesigen Linde beschirmt. Ob es vielleicht doch Eichhörnchen waren? Möglich. Oder Äste. Genau! Äste konnten es ebenfalls sein. In den vergangenen Nächten war es sehr windig gewesen.

Vielleicht Katze besser.

Chris wandte sich zur Treppe. Ziemlich vorlaut, der Herr. Dann begann sie plötzlich spitzbübisch zu grinsen.

Sie stieg die Treppe hinunter, holte aus Regans Schlafzimmer ein Stofftier und kehrte damit auf den Dachboden zurück. Dann ging sie in ihr eigenes Zimmer. Regan schlief. Sie trug sie in ihr Bett hinüber, schaltete das Fernsehgerät aus und legte sich auch schlafen.

Im Haus blieb es die ganze Nacht still.

Beim Frühstück sagte Chris beiläufig zu Karl, sie glaube, in der Nacht eine Falle zuschnappen gehört zu haben.

„Wollen Sie nicht nachsehen?“ fragte sie ihn. Sie trank ihren Kaffee und tat, als wäre sie ganz in die Morgenzeitung vertieft. Wortlos stieg Karl zum Dachboden hinauf.

Als Chris nach oben ging, begegnete sie ihm im Korridor des ersten Stocks. Ausdruckslos starrte er auf eine große Stoffmaus in seiner Hand. Er hatte sie in einer zugeschnappten Falle gefunden.

Chris zog im Vorbeigehen fragend die Brauen hoch.

„Jemand ist witzig“, murmelte Karl. Er trug das Stofftier in Regans Schlafzimmer zurück.

„Allerhand, nicht wahr?“ murmelte Chris kopfschüttelnd, als sie ihr Zimmer betrat. Sie zog den Morgenrock aus und machte sich für die Arbeit zurecht. Vielleicht Katze besser. Viel besser.

Die Filmaufnahmen verliefen an diesem Tag reibungslos. Am späten Vormittag kam Sharon vorbei, um mit Chris in einer Pause zwischen den Szenen in ihrer Garderobe Geschäftsangelegenheiten zu erledigen: einen Brief an ihren Agenten (sie werde sich die Angelegenheit mit dem Drehbuch überlegen); eine Zusage an das Weiße Haus; ein Telegramm an Howard, damit er auf keinen Fall vergaß, Regan telefonisch zum Geburtstag zu gratulieren; ein Gespräch mit ihrem Finanzberater, den sie fragen wollte, ob sie es sich leisten könne, ein Jahr zu pausieren; Pläne für eine Dinnerparty am dreiundzwanzigsten April.

Am frühen Abend ging Chris mit Regan ins Kino, und am folgenden Tag klapperten sie in Chris' Jaguar die Sehenswürdigkeiten ab. Die Lincoln-Gedächtnisstätte, das Kapitol, die Kirschblüte in der Lagune. Dann, nach einem Imbiß, über den Fluß zum Friedhof von Arlington mit dem Grabmal des Unbekannten Soldaten. Regan wurde ganz ernst und am Grab von John F. Kennedy nachdenklich und sogar ein wenig traurig. Eine Zeitlang starrte sie in die ewige Flamme. Dann griff sie stumm nach der Hand ihrer Mutter. „Mom, warum müssen die Menschen sterben?"

Die Frage versetzte Chris einen Stich. Was sollte sie dem Kind darauf antworten? Lügen? Das konnte sie nicht. Sie blickte in das emporgewandte Gesicht. Hatte das Kind ihre eigenen Gedanken gespürt? Das war schon so oft vorgekommen ... „Die Menschen werden eben müde, mein Schatz", antwortete sie.

„Warum läßt Gott das aber zu?"

Einen Augenblick war Chris verwirrt. Sie war Atheistin und hatte mit Regan nie über Religion gesprochen, weil ihr das als unaufrichtig erschienen wäre. „Wer hat dir denn von Gott erzählt?" fragte sie.

„Sharon."

„Ach so." Sie mußte unbedingt mit der Sekretärin sprechen.

„Mom, warum läßt Gott zu, daß wir müde werden?"

Der Ausdruck des Schmerzes in Regans empfindsamen Augen zwang Chris zum Nachgeben. Nein, sie konnte dem Kind nicht sagen, daß sie nicht glaubte. „Nun, nach einer Weile hat Gott Sehnsucht nach uns. Er möchte uns wiederhaben, Rags."

Regan zog sich in tiefes Schweigen zurück, das während der ganzen Heimfahrt und den ganzen Montag über anhielt.

Am Dienstag erst, an Regans Geburtstag, trat eine Veränderung ein. Chris nahm ihre Tochter mit zum Filmen, und als die geplanten Aufnahmen fertig waren, sangen alle Anwesenden „Happy Birthday" und überreichten ihr gemeinsam eine Torte. Dennings, der, wenn er nüchtern war, reizend und fürsorglich sein konnte, ließ die Scheinwerfer noch einmal anwärmen und filmte sie, als sie die Torte anschnitt. Er nannte es Probeaufnahme und versprach ihr fest, später einen Star aus ihr zu machen. Sie war sehr fröhlich.

Doch nach dem Essen und dem Auspacken der Geschenke legte sich diese Fröhlichkeit wieder. Kein Wort von Howard. Chris meldete ein Ferngespräch nach Rom an und hörte von einem Angestellten des Hotels, daß er schon seit mehreren Tagen fort und nicht zu erreichen sei. Angeblich war er irgendwo auf einer Jacht.

Chris versuchte, Regan die Lage zu erklären.

Das Kind nickte stumm, schüttelte aber auf den Vorschlag der Mutter, in den Hot Shoppe zu gehen und einen Shake zu nehmen, den Kopf. Wortlos ging sie ins Spielzimmer im Keller und blieb bis zum Schlafengehen unten.

Als Chris am nächsten Morgen die Augen aufschlug, lag Regan im Halbschlaf neben ihr im Bett.

„Ja, was ist denn ... Was machst du denn hier?" Chris mußte lachen.

„Mein Bett hat gewackelt."

„Du kleiner Idiot!" Chris gab ihr einen festen Kuß und deckte sie zu. „Schlaf weiter. Es ist noch sehr früh am Morgen."

Doch was ihr wie ein Morgen vorkam, war der Beginn einer endlosen Nacht.

2

Er stand am Rand des menschenleeren Subway-Bahnsteigs und wartete auf das Donnern eines nahenden Zuges. Vielleicht würde das den Schmerz stillen, den er mit sich herumtrug. Er nahm den Koffer in die andere Hand und starrte regungslos in den Tunnel. Lichtpunkte, die sich tief in die Dunkelheit erstreckten.

Ein Husten. Er sah nach links. Das menschliche Wrack, das im eigenen Urin auf dem Boden lag, richtete sich auf. Mit gelblichen Augen starrte der Landstreicher den Priester mit dem traurigen Holzschnittgesicht an.

Der Priester wandte sich ab. Gleich würde er kommen. Und jammern. Helfen Sie einem alten Meßjungen, Pater. Bitte ... Die mit getrocknetem Erbrochenen bedeckte Hand auf seiner Schulter. Das zittrige Tasten nach der Medaille. Der stinkende Atem von tausend Beichten — voll Wein, Knoblauch und abgestandenen Todsünden, die alle zusammen herausgerülpst wurden. Erstickend ... erstickend ...

Der Priester hörte, daß der Landstreicher aufstand.

Laß ihn nicht kommen!

Er hörte Schritte.

O du mein Gott, laß es nicht zu!

„Hallo, Pater!"

Er zuckte zusammen. Er konnte sich nicht umdrehen. Brachte es nicht über sich, in diesem Gestank, diesen eingesunkenen Augen Christus zu suchen, einen Christus des Eiters und der blutigen Exkremente, einen Christus, den es nicht geben durfte, geben konnte.

„He, Pater!"

Das Geräusch eines einlaufenden Zuges. Dann das Geräusch unsicherer Schritte. Er drehte sich um. Der Landstreicher stolperte und brach ohnmächtig zusammen. Mit zwei hastigen Sprüngen war der Priester bei ihm und schleppte ihn zu einer Bank an der Wand.

„Bin katholisch", murmelte der Bettler. „Bin katholisch."

Der Priester setzte ihn behutsam hin. Er sah den Zug kommen. Rasch nahm er einen Dollarschein aus seiner Brieftasche und steckte ihn dem Landstreicher in die Jacke. Dann fiel ihm ein, daß der Mann das Geld bestimmt verlieren würde; er holte den Schein wieder heraus und stopfte ihn statt dessen in eine der urinfeuchten Hosentaschen. Anschließend nahm er seinen Koffer und stieg in den Zug.

Er setzte sich in eine Ecke und stellte sich schlafend. Von der Endstation aus ging er zu Fuß zur Fordham University. Der Dollar war für ein Taxi bestimmt gewesen.

In Weigel Hall, dem Besuchergebäude, trug er sich ins Gästebuch ein. Damien Karras, schrieb er. Dann musterte er seine Unterschrift. Irgendwie war etwas falsch. Müde fügte er ein „SJ" hinzu.

Er nahm ein Zimmer und war nach einer Stunde eingeschlafen.

Am nächsten Tag fand eine Sitzung der American Psychiatric Association statt. Er selbst hielt den Hauptvortrag mit dem Titel „Psychologische Aspekte seelischer Fortentwicklung". Am Abend setzte er sich noch auf ein paar Drinks und einen Imbiß mit einigen anderen Psychiatern zusammen, die ihn eingeladen hatten. Doch er verabschiedete sich früh. Er mußte noch seine Mutter besuchen.

In Manhattan ging er zu Fuß in die East Twenty-first Street. Vor dem heruntergekommenen Wohnhaus blieb er stehen und beobachtete die Kinder, die auf der Vortreppe spielten. Sie waren verwahrlost, ärmlich gekleidet. Kein Platz zum Spielen. Er erinnerte sich deutlich: Zwangsräumung, Demütigungen, Heimweg mit einem Mädchen aus der siebten Klasse und dann die Begegnung mit seiner Mutter, die gierig in einer Mülltonne wühlte. Er stieg die Treppe hinauf und öffnete die Haustür. Küchengestank. Er dachte an die Besuche bei Mrs. Choirelli in deren winziger Wohnung, in der sie achtzehn Katzen hielt. Die Hand am Geländer, erklomm er die Stufen — plötzlich von einer tiefen Erschöpfung überfallen, deren Ursprung, wie er zu wissen glaubte, einzig in seinem quälenden Schuldbewußtsein lag. Er hätte sie niemals verlassen, niemals allein lassen dürfen.

Sie begrüßte ihn mit einem Aufschrei und einem Kuß. Eilig begann sie Kaffee zu kochen. Er saß bei ihr in der Küche und hörte ihr zu. Die schmutzigen Wände und der verdreckte Fußboden krochen ihm unter die Haut. Die Wohnung war ein Loch. Wohlfahrt. Jeden Monat ein paar Dollar von einem Bruder.

Sie setzte sich zu ihm an den Tisch, redete über dies und das, Menschen, Nachbarn, Verwandte. Sie hatte immer noch den Einwandererakzent. Er wich dem Blick ihrer Augen aus, diesen Quellen der Sorge, diesen Augen, die tagelang aus dem Fenster starrten.

Er hätte sie niemals verlassen dürfen.

Später schrieb er noch ein paar Briefe für sie. Sie hatte noch immer nicht englisch lesen und schreiben gelernt. Dann reparierte er ihr billiges Plastikradio. Ihre Welt. Die Nachrichten. Bürgermeister Lindsay.

Er ging ins Bad. Auf den Fliesen ausgebreitet vergilbtes Zeitungspapier. Rostflecke in Wanne und Waschbecken. Auf dem Boden ein altes Korsett. Vor all diesem war er in die Liebe geflohen. Und jetzt war diese Liebe erkaltet.

Um Viertel vor elf verabschiedete er sich mit einem Kuß. Mit dem Versprechen, wiederzukommen, sobald es ginge. Das Radio hatte er ihr auf die Nachrichten eingestellt.

In seinem Zimmer in Weigel Hall überlegte er, ob er noch einmal an den Jesuiten-Provinzial von Maryland schreiben sollte. Er hatte schon einmal mit ihm über das Thema verhandelt: Gesuch um Versetzung nach New York, um der Mutter näher zu sein; Gesuch um einen Lehrposten und Befreiung von seinen jetzigen Pflichten. Als Grund für seine zweite Bitte hatte er Untauglichkeit angeführt.

Der Provinzial hatte mit ihm darüber gesprochen, als er auf seiner alljährlichen Inspektionsreise die Georgetown University besuchte. Seine Funktion ähnelte stark der eines Heeresinspekteurs, da er auch allen, die Probleme oder Beschwerden hatten, vertrauliche Aussprachen gewährte. Zu dem Problem seiner Mutter hatte der Provinzial genickt und Damien Karras seines Mitgefühls versichert; die Frage der „Untauglichkeit“ hatte er rundweg verneint. Doch Karras hatte nicht nachgegeben.

„Es ist viel mehr als nur Psychiatrie, Tom. Das wissen Sie doch. Einige der Probleme, mit denen die Leute zu mir kommen, haben mit ihrer Berufung, mit dem Sinn dieses Lebens zu tun. Verflixt, da geht es nicht um Sex, da geht es um den Glauben, und damit werde ich einfach nicht fertig, Tom. Es ist zuviel für mich. Ich kann nicht mehr. Ich habe selber Probleme. Ich meine, Zweifel.“

„Welcher denkende Mensch hat die nicht, Damien?“

Der Provinzial, ein überarbeiteter Mann mit wenig Zeit, hatte ihn nicht nach den Gründen für seine Zweifel gefragt. Und Karras war ihm dankbar dafür. Er wußte, daß seine Antworten unsinnig geklungen hätten: Die Notwendigkeit, Nahrung mit den Zähnen zu zerreißen und sich dann zu entleeren. Stinkende Socken. Contergan-Babys. Die Zeitungsmeldung über einen Meßjungen, der an der Bushaltestelle wartete, von Unbekannten überfallen, mit Kerosin übergossen und in Brand gesteckt worden war. Nein. Viel zu emotionell. Zu vage. Logischer das Schweigen Gottes. Das Böse in der Welt. Und vieles von diesem Bösen wurzelte im Zweifel; in der aufrichtigen Verwirrung der Menschen, die guten Willens waren. Würde ein vernünftiger Gott sich weigern, dem ein Ende zu machen? Würde er sich nicht zeigen? Nicht sprechen?

Herr, gib uns ein Zeichen . . .

Warum kein Zeichen?

Immer wieder hatte sich der Priester sehnlichst gewünscht, zur Zeit Christi gelebt zu haben: ihn berührt, ihm in die Augen geschaut haben zu dürfen. O mein Gott, zeige dich mir! Gib mir Gewißheit! Zeige dich mir im Traum!

Das sehnsüchtige Verlangen danach zerfraß ihn.

Er saß am Schreibtisch, die Feder in der Hand. Vielleicht war gar nicht Zeitmangel der Grund für das Schweigen des Provinzials. Vielleicht begriff er, daß der Glaube letztlich eine Frage der Liebe war.

Der Provinzial hatte versprochen, über sein Ansuchen nachzudenken, bis jetzt aber war noch nichts geschehen. Karras schrieb den Brief, dann ging er zu Bett.

Um fünf Uhr morgens wachte er auf — bleiern. Er ging in die Kapelle von Weigel Hall, nahm eine Hostie aus dem Ziborium, kehrte in sein Zimmer zurück und zelebrierte die Messe.

„Et clamor meus ad te veniat", betete er inbrünstig. „Und laß mein Flehen zu dir kommen . . ."

Als er die Hostie zur Wandlung hob, erinnerte er sich voll Schmerz an die Freude, die er früher dabei empfunden hatte, und spürte wieder, wie jeden Morgen, einen Stich: die Qual eines flüchtigen, heimlichen Blickes auf eine lange verlorengegangene, in weiter Ferne liegende Liebe.

Er brach die Hostie über dem Kelch.

„Frieden gebe ich euch. Meinen Frieden gebe ich euch . . .“

Er legte sich die Hostie auf die Zunge.

Nach der Messe polierte er den Kelch, bettete ihn sorgsam in sein Futteral und eilte zum Sieben-Uhr-Zug nach Washington.

3

Am frühen Morgen des 11. April rief Chris ihren Arzt in Los Angeles an und bat ihn um eine Überweisung an einen ortsansässigen Psychiater. Für Regan.

„Nanu? Was ist denn los?"

Chris setzte es ihm auseinander. Seit dem Tag nach Regans Geburtstag — dem Tag, an dem Howard nicht angerufen hatte —, war im Verhalten und Wesen ihrer Tochter eine plötzliche und starke Veränderung aufgetreten. Schlaflosigkeit. Streitsucht. Temperamentsausbrüche. Sie trat nach Gegenständen. Sie warf mit Gegenständen um sich. Schrie. Wollte nicht essen. Außerdem schien sie eine geradezu anomale Energie zu besitzen. Ununterbrochen war sie in Bewegung, nahm Gegenstände zur Hand, drehte sich, klopfte mit dem Fuß auf, lief oder sprang. War schlecht im Schulunterricht. Redete mit einem eingebildeten Spielkameraden. Versuchte durch völlig verrückte Einfälle die Aufmerksamkeit auf sich zu lenken.

„Zum Beispiel?" erkundigte sich der Arzt.

Zunächst berichtete Chris von den Klopfgeräuschen. Sie hatte sie seit dem Abend, an dem sie auf den Dachboden gestiegen war, noch zweimal gehört. In beiden Fällen war Regan im Zimmer gewesen, als Chris jedoch eintrat, hatte das Klopfen abrupt aufgehört. Anschließend erzählte sie, daß Regan Gegenstände in ihrem Zimmer „verlor": ein Kleid, ihre Zahnbürste, Bücher, ihre Schuhe. Sie beschwerte sich, daß jemand ihre Möbel herumrücke. Am Tag nach der Einladung ins Weiße Haus war Chris dazugekommen, wie Karl in Regans Schlafzimmer eine Kommode, die mitten im Raum gestanden hatte, wieder an ihren Platz schob. Als Chris wissen wollte, was er da tue, hatte er nur wieder sein „Jemand ist witzig" gemurmelt und sich geweigert, die Angelegenheit näher zu erklären. Kurz darauf war Chris in der Küche auf Regan gestoßen, die sich beklagte, daß in der Nacht, wenn sie schlafe, irgend jemand alle ihre Möbel herumrücke.

Dieser Zwischenfall hatte, wie Chris erklärte, ihren Verdacht endgültig bestätigt: Es war ganz zweifellos ihre Tochter, die hinter all diesem steckte.

„Sie halten es für Somnambulismus? Schlafwandeln?"

„Nein, Marc. Sie tut es, wenn sie wach ist. Um unsere Aufmerksamkeit zu erregen."

Chris erwähnte nun noch die Sache mit dem wackelnden Bett, die sich zweimal wiederholt und jedesmal zur Folge gehabt hatte, daß Regan bat, bei ihrer Mutter schlafen zu dürfen.

„Es könnte auch eine physische Ursache haben", meinte der Internist.

„Nein, Marc. Ich habe ja nicht gesagt, daß das Bett wirklich wackelt. Ich habe gesagt, daß sie behauptet, es wackele."

„Wissen Sie denn genau, daß es nicht wackelt?"

„Nein."

„Es könnte sich um klonische Spasmen handeln", murmelte er vor sich hin.

„Um was?"

„Hat sie Temperatur?"

„Nein. Also, was ist?“ fragte Chris. „Soll ich sie zu einem Psychiater bringen oder nicht?“

„Chris, Sie sprachen eben vom Schulunterricht. Wie ist sie in Mathematik?“

„Warum fragen Sie?“

„Wie steht es damit?“

„Katastrophal. Ich meine, ganz plötzlich geradezu katastrophal.“

Er knurrte etwas.

„Warum fragen Sie?“ wiederholte Chris.

„Nun ja, weil das zum Syndrom gehört.“

„Zu welchem?“

„Nichts Ernstes. Aber am Telefon möchte ich lieber keine Diagnose stellen. Haben Sie einen Bleistift zur Hand?“

Er wollte ihr den Namen eines Internisten in Washington geben.

„Marc, können Sie nicht selbst herkommen und sie untersuchen?“

Jamie. Eine schleichende Infektion. Damals hatte der Hausarzt ein neues Antibiotikum mit Breitenwirkung verschrieben. Der Apotheker, dem sie das Rezept vorlegte, war mißtrauisch gewesen. „Ich möchte Sie ja nicht ängstigen, Ma'am, aber das hier ist ... Na ja, es ist ziemlich neu auf dem Markt, und in Georgia hat man festgestellt, daß es in einigen Fällen aplastische Anämie hervorgerufen hat ...“ Jamie. Jamie. Tot. Seitdem hatte Chris kein Vertrauen mehr zu den Ärzten. Nur zu Marc. Und das hatte Jahre gedauert. „Marc — bitte!“

„Nein, das geht leider nicht. Aber keine Sorge. Ein ausgezeichneter Arzt. Und nun holen Sie sich etwas zum Schreiben.“

Sie zögerte und sagte dann: „Gut.“

Sie schrieb sich den Namen auf.

„Lassen Sie sie von ihm untersuchen und bitten Sie ihn, mich anzurufen“, sagte der Internist. „Den Psychiater wollen wir vorläufig vergessen.“

„Sind Sie ganz sicher?"

Was nun folgte, war eine beißende Kritik an der Bereitschaft der Öffentlichkeit, psychosomatische Krankheiten sofort zu akzeptieren, den umgekehrten Verlauf jedoch nicht anzuerkennen: daß nämlich einer scheinbaren Geisteskrankheit häufig auch eine physische Krankheit zugrunde liegen konnte.

„Was würden Sie zum Beispiel folgern", fuhr er dann fort, „wenn Sie — Gott behüte! — mein Internist wären und ich Ihnen sagen würde, daß ich an Kopfschmerzen, Alpträumen, Übelkeit, Schlaflosigkeit, nachlassender Sehschärfe litte, daß ich mich außerdem völlig aufgelöst fühlte und tödliche Angst um meinen Job hätte? Würden Sie daraus nicht schließen, ich sei ein Neurotiker?"

„Da dürfen Sie mich nicht fragen, Marc. Daß Sie ein Verrückter sind, weiß ich ja."

„Das sind die Symptome für einen Gehirntumor, Chris. Also, zuerst den Körper untersuchen. Danach werden wir weitersehen."

Chris rief den Internisten an und traf eine Verabredung für den Nachmittag. Zeit hatte sie jetzt genug. Die Filmaufnahmen waren beendet — wenigstens, was sie persönlich anging. Burke Dennings beaufsichtigte allerdings noch die Arbeit der „zweiten Gruppe", eines im allgemeinen weniger kostspieligen Teams, das unwichtigere Szenen drehte: Hubschrauberaufnahmen der Stadt, Szenen mit Stuntmen und Szenen, in denen keiner der Hauptakteure auftrat. Aber er wollte, daß jeder Meter seines Filmes perfekt ausfiel.

Der Arzt wohnte in Arlington. Dr. Samuel Klein. Während Regan mürrisch in seinem Untersuchungsraum saß, holte Klein die Mutter zu sich ins Büro und nahm in Stichworten die Krankengeschichte des Kindes auf. Chris berichtete ihm ihre Sorgen. Er hörte zu, nickte und machte sich ausgiebig

Notizen. Als sie das Bettwackeln erwähnte, runzelte er die Stirn.

Doch Chris fuhr fort: „Marc scheint es für bezeichnend zu halten, daß Regan in Mathematik sehr schlecht geworden ist. Wieso?"

„Sie meinen, im Schulunterricht?"

„Ja, im Schulunterricht. Vor allem aber in Mathematik. Was hat das zu bedeuten?"

„Warten wir doch, bis ich sie mir angesehen habe, Mrs. MacNeil."

Er entschuldigte sich für eine Weile und untersuchte Regan von Kopf bis Fuß. Anschließend nahm er Urin- und Blutproben. Mit dem Urin wurde die Leber- und Nierenfunktion geprüft, das Blut diente zu verschiedenen Tests: auf Diabetes, auf die Schilddrüsenfunktion, durch Zählen der roten Blutkörperchen auf Anämie und durch Zählen der weißen Blutkörperchen auf ausgefallenere Blutkrankheiten.

Als er mit allem fertig war, unterhielt er sich noch eine Zeitlang mit Regan, um sie zu beobachten. Dann kehrte er zu Chris zurück und schrieb ein Rezept.

„Sie scheint an einer hyperkinetischen Verhaltensstörung zu leiden."

„Woran?"

„An einer Nervenstörung. Jedenfalls ist das unser Eindruck. Wodurch so etwas entsteht, wissen wir nicht genau, aber es kommt bei Heranwachsenden häufiger vor. Ihre Tochter weist sämtliche Symptome auf: die Überaktivität, die Unbeherrschtheit, die Verschlechterung in Mathematik."

„Ach ja, die Mathematik. Aber wieso eigentlich?"

„Gestörte Konzentrationsfähigkeit." Er riß das Rezept von einem kleinen blauen Block und reichte es ihr. „Ich habe ihr Ritalin aufgeschrieben."

„Was?"

„Methylphenidat."

„Hm."

„Zehn Milligramm, zweimal täglich. Ich würde empfehlen, das erste um acht Uhr morgens, das zweite um zwei Uhr nachmittags einzunehmen."

Sie starrte auf das Rezept.

„Was ist das? Ein Beruhigungsmittel?"

„Nein, ein Anregungsmittel."

„Ein Anregungsmittel? Aber sie ist doch schon jetzt das reinste Nervenbündel!"

„Ihr Zustand ist ein wenig anders, als es scheint", erklärte ihr Klein. „Es handelt sich um eine Art Überkompensation. Um eine extreme Reaktion auf Depressionen."

„Depressionen?"

Klein nickte.

„Depressionen ...", murmelte Chris nachdenklich.

„Nun, Sie hatten doch ihren Vater erwähnt", sagte Klein.

Chris hob den Kopf. „Meinen Sie, ich sollte mit ihr zum Psychiater gehen?"

„Auf gar keinen Fall! Ich würde abwarten, wie sie auf das Ritalin anspricht. Warten Sie etwa zwei bis drei Wochen."

„Sie glauben also, es sind die Nerven."

„Das nehme ich an."

„Und diese Lügengeschichten, die sie erzählt? Wird das jetzt auch aufhören?"

Die Antwort des Arztes verblüffte sie. Er fragte, ob es ihr schon einmal aufgefallen sei, daß Regan unanständige Redensarten verwende.

„Noch nie", antwortete Chris sofort.

„Sehen Sie, damit verhält es sich genauso wie mit dem Lügen; nach allem, was Sie mir sagen, durchaus uncharakteristisch für das Kind. Doch bei gewissen Nervenstörungen kann es ..."

„Moment!" unterbrach Chris ihn verwundert. „Wie kommen Sie eigentlich darauf, daß sie unanständige Ausdrücke verwendet? Das haben Sie doch gesagt, nicht wahr? Oder habe ich Sie da mißverstanden?"

Einen Augenblick sah er sie prüfend an, dann sagte er vorsichtig: „Doch, ja. Ich würde schon sagen, daß sie unanständige Ausdrücke verwendet. Wußten Sie das denn nicht?“

„Ich weiß es noch immer nicht! Was soll das heißen?“

„Nun ja, sie hat eine ganz hübsche Serie vom Stapel gelassen, als ich sie eben untersuchte, Mrs. MacNeil.“

„Das soll doch wohl ein Witz sein, nicht wahr? Was hat sie zum Beispiel gesagt?“

Er zog ein verlegenes Gesicht. „Tja, ich würde sagen, ihr Wortschatz ist ziemlich umfangreich.“

„Na schön, aber *was* hat sie gesagt? Nennen Sie mir doch ein Beispiel!“

Er zuckte die Achseln.

„Meinen Sie vielleicht ‚Scheiße‘? Oder was sonst?“

Seine Verkrampfung löste sich. „Ja, Mrs. MacNeil. Das hat sie auch gesagt.“

„Und was noch? Ich will es wörtlich wissen.“

„Nun, Mrs. MacNeil, wörtlich hat sie mir geraten, meine verdammten Finger von ihrer Fotze zu lassen.“

Chris hielt erschrocken den Atem an. „So etwas hat sie gesagt?“

„Nun, Mrs. MacNeil, das ist durchaus nicht so ungewöhnlich. Deswegen würde ich mir keine großen Sorgen machen. Es gehört auch mit zum Syndrom.“

Kopfschüttelnd starrte sie auf ihre Schuhe. „Unfaßbar!“

„Wissen Sie, ich bin der Ansicht, daß sie gar nicht versteht, was sie da sagt“, tröstete er sie.

„Nun ja, mag sein“, murmelte Chris. „Vielleicht.“

„Versuchen Sie es mit dem Ritalin, dann werden wir sehen, wie sich die Sache entwickelt“, riet er. „Und in vierzehn Tagen möchte ich sie mir noch einmal ansehen.“

Er blätterte in seinem Terminkalender. „Warten Sie ... Sagen wir, Mittwoch, den siebenundzwanzigsten. Würde Ihnen das passen?“ Fragend hob er den Kopf.

„Ja, sicher“, murmelte sie, während sie aufstand. Vor

Nervosität zerknüllte sie das Rezept in ihrer Manteltasche. „Der siebenundzwanzigste paßt mir gut."

„Ich bin übrigens ein großer Verehrer Ihrer Kunst", erklärte Klein lächelnd, als er ihr die Korridortür öffnete und sie ihm die Hand reichte.

Sie blieb besorgt im Türrahmen stehen und legte mahnend den Finger auf die Lippen. „Sie meinen also nicht, daß ein Psychiater . . ."

„Ich weiß es nicht. Aber die beste Erklärung ist immer die einfachste. Warten wir vorerst lieber ab." Er lächelte aufmunternd. „Und versuchen Sie, sich bis dahin nicht allzuviel Sorgen zu machen."

„Ja, gut. Aber wie?"

Sie ging.

Auf dem Nachhauseweg fragte Regan, was denn der Doktor von ihr gesagt habe.

„Daß du schlechte Nerven hast."

Chris hatte beschlossen, nichts über ihre Ausdrucksweise zu sagen. Burke. Sie muß es von Burke haben.

Mit Sharon aber unterhielt sie sich später darüber. Sie fragte die Sekretärin, ob sie jemals gehört habe, daß Regan derartige Ausdrücke benutze.

„Eigentlich nicht", antwortete Sharon. „Jedenfalls nicht in letzter Zeit. Aber weißt du, ihre Zeichenlehrerin hat einmal eine Bemerkung darüber gemacht." Das war eine Dame, die ins Haus kam.

„Vor kurzem?" erkundigte sich Chris.

„Ja, erst in der vergangenen Woche. Aber du kennst sie ja. Ich nahm einfach an, daß Regan ‚verdammt' oder ‚Mist' gesagt hatte. Oder so etwas Ähnliches."

„Übrigens, Shar . . . Hast du in letzter Zeit mit ihr über Religion gesprochen?"

Sharon errötete.

„Nun ja, ganz kurz. Es läßt sich schwer vermeiden. Sie

hat mir Fragen gestellt, weißt du ... und da ...“ Sie zuckte ein wenig hilflos mit den Achseln. „Es ist ziemlich schwierig. Was soll ich ihr antworten, ohne etwas zu sagen, was ich für eine ganz große Lüge halte?“

„Laß ihr die Möglichkeit der Wahl.“

In den Tagen vor der geplanten Dinnerparty achtete Chris gewissenhaft darauf, daß Regan pünktlich ihr Ritalin einnahm. Am Abend der Party jedoch stellte sie fest, daß sich bisher noch keine Besserung gezeigt hatte. Es gab sogar Anzeichen für eine graduelle Verschlechterung: gesteigerte Vergeßlichkeit, Unordnung und einmal auch Übelkeit. Was ihre Bemühungen um Aufmerksamkeit betraf, so wiederholten sich die bekannten Zwischenfälle zwar nicht, aber es kam ein ganz neuer hinzu: Klagen über einen widerlichen Gestank in Regans Schlafzimmer. Auf Bitten des Kindes steckte Chris eines Tages die Nase hinein, roch aber nichts.

„Wirklich nichts?“

„Willst du behaupten, daß du es jetzt, in diesem Augenblick riechst?“ hatte Chris sie gefragt.

„Aber natürlich!“

„Wie riecht es denn?“

Regan zog die Nase kraus. „Wie etwas, was brennt.“

„Wirklich?“ Chris schnupperte noch einmal.

„Riechst du es immer noch nicht?“

„Doch, mein Schatz, jetzt schon“, hatte Chris gelogen. „Ein wenig. Machen wir das Fenster auf, damit frische Luft hereinkommen kann.“

In Wirklichkeit hatte sie überhaupt nichts gerochen, sondern das Kind lediglich hinhalten wollen — wenigstens bis zum nächsten Besuch beim Arzt. Außerdem hatte sie im Moment andere Sorgen. Da war zunächst die Vorbereitung ihrer Dinnerparty. Und zweitens das neue Drehbuch. Obwohl sie von der Aussicht, auch einmal Regie führen zu dürfen, begeistert war, hatte eine angeborene Vorsicht sie bis jetzt daran gehindert, einen überstürzten Entschluß zu fassen. Ihr Agent rief tagtäglich an. Sie hatte ihm gesagt, sie habe das Drehbuch Dennings gegeben, um seine Meinung einzuholen, und hoffe, er werde es lesen und nicht verspeisen.

Das dritte und wichtigste Problem war der Fehlschlag zweier finanzieller Unternehmungen: der Kauf konvertierbarer Wertpapiere und eine Investition in eine Ölbohrung in Süd-Libyen. Beide hatten ihr Einkommen vor den ungeheuren Steuerabzügen schützen sollen, doch jetzt war es weit schlimmer gekommen: Die Ölquellen hatten sich als unergiebig erwiesen, und die in die Höhe schießenden Zinssätze hatten einen allgemeinen Boom an Wertpapieren zur Folge.

Das waren die Probleme, die sie mit ihrem schwarzseherischen Finanzberater durchsprechen mußte, der extra deswegen nach Washington kam. Das war am Donnerstag gewesen. Den ganzen Freitag hatte Chris mit ihm diskutiert und sich zuletzt für den Vorschlag des Beraters entschieden. Er nickte beifällig, runzelte aber die Stirn, als sie vom Kauf eines Ferrari sprach.

„Einen neuen?"

„Warum nicht? Wie Sie wissen, habe ich einmal im Film einen gefahren. Wenn wir nun an die Fabrik herantreten und darauf hinweisen, machen sie uns vielleicht einen Sonderpreis. Meinen Sie nicht?"

Er meinte nicht. Und erklärte, daß er einen neuen Wagen für Verschwendung halte.

„Ben, ich habe im vergangenen Jahr achthunderttausend verdient, und Sie wollen behaupten, daß ich mir nicht einmal so einen albernen Wagen leisten kann? Finden Sie das nicht lächerlich? Wo ist das ganze Geld geblieben?"

Er wies sie darauf hin, daß ihr Geld fast ausschließlich fest angelegt sei. Dann zählte er die verschiedenen Abzüge von ihrem Bruttoeinkommen auf: die Einkommensteuer, die geplante Einkommensteuererhöhung, die Staatssteuer, die Grundsteuer, zehn Prozent Agentenkommission, fünf Prozent Kommission für ihn selbst, fünf für ihren Pressemanager, eineinviertel als Beitrag für den Motion Picture Welfare Fund, die Ausgaben für Garderobe, die Gehälter für Willie, Karl, Sharon und den Hausverwalter in Los Angeles, Reiseunkosten und schließlich ihre eigenen Monatsausgaben.

„Drehen Sie in diesem Jahr noch einen Film?"

Sie zuckte mit den Achseln. „Weiß ich noch nicht. Muß ich denn?"

„Ich würde es für besser halten."

Sie stützte den Kopf in beide Hände und musterte ihn düster. „Wie wär's denn mit einem Honda?"

Er antwortete nicht.

Später am selben Abend versuchte Chris, ihre Sorgen beiseite zu schieben und sich auf die Vorbereitungen für die Party am nächsten Abend zu konzentrieren.

„Ich möchte lieber ein Büfett machen", sagte sie zu Willie und Karl. „Wir stellen einfach an der hinteren Wohnzimmerwand einen großen Tisch auf, ja?"

„Selbstverständlich", antwortete Karl.

„Was meinen Sie, Willie — als Nachtisch Obstsalat?"

„Ausgezeichnet", antwortete Karl.

„Vielen Dank, Willie."

Sie hatte eine interessante Gästemischung. Außer Burke („Du bist hoffentlich nüchtern, wenn du kommst!") und den jüngeren Regisseur der zweiten Garnitur erwartete sie einen Senator (mit Frau), einen Apollo-Astronauten (mit Frau), zwei Jesuiten von der Georgetown University, ihre Nachbarn Mary Jo Perrin und Ellen Cleary.

Mary Jo Perrin war eine rundliche, grauhaarige Hellseherin, die Chris beim Dinner im Weißen Haus kennengelernt und auf Anhieb sympathisch gefunden hatte. Ellen Cleary war mittleren Alters und Sekretärin des State Department. Sie hatte, als Chris ihre Rußlandtournee machte, bei der US-Botschaft in Moskau gearbeitet und keine Mühe gescheut, um Chris aus den verschiedenen Patschen zu retten, in die sie im Lauf ihrer Reise geraten war und die sie nicht zuletzt ihrer eigenen Freimütigkeit zu verdanken gehabt hatte. Chris hatte die ganzen Jahre hindurch immer wieder voll Zuneigung an sie gedacht und sie sofort aufgesucht, als sie nach Washington kam.

„Shar“, fragte sie jetzt, „welche Priester werden denn eigentlich kommen?“

„Ich weiß es noch nicht genau. Eingeladen habe ich den Präsidenten und den Dekan, ich glaube aber, daß der Präsident einen Vertreter schickt. Sein Sekretär rief mich heute vormittag an und sagte, er müsse leider verreisen.“

„Wen schickt er denn?“ erkundigte sich Chris mit heimlichem Interesse.

„Moment ...“ Sharon wühlte in ihren Notizzetteln. „Da ist er ja! Seinen Assistenten, Pater Joseph Dyer.“

„Vom Campus?“

„Das weiß ich nicht.“

Chris war enttäuscht.

„Laß Burke morgen abend bitte nicht aus den Augen“, fuhr sie dann fort.

„Wird gemacht.“

„Wo ist Rags?“

„Unten.“

„Weißt du, ich glaube, du solltest deine Schreibmaschine da unten aufstellen. Dann kannst du sie beobachten, während du tippst. Okay? Ich möchte verhindern, daß sie so viel allein ist.“

„Das ist eine gute Idee.“

Nachdem die Vorbereitungen beendet waren, konzentrierte Chris ihre Gedanken unwillkürlich wieder auf Regan. Eine Zeitlang versuchte sie fernzusehen. Ohne Erfolg. Sie war nervös. Irgend etwas Fremdes war in diesem Haus. Wie eine Stille, die sich herabsenkte. Wie bleierner Staub.

Um Mitternacht lagen alle in tiefem Schlaf.

In dieser Nacht kam es zu keinen Störungen mehr.

4

Sie empfing ihre Gäste in einem hellgrünen Hosenanzug mit langen Glockenärmeln. Ihre Schuhe waren bequem und kündeten damit von den Hoffnungen, die sie in diesen Abend setzte.

Der erste Ankömmling war Mary Jo Perrin, die ihren Teenager-Sohn Robert mitbrachte. Zuletzt kam der rotgesichtige Pater Dyer. Dieser war ein junger, kleingewachsener Mann mit weltentrückten Augen hinter Nickelbrille. Schon an der Tür entschuldigte er sich für sein Zuspätkommen. „Konnte nicht gleich die passende Krawatte finden“, erklärte er Chris mit ernster Miene. Einen Augenblick starrte sie ihn verständnislos an, dann brach sie in lautes Lachen aus. Die Deprimiertheit, die schon den ganzen Tag auf ihr lastete, begann zu weichen.

Die Drinks taten bald ihre Wirkung. Um Viertel vor zehn waren die Gäste im ganzen Wohnzimmer verteilt, aßen mit Appetit und bildeten lebhafte Gruppen.

Chris füllte sich ebenfalls ihren Teller am Büfett und hielt nach Mary Jo Perrin Ausschau. Sie saß mit Pater Wagner, dem Jesuiten-Dekan, drüben auf einem Sofa. Chris hatte ganz kurz mit dem Dekan gesprochen. Er hatte eine sommersprossige Glatze und trug ein etwas ironisches, aber sehr gütiges Wesen zur Schau. Chris ging hinüber und hockte sich vor dem Couchtisch auf den Boden. Die Hellseherin lachte gerade vor Vergnügen.

„Nun binden Sie mir aber keinen Bären auf, Mary Jo!" Der Dekan führte lächelnd eine Gabel voll Curry zum Mund.

„Tun Sie das nur ja nicht, Mary Jo", sagte Chris lächelnd.

„Oh, hallo! Das Büfett ist einfach großartig", lobte der Jesuit.

„Nicht zu scharf?"

„Durchaus nicht. Gerade richtig. Mary Jo wollte mir eben erzählen, es habe einen Jesuiten gegeben, der auch ein Medium war."

„Und er will es mir einfach nicht glauben", sagte die Hellseherin.

„O bitte, *distinguo*", korrigierte sie der Dekan. „Ich sagte nur, es sei schwer zu glauben."

„Ein echtes Medium?" fragte Chris.

„Gewiß", antwortete Mary Jo. „Er konnte sogar frei in der Luft schweben."

„Ach, wissen Sie — das mache ich jeden Morgen", entgegnete der Jesuit gelassen.

„Hat er denn auch Séancen gehalten?" erkundigte sich Chris bei Mrs. Perrin.

„Allerdings. Er war im neunzehnten Jahrhundert sehr berühmt. Außerdem war er vermutlich der einzige Spiritist seiner Zeit, den man nicht eindeutig des Betrugs überführt hat."

„Wie schon gesagt, er war eben kein Jesuit", kommentierte der Dekan.

„O doch, und wie!" Sie lachte laut. „Mit zweiundzwanzig Jahren trat er bei den Jesuiten ein und gelobte, nie mehr als Medium zu arbeiten. Nach einer Séance, die er dann doch noch in den Tuilerien abhielt, warf man ihn in hohem Bogen aus Frankreich hinaus. Und wissen Sie auch, warum? Mitten in der Séance hatte er der Kaiserin erklärt, sie werde gleich von den Händen eines Kindergeistes berührt, der sich soeben materialisiere. Und als man unversehens alle Lichter einschaltete, erwischte man ihn, wie er der Kaiserin seinen nackten Fuß auf den Arm setzte! Stellen Sie sich das vor!"

Der Jesuit stellte lächelnd den Teller ab. „Mary Jo, kommen Sie mir nur nicht um Rabatt auf Ablaß, meine Liebe."

„Aber ich bitte Sie! In jeder Familie gibt es ein schwarzes Schaf."

„Wir haben unsere Quote bei den Medici-Päpsten erschöpft."

„Wissen Sie, ich habe einmal etwas sehr Merkwürdiges erlebt", begann Chris.

Doch der Dekan unterbrach sie noch einmal. „Soll das vielleicht eine Beichte werden?"

„O nein, ich bin nicht katholisch", antwortete Chris lächelnd.

„Das sind die Jesuiten schließlich auch nicht." Mrs. Perrin kicherte.

„Alles Verleumdungen der Dominikaner!" protestierte der Dekan. Dann sagte er, zu Chris gewandt: „Verzeihen Sie, bitte. Was sagten Sie eben?"

„Nun ja, daß ich glaube, einmal jemanden schweben gesehen zu haben. In Bhutan."

Und sie berichtete ihr Erlebnis.

„Halten Sie das für möglich?" fragte sie abschließend. „Ich meine, im Ernst."

„Wer weiß?" Er zuckte die Achseln. „Wer weiß, was Schwerkraft ist. Oder Materie."

„Möchten Sie meine Meinung dazu hören?" meldete sich Mrs. Perrin.

„Nein, vielen Dank, Mary Jo", wehrte der Dekan ab.

Mary Jo wollte etwas sagen, doch Chris ließ sie nicht zu Wort kommen.

„Hören Sie, Pater, ich hätte Sie gern etwas gefragt. Kennen Sie dieses kleine Häuschen hinter der Kirche da drüben?“ Sie deutete in die Richtung.

„Hinter Holy Trinity?“

„Ja, richtig. Was ist das für ein Haus?“

„Ach, wissen Sie, Chris, da werden Schwarze Messen abgehalten“, antwortete Mrs. Perrin.

„Schwarze — was?“

„Schwarze Messen.“

„Und was ist das?“

„Sie macht nur Spaß“, protestierte der Dekan.

„Ich weiß“, entgegnete Chris. „Aber ich bin dumm. Ich meine — was ist denn das eigentlich, eine Schwarze Messe?“

„Im Grunde die Travestie einer katholischen Messe“, erklärte der Dekan. „Es hat was mit Hexerei zu tun. Teufelsanbetung.“

„Wollen Sie sagen, daß es tatsächlich so etwas gibt?“

„Ich weiß es nicht. Obwohl ich einmal gehört habe, daß in Paris allein ungefähr fünfzigtausend Schwarze Messen im Jahr gehalten werden sollen.“

„Jetzt noch? In der heutigen Zeit?“ Chris machte ein ungläubiges Gesicht.

„Jedenfalls habe ich das einmal gehört.“

„Na, sicher. Vom Geheimdienst der Jesuiten“, spöttelte Mrs. Perrin.

„Habe ich nicht nötig. Mir flüstern es geheime Stimmen zu“, erwiderte der Dekan.

„Wissen Sie, zu Hause in Los Angeles hört man eine Menge Gerüchte über alle möglichen Hexenkulte“, sagte Chris. „Ich habe mich oft gefragt, ob das alles stimmt.“

„Nun, wie gesagt, ich weiß nichts davon“, antwortete der Dekan. „Aber es gibt jemanden, der Ihnen vielleicht Auskunft geben kann: Joe Dyer. Wo ist er denn?“

Der Dekan sah sich suchend im Zimmer um.

„Ah, da drüben!“ Er nickte zu dem anderen Priester hinüber, der mit dem Rücken zu ihnen am Büfett stand und sich soeben zum zweitenmal den Teller füllte. „Joe!“

„Komme sofort“, sagte Dyer und widmete sich wieder dem Curry und dem Salat.

Der Dekan trank einen Schluck Wein. „In der vergangenen Woche hat es in Holy Trinity zwei Fälle von Kirchenschändung gegeben, und Joe sagte, einer davon erinnere ihn an Dinge, die bei den Schwarzen Messen geschähen. Also nehme ich an, daß er sich mit diesem Thema auskennt.“

„Was ist denn in der Kirche passiert?“ erkundigte sich Mary Jo Perrin.

„Ach, ziemlich widerwärtige Dinge.“

„Bitte, erzählen Sie! Wir sind ja alle mit dem Essen fertig.“

„Nein, lieber nicht. Es ist wirklich zu stark“, wehrte er ab.

„Nun reden Sie schon!“

„Wollen Sie etwa behaupten, Sie könnten meine Gedanken nicht lesen, Mary Jo?“ fragte er sie.

„O doch“, gab diese zurück. „Aber ich halte mich nicht für würdig, dieses Allerheiligste zu betreten.“ Sie lachte.

„Nun ja, es ist wirklich eine ekelhafte Geschichte“, begann der Dekan.

Und dann beschrieb er die Schändungen. Im ersten Fall hatte der ältliche Sakristan der Kirche auf dem Altartuch, direkt vor dem Tabernakel, einen Haufen menschlicher Exkremente gefunden.

„Das ist aber tatsächlich ekelhaft!“ Mrs. Perrin schnitt eine Grimasse.

„Der zweite Fall war sogar noch schlimmer“, entgegnete der Dekan. Und erklärte ihnen mit vielen Umschreibungen und ein oder zwei Euphemismen, daß man an der Christusstatue des linken Seitenaltars einen massiven Tonphallus entdeckt habe.

„Reicht es Ihnen?“ fragte er abschließend.

Chris merkte, daß Mary Jo ehrlich beunruhigt zu sein schien, als sie jetzt antwortete: „O ja — vielen Dank. Tut mir leid, daß ich überhaupt danach gefragt habe. Wechseln wir lieber das Thema. Ja?“

„Nein, nein! Ich bin fasziniert“, widersprach Chris.

„Wundert Sie das? Ich bin eben ein faszinierender Mensch.“

Es war Pater Dyer, der mit seinem Teller in der Hand plötzlich neben ihr stand. „Gedulden Sie sich bitte noch eine Minute, dann werde ich mich Ihnen mit Freuden widmen. Ich habe da gerade eine sehr interessante Sache mit dem Astronauten zu besprechen.“

„Worum handelt es sich denn?“ fragte der Dekan.

Pater Dyer zog eine Grimasse. „Ob Sie es glauben oder nicht — um den ersten Missionar auf dem Mond.“

Alle drei brachen in Lachen aus.

„Dafür haben Sie haargenau die richtige Größe“, meinte Mrs. Perrin. „Sie finden ja sogar noch Platz in der Raketenspitze.“

„O nein, es geht nicht um mich“, korrigierte er sie tiefernst. Dann wandte er sich an den Dekan: „Ich habe Emory dafür vorgeschlagen.“

„Das ist unser Disziplinarius auf dem Campus“, erklärte der Dekan den beiden Damen. „Da oben sind nämlich noch keine Menschen, und das ist das Richtige für ihn. Er hat nämlich gern seine Ruhe.“

„Und wen soll er dann da bekehren?“ fragte Mrs. Perrin.

„Wen? Die Astronauten natürlich!“ Dyer sah sie tadelnd an. „Das ist genau seine Kragenweite: ein oder zwei Personen. Bloß keine größeren Gruppen. Zwei sind ihm genug.“

Dyer sah zu dem Astronauten hinüber.

„Entschuldigen Sie mich, bitte“, sagte er und ging davon.

„Ich mag ihn“, stellte Mrs. Perrin fest.

„Ich auch“, sagte Chris und wandte sich an den Dekan. „Sie haben mir noch nicht erklärt, was in diesem Häuschen vorgeht“, erinnerte sie ihn. „Ein großes Geheimnis? Wer ist der Priester, den ich da immer wieder sehe? Dieser Dunkle. Wissen Sie, wen ich meine?“

„Pater Karras“, antwortete der Dekan leise und mit einer Spur von Mitleid im Ton.

„Was macht er denn da?“

„Er ist Berater.“ Der Dekan stellte sein Weinglas hin und drehte es am Stiel hin und her. „Hat gestern abend einen ziemlich schweren Schlag bekommen. Der Arme.“

„Ach, wirklich? Was war es denn?“ erkundigte sich Chris, sonderbarerweise besorgt.

„Seine Mutter ist entschlafen.“

Chris wurde von einem Gefühl der Trauer ergriffen, das sie sich nicht erklären konnte. „Das tut mir aber leid“, sagte sie.

„Er scheint es sehr schwer zu nehmen“, berichtete der Jesuit. „Sie lebte allein und war offenbar schon einige Tage tot, als man sie fand.“

„Wie schrecklich!“ murmelte Mrs. Perrin.

„Und wer hat sie gefunden?“ fragte Chris teilnahmsvoll.

„Der Hausmeister. Vermutlich hätte man sie aber auch dann noch nicht gefunden, wenn nicht ... Nun ja, die Nachbarn hatten sich beschwert, daß bei ihr Tag und Nacht das Radio lief.“

„Ein trauriger Tod“, murmelte Chris.

„Verzeihen, Madam.“

Chris blickte auf. Karl stand mit einem Tablett mit Gläsern und Likörflaschen vor ihr.

„Ach ja, Karl. Stellen Sie es nur hierher. Vielen Dank.“

Chris hatte es sich zur Gewohnheit gemacht, ihren Gästen die Getränke stets selbst zu servieren. Sie fand, das schaffe eine persönlichere Atmosphäre.

„Dann werde ich wohl am besten gleich mit Ihnen anfangen“, wandte sie sich an den Dekan und Mrs. Perrin. Nachdem die beiden versorgt waren, wanderte sie zwischen den anderen Gästen umher, bot die Getränke an und stellte fest, daß sich die einzelnen Gruppen aufgelöst und neue sich zusammengefunden hatten. Nur Dyer und der Astronaut standen noch beieinander. Sie schienen dicke Freunde geworden zu sein. „Nein, nein, eigentlich bin ich gar kein Priester“, hörte sie Dyer, der dem sich vor Lachen schüttelnden Astronauten den Arm um die Schulter gelegt hatte, feierlich erklären. „Im Grunde bin ich ein sehr, sehr fortschrittlicher Rabbi.“ Kurz darauf hörte sie ihn den Astronauten fragen: „Was ist das All?“ Und als der Astronaut mit den Achseln zuckte und gestand, er wisse es nicht, maß Pater Dyer ihn mit finsterem Stirnrunzeln und erwiderte: „Das sollten Sie aber wissen.“

Chris selber gesellte sich jetzt zu Ellen Cleary, um mit ihr gemeinsame Erinnerungen an Moskau aufzufrischen. Auf einmal hörte sie in der Küche eine vertraute, durchdringende Stimme losbrüllen.

Um Gottes willen — Burke!

Er schien irgend jemanden mit gräßlichen Flüchen zu überschütten.

Eilig entschuldigte sich Chris bei Ellen und ging hinaus. In der Küche fand sie Dennings, der dem armen Karl unflätige Beschimpfungen an den Kopf warf, während Sharon vergeblich versuchte, ihn zu beruhigen.

„Burke!“ rief Chris. „Hör sofort auf!“

Der Regisseur beachtete sie nicht und schrie, mit Schaum in den Mundwinkeln, weiter auf Karl ein, der stumm, mit verschränkten Armen und ausdrucksloser Miene am Spülstein lehnte und Dennings nicht aus den Augen ließ.

„Aber Karl!“ fuhr Chris ihn ärgerlich an. „Machen Sie, daß Sie rauskommen! Sehen Sie denn nicht, in was für einem Zustand er ist?“

Aber der Schweizer rührte sich nicht, bis Chris ihn eigenhändig auf die Tür zuschob.

„Nazischwein!“ kreischte Dennings noch hinter ihm her. Dann wandte er sich mit seinem freundlichsten Lächeln an Chris und rieb sich genießerisch die Hände. „Und was gibt’s zum Nachtisch?“ erkundigte er sich liebenswürdig.

„Nachtisch!" Chris schlug sich verzweifelt mit der Hand vor die Stirn.

„Ich hab' schrecklichen Hunger", jammerte er.

Chris drehte sich zu Sharon um. „Dann gib ihm in Gottes Namen etwas zu essen. Ich muß erst einmal Regan ins Bett bringen. Und du, Burke, benimm dich endlich normal!" befahl sie dem Regisseur. „Wir haben Priester zu Besuch."

Er krauste die Stirn, und in seine Augen trat ein Ausdruck ehrlichen Interesses. „Ach — auch dir ist das schon aufgefallen?" fragte er mit Unschuldsmiene.

Ärgerlich verließ Chris die Küche und ging ins Spielzimmer, um nach ihrer Tochter zu sehen. Regan spielte mit dem Ouija-Brett. Das Kind machte einen bedrückten, geistesabwesenden Eindruck. Nun ja, wenigstens ist sie nicht gereizt, dachte Chris und nahm sie, um sie ein wenig abzulenken, mit nach oben. Sie wollte sie ihren Gästen vorstellen.

„Ach, ist sie nicht süß!" rief die Frau des Senators.

Regan war ungewohnt artig und wollte nur Mrs. Perrin weder die Hand geben noch guten Abend sagen. Aber die Hellseherin machte geschickt einen Scherz aus der Situation.

„Sie weiß eben, daß ich eine Schwindlerin bin." Dabei blinzelte sie Chris verständnisinnig zu. Dann jedoch ergriff sie mit aufmerksamem Blick Regans Hand, die sie, als wollte sie ihr den Puls fühlen, sanft drückte. Regan riß sich sofort wieder los und funkelte die ältere Dame wütend an.

„Mein Gott, das arme Kind muß ja ganz furchtbar müde sein", sagte Mrs. Perrin gelassen, beobachtete Regan aber noch immer mit durchdringendem Blick, in dem eine unerklärliche Besorgnis stand.

„Sie fühlt sich nicht wohl", murmelte Chris entschuldigend. Dann sah sie zu Regan hinab. „Nicht wahr, mein Schatz?"

Regan antwortete nicht und hielt den Blick auf den Fußboden gesenkt.

Jetzt hätte Regan eigentlich noch den Senator und Mrs.

Perrins Sohn Robert begrüßen müssen, doch Chris hielt es für das beste, sie gleich in ihr Zimmer zu verfrachten. Als ihre Tochter im Bett lag, deckte sie sie liebevoll zu.

„Meinst du, daß du jetzt einschlafen kannst?" erkundigte sie sich.

„Ich weiß es nicht", kam die ein wenig verträumte Antwort. Regan drehte sich auf die Seite und starrte nachdenklich an die Wand.

„Soll ich dir noch ein bißchen vorlesen?"

Kopfschütteln.

„Na schön. Dann versuch jetzt zu schlafen."

Sie beugte sich über das Bett und gab ihr einen Kuß. Dann ging sie zur Tür und machte das Licht aus.

„Gute Nacht, mein Kleines."

Sie war schon fast draußen, als Regan noch einmal nach ihr rief. Sehr leise fragte sie:

„Mutter, was ist eigentlich mit mir los?"

Ihre Stimme klang angstvoll, verzweifelt. Einen Augenblick lang war die Mutter zutiefst erschüttert. Dann riß sie sich energisch zusammen.

„Nun, mein Schatz, ich sagte es dir ja schon: Es sind die Nerven. Du mußt jetzt nur schön brav sein und ein paar Wochen lang regelmäßig deine Pillen nehmen. Dann wirst du dich bald viel besser fühlen. Und jetzt versuchst du zu schlafen, ja?"

Keine Antwort. Chris wartete.

„Okay?" fragte sie.

„Okay", flüsterte Regan.

Auf einmal merkte Chris, daß sie auf dem Unterarm eine Gänsehaut hatte. Fröstelnd massierte sie ihn mit der Hand, bis er wieder warm wurde. Mein Gott, ist es hier kalt im Zimmer! Woher kommt nur dieser eisige Luftzug?

Sie ging zum Fenster und prüfte die Ritzen. Alles dicht. Sie wandte sich an Regan. „Ist dir auch warm genug, Kleines?"

Keine Antwort.

Chris trat ans Bett. „Regan — schläfst du?" flüsterte sie.
Augen geschlossen. Atem regelmäßig und tief.

Auf Zehenspitzen verließ Chris das Zimmer.

Im unteren Stockwerk wurde gesungen, und als sie die Treppe hinunterstieg, sah sie erfreut, daß Pater Dyer am Flügel im Wohnzimmer saß und eine Gruppe, die sich um ihn versammelt hatte, zu fröhlichen Liedern begleitete.

Chris wollte sich zu ihnen gesellen, wurde jedoch von dem Senator und seiner Frau aufgehalten, die ihre Mäntel über dem Arm trugen. Sie schienen ein bißchen verärgert zu sein.

„Wollen Sie denn schon gehen?" erkundigte sie sich erstaunt.

„Ja, tut mir wirklich leid, meine Liebe. Es war ein wunderschöner Abend", sagte der Senator. „Aber die arme Martha hat unerträgliche Kopfschmerzen."

„Mir tut es ebenfalls leid, aber ich fühle mich furchtbar elend", stöhnte die Ehefrau des Senators. „Bitte, entschuldigen Sie uns, Chris. Es war wirklich eine reizende Party."

„Wie schade, daß Sie schon gehen müssen", gab Chris zurück.

Dann begleitete sie die beiden zur Haustür und verabschiedete sich. Als sie ins Wohnzimmer gehen wollte, kam Sharon auf Zehenspitzen aus dem Arbeitszimmer geschlichen.

„Wo ist denn Burke?" fragte Chris.

„Da drinnen." Sharon nickte zur Tür, aus der sie gekommen war. „Schläft seinen Rausch aus. Was hat der Senator zu dir gesagt? Hat er sich beschwert?"

„Wieso?" fragte Chris. „Die beiden sind einfach gegangen."

„Ist wohl auch besser."

„Jetzt aber raus damit, Sharon! Was meinst du eigentlich?"

„Ach, wieder einmal unser lieber Burke", seufzte Sharon. Gedämpften Tones beschrieb sie die Szene, die sich zwischen dem Senator und dem Regisseur abgespielt hatte. Dennings hatte im Vorbeigehen die Bemerkung gemacht, in seinem Gin schwimme etwas, das wie ein fremdes Schamhaar aussehe. Dann hatte er sich an den Senator gewandt und in leicht vorwurfsvollem Ton hinzugefügt: „Ich habe so etwas noch nie im Leben gesehen. Sie vielleicht?"

Chris mußte lachen, während Sharon weiter berichtete. Die verlegene Reaktion des Senators habe dann eine weitere von Dennings' berüchtigten Donquichotterien ausgelöst. Der Regisseur habe seiner unendlichen Dankbarkeit für die Existenz der Politiker Ausdruck verliehen, denn ohne diese könnte man nämlich nicht erkennen, wer ein wirklicher Staatsmann sei.

Der Senator sei wütend davongerauscht, während der Regisseur voller Genugtuung zu Sharon gesagt habe: „Sehen Sie? Ich habe überhaupt nicht geflucht. Finden Sie nicht, daß ich sehr zurückhaltend gewesen bin?"

Chris mußte laut lachen. „Lassen wir ihn schlafen. Aber du solltest vielleicht lieber bei ihm bleiben — für den Fall, daß er aufwacht. Würdest du das für mich tun?"

„Aber gern." Sharon verschwand wieder im Arbeitszimmer.

Im Wohnzimmer saß Mary Jo Perrin allein und gedankenverloren in der Ecke auf einem Sessel. Sie wirkte beunruhigt, besorgt. Chris wollte sich zu ihr setzen, doch da kam schon jemand anders und setzte sich neben sie.

Chris ging zum Flügel hinüber. Dyer unterbrach sein Spiel und begrüßte sie mit einem Lächeln. „Nun, schöne Frau, womit können wir Ihnen heute dienen? Wir hätten da einen Sonderposten Novenen anzubieten."

Alle lachten. „Ich hätte aber lieber einen Bericht über das, was sich bei den Schwarzen Messen abspielt", entgegnete sie. „Pater Wagner behauptet, Sie wären Experte darin."

Die Gruppe um den Flügel verstummte neugierig.

„So sehr nun auch wieder nicht." Dyer schlug müßig ein paar Akkorde an. „Wie kommen Sie gerade auf Schwarze Messen?" fragte er, auf einmal ernst geworden.

„Wir hatten vorhin darüber gesprochen ... Ich meine, über die Dinge, die man in Holy Trinity gefunden hat. Und da ...“

„Ach so, Sie meinen die Kirchenschändungen“, fiel Dyer ihr ins Wort.

„Darf man bitte wissen, worüber hier gesprochen wird?“ mischte sich jetzt der Astronaut ins Gespräch.

„Man hat in der Kirche auf der anderen Straßenseite ein paar Schändungen entdeckt“, erklärte Dyer.

„Was denn, zum Beispiel?“ fragte der Astronaut.

„Ach, lassen wir das doch lieber“, wehrte Pater Dyer ab. „Sagen wir einfach, Obszönitäten.“

„Pater Wagner sagte, Sie meinten, es wäre wie bei einer Schwarzen Messe“, soufflierte ihm Chris. „Und da wollte ich natürlich wissen, was sich da abspielt.“

„So genau weiß ich das auch nicht“, wandte er ein. „Außerdem habe ich fast alles, was ich darüber weiß, von einem Kollegen. Der eigentliche Experte für diese Dinge ist Pater Karras.“

Chris horchte auf. „Ach, dieser dunkle Priester von Holy Trinity?“

„Sie kennen ihn?“ fragte Dyer.

„Nein, nur habe ich schon einmal von ihm gehört.“

„Ich glaube, er hat eine Abhandlung darüber geschrieben. Über die psychiatrischen Aspekte, wissen Sie.“

„Wollen Sie sagen, daß er Psychiater ist?“

„Natürlich. Oh, Verzeihung. Ich hatte angenommen, Sie wüßten das.“

„Würde mich bitte jemand aufklären?“ verlangte der Astronaut ungeduldig. „Was spielt sich bei einer Schwarzen Messe überhaupt ab?“

„Nennen wir es Perversionen.“ Dyer zuckte mit den Achseln. „Obszönitäten. Blasphemien. Es ist eine widerliche, abstoßende Parodie der Messe, bei der statt Gott der Satan angebetet wird und manchmal sogar Menschenopfer gebracht werden.“

Ellen Cleary schüttelte den Kopf. „Das wird mir zu unheimlich.“ Sie entfernte sich mit dünnem Lächeln.

Chris achtete nicht weiter darauf. Inzwischen hatte sich auch der Dekan unbemerkt zu der Gruppe gesellt. „Aber woher wissen Sie das?“ fragte sie den jüngeren Jesuiten. „Selbst wenn es wirklich Schwarze Messen gäbe — wer kann denn sagen, was dabei vorgeht?“

„Die meisten Informationen stammen wohl von Leuten, die geschnappt wurden und dann gestanden“, erklärte Dyer.

„Ach was!“ sagte der Dekan. „Diese Geständnisse sind wertlos, Joe. Man hat die Leute vorher gefoltert.“

„Nein, nur die vorlauten“, entgegnete Dyer trocken.

Jemand lachte nervös. Der Dekan sah auf die Uhr. „Ich glaube, es wird allmählich Zeit, daß ich gehe“, wandte er sich an Chris. „Ich lese morgen die Sechs-Uhr-Messe in der Dahlgren-Chapel.“

„Und ich die Banjo-Messe.“ Dyer strahlte. Dann wanderte sein Blick an Chris vorbei ins Zimmer, und seine Miene wurde ernst. „Sieh da, wir haben Besuch, Mrs. MacNeil“, sagte er warnend.

Chris drehte sich um. Ihr stockte der Atem. Mitten im Zimmer stand Regan im Nachthemd und urinierte ungeniert auf den Teppich. Den Blick starr auf den Astronauten gerichtet, sagte sie mit tonloser Stimme: „Sie werden da oben sterben.“

„O du mein Gott!“ schrie Chris gequält und stürzte auf ihre Tochter zu. „Komm! Komm mit mir!“

Sie nahm Regan an beiden Armen und führte sie hastig hinaus. Über die Schulter hinweg entschuldigte sie sich mit bebender Stimme bei dem Astronauten: „Es tut mir schrecklich leid! Sie fühlt sich nicht wohl, anscheinend schlafwandelt sie. Sie wußte nicht, was sie da sagte.“

„Vielleicht sollten wir jetzt lieber gehen“, hörte sie Dyer zu jemandem sagen.

„Nein — bitte, bleiben Sie!“ protestierte Chris, sich noch

einmal umdrehend. „Bitte, gehen Sie nicht. Ich bin sofort wieder zurück."

An der Küche machte Chris kurz halt und bat Willie, sich um den Teppich zu kümmern, bevor der Fleck sich festsetzte. Dann brachte sie Regan ins Badezimmer, badete sie und zog ihr ein frisches Nachthemd an. „Mein Schatz, warum hast du das nur gesagt?" fragte sie ihre Tochter immer wieder, doch Regan schien sie überhaupt nicht zu verstehen und murmelte nur wirres Zeug. Ihre Augen blickten leer und blind.

Chris packte sie ins Bett, und Regan schien fast unmittelbar darauf einzuschlafen. Eine Zeitlang wartete Chris noch, auf ihren Atem lauschend. Dann ging sie hinaus.

Unten an der Treppe traf sie Sharon und den jungen Regisseur, die Dennings aus dem Arbeitszimmer halfen. Sie hatten ein Taxi bestellt und wollten ihn in seine Wohnung im Sheraton-Park begleiten.

Chris ging ins Wohnzimmer. Die noch vorhandenen Gäste sprachen ihr Mitgefühl aus, als sie ihnen von Regans Krankheit berichtete. Bei der Erwähnung der Klopfgeräusche und der anderen Symptome musterte Mrs. Perrin sie mit durchdringendem Blick. Einmal sah Chris die Hellseherin fragend an, weil sie der Meinung war, diese wolle vielleicht etwas sagen. Doch Mrs. Perrin schwieg, und Chris fuhr in ihrer Erzählung fort.

„Schlafwandelt sie oft?" erkundigte sich Dyer.

„Nein, heute zum erstenmal. Jedenfalls, soweit ich weiß. Vermutlich gehört das auch zu ihrer Überaktivität. Meinen Sie nicht?"

„Mich dürfen Sie da nicht fragen", entgegnete der Priester. „Ich habe gehört, daß Kinder in der Pubertät häufig schlafwandeln. Nur ..." Achselzuckend brach er ab. „Ich weiß nicht. Sie sollten, glaube ich, lieber den Arzt fragen."

Nun wurde die Unterhaltung wieder allgemein. Nur Mrs. Perrin saß schweigend vor dem Kamin. Der Astronaut war auffallend bedrückt; er sollte noch im selben Jahr zum

Mond fliegen. Jetzt starrte er mit einem gelegentlichen Knurren, das Aufmerksamkeit und Interesse andeuten sollte, in seinen Drink. Wie auf Verabredung erwähnte niemand, was Regan zu ihm gesagt hatte.

„Also, ich muß, wie gesagt, morgen früh diese Messe lesen", wiederholte schließlich der Dekan und stand auf. Das löste einen allgemeinen Aufbruch aus. Alle erhoben sich.

Pater Dyer ergriff, als Chris ihn zur Haustür brachte, ihre Hand und sah ihr mit ernstem Blick in die Augen. „Glauben Sie, daß es in einem Ihrer Filme eine Rolle für einen zu klein geratenen Priester gibt, der ein wenig Klavier spielen kann?"

„Nun, wenn es keine gibt, werden wir Ihnen eben eine auf den Leib schreiben lassen, Pater." Chris mußte lachen.

„Ich hatte eigentlich an meinen Bruder gedacht", erwiderte er feierlich.

„Ach, Sie!" Noch immer lachend, wünschte sie ihm herzlich gute Nacht.

Die letzten, die sich verabschiedeten, waren Mary Jo Perrin und ihr Sohn. Chris hielt sie mit belanglosen Plaudereien an der Haustür zurück. Sie konnte das Gefühl nicht loswerden, daß Mary Jo ihr etwas sagen wollte. Um ihren Abschied hinauszuzögern, bat sie sie um ihre Meinung über Regans Spiel mit dem Ouija-Brett und ihre Fixierung auf diesen Captain Howdy. „Würden Sie das für schädlich halten?" erkundigte sie sich.

Eigentlich hatte sie erwartet, daß Mrs. Perrin die Frage ein wenig herablassend abtun würde. Darum war sie zutiefst erstaunt, als diese stirnrunzelnd zu Boden sah. Sie schien ganz in Gedanken versunken, denn sie veränderte ihre Haltung auch nicht, als sie zu ihrem Sohn auf die Vortreppe hinaustrat.

Als sie den Kopf hob, lagen ihre Augen im Schatten.

„Ich würde es ihr lieber wegnehmen", sagte sie ruhig.

Dann gab sie ihrem Sohn die Autoschlüssel. „Bobby, laß den Wagen schon an. Der Motor ist kalt."

Er nahm die Schlüssel, versicherte Chris, daß sie ihm in all ihren Filmen gut gefallen habe, und ging dann zu dem alten Mustang hinunter, der vor dem Grundstück am Straßenrand parkte.

Mrs. Perrins Augen lagen noch immer im Schatten.

„Ich weiß nicht, was Sie von mir halten", sagte sie langsam. „Viele Menschen sind der Meinung, ich hätte mit Spiritismus zu tun. Aber sie irren sich. Gewiß, ich habe eine außergewöhnliche Gabe", fuhr sie dann leise fort, „doch die ist keineswegs okkult. Für mich ist sie sogar sehr natürlich. Da ich katholisch bin, glaube ich, daß wir alle zugleich in zwei verschiedenen Welten leben. Die eine, die uns bewußt ist, das ist die Zeit. Doch dann und wann einmal wird einem nicht ganz durchschnittlichen Menschen ein kurzer Blick in die andere Welt gewährt; und das ist, wie ich glaube ... die Ewigkeit. Die Ewigkeit kennt keine Zeit, darum ist die Zukunft dort Gegenwart. Und immer, wenn ich mir dieser anderen Welt bewußt werde, glaube ich, in die Zukunft zu sehen. Wer weiß? Vielleicht ist alles nur reiner Zufall." Sie zuckte mit den Achseln. „Aber ich glaube daran. Und wenn ich wüßte, daß ich recht habe, würde ich immer noch behaupten, daß es natürlich ist. Verstehen Sie das? Der Okkultismus dagegen ..." Einen Augenblick schien sie nach Worten zu suchen. „Der Okkultismus ist etwas anderes. Von dem habe ich mich ferngehalten. Weil ich der Ansicht bin, daß es gefährlich ist, damit herumzuspielen. Und das gilt auch für das Ouija-Brett."

Bis jetzt hatte Chris sie für eine überaus nüchterne Frau gehalten. Nun jedoch zeigte sich plötzlich ein Zug an ihr, der äußerst beunruhigend war. Chris spürte eine vage Drohung, die sie zu verscheuchen suchte.

„Ach was, Mary Jo!" Chris lächelte. „Wissen Sie denn nicht, wie diese Ouija-Bretter funktionieren? Doch nur durch das Unterbewußtsein der Spieler selbst."

„Kann sein", antwortete Mrs. Perrin gelassen. „Vielleicht. Kann sein, daß alles auf Suggestion beruht. Aber bei allem, was ich von Séancen, Ouija-Brettern und ähnlichen Dingen gehört habe, scheint etwas darauf hinzudeuten, daß sich eine Tür öffnet. O nein, nicht in die Geisterwelt; an die glauben Sie ja nicht. Aber Sie können es vielleicht als Unterbewußtsein bezeichnen. Ich weiß es nicht. Ich weiß nur, daß solche Dinge vorkommen — und, meine Liebe, daß die Irrenhäuser der ganzen Welt von Menschen wimmeln, die mit dem Okkultismus herumgespielt haben."

„Das ist nicht Ihr Ernst!"

Einen Augenblick lang herrschte Schweigen. Dann klang im Dunkel wieder die weiche Stimme auf. „Da war einmal eine Familie in Bayern, Chris. Neunzehnhunderteinundzwanzig. An den Namen erinnere ich mich nicht, aber es waren elf Familienmitglieder. Sie können das vermutlich in den Zeitungsarchiven nachschlagen. Kurz nach dem Versuch, eine Séance abzuhalten, wurden alle elf wahnsinnig. Alle. Sie fingen an, die Einrichtung des Hauses in Brand zu stekken, und als die Möbel verbrannt waren, fielen sie über das drei Monate alte Baby der jüngeren Tochter her. In diesem Moment kamen die Nachbarn und hinderten sie an der Tat. Die ganze Familie", schloß sie, „wurde ins Irrenhaus gesteckt."

„O Gott!" Voll Schrecken dachte Chris an Captain Howdy. Es schien jetzt, als stellte er tatsächlich eine Gefahr für Regan dar. Geisteskrankheit. War es das? Irgend etwas war es jedenfalls. „Ich wußte doch, daß ich sie zu einem Psychiater bringen muß!"

„Himmel, achten Sie doch bitte nicht auf das, was ich sage!" Mrs. Perrin trat endlich ins Licht. „Tun Sie nur schön, was Ihnen der Onkel Doktor rät." Sie war bemüht, beruhigend zu wirken, doch es gelang ihr nicht. „Ich bin zwar großartig, wenn es um die Zukunft geht, doch in der Gegenwart bin ich vollkommen hilflos." Mrs. Perrin lächelte und begann in ihrer Handtasche zu wühlen. „Wo habe ich denn nur meine Brille? Sehen Sie? Ich habe sie verlegt. Ach nein, da ist sie ja!" Sie hatte sie in ihrer Manteltasche entdeckt. „Ein wunderschönes Haus“, bemerkte sie, während sie an der Fassade emporsah. „Es strahlt soviel Wärme aus.“

„Allmächtiger, bin ich erleichtert! Ich fürchtete schon, Sie wollten mir mitteilen, daß es hier spukt.“

Mrs. Perrin sah sie an. „Und weshalb sollte ich Ihnen so etwas sagen?“

Chris dachte an eine Freundin, eine bekannte Schauspielerin in Beverly Hills, die ihr Haus verkauft hatte, weil sie nicht davon abzubringen war, daß darin ein Poltergeist umgehe. „Ich weiß es nicht.“ Sie grinste wenig überzeugend. „Vielleicht wegen Ihres Berufes. Aber es war nur ein Scherz von mir.“

„Ein sehr schönes Haus“, wiederholte Mrs. Perrin. „Ich bin schon früher oft hier gewesen.“

„Ach, wirklich?“

„Ja. Damals wohnte hier ein Admiral, ein guter Freund von mir. Er schreibt mir noch heute gelegentlich. Leider wurde er wieder auf See geschickt, der Arme! Ich weiß nicht recht, ob er es ist, den ich vermisse, oder das Haus.“ Sie lächelte. „Aber vielleicht laden Sie mich ja wieder einmal ein.“

„Ich würde mich schrecklich freuen, wenn Sie kämen, Mary Jo. Rufen Sie mich an, ja? Bitte! Nächste Woche?“

„Ja, gern. Ich möchte doch hören, wie es Ihrer Tochter geht.“

„Haben Sie meine Nummer?“

„Zu Hause im Telefonverzeichnis.“

Was ist nur mit ihr? fragte sich Chris. Irgend etwas in ihrem Ton klingt sonderbar.

„Also dann — gute Nacht“, sagte Mrs. Perrin. „Und nochmals vielen Dank für den wunderbaren Abend.“ Ehe Chris etwas erwidern konnte, schritt sie zur Straße hinab.

Einen Augenblick sah Chris hinter ihr her; dann schloß sie die Haustür. Eine schreckliche Müdigkeit überkam sie. Was für ein Abend! dachte sie.

Sie ging ins Wohnzimmer, wo Willie vor dem Urinfleck kniete. Sie bürstete den Teppichflor auf.

„Weißen Essig habe ich draufgetan“, erklärte die Haushälterin. „Zweimal.“

„Geht er denn raus?“

„Jetzt vielleicht“, antwortete Willie. „Ich weiß nicht. Wir werden sehen.“

„Nein, sehen kann man es erst, wenn das verdammte Ding völlig trocken ist. Hören Sie jetzt lieber auf damit und gehen Sie zu Bett, Willie.“

„Ich mache erst noch fertig.“

„Na schön. Und vielen Dank. Gute Nacht.“

„Gute Nacht, Madam.“

Mit müden Schritten begann Chris die Treppe zu erklimmen. „Das Büfett war köstlich, Willie. Hat allen wunderbar geschmeckt.“

„Danke, Madam.“

Chris schaute noch einmal zu Regan hinein und sah, daß sie schlief. Dann dachte sie an das Ouija-Brett. Ob sie es verstecken sollte? Oder wegwerfen? Mrs. Perrin hatte diesbezüglich sehr entschieden geklungen. Auch Chris war sich darüber klar, daß dieser eingebildete Spielkamerad morbide und ungesund war. Ja, vielleicht sollte ich es wirklich wegwerfen.

Aber sie zögerte. Sie stand am Bett, blickte auf Regan hinab und dachte an einen Zwischenfall, der sich ereignet hatte, als ihre Tochter drei Jahre alt war. Damals hatte Howard eines Abends gefunden, daß sie zu alt sei, um noch mit der Flasche zu schlafen, an die sie sich zu sehr gewöhnt hatte. Er hatte sie ihr weggenommen, und Regan hatte bis vier Uhr morgens geschrien. Anschließend war sie noch tagelang hysterisch gewesen. Jetzt fürchtete Chris eine ähnliche Reaktion. Ich warte lieber, bis ich mit einem Psychiater gesprochen habe. Außerdem hatte das Ritalin noch gar nicht wirken können.

Also beschloß sie, abzuwarten.

Sie ging in ihr Zimmer, legte sich zu Bett und schlief fast augenblicklich ein. Um von einem angstvollen, hysterischen Schrei wieder hochgerissen zu werden.

„Mutter, komm! Komm! Ich hab' so Angst!"

„Ja, ich komme schon!"

Chris rannte über den Flur zu Regans Schlafzimmer. Wimmern. Weinen. Quietschen von Bettfedern.

„Oh, mein Kleines! Was ist denn nur los?" rief Chris, während sie nach dem Lichtschalter griff.

Gütiger Gott im Himmel!

Regan lag steif auf dem Rücken, das Gesicht tränenüberströmt und vor Entsetzen verzerrt. Sie hielt sich mit beiden Händen an den Bettkanten fest.

„Mutter, warum wackelt es so?" schrie sie. „Mach, daß es aufhört! Ich hab' solche Angst! Mach, daß es aufhört! Mutter, bitte — es soll aufhören!"

Die Matratze ihres Bettes hob und senkte sich in heftigen Stößen.

ZWEITES BUCH

Der Gipfel

1

Sie wurde auf einem überbelegten Friedhof zur letzten Ruhe gebettet, wo selbst die Grabsteine um Luft zu ringen schienen.

An der Messe hatten ebenso wenige Menschen teilgenommen wie an ihrem Leben. Ihre Brüder aus Brooklyn. Der Lebensmittelhändler von der Ecke, der ihr Kredit gewährt hatte. Damien Karras, der zusah, wie sie ins Dunkel einer Welt ohne Fenster hinabgesenkt wurde, ließ seinem lange unterdrückten Schmerz freien Lauf. Er schluchzte laut.

„Ach, Dimmy, Dimmy . . ."

Ein Onkel, der ihm tröstend den Arm um die Schultern legte.

„Laß nur, Dimmy, sie ist jetzt im Himmel. Sie ist glücklich."

O Gott, gib, daß das wahr ist!

Sie warteten im Wagen auf ihn, während er noch am Grab stand. Er konnte den Gedanken, sie hier allein zu lassen, nicht ertragen.

Auf der Fahrt zur Pennsylvania Station hörte er zu, wie seine Onkel sich über ihre Krankheiten unterhielten.

„... Emphysem ... muß aufhören zu rauchen ... Weißt du, daß ich im letzten Jahr beinahe gestorben wäre?"

Zornige Worte drängten sich auf seine Lippen, aber er schämte sich und unterdrückte sie. Er sah aus dem Fenster: Das Wohlfahrtsamt in der East Twenty-third Street, wo sie im tiefen Winter an jedem Samstagmorgen Milch und Kartoffeln geholt hatte, während er noch im Bett lag und schlief; der Central-Park-Zoo, wo sie ihn im Sommer zurückgelassen hatte, während sie beim Springbrunnen vor dem Plaza Hotel betteln ging. Als sie jetzt an dem Hotel vorbeikamen, begann Karras von neuem zu schluchzen; dann drängte er seine Erinnerungen mühsam beiseite und wischte sich die brennenden Tränen der Reue ab. Er fragte sich, warum die Liebe erst gekommen war, als diese unendlich große Entfernung zwischen ihnen lag, als er zu keiner Berührung mehr gezwungen und der Umfang der menschlichen Kontakte zur Größe eines gedruckten Totenkärtchens in seiner Brieftasche geschrumpft war: *In memoriam* ...

Er kannte diese Art der Trauer. Sie war uralt.

Zur Abendbrotzeit war er wieder in Georgetown, aber er hatte keinen Hunger. Ruhelos wanderte er in seinem Häuschen auf und ab. Befreundete Jesuiten kamen, um ihm zu kondolieren. Versprachen Fürbitte.

Kurz nach zehn erschien Joe Dyer mit einer Flasche Scotch, die er ihm stolz unter die Nase hielt: „Chivas Regal!"

„Woher hast du denn das Geld dafür — aus dem Opferstock?"

„Sei nicht so bissig! Dann hätte ich ja mein Armutsgelübde gebrochen."

„Also, woher?"

„Geklaut."

Karras schüttelte lächelnd den Kopf, während er ein Glas und einen Kaffeebecher aus Zinn holen ging. Er spülte beide in seinem winzigen Badezimmer aus und sagte: „Das nehme ich dir sogar ab."

„Größeren Glauben sah ich nie ...“

Karras empfand einen vertrauten Schmerz. Rasch schüttelte er ihn ab und kehrte zu Dyer zurück, der auf dem Bett saß und schon die Flasche öffnete. Er setzte sich neben ihn.

„Willst du mir jetzt Absolution erteilen oder später?“

„Schenk du nur ein“, entgegnete Karras. „Die Absolution erteilen wir uns dann hinterher gegenseitig.“

Dyer füllte Glas und Becher. „College-Präsidenten sollten nicht trinken“, murmelte er dabei. „Das macht einen schlechten Eindruck. Ich habe ihn vor einer großen Versuchung bewahrt.“

Den Scotch schluckte Karras, die Story nicht. Dafür kannte er den Präsidenten viel zu gut. Er wußte, daß dieser taktvolle, sensible Mann es verstand, indirekt zu geben. Dyer war also nicht nur als Freund gekommen, sondern auch als persönlicher Abgesandter des Präsidenten. Und als Dyer kurz darauf beiläufig erwähnte, daß Karras vermutlich jetzt Ruhe brauche, nahm der Jesuiten-Psychiater das als ein günstiges Omen für die Zukunft und fühlte sich vorübergehend erleichtert.

Dyers Gesellschaft tat ihm gut. Der Jüngere brachte ihn zum Lachen, plauderte über die Party und Chris MacNeil und gab die neuesten Anekdoten über den Disziplinarius zum besten. Er selbst trank wenig, sorgte aber aufmerksam dafür, daß Damiens Glas ständig gefüllt war. Und als er glaubte, der Freund sei nun alkoholisiert genug, um schlafen zu können, stand er auf, damit Karras sich ausstrecken konnte, setzte sich an den Schreibtisch und redete weiter, bis Karras die Augen schloß und seine Reaktionen nur noch in einem unverständlichen Knurren bestanden.

Dyer zog Karras die Schuhe aus.

„Willst du mir jetzt etwa die Schuhe klauen?“ murmelte Karras undeutlich.

„Nein, ich kann aus den Lederrillen die Zukunft lesen. Jetzt halt aber den Mund und versuch zu schlafen.“

„Du bist ein jesuitischer Klettermaxe."

Dyer lachte und deckte ihn mit einem Mantel zu, den er aus dem Schrank holte. „Ach, weißt du, irgend jemand muß sich doch hier um die Rechnungen kümmern. Ihr anderen könnt ja nur mit dem Rosenkranz klappern und für die Hippies in der M-Street beten."

Karras antwortete nicht. Sein Atem ging regelmäßig und tief. Lautlos schlich Dyer zur Tür und machte das Licht aus.

„Stehlen ist eine Sünde", murmelte Karras im Dunkeln.

„Mea culpa", gab Dyer leise zurück.

Eine Zeitlang wartete er noch. Erst als er sicher war, daß Karras schlief, verließ er das Haus.

Mitten in der Nacht erwachte Karras mit tränenüberströmtem Gesicht. Er hatte von seiner Mutter geträumt. Im Traum hatte er in Manhattan hoch oben an einem Fenster gestanden und sie aus dem Subway-Eingang auf der anderen Straßenseite kommen sehen. Mit einer braunen Einkaufstüte in der Hand stand sie an der Bordsteinkante und hielt nach ihm Ausschau. Er winkte. Sie sah es nicht. Sie wanderte die Straße auf und ab. Busse. Lastwagen. Unfreundliche, eilige Passanten. Sie wurde ängstlich. Dann kehrte sie an den Subway-Eingang zurück und begann die Treppe hinunterzusteigen. Karras lief hastig auf die Straße hinaus. Als er sie nicht finden konnte und sich vorstellte, wie sie hilflos und wirr durch das Labyrinth der unterirdischen Gänge irrte, begann er weinend ihren Namen zu rufen.

Er wartete, bis sich das krampfhafte Schluchzen gelegt hatte, dann tastete er nach dem Scotch. Auf seiner Bettkante sitzend, trank er im Dunkeln aus der Flasche. Heiß rannen ihm Tränen über die Wangen. Es war ein Kummer wie in der Kinderzeit.

Ein Anruf von seinem Onkel fiel ihm ein:

„Dimmy, das Ödem hat ihr Gehirn angegriffen. Sie läßt keinen Doktor an sich heran. Schreit immer nur. Redet sogar mit ihrem verdammten Radio. Dimmy, ich glaube, sie muß ins Bellevue. Ein anderes Krankenhaus wird sie nicht nehmen. Aber nach ein, zwei Monaten ist sie bestimmt wieder gesund; dann können wir sie wieder rausholen. Okay? Hör mal, Dimmy: Wir haben sie schon hingebracht. Heute morgen haben sie ihr eine Spritze gegeben und sie im Krankenwagen abgeholt. Wir wollten dich nicht stören, aber da müssen noch so Papiere unterschrieben werden. Und nun ... Was? ... Privatklinik? Wer soll denn das bezahlen, Dimmy? Du vielleicht?"

Er konnte sich nicht erinnern, wieder eingeschlafen zu sein.

Als er aufwachte, war er benommen. Er wankte ins Bad, duschte, rasierte sich, zog seine Soutane an. Es war erst fünf Uhr fünfunddreißig. Er schloß die Tür zur Holy Trinity auf, legte die Meßgewänder an und las am linken Seitenaltar die Messe.

„Memento etiam ...", betete er in tiefster Verzweiflung. „Gedenke Deiner Dienerin Mary Karras ..."

Auf der Tabernakeltür erschien ihm das Gesicht der Empfangsschwester des Bellevue; er hörte wieder die Schreie aus der Isolierzelle.

„Sind Sie der Sohn?"

„Ja. Ich bin Damien Karras."

„Also, an Ihrer Stelle würde ich da nicht reingehen. Sie hat gerade einen Anfall."

Durch die Klappe in der Tür sah er in einen fensterlosen Raum mit einer nackten Glühbirne an der Decke; gepolsterte Wände, die Pritsche, auf der sie lag und tobte, sonst kein einziges Möbelstück.

„... Wir bitten Dich, o Herr, gib ihr den Ort der Erquickung, des Lichtes und des Friedens."

Als sie seinem Blick begegnete, war sie auf einmal verstummt, kam mit erstaunter Miene an die Tür.

„Dimmy, warum hast du das getan? Warum?"

Ihre Augen waren sanfter als die Augen eines Lammes.

„Agnus Dei ...", murmelte er, während er sich verneigte und an die Brust schlug. „O Du Lamm Gottes, das Du hinwegnimmst die Sünden der Welt, gib ihr den ewigen Frieden!"

Er schloß die Augen und hob die Hostie empor. Wieder sah er die Mutter im Verhandlungszimmer: die Hände locker im Schoß gefaltet, die Miene fügsam und verständnislos, während der Richter ihr den Befund des Psychiaters vom Bellevue mitteilte:

„Verstehen Sie das, Mary?"

Sie nickte; wollte den Mund nicht aufmachen. Man hatte ihr die Zahnprothese abgenommen.

„Was haben Sie dazu zu sagen, Mary?"

Und voller Stolz ihre Antwort: „Mein Sohn sagt für mich aus."

Karras stöhnte qualvoll auf, als er den Kopf über die Hostie neigte. Er schlug sich an die Brust und murmelte: „Domine, non sum dignus ... Ich bin nicht würdig ... Aber sprich nur ein Wort, so wird meine Seele gesund."

Wider jede Vernunft, wider jedes bessere Wissen betete er darum, daß jemand da sein möge, sein Gebet zu erhören.

Aber er glaubte nicht daran.

Nach der Messe kehrte er in sein Häuschen zurück und versuchte, noch ein bißchen zu schlafen. Vergeblich.

Später am Vormittag kam unerwartet ein jüngerer Priester zu ihm, den er noch nie hier gesehen hatte. Der Fremde klopfte und steckte den Kopf durch die Tür.

„Haben Sie ein bißchen Zeit für mich? Kann ich Sie einen Augenblick sprechen?"

In seinen Augen die ewige Not, in seiner Stimme flehendes Bitten.

Sekundenlang haßte Karras den anderen.

„Kommen Sie nur herein", sagte er dann freundlich. Und wütete innerlich gegen diesen Teil seines Wesens, der ihn so hilflos machte, den er nicht unterdrücken konnte; der in ihm ruhte wie ein aufgerolltes Rettungsseil, stets bereit, sich einem Mitmenschen beim kleinsten Notschrei auch ungebeten entgegenzuwerfen. Dieser Charakterzug ließ ihn niemals zur

Ruhe kommen. Nicht einmal im Schlaf. Sogar am Rand seiner Träume hörte er oft einen leisen, kurzen Ruf menschlichen Leides. So weit entfernt, daß er kaum zu vernehmen war. Immer denselben. Und noch minutenlang nach dem Erwachen hatte er das Gefühl, eine Pflicht nicht erfüllt zu haben.

Der junge Priester stotterte, zögerte, schien verlegen. Karras half ihm geduldig weiter. Er bot ihm Zigaretten an und Pulverkaffee. Er zwang sich zu einer interessierten Miene, als der deprimierte Besucher allmählich ein nur allzu vertrautes Problem vor ihm ausbreitete: die furchtbare Einsamkeit des Priesters.

Von allen Sorgen, mit denen Karras in dieser Gemeinschaft konfrontiert worden war, schien das in letzter Zeit die häufigste zu sein. Nicht nur von Frauen, sondern auch von den Familien getrennt, hüteten sich die Jesuiten überdies ängstlich davor, ihren Priesterkollegen gegenüber Zuneigung an den Tag zu legen, tiefe, liebevolle Freundschaften zu schließen.

„Zum Beispiel, wenn ich einem anderen den Arm um die Schultern lege. Dann fürchte ich immer sofort, daß er mich für homosexuell halten wird. Ich meine, man hört doch immer wieder von dieser Theorie, daß viele Latente sich vom Priesterberuf angelockt fühlen. Na schön, und deswegen lasse ich's eben. Ich besuche auch nie einen Kollegen auf seinem Zimmer, um mir dort Schallplatten anzuhören oder einfach mit ihm zu reden oder zu rauchen. Nicht etwa, weil ich Angst vor ihm habe, sondern weil ich befürchte, er könnte mir gegenüber mißtrauisch sein."

Karras glaubte zu spüren, wie die Bürde des Kummers allmählich von dem anderen wich und sich auf seine eigenen Schultern senkte. Er duldete es, ließ den jungen Priester reden. Er würde wiederkommen — immer wieder, das wußte er. Erlösung vom Alleinsein suchen; Karras zu seinem Freund machen. Und wenn ihm klar wurde, daß das tatsächlich ohne Furcht und Mißtrauen geschehen war, dann würde er vielleicht auch in der Lage sein, mit anderen Freundschaft zu schließen.

Der Psychiater wurde müde. Er merkte, wie seine Gedanken zu seinen persönlichen Problemen abschweiften. Er warf einen Blick auf den Wandspruch, den er zum vergangenen Weihnachtsfest bekommen hatte. „Mein Bruder leidet. Ich teile seinen Schmerz. Ich treffe Gott in ihm.“ Ein leider verpaßtes Treffen. An dem er sich allerdings selbst die Schuld zuschrieb. Er hatte die Leidensstraßen seines Bruders zwar aufgezeichnet, sie aber niemals selber beschritten; jedenfalls glaubte er das. Er hielt den Schmerz, den er verspürte, für seinen eigenen.

Endlich sah der Besucher auf seine Armbanduhr. Es wurde Zeit zum Mittagessen im Campus-Refektorium. Als er dann aufstand, um sich zu verabschieden, fiel sein Blick auf einen aktuellen Roman, den Karras auf seinem Schreibtisch liegen hatte.

„Haben Sie ihn schon gelesen?“ erkundigte sich Damien.

Der andere schüttelte den Kopf. „Noch nicht. Lohnt es sich denn?“

„Ich weiß es nicht. Ich bin gerade fertig damit und gar nicht sicher, ob ich ihn richtig verstanden habe“, log Karras. Er nahm das Buch und reichte es dem anderen. „Möchten Sie es gern mitnehmen? Es würde mich interessieren, die Meinung eines anderen darüber zu hören.“

„Ja, sehr gern“, antwortete der Jesuit, der schon den Klappentext studierte. „In ein paar Tagen bekommen Sie es zurück.“

Seine Stimmung schien sich beträchtlich gebessert zu haben.

Als dann die Fliegendrahttür quietschend hinter ihm ins Schloß fiel, empfand Damien Karras vorübergehend einen tiefen inneren Frieden. Er nahm sein Brevier und trat in den Garten hinaus, wo er, Gebete lesend, gemächlich auf und ab wanderte.

Am Nachmittag bekam er noch einmal Besuch: den des schon etwas älteren Pfarrers von Holy Trinity, der sich auf einen Stuhl am Schreibtisch setzte und ihm zunächst sein Beileid zum Ableben der Mutter aussprach.

„Ich habe ein paar Messen für die Verstorbene gelesen, Damien. Und für Sie selber auch eine."

„Das ist sehr liebenswürdig von Ihnen, Herr Pfarrer. Vielen Dank."

„Wie alt ist sie denn geworden?"

„Siebzig."

„Ein schönes Alter."

Damien Karras sah mit Erstaunen, daß der Pfarrer ein Liturgieblatt mitgebracht hatte. Es gehörte zu den drei Blättern, die bei der Messe verwendet wurden, war mit einer Plastikhülle überzogen und mit einem Teil der vom Priester zu sprechenden Gebete bedruckt. Der Psychiater überlegte, was der Pfarrer wohl damit vorhatte.

„Tja, Damien, wir haben da heute schon wieder so eine Sache gehabt. In der Kirche. Schon wieder eine Schändung."

Eine Marienstatue sei wie eine Dirne angemalt worden, berichtete der Pfarrer. Dann reichte er Karras das Liturgieblatt. „Und heute morgen, nachdem Sie nach New York gefahren waren — das hier. Ich habe gerade mit einem Polizeisergeanten gesprochen und ... Na ja, würden Sie sich das bitte mal ansehen, Damien?"

Während Karras das Blatt zur Hand nahm, erklärte der Pfarrer, daß jemand ein mit Maschine beschriebenes Blatt zwischen das ursprüngliche Papier und den Plastiküberzug geschoben habe. Der Text war, obwohl mit zahlreichen Tippfehlern und Verbesserungen durchsetzt, in fließendem, gut verständlichem Latein abgefaßt und beschrieb mit überdeutlicher, stark erotischer Sprache eine fiktive lesbische Vereinigung der Mutter Maria mit Maria Magdalena.

„Das reicht. Sie brauchen nicht alles zu lesen", sagte der Pfarrer, indem er Karras das Blatt wegschnappte, als fürchtete er, es könne für ihn eine Gelegenheit zur Sünde darstellen. „Das Latein ist wirklich ausgezeichnet. Es ist in einem guten Stil geschrieben, sehr gut nachgeahmtes Kirchenlatein. Der Sergeant sagt, er habe mit einem Psychologen gesprochen, und der hätte gesagt, derjenige, der das alles hier gemacht hat ... na ja, das könnte durchaus ein Priester gewesen sein. Ein ziemlich kranker Priester. Sind Sie der gleichen Ansicht?"

Der Psychiater überlegte. Dann nickte er. „Ja. Doch ja, das wäre möglich. Ein Priester, der rebelliert — im Trancezustand vielleicht. Ich weiß es nicht. Doch möglich wäre es."

„Wüßten Sie jemand, der dafür in Frage kommt, Damien?"

„Ich verstehe Sie nicht."

„Nun ja, früher oder später kommen doch alle zu Ihnen, nicht wahr? Ich meine, die Kranken, falls es auf diesem Campus überhaupt welche gibt. Fällt Ihnen da jemand ein, der in diese Kategorie fallen könnte? In diese Krankheitskategorie, meine ich."

„Nein."

„Ich habe mir schon gedacht, daß Sie mir nichts sagen würden."

„Ich würde gar nichts davon erfahren, Herr Pfarrer. Somnambulismus ist eine Möglichkeit zum Abreagieren einer ganzen Anzahl von Konfliktsituationen, und die übliche Form dieser Abreaktionen ist die symbolische. Daher kann ich es wirklich nicht wissen. Und wenn es sich um Somnambulismus handelt, dann leidet der Täter vermutlich an einer absoluten posterioren Amnesie, weiß also selbst nicht einmal, was er getan hat."

„Und wenn Sie es ihm sagen würden?" meinte der Pfarrer listig. Er zupfte sich dabei am Ohrläppchen, was er, wie Karras festgestellt hatte, immer dann tat, wenn er sich besonders schlau vorkam.

„Ich weiß es wirklich nicht", wiederholte der Psychiater.

„Nein ... Nein, ich wußte ja gleich, daß Sie mir nichts sagen würden." Der Pfarrer stand auf und ging zur Tür. „Wißt ihr, wie ihr euch benehmt, ihr alle?" fragte er vorwurfsvoll. „Wie Jesuiten."

Karras lachte. Der Pfarrer kam noch einmal zurück und legte ihm das Liturgieblatt auf den Schreibtisch. „Vielleicht sollten Sie es doch mal gründlich studieren", meinte er. „Vielleicht können Sie daraus Schlüsse ziehen."

Er ging wieder zur Tür.

„Ist es schon auf Fingerabdrücke untersucht worden?" erkundigte sich Karras.

Der Pfarrer blieb stehen und drehte sich um. „Das möchte ich bezweifeln. Schließlich ist es ja kein Verbrecher, hinter dem wir her sind, nicht wahr? Weit eher ein unzurechnungsfähiges Gemeindemitglied. Was halten Sie übrigens von dieser Theorie, Damien? Meinen Sie auch, daß es jemand aus dem Pfarrbezirk gewesen sein kann? Ich glaube schon. Ich glaube, daß es überhaupt kein Priester war, sondern ein Angehöriger unserer Gemeinde." Er zupfte sich schon wieder am Ohrläppchen. „Sie nicht?"

„Ich habe wirklich keine Ahnung", wiederholte Karras.

„Nun ja, ich wußte, daß Sie mir nichts sagen würden."

Am selben Tag erfuhr Pater Karras, er sei seiner Pflichten als psychologischer Berater entbunden und der medizinischen Fakultät der Georgetown University als Dozent für Psychiatrie zugeteilt. Er hatte Befehl, sich „auszuruhen".

2

Regan lag, Arme und Beine seitwärts gestreckt, auf Dr. Kleins Untersuchungstisch. Der Arzt nahm ihren Fuß in beide Hände und verdrehte ihn über den Knöchel nach außen. Einige Sekunden hielt er ihn in dieser Lage fest, dann ließ er ihn los. Der Fuß kehrte von selbst wieder in die Normalstellung zurück.

Er wiederholte diesen Versuch noch mehrmals, doch das Resultat blieb immer das gleiche. Er schien nicht recht zufrieden zu sein. Als Regan sich dann plötzlich aufrichtete und ihm ins Gesicht spie, befahl er einer Schwester, bei ihr im Behandlungsraum zu bleiben, und kehrte ins Sprechzimmer zurück, um zunächst einmal mit Chris zu reden.

Es war der 26. April. Am Sonntag und Montag war er verreist gewesen, darum hatte Chris ihn erst an diesem Vormittag erreichen und ihm von den Ereignissen der Party sowie dem anschließenden Wackeln des Bettes berichten können.

„Hat es sich tatsächlich bewegt?"

„Es hat sich tatsächlich bewegt."

„Wie lange?"

„Das weiß ich nicht. Zehn, vielleicht auch fünfzehn Sekunden lang. Jedenfalls habe ich es so lange wackeln sehen. Danach wurde sie auf einmal ganz steif und näßte das Bett. Aber vielleicht hatte sie das auch schon vorher getan. Ich weiß es nicht. Dann war sie plötzlich fest eingeschlafen und wachte erst am nächsten Nachmittag wieder auf."

Dr. Klein war sehr nachdenklich, als er das Sprechzimmer betrat.

„Nun, Doktor, was haben Sie festgestellt?" erkundigte sich Chris besorgt.

Er hatte ihr gleich, als sie kam, seinen Verdacht mitgeteilt, das Bettwackeln könne durch klonische Krämpfe entstanden sein, ein abwechselndes Spannen und Lockern der Muskulatur. Die chronische Form eines derartigen Zustandes, hatte er gesagt, sei der Klonus, der gewöhnlich auf eine Schädigung des Gehirns schließen lasse.

„Der Test ist jedenfalls negativ verlaufen", berichtete er ihr jetzt und erklärte, daß im Falle eines Klonus das abwechselnde Verdrehen und Loslassen des Fußes mit Sicherheit eine Serie von klonischen Krämpfen ausgelöst hätte. Trotzdem machte er, als er an seinem Schreibtisch Platz nahm, noch immer einen beunruhigten Eindruck. „Ist sie vielleicht einmal gefallen?"

„Auf den Kopf, meinen Sie?" fragte Chris.

„Nun — ja."

„Nicht daß ich wüßte."

„Kinderkrankheiten?"

„Nur die üblichen. Masern, Mumps, Windpocken."

„Schlafwandelt sie?"

„Erst seit kurzem."

„Was soll das heißen? Ist sie bei der Party schlafgewandelt?"

„Gewiß. Sie weiß noch immer nicht, was sie an jenem Abend getan hat. Darüber hinaus gibt es aber noch andere Dinge, an die sie sich nicht erinnern kann."

„In letzter Zeit?"

Chris berichtete. Es war am Samstag gewesen. Regan schlief noch, als das Überseegespräch von Howard kam.

„Wie geht es Rags?"

„Vielen Dank für den Anruf an ihrem Geburtstag."

„Mein Gott, ich war auf einer Jacht! Und jetzt hör endlich auf, an mir herumzumäkeln. Ich habe angerufen, sowie ich wieder im Hotel war."

„Ich glaube dir jedes Wort."

„Hat sie es dir denn nicht erzählt?"

„Du hast tatsächlich mit ihr gesprochen?"

„Natürlich. Deswegen fand ich ja, es wäre nötig, dich einmal anzurufen. Was, zum Teufel, ist eigentlich los mit dem Kind?"

„Wieso? Was soll das heißen?"

„Sie hat mich Hurenbock genannt und gleich wieder aufgelegt."

Chris berichtete dem Arzt, daß Regan, als sie endlich aufgewacht sei, sich weder an das Telefongespräch noch an den Zwischenfall während der Party erinnern konnte.

„Dann hat sie, was das Herumrücken der Möbel betrifft, vielleicht auch nicht gelogen", mutmaßte Klein.

„Ich verstehe nicht."

„Nun ja, sie hat sie zweifellos selbst bewegt, aber vielleicht hatte sie eben einen dieser Zustände, in denen sie nicht weiß, was sie tut. Man nennt das Automatismus. Wie Trance. Der Patient weiß nicht, was er tut, und erinnert sich auch nicht daran."

„Aber da fällt mir noch etwas ein, Doktor! In ihrem Zimmer steht eine riesige, schwere Teakholzkommode, die mindestens eine halbe Tonne wiegt. Wie könnte sie die denn bewegt haben?"

„Außergewöhnliche Kraft kommt in der Pathologie nicht selten vor."

„Wieso?"

Der Arzt zuckte die Achseln. „Das wissen wir nicht. Mrs. MacNeil, haben Sie außer dem, was Sie mir bis jetzt erzählt haben, noch andere exzentrische Verhaltensweisen an Ihrer Tochter feststellen können?"

„Na ja, sie ist so schlampig geworden."

„Exzentrisch!" wiederholte er.

„Für Regan ist das exzentrisch, Doktor. Ach nein, warten Sie! Da ist wirklich etwas! Sie erinnern sich, ich habe erzählt, daß sie immer mit dem Ouija-Brett gespielt hat? An Captain Howdy?"

„Ihren eingebildeten Spielkameraden — ja." Der Internist nickte.

„Jetzt kann sie ihn sogar hören."

Der Arzt beugte sich vor und verschränkte die Arme auf der Schreibtischplatte. Sein Blick war aufmerksam, die Augen hatte er zusammengekniffen.

„Gestern morgen habe ich sie in ihrem Schlafzimmer mit Howdy reden hören", berichtete Chris. „Das heißt, sie redete, und dann wartete sie, wie beim Spiel mit dem Ouija-Brett.

Aber als ich meinen Kopf ins Zimmer steckte, sah ich kein Ouija-Brett. Ich sah nur Rags, und sie nickte, Doc, als stimmte sie jemandem, der etwas gesagt hatte, zu."

„Konnte sie ihn denn sehen?"

„Das glaube ich nicht. Sie hielt den Kopf schief, wie sie es tut, wenn sie sich Schallplatten anhört."

Der Arzt nickte nachdenklich. „Ja ... Ja, ich verstehe. Sonst noch irgendwelche Phänomene dieser Art? Sieht sie Dinge? Riecht sie etwas?"

„Sie riecht etwas", bestätigte Chris. „Sie klagt immer wieder über einen schlechten Geruch in ihrem Zimmer."

„Einen Brandgeruch?"

„Genau!" rief Chris erstaunt. „Woher wissen Sie das?"

„Das ist manchmal das Zeichen für eine bestimmte Störung der chemo-elektrischen Hirntätigkeit. Im Fall Ihrer Tochter der des Schläfenlappens." Er hob die Hand an seine Stirn. „Hier oben, im vorderen Teil des Gehirns. So etwas ist sehr selten und löst — gewöhnlich kurz vor einem Anfall — Halluzinationen aus. Daher wird diese Störung auch so oft mit Schizophrenie verwechselt, aber es handelt sich um etwas anderes. Sie wird von einer Schädigung des Schläfenlappens hervorgerufen. Der Test auf Klonus ist nicht ausschlaggebend, Mrs. MacNeil. Und darum finde ich, wir sollten zusätzlich ein EEG machen."

„Was ist denn das?"

„Ein Elektroenzephalogramm. Das gibt uns ein Bild von Regans Gehirnwellen, aus dem man mit ziemlicher Sicherheit Anomalien erkennen kann."

„Und Sie sind der Meinung, daß es der Schläfenlappen ist?"

„Nun, das Krankheitsbild weist zweifellos darauf hin, Mrs. MacNeil. Zum Beispiel die Schlamperei, die Reizbarkeit und auch der Automatismus. Und dann natürlich die Krämpfe, die das Bett zum Wackeln bringen. Gewöhnlich folgen darauf entweder Bettnässen oder Erbrechen oder beides, und anschließend ein sehr tiefer Schlaf."

„Wollen Sie diesen Test gleich jetzt machen?" erkundigte sich Chris.

„Ich halte es für das beste. Aber dafür muß sie ein Beruhigungsmittel bekommen. Wenn sie sich bewegt oder auch nur zuckt, können wir das Resultat nicht verwerten. Wären Sie einverstanden, wenn ich ihr, sagen wir, fünfundzwanzig Milligramm Librium gebe?"

„Tun Sie um Gottes willen alles, was Sie für richtig halten!" antwortete sie erschüttert.

Dann begleitete sie ihn ins Untersuchungszimmer. Als Regan sah, daß er eine Spritze vorbereitete, begann sie zu schreien und ihn mit einer Flut von Obszönitäten zu überschütten.

„Liebes, der Doktor will dir doch nur helfen", redete Chris ihr verzweifelt zu. Sie hielt Regan fest, während Dr. Klein die Injektion machte.

„Ich komme gleich wieder", sagte der Arzt mit einem Kopfnicken und ging hinaus, während eine Schwester den

EEG-Apparat hereinrollte. Doch als er kurz darauf wiederkam, hatte das Librium immer noch nicht gewirkt.

Das schien Dr. Klein zu verwundern. „Es war eine ziemlich starke Dosis“, sagte er zu Chris.

Er injizierte noch einmal fünfundzwanzig Milligramm, ging hinaus, und als er zurückkam, war Regan fügsam und willig.

„Was machen Sie da?“ erkundigte sich Chris, als Dr. Klein die in Salzlösung getauchten Elektroden an Regans Kopfhaut befestigte.

„Ich setze an jede Seite vier“, erklärte er ihr. „Damit bekommen wir ein Bild von der rechten und der linken Hirnhälfte und können die beiden miteinander vergleichen.“

„Warum vergleichen?“

„Nun, Abweichungen können sehr aufschlußreich sein. Ich hatte zum Beispiel einen Patienten, der an Halluzinationen litt. Er sah und hörte Dinge, die in Wirklichkeit nicht existierten. Bei einem Vergleich der Stromkurven beider Hirnhälften entdeckte ich dann, daß dieser Mann tatsächlich nur mit einer Kopfseite halluzinierte.“

„Das klingt ziemlich phantastisch.“

„Das linke Auge und das linke Ohr funktionierten normal. Nur mit der rechten Seite sah und hörte er nicht vorhandene Dinge. Na schön, dann wollen wir jetzt einmal sehen.“ Er hatte den Apparat eingeschaltet und deutete auf die Wellen, die auf dem fluoreszierenden Bildschirm erschienen. „Das sind jetzt beide Hälften zusammen“, sagte er. „Wonach ich suche, das sind spitze Wellen. So.“ Mit dem Zeigefinger malte er ein Muster in die Luft. „Vor allem Wellen mit sehr hoher Amplitude, die etwa vier- bis achtmal pro Sekunde auftreten. Die kommen vom Schläfenlappen.“

Sorgfältig studierte er das Schwingungsbild, konnte aber keinerlei Rhythmusstörung entdecken. Weder Spitzen noch abgeflachte Kurven. Und auch als er auf Vergleich umschaltete, blieb das Resultat negativ.

Dr. Klein krauste die Stirn. Dies war ihm unverständlich. Er wiederholte die Prozedur. Es änderte sich nichts.

Nun ließ er Regan in der Obhut einer Schwester zurück und ging mit Chris wieder ins Sprechzimmer hinüber.

„Was haben Sie festgestellt?“ wollte Chris wissen.

Der Arzt setzte sich nachdenklich auf die Schreibtischkante. „Tja, an Hand des EEG hätten wir eindeutig erkennen können, ob sie daran leidet. Das Fehlen von Rhythmusstörungen ist allerdings in meinen Augen noch kein schlüssiger Beweis dafür, daß sie nicht daran leidet. Es könnte sich zwar auch um Hysterie handeln, aber dazu sind die Symptome vor und nach dem Anfall viel zu eindeutig.“

Chris runzelte die Stirn. „Doc, Sie sprechen da immer wieder von einem *Anfall*. Wie heißt diese Krankheit denn nun genau?“

„Eine Krankheit ist es eigentlich gar nicht.“

„Na schön, aber wie heißt dieser Zustand?“

„Er ist im allgemeinen als Epilepsie bekannt, Mrs. MacNeil.“

„O Gott!“

Chris sank entsetzt auf einen Stuhl.

„Nur keine Aufregung, Mrs. MacNeil“, versuchte Dr. Klein sie zu beruhigen. „Wie ich sehe, haben Sie, genau wie der größte Teil der Allgemeinheit, eine Vorstellung von der Epilepsie, die übertrieben ist und weitgehend auf Ammenmärchen beruht.“

„Ist sie nicht erblich?“ Chris schauderte.

„Das ist auch eines der Ammenmärchen“, erwiderte Klein gelassen. „Das scheint zumindest die Ansicht der meisten Ärzte zu sein. Sehen Sie, Spasmen kann man praktisch bei jedem Menschen hervorrufen. Die meisten von uns haben von Geburt an jedoch eine recht hohe Widerstandsschwelle gegen Spasmen, und nur einige eine niedrige. Der Unterschied zwischen Ihnen und einem Epileptiker ist also nur ein gradueller. Mehr nicht. Es ist keine Krankheit.“

„Ja, aber was ist es denn — eine Halluzination?“

„Eine Störung: eine kontrollierbare Störung. Davon gibt es zahllose Formen. Zum Beispiel kann es vorkommen, daß Sie, Mrs. MacNeil, hier sitzen, und plötzlich fehlt Ihnen eine Sekunde, so daß Sie ein wenig von dem Gespräch verpassen. Und sehen Sie, das ist auch eine Art Epilepsie. Es ist ein echter epileptischer Anfall."

„Ja, schön. Aber bei Regan ist es anders", sagte Chris. „Und woher kommt das alles überhaupt so plötzlich?"

„Sehen Sie, wir wissen noch immer nicht mit Sicherheit, was Regan fehlt, und es ist durchaus möglich, daß Sie von Anfang an recht hatten: daß nämlich ihre Krankheit psychosomatischer Natur ist. Ich allerdings bezweifle das. Um Ihre Frage zu beantworten: Bei Epilepsie kann jede Außeneinwirkung auf Gehirntätigkeit einen Anfall hervorrufen: Kummer, Erschöpfung, emotionaler Streß, ein bestimmter Ton auf einem Musikinstrument. Ich hatte zum Beispiel einen Patienten, der nur dann einen Anfall bekam, wenn er mit dem Bus noch einen Block von seiner Wohnung entfernt war. Nach langem Herumsuchen fanden wir endlich die Ursache: das flackernde Licht eines weißen Lattenzaunes, das sich im Busfenster spiegelte. Zu jeder anderen Tageszeit, oder wenn der Bus ein anderes Tempo gefahren wäre, hätte er den Anfall nicht bekommen. Er hatte eine Hirnschädigung, eine Narbe im Gehirn, die von einer Kinderkrankheit stammte. Im Fall Ihrer Tochter würde diese Narbe vorn liegen, im Schläfenlappen, und wenn sie von einem elektrischen Impuls mit einer bestimmten Wellenlänge und Periodizität getroffen wird, so löst das tief im Schläfenlappen den Ausbruch anomaler Reaktionen aus. Können Sie mir folgen?"

„Ja, ich glaube schon", seufzte Chris niedergeschlagen. „Aber um die Wahrheit zu sagen, Doc — ich begreife nicht, wie sich dadurch ihre ganze Persönlichkeit ändern kann."

„Bei einer Schädigung des Schläfenlappens kommt das sehr häufig vor und kann entweder Tage oder auch Wochen dauern. Zuweilen tritt dabei ein destruktives und sogar kriminelles Verhalten auf. Die Veränderung ist tatsächlich so groß, daß Menschen mit Störungen des Schläfenlappens vor zwei- bis dreihundert Jahren häufig beschuldigt wurden, vom Teufel besessen zu sein."

„Wie, bitte?"

„Man glaubte, daß ein Dämon in sie gefahren sei. Eine abergläubische Auslegung der Persönlichkeitsspaltung."

Chris schloß die Augen und legte die Stirn auf die geballte Faust. „Können Sie mir nicht etwas Positives sagen?" murmelte sie bedrückt.

„Nun, nun ... Keine Sorge. Wenn es sich um eine Narbe handelt, sind wir im Grunde glücklich dran. Die können wir leicht operativ entfernen."

„O ja — wunderbar!"

„Es kann sich auch lediglich um einen Druck aufs Gehirn handeln. Wissen Sie, was? Ich würde ihren Schädel gern röntgen. Hier im Haus gibt es auch einen Röntgenologen; vielleicht kann ich erreichen, daß er Sie gleich drannimmt. Soll ich ihn anrufen?"

„Mein Gott — natürlich! Rufen Sie an!"

Dr. Klein telefonierte und traf eine Verabredung. Es klappte; sie konnten sofort hinübergehen.

Er legte den Hörer hin und füllte ein Rezept aus. „Zimmer einundzwanzig im ersten Stock. Ich werde Sie dann wahrscheinlich morgen oder Donnerstag anrufen, weil ich gern einen Neurologen hinzuziehen würde. Bis dahin wollen wir das Ritalin absetzen und vorerst Librium geben."

Er riß das Rezept vom Block herunter und reichte es ihr. „Lassen Sie sie aber möglichst nicht allein, Mrs. MacNeil. In diesen Trancezuständen könnte ihr unter Umständen etwas zustoßen. Liegen Ihre Schlafzimmer nah beieinander?"

„Ja."

„Sehr gut. Erdgeschoß?"

„Nein, erster Stock."

„Große Fenster in Regans Zimmer?"

„Nur eines. Wieso?"

„Ich rate Ihnen, es ständig geschlossen zu halten und vielleicht sogar ein Schloß anzubringen. Sie könnte in Trance hinausfallen."

Sie stützte ihr Gesicht in beide Hände und beugte sich gedankenverloren nach vorn. „Wissen Sie, da fällt mir noch etwas ein."

„Was denn?"

„Sie sagten doch, daß sie nach einem Anfall sofort in tiefen Schlaf fallen würde. Wie Samstagabend. Das haben Sie doch gesagt, nicht wahr?"

„Gewiß." Dr. Klein nickte.

„Wie kommt es aber dann, daß sie bei den anderen Anfällen, als sie behauptete, ihr Bett wackele, jedesmal hellwach gewesen ist?"

„Das haben Sie mir nicht gesagt."

„Es ist aber so. Sie wirkte vollkommen normal. Sie kam lediglich in mein Zimmer und bat, bei mir schlafen zu dürfen."

„Kein Bettnässen? Kein Erbrechen?"

Chris schüttelte den Kopf. „Sie fühlte sich wohl."

Dr. Klein runzelte die Stirn und kaute auf seiner Unterlippe. „Na, warten wir erst einmal ab, was die Röntgenaufnahmen ergeben", sagte er dann.

Erschöpft und benommen brachte Chris ihre Tochter zu dem Röntgenologen. Sie blieb bei ihr, während die Röntgenaufnahmen gemacht wurden, und fuhr mit ihr wieder nach Hause zurück. Das Kind war seit der zweiten Injektion sonderbar still gewesen, darum versuchte sie jetzt, sie ein wenig aufzumuntern.

„Wollen wir nicht Monopoly spielen?"

Regan schüttelte stumm den Kopf und starrte die Mutter mit einem Blick an, der aus endloser Ferne zu kommen schien. „Ich bin so müde", sagte sie dann mit einer Stimme, die ganz zu diesem Blick paßte. Sie drehte sich um und stieg in ihr Schlafzimmer hinauf.

Muß wohl das Librium sein, dachte Chris, als sie ihr nachsah. Dann ging sie seufzend in die Küche. Sie schenkte sich einen Kaffee ein und setzte sich zu Sharon an den Tisch in der Frühstücksecke.

„Wie war's?"

„O Himmel ..."

Mit flatternden Händen warf Chris das Rezept auf den Tisch. „Würdest du so gut sein und das besorgen?" bat sie. Und dann berichtete sie Sharon, was sie von Dr. Klein erfahren hatte. „Wenn ich zu tun habe oder fort muß, darfst du sie nicht aus den Augen lassen, hörst du, Shar? Er ..." Ihr fiel etwas ein. „Einen Augenblick!"

Sie stieg in Regans Schlafzimmer hinauf. Das Kind lag zugedeckt im Bett und schien zu schlafen. Chris trat ans Fenster und legte den Riegel vor. Sie starrte hinaus. Das Fenster lag an der Seitenfront des Hauses und blickte direkt auf die steile Treppe hinab, die zu der tief unten liegenden M-Street führte.

Ich muß sofort einen Schlosser bestellen!

Chris kehrte in die Küche zurück, schrieb diesen Auftrag auf eine Besorgungsliste für Sharon, gab Willie den Küchenzettel für den Abend und erwiderte einen Anruf ihres Agenten.

„Was ist mit dem Drehbuch?" wollte er wissen.

„Ed, es ist großartig. Ich möchte es wirklich sehr gern machen", antwortete sie. „Wann soll es denn losgehen?"

„Ihre Episode soll im Juli drankommen. Sie müßten also sofort mit den Vorbereitungen beginnen."

„Jetzt gleich?"

„Jawohl, jetzt gleich. Regie führen ist eine andere Sache als schauspielern, Chris. Sie müssen sich um die Vorarbeiten kümmern, um den Filmarchitekten, den Kostümbildner, den Maskenbildner, den Produzenten. Außerdem müssen Sie sich einen Kameramann und einen Cutter suchen und die einzelnen Aufnahmenkomplexe zusammenstellen. Sie kennen doch die Routine, Chris."

„Verdammt!"

„Was ist denn? Irgendwelche Probleme?"

„Allerdings."

„Und welche?"

„Regan ist krank."

„Das tut mir leid. Was fehlt ihr denn?"

„Das wissen die Ärzte noch nicht. Ich warte auf das Ergebnis der Untersuchungen. Hören Sie, Ed — ich kann das Kind jetzt unmöglich allein lassen."

„Wer sagt denn, daß Sie es allein lassen sollen?"

„Sie verstehen mich nicht, Ed. Ich muß bei Regan zu Hause bleiben. Sie braucht meine Pflege. Ich kann es Ihnen jetzt nicht näher erklären, dazu ist die Angelegenheit zu kompliziert. Aber versuchen Sie doch bitte, die anderen noch eine Weile hinzuhalten, ja?"

„Das geht nicht. Sie wollen zu Weihnachten mit dem Film in die Music Hall, Chris, und deswegen müssen sie jetzt auf die Tube drücken."

„Mein Gott, Ed — können die denn nicht noch zwei Wochen warten? Hören Sie ..."

„Chris, Sie haben mir immer in den Ohren gelegen, daß Sie Regie führen wollen, und jetzt auf einmal ..."

„Stimmt, Ed, Sie haben recht", unterbrach sie ihn. „Ich möchte es auch unbedingt machen. Wirklich. Aber Sie müssen denen sagen, daß ich ein bißchen mehr Zeit brauche."

„Wenn ich das mache, ist es aus. Das ist jedenfalls meine Meinung. Daß man nicht unbedingt scharf auf Sie ist, dürfte Ihnen ja wohl keine Neuigkeit sein. Die tun das ausschließlich Moore zuliebe, und wenn die sich jetzt bei ihm beschweren und sagen, daß Sie noch keine Lust zum Arbeiten haben, dann hängt er drin. Also seien Sie vernünftig, Chris. In dieser Sache steckt doch nur Geld, wenn sie ein Knüller wird. Ich kann Ihnen nur eines prophezeien: Sowie wir um Aufschub bitten, sitzen wir draußen. Also, was soll ich den Leuten sagen?"

„Gütiger Himmel!" seufzte Chris.

„Ich weiß, daß es nicht leicht ist für Sie."

„Bestimmt nicht. Passen Sie auf ...“

Sie überlegte und schüttelte dann den Kopf. „Im Augenblick müssen die einfach noch ein bißchen Geduld haben, Ed“, sagte sie bedrückt.

„Ihr eigener Entschluß.“

„Okay, Ed. Geben Sie mir Bescheid.“

„Mach' ich. Sobald ich etwas höre. Machen Sie's gut.“

„Sie auch, Ed. Wiederhören.“

Als sie den Hörer auflegte, war sie zutiefst deprimiert und steckte sich eine Zigarette an. „Übrigens, ich habe mit Howard gesprochen. Habe ich dir das schon erzählt?“ wandte sie sich an Sharon.

„Ach nein! Wann denn? Hast du ihm gesagt, was mit Rags los ist?“

„Ja. Und daß er lieber herkommen und sie besuchen soll.“

„Kommt er?“

„Ich weiß es nicht. Ich glaube kaum“, antwortete Chris.

„Na, soviel Interesse sollte er doch wohl für seine Tochter aufbringen!“

„Ich weiß.“ Chris seufzte. „Aber du mußt seine Einstellung verstehen, Shar. Er hat nun einmal diese fixe Idee.“

„Welche Idee?“

„Immer nur ‚Mr. Chris MacNeil‘ zu sein. Rags gehört auch mit dazu. Sie war drinnen, und er stand draußen. Immer nur Rags und ich auf den Titelfotos; Rags und ich in den Bildberichten; Mutter und Tochter, die lustigen Zwillinge.“ Mit bleischwerem Finger klopfte sie die Asche von ihrer Zigarette. „Ach, Unsinn — wer weiß. Alles ist durcheinander. Aber es ist schwer, sich mit ihm zu streiten, Shar. Ich bringe es einfach nicht fertig.“

Sie griff nach einem Buch, das neben Sharons Ellbogen lag. „Was liest du denn da?“

„Wie bitte? Ach das! Das ist für dich. Ich hatte es ganz vergessen. Mrs. Perrin war hier.“

„Wollte sie mich besuchen?“

„Ja, heute morgen. Es tat ihr leid, daß sie dich nicht antraf, weil sie verreisen muß. Aber sowie sie zurück ist, will sie dich anrufen."

Chris nickte und las den Buchtitel: „Untersuchungen über Teufelsanbetung und verwandte okkulte Phänomene." Sie schlug es auf und fand einen handgeschriebenen Gruß von Mary Jo Perrin zwischen den Seiten:

„Liebe Chris! Ich bin ganz zufällig bei der Georgetown-University-Bibliothek vorbeigekommen und habe das hier für Sie mitgebracht. Einige Kapitel handeln von der Schwarzen Messe. Sie sollten es aber ruhig ganz lesen; ich glaube, Sie werden die anderen Kapitel besonders interessant finden. Bis bald!

Mary Jo"

„Sie ist reizend!" sagte Chris.

„Das ist sie", stimmte Sharon ihr zu.

Chris blätterte in dem Buch. „Was steht denn da über die Schwarzen Messen? Grausiges Zeug?"

„Ich weiß es nicht", antwortete Sharon. „Ich hab's nicht gelesen."

„Würde es etwa deinen Seelenfrieden stören?"

Sharon reckte sich und gähnte. „Ach was! Es interessiert mich einfach nicht."

„Und wo ist dein Jesus-Komplex geblieben?"

„Hör endlich auf!"

Chris schob das Buch über den Tisch. „Da, lies es und erzähl mir dann, was drin steht."

„Damit ich Alpdrücken kriege?"

„Die habe ich auch", murmelte Chris und nahm die Abendzeitung zur Hand. „Man braucht nur den Rat seines Finanzberaters anzuhören, und schon kann man eine ganze Woche grausige Träume haben." Gereizt legte sie die Zeitung wieder hin. „Würdest du bitte das Radio einschalten, Shar? Ich möchte die Nachrichten hören."

Sharon aß noch mit Chris zu Abend und ging dann zu

einer Verabredung. Das Buch vergaß sie. Chris entdeckte es später auf dem Tisch und überlegte, ob sie es lesen sollte. Aber sie war zu müde. Darum ließ sie es auf dem Tisch liegen und ging nach oben.

Als sie zu Regan hineinschaute, lag ihre Tochter zugedeckt und schien zu schlafen. Zum zweitenmal kontrollierte sie das Fenster. Beim Hinausgehen ließ sie die Tür weit offenstehen und zog auch, als sie zu Bett ging, ihre eigene nicht ins Schloß. Eine Weile verfolgte sie noch das Fernsehprogramm, dann schlief sie ein.

Am nächsten Morgen war das Buch über die Teufelsanbetung vom Tisch in der Küche verschwunden.

Niemandem fiel es auf.

3

Der hinzugezogene Neurologe betrachtete noch einmal die Röntgenaufnahme und forschte nach Verformungen, ähnlich denen, die entstehen, wenn man Kupfer mit einem Hammer bearbeitet. Dr. Klein stand mit verschränkten Armen hinter ihm. Zuvor hatten sie beide gemeinsam nach Narben und Flüssigkeitsansammlungen, nach einer Verschiebung der Zirbeldrüse Ausschau gehalten. Jetzt suchten sie nach dem sogenannten Lückenshadl-Schädel, verräterischen Dellen, an denen man einen chronischen intrakraniellen Druck erkannte.

Sie fanden nichts. Es war Donnerstag, der 28. April.

Der Neurologe nahm die Brille ab und steckte sie sorgsam in die linke Brusttasche seiner Jacke. „Da ist nichts, Sam, jedenfalls nichts, soweit ich es feststellen kann."

Klein blickte kopfschüttelnd zu Boden. „Das ist mir unbegreiflich."

„Sollen wir es noch einmal versuchen?"

„Ich glaube nicht. Ich werde eine Lumbalpunktion machen."

„Gute Idee."

„Vorher möchte ich aber, daß Sie sich das Kind selbst einmal ansehen."

„Warum nicht gleich heute?"

„Tja, heute . . ." Das Telefon summte. „Entschuldigen Sie." Er hob den Hörer ab. „Ja?"

„Mrs. MacNeil ist am Apparat. Sie sagt, es sei dringend."

„Auf welcher Leitung?"

„Zwölf."

Er drückte auf den entsprechenden Knopf. „Mrs. MacNeil? Hier Klein. Was ist denn los?"

Ihre Stimme klang erregt, beinahe hysterisch. „Mein Gott, Doc — Regan! Können Sie bitte sofort herkommen?"

„Was fehlt ihr denn?"

„Ich weiß es nicht, Doc. Ich kann's Ihnen nicht beschreiben. Um Gottes willen, Doc, kommen Sie her! Schnell! Bitte, schnell!"

„Ich bin sofort bei Ihnen."

Er legte auf und läutete zu seiner Empfangsdame durch. „Susan, bitten Sie Dresner, meine Patienten zu übernehmen." Dann legte er auf und zog seine Jacke aus. „Das war sie. Möchten Sie mitkommen? Es ist gleich drüben, hinter der Brücke."

„Eine Stunde könnte ich mir schon leisten."

„Dann kommen Sie."

Es dauerte nur Minuten, bis sie drüben ankamen. Schon an der Tür, wo Sharon sie in Empfang nahm, hörten sie das Stöhnen und die Entsetzensschreie aus Regans Schlafzimmer. Die Sekretärin war völlig verängstigt. „Ich bin Sharon Spencer", stellte sie sich vor. „Kommen Sie bitte herein. Sie ist oben."

Sharon begleitete die Herren hinauf und öffnete Regans Schlafzimmertür: „Die Ärzte, Chris!"

Chris kam sofort; ihr Gesicht war zu einer Maske des Grauens verzerrt. „Mein Gott, kommen Sie rein!" sagte sie mit zitternder Stimme. „Kommen Sie nur! Sehen Sie sich an, was das Kind macht!"

„Das ist Dr. . . ."

Mitten im Satz brach Dr. Klein ab. Sein Blick war auf Regan gefallen. Das Kind schlug unter hysterischem Kreischen mit beiden Armen um sich, während der Körper von einer unsichtbaren Gewalt horizontal hoch in die Luft geworfen und dann brutal wieder auf die Matratze zurückgeschleudert zu werden schien, sehr schnell hintereinander und ohne innezuhalten.

„Mutter, er soll aufhören!" schrie Regan. „Mach, daß er aufhört! Er will mich umbringen! Aufhören! Auuuufhööören, Muuutteeer!"

„Oh, mein Baby!" wimmerte Chris, die sich in die geballte Faust biß. Mit flehendem Blick wandte sie sich an Klein. „Doc, was ist das? Was geht hier vor?"

Ohne Regan aus den Augen zu lassen, schüttelte Dr. Klein stumm den Kopf. Das Kind hob sich jedesmal ungefähr dreißig Zentimeter hoch in die Luft und krachte dann so heftig aufs Bett zurück, daß ihm der Atem in Stößen aus der Brust getrieben wurde. Es war, als würde Regan von Geisterhänden aufgehoben und wieder hingeworfen.

Chris hob eine bebende Hand an die Augen. „O Jesus, Jesus!" stöhnte sie heiser. „Doc, was ist das?"

Die Aufundabbewegungen endeten abrupt; statt dessen warf sich das Kind jetzt wie wild von einer Seite zur anderen und verdrehte die Augen so weit nach oben, daß nur noch das Weiße zu sehen war.

„Ahhh, er verbrennt mich . . . Er verbrennt mich!" stöhnte Regan. „Ahhh, ich verbrenne! Ich verbrenne! . . ."

Sie kreuzte und öffnete die Beine, immer schneller . . .

Die Ärzte näherten sich dem Bett von beiden Seiten. Regan, die sich noch immer drehte und wand, bog ihren Kopf zurück und bot ihre geschwollene, gewölbte Kehle dar. Dann begann sie mit sonderbar gutturaler Stimme unverständliche Worte zu murmeln.

„... dnameinnibchi ... dnameinnibchi ...“

Klein griff nach ihrem Handgelenk, um ihr den Puls zu fühlen.

„Nun wollen wir sehen, was dir fehlt, mein Kind“, sagte er freundlich.

Und taumelte auf einmal benommen, fast aus dem Gleichgewicht gebracht, quer durch das Zimmer zurück — so hart hatte Regan ihn mit ihrem nach rückwärts schwingenden Arm getroffen. Sie richtete sich, die Züge von grausamer Wut entstellt, senkrecht auf. „Die Sau gehört mir!“ brüllte sie mit rauher, dröhnender Stimme. „Mir! Laßt sie in Ruhe! Sie gehört mir!“

Dann stieß sie ein gellendes Hohngelächter aus und fiel, als wäre sie von jemandem gestoßen worden, in ihre Kissen zurück. Sie raffte ihr Nachthemd hoch und entblößte ihre Genitalien. „Kommt doch, vögelt mich! Vögelt mich doch!“ schrie sie den beiden Ärzten zu und begann mit beiden Händen wie rasend zu masturbieren.

Sekunden später stürzte Chris schluchzend hinaus, während Regan ihre Finger in den Mund steckte und sie schmatzend ableckte.

Als Dr. Klein sich wieder dem Bett näherte, schien Regan sich selber liebevoll zu umarmen. Mit beiden Händen streichelte sie ihre Oberarme.

„Ja, ja, mein Perlchen ...“, säuselte sie wieder mit dieser sonderbar rauhen Stimme. Die Augen hatte sie wie in Ekstase geschlossen. „Mein Kind ... Meine Blume ... Mein Perlchen ...“

Dann warf sie sich wieder von einer Seite zur anderen, stöhnte und murmelte sinnlose Worte. Um gleich darauf mit vor Entsetzen weit aufgerissenen Augen in die Höhe zu fahren.

Sie miaute wie eine Katze.

Bellte wie ein Hund.

Wieherte wie ein Pferd.

Dann beugte sie den Oberkörper nach vorn und drehte

ihn immer rascher im Kreis. Sie rang um Atem. „Aufhören!“ schrie sie. „Bitte, bitte, er soll aufhören! Es tut so weh! Er soll aufhören! Aufhören! Ich krieg keine Luft!“

Klein hatte genug gesehen. Er nahm seine Arzttasche, ging zum Fenster und begann mit raschen Griffen eine Injektion vorzubereiten.

Der Neurologe blieb neben dem Bett stehen und sah, daß Regan wieder zurückfiel, als ob sie gestoßen würde. Wieder verdrehte sie die Augen, warf sich von einer Seite zur anderen und murmelte mit gutturaler Stimme vor sich hin. Der Neurologe beugte sich über sie und versuchte, etwas von ihren Worten zu verstehen. Dann sah er, daß Klein ihm winkte, und ging hinüber.

„Ich werde ihr Librium geben“, erklärte Dr. Klein ihm leise, während er die Spritze ans Licht hob. „Aber Sie müssen sie gut festhalten.“

Der Neurologe nickte. Er schien in Gedanken versunken und neigte den Kopf zur Seite, als lauschte er auf das Gemurmel vom Bett.

„Was redet sie da eigentlich?“ fragte Dr. Klein flüsternd.

„Ich weiß es nicht. Irgendein Kauderwelsch. Sinnlose Worte.“ Doch diese Erklärung ließ ihn anscheinend selbst unbefriedigt. „Sie artikuliert die Worte allerdings, als hätten sie eine bestimmte Bedeutung. Sie haben eine ausgesprochene Sprachmelodie.“

Klein nickte zum Bett hinüber, und beide Ärzte gingen ruhig darauf zu. Sowie sie näher kamen, wurde Regans Körper auf einmal so starr wie bei einer Tetanie, und die Ärzte warfen sich einen vielsagenden Blick zu. Dann beobachteten sie gebannt, wie Regan ihren Körper nach rückwärts bog, immer weiter, bis sie mit der Stirn fast ihre Füße berührte. Dabei schrie sie vor Schmerz.

Die Ärzte sahen einander an, als käme ihnen ein Verdacht. Dann gab Dr. Klein dem Neurologen das Signal. Doch ehe dieser zupacken konnte, sank Regans Körper schlaff in sich zusammen, sie fiel in Ohnmacht und näßte das Bett.

Klein beugte sich über sie, hob ihr Augenlid und prüfte den Puls. „Es wird eine Weile dauern, bis sie wieder zu sich kommt“, stellte er fest. „Was meinen Sie?“

„Ich glaube auch.“

„Nun, sicher ist sicher“, sagte Klein.

Und gab ihr geschickt die Injektion.

„Also, was halten Sie von der Geschichte?“ erkundigte sich der Internist bei dem Kollegen, während er ein rundes Stück Heftpflaster auf den Einstich drückte.

„Schläfenlappen. Gewiß, auch Schizophrenie wäre eine Möglichkeit, Sam. Doch dafür kam der Ausbruch eigentlich zu plötzlich. Es gibt wohl auch keine entsprechende Krankengeschichte bei ihr, nicht wahr?“

„Nein.“

„Neurasthenie?“

Klein schüttelte den Kopf.

„Dann vielleicht Hysterie“, tippte der Neurologe.

„Daran habe ich auch schon gedacht.“

„Natürlich. Aber sie müßte ein Schlangenmensch sein, um ihren Körper freiwillig so durchzubiegen, nicht wahr?“ Er schüttelte den Kopf. „Nein, nein, Sam. Ich halte es für pathologisch: die ungewöhnliche Kraft, die Paranoia, die Halluzinationen. Nun, alle diese Symptome sprechen für Schizophrenie. Doch eine Schädigung des Schläfenlappens würde außerdem auch die Krämpfe erklären. Allerdings gibt es da einen Punkt, der mich beunruhigt ...“ Er unterbrach sich mit nachdenklichem Stirnrunzeln.

„Und der wäre?“

„Nun ja, hundertprozentig sicher bin ich nicht, aber ich glaube Anzeichen für eine Bewußtseinsspaltung erkannt zu haben: ‚Mein Perlchen‘ ... ‚mein Kind‘ ... ‚meine Blume‘ ... ‚die Sau‘. Ich habe das Gefühl, daß sie das von sich selber sagte. Hatten Sie auch diesen Eindruck, oder bilde ich mir das nur ein?“

Klein strich sich mit dem Finger über die Lippen; er dachte über die Antwort auf diese Frage nach. „Nun, auf die Idee bin ich, offen gestanden, noch nicht gekommen. Doch jetzt, wo Sie mich darauf aufmerksam machen ..." Er knurrte nachdenklich. „Es könnte sein. Ja, es könnte sein."

Dann schüttelte er den Gedanken ab. „Wie dem auch sei, ich werde jetzt, solange sie bewußtlos ist, eine LP machen. Dann wissen wir vielleicht etwas mehr."

Der Neurologe nickte zustimmend.

Klein suchte in seiner Arzttasche, nahm eine Pille heraus und steckte sie ein. „Können Sie noch etwas bleiben?"

Der Neurologe sah auf die Armbanduhr. „Eine halbe Stunde vielleicht."

„Dann wollen wir mit der Mutter sprechen."

Sie gingen auf den Flur hinaus.

Chris und Sharon lehnten mit gesenkten Köpfen am Treppengeländer. Als die beiden Ärzte kamen, putzte sich Chris mit einem nassen, zerknüllten Taschentuch die Nase. Ihre Augen waren rotgeweint.

„Sie schläft", berichtete Dr. Klein.

„Gott sei Dank!" Chris seufzte.

„Außerdem habe ich ihr ein starkes Beruhigungsmittel gegeben. Vermutlich wird sie bis morgen durchschlafen."

„Das ist gut", sagte Chris erschöpft. „Doc, ich muß mich bei Ihnen entschuldigen. Ich habe mich fürchterlich kindisch benommen."

„Sie halten sich großartig", lobte er sie. „Es ist ja auch ein schreckliches Erlebnis. Übrigens, das hier ist Dr. David."

„Guten Tag", sagte Chris mit mattem Lächeln.

„Dr. David ist Neurologe."

„Was halten Sie denn nun davon?" fragte sie die beiden Ärzte.

„Wir glauben immer noch, daß es der Schläfenlappen ist", antwortete Dr. Klein, „und daher ..."

„Herrgott, was reden Sie da für einen Unsinn!" brach Chris plötzlich los. „Sie benimmt sich wie eine Geisteskranke, so als hätte sie eine Persönlichkeitsspaltung, und Sie ..."

Dann riß sie sich auf einmal zusammen und stützte den Kopf in die Hand.

„Ich glaube, ich bin völlig fertig." Sie ließ die Schultern hängen. „Es tut mir leid." Sie hob den Kopf und sah Dr. Klein bekümmert an. „Was sagten Sie eben?" fragte sie ihn.

Aber die Antwort kam von Dr. David. „Es gibt bis jetzt kaum mehr als hundert authentische Fälle von Persönlichkeitsspaltung, Mrs. MacNeil. Ein überaus selten vorkommender Zustand. Ich weiß, die Versuchung, es mit der Psychiatrie zu probieren, ist groß; doch jeder verantwortungsbewußte Psychiater würde zuerst sämtliche somatischen Möglichkeiten ausschöpfen. Dieses Vorgehen ist am sichersten."

„Okay. Also, was jetzt?" fragte Chris.

„Eine Lumbalpunktion", antwortete Dr. Klein. „Daran können wir feststellen, was uns bei Röntgen und EEG möglicherweise entgangen ist. Auf jeden Fall würde es bestimmte andere Möglichkeiten mit Gewißheit ausschließen. Ich möchte es jetzt sofort machen, solange sie schläft. Ich werde ihr natürlich trotzdem eine örtliche Betäubung geben, denn ich muß unter allen Umständen jede Bewegung ausschließen."

„Wie war es nur möglich, daß sie so weit von ihrem Bett hochsprang?" fragte Chris mit vor Sorge verkniffenem Gesicht.

„Ich glaube, darüber haben wir uns bereits unterhalten", erwiderte Klein. „Ein pathologischer Zustand kann ungewöhnliche Kraft und beschleunigte motorische Funktionen auslösen."

„Aber warum, wissen Sie nicht", sagte Chris.

„Nun, anscheinend hat es etwas mit Motivation zu tun", erklärte ihr Dr. David. „Mehr wissen wir allerdings wirklich nicht."

„Wie ist es denn nun mit der Punktion?" wandte sich Dr. Klein an Chris. „Dürfen wir?"

Sie atmete tief aus, sank ein wenig in sich zusammen, starrte zu Boden.

„Natürlich", murmelte sie dann. „Tun Sie, was nötig ist. Nur machen Sie sie gesund."

„Wir werden es versuchen", versicherte Dr. Klein. „Darf ich Ihr Telefon benutzen?"

„Gewiß. Kommen Sie. Im Arbeitszimmer."

„Ach, noch etwas", sagte Klein, als sie vorangehen wollte. „Ihre Bettwäsche muß gewechselt werden."

„Das übernehme ich", meldete sich Sharon. Sie ging auf Regans Schlafzimmer zu.

„Darf ich Ihnen inzwischen einen Kaffee anbieten?" fragte Chris, als ihr die Ärzte die Treppe hinunter folgten. „Die Haushälterin hat heute nachmittag allerdings frei, deshalb werden Sie mit Pulverkaffee vorliebnehmen müssen."

Sie lehnten ab.

„Wie ich sehe, haben Sie das Fenster noch nicht richten lassen", bemerkte Klein.

„Nein, aber ich habe deswegen schon telefoniert", erwiderte Chris. „Morgen früh werden Läden angebracht, die man verschließen kann."

Er nickte beifällig.

Sie gingen ins Arbeitszimmer, wo Klein in seiner Praxis anrief und einen Assistenten bat, mit den notwendigen Instrumenten und Medikamenten herüberzukommen.

„Und bereiten Sie im Labor alles für die entsprechenden Untersuchungen vor", ordnete er an. „Ich werde sie dann später persönlich ausführen."

Als das Gespräch beendet war, wandte er sich wieder an Chris und fragte, was sich ereignet hatte, seit sie mit Regan zum letztenmal bei ihm gewesen war.

„Also, am Dienstag", überlegte Chris, „da hat es eigentlich gar nichts gegeben. Sie ist sofort zu Bett gegangen und hat am nächsten Morgen ziemlich lange geschlafen. Dann ... Ach nein", korrigierte sie sich, „das stimmt ja nicht. Willie erwähnte, daß sie sie schon ganz früh am Morgen in der Küche gehört habe. Ich weiß noch, wie froh ich war, daß sie wieder Appetit bekam. Aber dann ist sie, glaube ich, gleich wieder zu Bett gegangen. Jedenfalls ist sie den ganzen Tag liegengeblieben."

„Hat sie geschlafen?" erkundigte sich Klein.

„Nein, gelesen, glaube ich", antwortete Chris. „Ich selbst wurde allmählich auch ruhiger. Es sah ja aus, als wäre das Librium genau das richtige für sie. Sie war zwar ein wenig geistesabwesend, und ich habe mir deswegen auch Sorgen gemacht, aber immerhin war es bereits ein großer Fortschritt. In der vergangenen Nacht blieb alles still, aber dann, heute morgen, fing es an."

Chris holte tief Luft.

Sie habe in der Küche gesessen, berichtete sie den Ärzten, als Regan schreiend die Treppe heruntergelaufen kam und sich voll Angst hinter ihrem Stuhl versteckte. Sie hielt den Arm ihrer Mutter umkrampft und erklärte ihr mit vor Entsetzen schriller Stimme, daß Captain Howdy hinter ihr her sei. Er habe sie gekniffen, geboxt, geschubst, unanständige Ausdrücke benutzt und gedroht, sie umzubringen. „Da ist er!" hatte sie schließlich gekreischt und auf die Küchentür gezeigt. Dann war sie zu Boden gefallen und hatte, während ihr Körper in Krämpfen zuckte, weinend hervorgestoßen, daß Howdy sie trete. Dann hatte sich Regan auf einmal mit ausgestreckten Armen mitten in die Küche gestellt und sich wie ein Kreisel rasend schnell um die eigene Achse gedreht — mehrere Minuten lang, bis sie vor Erschöpfung zu Boden gefallen war.

„Und dann sah ich auf einmal diesen ... diesen Haß in ihrem Blick", schloß Chris bedrückt. „Und sie sagte zu mir ..."

Sie rang nach Luft.

„Sie nannte mich eine ... O Gott!"

Schluchzend schlug sie die Hände vors Gesicht.

Dr. Klein ging ruhig zur Bar. Er füllte ein Glas mit Leitungswasser und brachte es Chris.

„Hat jemand eine Zigarette?" Chris stieß einen zitternden Seufzer aus und rieb sich die Augen trocken.

Klein gab ihr das Wasser und außerdem eine kleine grüne Pille. „Versuchen Sie es lieber damit", riet er.

„Ist das ein Beruhigungsmittel?"

„Ja."

„Dann geben Sie mir gleich zwei."

„Eine genügt."

„Geizhals!" murmelte Chris mit schwachem Lächeln.

Sie schluckte die Pille und reichte dem Arzt das leere Glas. „Danke", sagte sie leise, die Fingerspitzen an die Schläfen gedrückt. Langsam schüttelte sie den Kopf. „Ja, dann ging es wirklich los", sagte sie düster. „Mit diesem zweiten Zustand, wissen Sie. Als ob sie jemand anders wäre."

„Zum Beispiel Captain Howdy?" fragte Dr. David.

Chris starrte ihn verwundert an. Er hielt ihrem Blick gelassen stand. „Was soll das heißen?" fragte sie.

„Ich weiß es nicht." Er zuckte mit den Achseln. „Es war nur eine Frage."

Mit verlorenem, gequältem Blick drehte sie sich zum Kamin. „Ich weiß es nicht", sagte sie stumpf. „Irgend jemand anders."

Einen Augenblick waren alle still. Dann stand Dr. David auf und sagte, er müsse jetzt gehen, er habe einen Termin. Er sprach noch ein paar tröstende Worte und verabschiedete sich.

Dr. Klein begleitete ihn bis zur Haustür. „Werden Sie auch den Zucker prüfen?" erkundigte sich David.

„Nein, mein Lieber. Dazu bin ich zu blöd."

David lächelte dünn. „Ich bin heute selber ein bißchen nervös", entschuldigte er sich. Gedankenverloren starrte er vor sich hin. „Ein seltsamer Fall."

Er rieb sich das Kinn und schien zu überlegen. Dann hob er den Kopf. „Geben Sie mir Bescheid, was Sie festgestellt haben", bat er.

„Sind Sie zu Hause zu erreichen?"

„Ja. Rufen Sie mich an." Grüßend hob er die Hand und ging.

Als kurz darauf die Instrumente kamen, betäubte Dr. Klein Regans Wirbelsäulengegend mit Novocain. Dann zog er im Beisein von Chris und Sharon, ständig das Manometer beobachtend, ein wenig Rückenmarksflüssigkeit auf. „Der Druck ist normal", murmelte er vor sich hin.

Als er damit fertig war, ging er zum Fenster, um nachzusehen, ob die Flüssigkeit klar oder trübe war.

Sie war klar.

Sorgfältig verstaute er die Reagenzröhrchen mit der Flüssigkeit in seiner Arzttasche.

„Ich glaube es zwar nicht", wandte er sich dann an die beiden Frauen, „aber falls sie wider Erwarten doch in der Nacht aufwachen und Schwierigkeiten machen sollte, wäre es vielleicht besser, wenn eine Krankenschwester hier wäre, die ihr eine Beruhigungsspritze geben kann."

„Kann das nicht ich tun?" erkundigte sich Chris.

„Warum? Wollen Sie keine Schwester?"

Sie mochte ihm gegenüber nicht von ihrem tiefen Mißtrauen zu Ärzten und Schwestern sprechen. „Ich würde es lieber selber machen", sagte sie daher nur. „Geht das?"

„Nun ja, Injektionen sind kein Kinderspiel", antwortete er. „Ein Luftbläschen schon kann lebensgefährlich sein."

„Ich kenne mich aus damit", mischte sich Sharon ins Gespräch. „Meine Mutter hatte in Oregon ein Pflegeheim."

„Würdest du das wirklich tun, Sharon? Würdest du heute nacht hierbleiben?" fragte Chris.

„Ja, aber darüber hinaus muß sie nach der kommenden Nacht unter Umständen intravenös ernährt werden, je nachdem, wie sich die Dinge entwickeln."

„Können Sie mir zeigen, wie man das macht?" fragte Chris den Arzt voller Eifer.

Er nickte. „Ja."

Er schrieb ein Rezept für lösliches Thorazin und Einwegspritzen auf und überreichte es Chris. „Das lassen Sie jetzt sofort besorgen."

Chris gab es Sharon. „Machst du das, Liebes? Ruf einfach

an und laß alles herüberschicken. Ich möchte Dr. Klein begleiten und zusehen, wie er die Untersuchungen macht ... Oder stört Sie das?" wandte sie sich an ihn.

Er sah die Gespanntheit in ihren Augen, den hilflosen, verwirrten Blick. Er nickte.

„Ich weiß, wie Ihnen zumute sein muß." Freundlich lächelnd sah er sie an. „Genauso ist mir zumute, wenn ich mich mit den Mechanikern über mein Auto unterhalte."

Punkt 18 Uhr 18 verließen sie das Haus.

Im Rosslyn-Haus machte Dr. Klein in seinem Labor mehrere Tests. Zuerst untersuchte er den Eiweißgehalt.

Normal.

Dann wurden die roten und weißen Blutkörperchen gezählt.

„Zu viele rote deuten auf eine Blutung hin", erklärte Dr. Klein. „Zu viele weiße auf eine Infektion."

Er achtete vor allem auf eine Pilzinfektion, die häufig die Ursache eines chronisch exzentrischen Verhaltens war. Und fand wiederum nichts.

Zuletzt testete Klein den Zuckergehalt der Flüssigkeit.

„Warum?" fragte Chris ihn interessiert.

„Nun", antwortete er, „der Rückenmarkzucker sollte zwei Drittel des Blutzuckers betragen. Alles, was spürbar darunter liegt, deutet auf eine Krankheit hin, bei der Bakterien den Zucker der Rückenmarkflüssigkeit zerstören. Ist das der Fall, würde das die Symptome erklären."

Das Resultat war negativ.

Chris schüttelte den Kopf und verschränkte die Arme. „Da stehen wir also wieder da, wo wir am Anfang waren", murmelte sie.

Eine Weile brütete Klein vor sich hin. Dann drehte er sich schließlich um und sah zu Chris hinüber. „Haben Sie Drogen im Haus?" fragte er sie.

„Wie bitte?"

„Amphetamine? LSD?"

„Himmel — nein! Das würde ich Ihnen bestimmt sagen. Nein, in der Richtung habe ich überhaupt nichts."

Er nickte und starrte auf seine Schuhe. Dann hob er den Kopf. „Tja, Mrs. MacNeil, ich habe das Gefühl, daß es allmählich Zeit wird, einen Psychiater zu konsultieren."

Punkt 19 Uhr 21 war sie wieder zu Hause. Schon an der Tür rief sie laut: „Sharon?"

Aber Sharon war nicht da.

Chris stieg in Regans Schlafzimmer hinauf. Das Kind schlief noch immer tief und fest. Die Bettdecke war glatt und faltenlos. Nur stand jetzt seltsamerweise das Fenster offen. Es roch nach Urin. Sharon muß es geöffnet haben, damit frische Luft reinkommt, dachte sie, als sie es zumachte. Wo kann sie nur stecken?

Chris war gerade wieder nach unten zurückgekehrt, als Willie zur Haustür hereinkam.

„Hallo, Willie! Was haben Sie denn heute Schönes gemacht?"

„Einkaufen. Kino."

„Und wo ist Karl?"

Sie machte eine geringschätzige Handbewegung. „Er hat mir heute erlaubt, die Beatles zu sehen. Allein."

„Na, großartig!"

Willie machte mit ihren Fingern das V-Zeichen. Es war genau 19 Uhr 35.

Um 20 Uhr 01, als Chris sich im Arbeitszimmer telefonisch mit ihrem Agenten unterhielt, kam Sharon, mit mehreren Paketen beladen, herein. Die Sekretärin warf sich in einen Sessel und wartete.

„Wo warst du?" erkundigte sich Chris, als sie ihr Telefongespräch beendet hatte.

„Ach, hat er dir nicht Bescheid gesagt?"

„*Wer* hat mir nicht Bescheid gesagt?"

„Burke. Ist er nicht hier? Wo ist er denn?“

„War er denn hier?“

„Soll das etwa heißen, daß er nicht hier war, als du nach Hause kamst?“

„Paß auf, jetzt fängst du am besten von vorne an“, empfahl ihr Chris.

„Dieser unzuverlässige Kerl!“ schimpfte Sharon kopfschüttelnd. „Der Apotheker wollte die Sachen nicht herschicken, deswegen dachte ich, als Burke hereinschaute, er könnte vielleicht bei Regan bleiben, bis ich das Thorazin besorgt hatte.“ Sie zuckte mit den Achseln. „Ich hätte es mir ja denken können.“

„Allerdings, das hättest du. Und was hast du eingekauft?“

„Ich war ja der Meinung, genügend Zeit zu haben. Da habe ich schnell noch eine Gummiunterlage für Regans Bett besorgt.“ Sie zeigte sie Chris.

„Hast du schon gegessen?“

„Nein. Ich wollte mir eigentlich nur ein Sandwich machen. Möchtest du vielleicht auch eins?“

„Ja, gern. Komm, machen wir uns was zurecht.“

„Was ist bei den Tests herausgekommen?“ fragte Sharon auf dem Weg in die Küche.

„Gar nichts. Alles negativ. Ich werde mit ihr zum Psychiater müssen“, antwortete Chris deprimiert.

Als sie ihre Sandwichs gegessen und dazu Kaffee getrunken hatten, zeigte Sharon Chris, wie man Injektionen verabreichte.

„Zwei Dinge mußt du vor allem beachten“, erklärte ihr die Sekretärin. „Erstens darf es keine Luftbläschen geben, und zweitens darfst du keine Vene treffen. Aus diesem Grund zieht man zuerst ein wenig auf ...“ Sie machte es vor. „Siehst du — so. Und prüft, ob Blut in die Spritze kommt.“

Chris übte zunächst an einer Grapefruit, bis sie sich sicher fühlte. Um 21 Uhr 18 klingelte es an der Haustür. Willie ging aufmachen. Es war Karl. Als er auf dem Weg in sein Zimmer durch die Küche kam, nickte er grüßend und sagte, er habe seinen Schlüssel vergessen.

„Das kann doch nicht wahr sein!" wandte sich Chris staunend an Sharon. „Das wäre das erstemal, daß er einen Fehler zugibt."

Den Abend verbrachten sie vor dem Fernsehgerät im Arbeitszimmer.

Um 22 Uhr 46 ging das Telefon. Chris meldete sich. Es war der junge Regisseur des zweiten Teams. Seine Stimme klang ernst.

„Haben Sie es schon gehört, Chris?"

„Nein — was denn?"

„Eine sehr traurige Nachricht."

„Was?"

„Burke ist tot."

Er war betrunken gewesen. Er war gestolpert. Er war die steile Treppe neben dem Haus hinabgestürzt — ganz hinunter bis auf die M-Street, wo ein zufällig Vorübergehender mit angesehen hatte, wie er fiel. Genick gebrochen. Seine letzte blutige Szene.

Chris fiel der Telefonhörer aus der Hand. Sie wankte, weinte lautlos vor sich hin. Sharon sprang auf, lief hinüber, fing sie auf, legte den Telefonhörer auf die Gabel und führte sie zum Sofa.

„Burke ist tot", schluchzte Chris.

„Mein Gott!" Sharon verschlug es den Atem. „Was ist denn geschehen?"

Doch noch konnte Chris kein Wort reden. Sie weinte.

Erst später begannen sie allmählich darüber zu sprechen. Sie unterhielten sich stundenlang. Chris trank. Sie kramte Erinnerungen an Dennings aus. „Mein Gott!" sagte sie immer wieder. „Der arme Burke ... Der arme Burke ..."

Ihr Traum vom Tod ließ nicht ab von ihr.

Kurz nach fünf Uhr morgens stand sie deprimiert hinter der Bar, die Ellbogen aufgestützt, den Kopf gesenkt, die Augen voll Trauer. Sie wartete auf Sharon, die aus der Küche Eis holen wollte.

Sie hörte sie kommen.

„Ich kann es immer noch nicht fassen", seufzte Sharon, als sie das Arbeitszimmer betrat.

Chris hob den Kopf. Und erstarrte.

Direkt hinter Sharon, der Sekretärin auf dem Fuß folgend, kam Regan: mit den gleitenden, schnellen Bewegungen einer Spinne, den Körper so weit rückwärts gebogen, daß sie mit dem Kopf fast die Füße berührte, zischte und züngelte sie wie eine Schlange.

„Sharon!" sagte Chris benommen, ohne den Blick von Regan zu lösen.

Sharon blieb stehen. Regan auch. Sharon drehte sich um, sah aber nichts. Dann spürte sie Regans Zunge an ihrem Knöchel und schrie auf.

Chris wurde leichenblaß. „Ruf sofort den Doktor an. Hol ihn aus dem Bett. Er soll kommen — sofort!"

Regan folgte Sharon auf Schritt und Tritt.

4

Freitag, 29. April. Während Chris im Flur vor dem Schlafzimmer wartete, wurde Regan von Dr. Klein und einem bekannten Psychiater untersucht.

Die Ärzte beobachteten sie eine halbe Stunde lang. Sie schlug um sich. Wand sich. Riß sich am Haar. Schnitt dann und wann eine Grimasse und hielt sich dabei die Ohren zu, als wollte sie sich vor einem plötzlichen, betäubenden Geräusch schützen. Brüllte Obszönitäten. Schrie vor Schmerz. Zuletzt warf sie sich bäuchlings aufs Bett, zog die Beine unter den Bauch und murmelte stöhnend zusammenhangloses Zeug.

Der Psychiater winkte Dr. Klein, und beide Ärzte traten ein Stück vom Bett zurück.

„Geben wir ihr ein Beruhigungsmittel", flüsterte der neu hinzugezogene Arzt. „Vielleicht kann ich dann mit ihr sprechen."

Der Internist nickte und bereitete eine Injektion von fünfzig Milligramm Thorazin vor. Als die Ärzte sich wieder dem Bett näherten, schien Regan das jedoch sofort zu spüren; sie warf sich herum, und als der Psychiater sie festhalten wollte, begann sie voll geifernder Wut laut zu brüllen. Sie wehrte sich und ließ ihn nicht an sich heran, so daß sie erst Karl zu Hilfe rufen mußten, um sie ruhig halten zu können, damit es Dr. Klein gelang, ihr die Spritze zu verabfolgen.

Die Dosis erwies sich als unzureichend. Weitere fünfzig Milligramm wurden injiziert. Sie warteten.

Regan wurde gefügiger. Dann traumverloren. Und plötzlich starrte sie die Ärzte verständnislos an. „Wo ist meine Mom? Meine Mom soll zu mir kommen!" weinte sie.

Auf ein Kopfnicken des Psychiaters ging Dr. Klein hinaus, um Chris zu holen.

„Deine Mutter kommt sofort, mein Kind", beruhigte der Psychiater Regan. Er setzte sich auf die Bettkante und strich ihr tröstend übers Haar. „Schön ruhig sein, Kleines. Ich bin ein Doktor."

„Ich will meine Mom!" weinte Regan.

„Sie kommt ja schon. Hast du Schmerzen, mein Kind?"

Sie nickte mit tränenverschmiertem Gesicht.

„Wo denn?"

„Ach, überall!" schluchzte Regan. „Ich fühle mich ganz elend."

„Mein Kleines! Mein Liebling!"

„Mom!"

Chris stürzte ans Bett und riß sie in ihre Arme. Sie küßte sie und begann dann selbst zu weinen. „O Rags, du bist wieder da! Du bist es wirklich!"

„O Mom, er hat mir so weh getan!" schluchzte Regan. „Sag ihm, daß er damit aufhören soll, ja? Bitte!"

Chris machte ein verwirrtes Gesicht und sah die beiden Ärzte fragend an.

„Sie steht unter einem starken Sedativum", erklärte der Psychiater leise.

„Soll das etwa heißen . . .?"

Er unterbrach sie. „Warten wir ab." Dann wandte er sich an Regan. „Kannst du mir erzählen, was eigentlich los ist, mein Kind?"

„Ich weiß es nicht", antwortete sie. „Ich weiß nicht,

warum er auf einmal so zu mir ist." Dicke Tränen kullerten ihr aus den Augen. „Sonst ist er immer ein sehr guter Freund für mich gewesen."

„Wer?"

„Na, Captain Howdy! Und dann ist es plötzlich, als ob jemand anders in mir wäre. Und macht, daß ich alles mögliche tun muß, auch wenn ich gar nicht will."

„Captain Howdy?"

„Ich weiß es nicht."

„Aber eine Person?"

Sie nickte.

„Und wer?"

„Ich weiß es doch nicht!"

„Nun gut, dann wollen wir einmal etwas anderes versuchen, Regan. Ein Spiel." Er griff in die Tasche und zog eine blanke Kugel heraus, die an einer Silberkette hing. „Hast du schon einmal im Film gesehen, wie jemand hypnotisiert wird, Regan?"

Sie nickte.

„Also, ich bin ein Hypnotiseur. O ja! Ich hypnotisiere dauernd Leute. Das heißt, natürlich nur, wenn sie damit einverstanden sind. Und ich glaube, wenn du erlaubst, daß ich dich hypnotisiere, Regan, dann kann ich dir helfen, wieder gesund zu werden. Dann kommt diese Person, die in dir steckt, sofort wieder heraus. Möchtest du, daß ich dich hypnotisiere? Siehst du — deine Mutter ist hier, und sie wird auch bei dir bleiben."

Regan warf Chris einen fragenden Blick zu.

„Nur los, mein Kleines. Tu's ruhig", drängte Chris. „Versuch's wenigstens einmal."

Regan wandte sich wieder dem Psychiater zu und nickte. „Okay", sagte sie leise. „Aber nur ein ganz kleines bißchen, ja?"

Der Psychiater lächelte, hob aber verblüfft den Kopf, als hinter ihm Porzellan splitterte. Von der Kommode, auf die Dr. Klein seinen Arm gestützt hatte, war eine zerbrechliche

Vase heruntergefallen. Dr. Klein starrte verblüfft abwechselnd auf seinen Arm und die Scherben zu seinen Füßen. Dann bückte er sich, um sie aufzusammeln.

„Ach, lassen Sie nur, Doc! Das macht Willie nachher“, sagte Chris.

„Sam, würden Sie bitte die Läden schließen?“ wandte sich der Psychiater an seinen Kollegen. „Und die Vorhänge bitte auch.“

Als es ganz dunkel im Zimmer war, nahm der Psychiater die Kette zwischen die Fingerspitzen und ließ die Kugel daran leicht hin und her schwingen. Gleichzeitig richtete er den Strahl einer bleistiftdünnen Taschenlampe darauf. Die Kugel glitzerte. „Schau her, Regan, schau immer nur hierher. Bald wirst du fühlen, wie deine Lider schwer werden, sie werden schwerer und immer schwerer ...“

Schon nach sehr kurzer Zeit schien sie in Trance gefallen zu sein.

„Außerordentlich suggestionsfähig“, murmelte der Psychiater. Dann begann er mit dem Kind zu sprechen. „Hör mir gut zu, Regan. Liegst du bequem?“

„Ja.“

Sie sprach mit sehr weicher, flüsternder Stimme.

„Regan, wie alt bist du?“

„Zwölf.“

„Ist jemand in dir?“

„Manchmal.“

„Wann?“

„Das ist verschieden.“

„Eine Person?“

„Ja.“

„Und wer?“

„Das weiß ich nicht.“

„Captain Howdy?“

„Ich weiß nicht.“

„Ein Mann?“

„Ich weiß nicht.“

„Aber er ist da?"
„Ja, manchmal."
„Jetzt auch?"
„Ich weiß nicht."
„Wenn ich ihn bitte, es mir zu sagen — erlaubst du ihm dann, mir zu antworten?"
„Nein!"
„Warum nicht?"
„Ich habe Angst!"
„Wovor?"
„Ich weiß nicht."
„Regan, wenn er mit mir sprechen könnte — ich glaube, dann würde er dich verlassen. Möchtest du, daß er dich verläßt?"
„Ja."
„Dann laß ihn mit mir sprechen. Wirst du ihn mit mir sprechen lassen?"
Pause. Dann: „Ja."
„Ich spreche jetzt mit der Person, die in Regan ist", sagte der Psychiater fest. „Wenn du da bist, so bist du ebenfalls hypnotisiert und mußt mir alle Fragen beantworten." Einen Augenblick wartete er ab, damit die Suggestion eindringen konnte. Dann wiederholte er seine Worte: „Wenn du da bist, so bist du ebenfalls hypnotisiert und mußt mir alle Fragen beantworten. Komm hervor und antworte mir: Bist du da?"
Stille. Dann jedoch geschah etwas Merkwürdiges: Regans Atem begann plötzlich zu stinken. Er glich einem dicken, widerwärtigen Strom. Der Psychiater konnte es aus fast einem Meter Entfernung riechen. Er schwenkte den Strahl seiner Taschenlampe auf Regans Gesicht.
Chris unterdrückte einen Aufschrei. Die Züge ihrer Tochter waren zu einer bösartigen Fratze verzerrt: sie bleckte die Zähne, und die geschwollene Zunge hing ihr, gierig hechelnd, aus dem Mund.
„Großer Gott!" stöhnte Chris.

„Bist du die Person, die in Regan ist?" fragte der Arzt.
Sie nickte.
„Wer bist du?"
„Dnameinnibchi", antwortete sie mit gutturaler Stimme.
„Ist das dein Name?"
Sie nickte.
„Bist du ein Mann?"
Sie antwortete: „Ay."
„Ist das eine Antwort?"
„Ay."
„Wenn das ja bedeutet, dann nicke mit dem Kopf."
Sie nickte.
„Sprichst du in einer fremden Sprache?"
„Ay."
„Woher kommst du?"
„Tog."
„Was ist das?"
„Tognofemmokchi", erwiderte Regan.

Der Psychiater überlegte einen Moment und versuchte es dann noch einmal. „Wenn ich dir jetzt Fragen stelle, wirst du mir mit Zeichen antworten. Bei ja nickst du, bei nein schüttelst du den Kopf. Hast du das verstanden?"

Regan nickte.

„Hatten deine Antworten einen Sinn?" fragte er sie. *Ja.*
„Bist du jemand, den Regan kennt?" *Nein.*
„Von dem sie weiß?" *Nein.*
„Bist du jemand, den sie erfunden hat?" *Nein.*
„Bist du real?" *Ja.*
„Bist du ein Teil von Regan?" *Nein.*
„Hast du sie gern?" *Nein.*
„Magst du sie nicht?" *Ja.*
„Haßt du sie?" *Ja.*
„Wegen etwas, was sie getan hat?" *Ja.*
„Gibst du ihr die Schuld an der Scheidung ihrer Eltern?" *Nein.*
„Hat es etwas mit ihren Eltern zu tun?" *Nein.*

„Mit einem Freund?“ *Nein.*

„Aber du haßt sie.“ *Ja.*

„Willst du Regan bestrafen?“ *Ja.*

„Willst du ihr Böses zufügen?“ *Ja.*

„Sie umbringen?“ *Ja.*

„Würdest du auch sterben, wenn sie stirbt?“ *Nein.*

Diese Antwort schien ihn zu beunruhigen, denn er senkte nachdenklich den Kopf. Er bewegte sich ein wenig, so daß die Bettfedern quietschten. In dem erstickenden Schweigen hörten sie Regans rauhen Atem, als käme er aus einem verfaulten, stinkenden Blasebalg.

Der Psychiater richtete den Blick wieder auf das gräßlich verzerrte Gesicht. In seinen Augen stand ein Verdacht.

„Kann sie etwas tun, damit du sie verläßt?“ *Ja.*

„Kannst du mir sagen, was das ist?“ *Ja.*

„Wirst du es mir sagen?“ *Nein.*

„Aber ...“

Plötzlich fühlte der Psychiater einen unerträglichen Schmerz und keuchte erschrocken auf: Regan hielt sein Skrotum wie mit einer Eisenklaue gepackt und preßte es mit unnatürlicher Kraft in ihrer Faust. Mit aufgerissenen Augen versuchte er sich loszumachen. Umsonst. „Sam! Sam, helfen Sie mir!“ krächzte er.

Ein Durcheinander entstand.

Chris hob den Kopf und stürzte zum Lichtschalter.

Klein warf sich vor.

Regan, den Kopf in den Nacken geworfen, lachte dämonisch. Dann heulte sie wie ein Wolf.

Chris drehte am Lichtschalter und fuhr herum. Sie sah einen körnigen, flackernden Zeitlupenfilm ablaufen, einen Alptraum: Regan rang mit den beiden Ärzten auf ihrem Bett, ein Wirbel von Armen, Beinen, verzerrten Gesichtern, keuchendem Luftholen und wütenden Flüchen. Und dazwischen das Heulen, das Kläffen, das schauerliche Gelächter: Regan, grunzend wie ein Schwein, wiehernd wie ein Pferd. Dann lief der Film auf einmal schneller, das Bett begann zu wackeln, heftig von einer Seite zur anderen zu schaukeln, während Chris ohnmächtig mit ansehen mußte, wie ihre Tochter die Augen verdrehte und einen durchdringenden Entsetzensschrei ausstieß, den sie, blutend und wund, aus dem innersten Mark ihres Rückgrates zu reißen schien.

Dann sackte Regan bewußtlos zusammen. Etwas Unaussprechliches verließ das Zimmer.

Einen atemlosen Augenblick lang rührte sich niemand. Dann lösten sich die Ärzte vorsichtig voneinander, standen auf und starrten auf das Kind hinab. Nach einer Weile tastete Dr. Klein ausdruckslos nach Regans Puls. Zufriedengestellt, zog er mit langsamen Bewegungen die Decke über sie und nickte den beiden anderen zu. Gemeinsam verließen sie den Raum und gingen ins Arbeitszimmer hinunter.

Eine Zeitlang sprach keiner von ihnen. Chris saß auf dem Sofa, Dr. Klein und der Psychiater daneben in Sesseln, die einander gegenüberstanden. Der Psychiater starrte, an seiner Lippe zupfend, nachdenklich auf den Sofatisch, dann seufzte er und hob den Kopf. Chris sah ihn mit erloschenen Augen an. „Was, um Himmels willen, geht da eigentlich vor?" fragte sie mit tonlosem Flüstern.

„Haben Sie die Sprache erkannt, in der sie redete?" erkundigte sich der Arzt.

Chris schüttelte den Kopf.

„Sind Sie religiös?"

„Nein."

„Ihre Tochter?"

„Nein."

Nun stellte der Psychiater ihr eine ganze Reihe von Fragen, die sich auf Regans psychische Entwicklung bezogen. Als er endlich damit aufhörte, schien er beunruhigt zu sein.

„Was ist es denn?" fragte ihn Chris, die ein zerknülltes Taschentuch so fest zwischen ihren Fingern preßte, daß ihre Knöchel weiß wurden. „Was hat Regan? O Gott, was hat sie?"

„Nun, das ist ein bißchen kompliziert", antwortete der

Psychiater ausweichend. „Und offen gestanden wäre es recht unverantwortlich von mir, nach einer so kurzen Untersuchung schon eine endgültige Diagnose zu stellen.“

„Aber Sie müssen doch einen Verdacht haben!“

Der Psychiater strich sich seufzend über die Stirn. „Ich weiß, daß Sie sich große Sorgen machen. Deshalb werde ich Ihnen jetzt ein oder zwei Vermutungen aufzählen.“

Chris beugte sich voller Spannung vor und nickte zustimmend. Die Finger in ihrem Schoß spielten mit dem Taschentuch, tasteten über die Stiche des Saumes, als wären es die Perlen eines Rosenkranzes.

„Zunächst einmal“, begann er ernst, „ist es sehr unwahrscheinlich, daß sie ihren Zustand nur vortäuscht.“

Dr. Klein nickte zustimmend. „Zu dieser Feststellung hat uns eine ganze Anzahl von Gründen geführt“, fuhr der Psychiater fort. „Zum Beispiel die anomalen, schmerzhaften Verrenkungen und vor allen Dingen die Veränderung ihrer Gesichtszüge, als wir mit dieser sogenannten Person sprachen, die, wie sie glaubt, in sie gefahren ist. Ein derartiger psychischer Effekt ist unwahrscheinlich, wenn sie nicht selbst an diese andere Person glaubt. Können Sie mir folgen?“

„Ich denke schon“, antwortete Chris, in tiefer Konzentration die Augen verengend. „Nur eines verstehe ich nicht: Wo diese andere Person herkommt. Ich meine, man hört zwar sehr viel von Persönlichkeitsspaltung, eine Erklärung habe ich aber noch nirgends gefunden.“

„Die hat überhaupt noch niemand gefunden, Mrs. MacNeil. Wir alle verwenden zwar immer Begriffe wie Bewußtsein, Geist, Persönlichkeit, im Grunde aber wissen wir gar nicht, was diese Dinge überhaupt sind.“ Er schüttelte den Kopf. „Nein, ganz und gar nicht. Wenn ich also jetzt von multipler oder gespaltener Persönlichkeit spreche, dürfen wir nicht vergessen, daß wir zu diesem Thema nicht mehr zur Hand haben als ein paar Theorien, die, statt uns Antworten zu geben, nur wieder weitere Fragen aufwerfen. Sigmund Freud meinte, daß gewisse Ideen und Gefühle manchmal vom Bewußtsein unterdrückt werden, im Unterbewußtsein aber lebendig bleiben; sogar sehr stark bleiben und durch verschiedene psychiatrische Symptome Ausdruck suchen. Wenn dieses unterdrückte oder nennen wir es dissoziierte Material — der Ausdruck Dissoziation bezeichnet ein Absplittern vom Hauptbewußtseinsstrom —, wenn also dieses Material stark genug ist, oder wenn die Persönlichkeit des Menschen geschädigt und schwach ist, dann kann das Resultat eine schizophrene Psychose sein. Das aber" — der Psychiater sprach jetzt mit großer Eindringlichkeit — „ist keineswegs das gleiche wie eine Persönlichkeitsspaltung. Schizophrenie bedeutet eine Zerrüttung der Persönlichkeit. Wenn jedoch das dissoziierte Material so stark ist, daß es sich irgendwie vereint, sich irgendwie im Unterbewußtsein des Individuums organisiert — nun, dann kommt es zuweilen vor, daß es als unabhängige Persönlichkeit agiert, daß es die Körperfunktionen übernimmt."

Er holte Atem. Chris lauschte gespannt. „Das ist die eine Theorie. Es gibt aber noch einige andere, zum Beispiel die Auffassung, daß es sich um eine Flucht ins Unbewußte, die Flucht vor einem Konflikt oder einem emotionellen Problem handelt. Um nun auf Regan zurückzukommen: Da sie keine Vorgeschichte von Schizophrenie hat und auch das EEG nicht das normalerweise dazugehörige Wellenmuster zeigt, neige ich dazu, Schizophrenie auszuschließen. Bleibt noch das allgemeine Feld der Hysterie."

„Das habe ich schon letzte Woche gesagt", murmelte Chris benommen.

Der bekümmerte Psychiater lächelte dünn. „Die Hysterie", fuhr er fort, „ist eine Form der Neurose, bei der emotionelle Störungen in körperliche Störungen umfunktioniert werden. Bei einigen dieser Formen ergibt sich eine Dissoziation. Bei der Psychasthenie, zum Beispiel, ist sich das Individuum seiner Aktionen nicht bewußt, sondern sieht sich selbst agieren, schreibt diese Aktionen aber einer anderen

Person zu. Die Vorstellung, die es von dieser zweiten Persönlichkeit hat, ist jedoch immer vage, während Regans Vorstellungen sehr spezifisch zu sein scheinen. Und so kommen wir zu dem, was Freud die Konversionshysterie nennt. Sie entsteht aus unbewußten Schuldgefühlen und dem Verlangen nach Strafe. Hier ist die Dissoziation, ja sogar die multiple Persönlichkeit der vorherrschende Charakterzug. Außerdem kann das Syndrom epileptoide Krämpfe einschließen, Halluzinationen, anomale motorische Erregungszustände."

„Himmel, das klingt tatsächlich nach Regan!" stellte Chris düster fest. „Finden Sie nicht? Bis auf den Schuldfaktor, meine ich. Weswegen sollte sie sich denn schuldig fühlen?"

„Nun, eine Klischee-Antwort darauf könnte die Scheidung sein", erwiderte der Psychiater. „Kinder bilden sich häufig ein, diejenigen zu sein, die zurückgestoßen werden, und fühlen sich verantwortlich für das Verschwinden eines Elternteiles. Bei Ihrer Tochter besteht Grund zu der Annahme, daß das hier der Fall sein könnte. Dabei denke ich an das Vor-sich-hin-Brüten beim Gedanken daran, daß Menschen sterben müssen: Thanaphobie. Bei Kindern wird sie von Schuldgefühlen begleitet, die auf familiäre Spannungen, sehr oft auch auf Angst vor dem Verlust eines Elternteils zurückgehen. Sie hat Wutanfälle und starke Frustrationen zur Folge. Das Schuldgefühl bei dieser Form der Hysterie braucht übrigens gar nicht fixiert zu sein. Es kann sich durchaus auch um ein Schuldgefühl handeln, das wir als frei-fließend bezeichnen, ein allgemeines Schuldgefühl, das sich auf nichts Bestimmtes bezieht."

Chris schüttelte verwirrt den Kopf. „Ich bin ganz durcheinander", murmelte sie. „Was hat das mit dieser neuen Persönlichkeit zu tun?"

„Nun, auch da sind wir wieder auf Vermutungen angewiesen", erwiderte er. „Aber angenommen, daß es sich tatsächlich um eine Konversionshysterie aufgrund eines

Schuldgefühls handelt, dann ist die zweite Persönlichkeit einfach die Kraft, die die Bestrafung vollzieht. Denn sehen Sie, wenn Regan sich selbst bestrafen würde, dann hieße das, daß sie ihre Schuld anerkennt. Sie will aber der Anerkennung ihrer Schuld ausweichen. Daher die zweite Persönlichkeit."

„Und Sie sind der Ansicht, daß das auf sie zutrifft?"

„Wie gesagt, ich weiß es nicht", antwortete der Psychiater, immer noch ausweichend. Er schien seine Worte so vorsichtig zu wählen wie Steine beim Überqueren eines seichten Flusses. „Bei einem Kind in Regans Alter ist es höchst ungewöhnlich, daß genug Kraft vorhanden ist, die Komponenten einer neuen Persönlichkeit zu sammeln und zu organisieren. Außerdem passen auch gewisse andere Dinge nicht ins Bild. So würde etwa ihr Spiel mit dem Ouija-Brett auf eine extreme Suggestionsfähigkeit schließen lassen, und trotzdem war ich anscheinend nicht in der Lage, sie wirklich zu hypnotisieren." Er zuckte die Achseln. „Nun ja, vielleicht hat sie sich dagegen gewehrt. Auffallend ist jedoch vor allem die Reife dieser neuen Persönlichkeit. Die ist auf keinen Fall zwölf Jahre alt, die ist ganz eindeutig wesentlich älter. Und dann diese Sprache, in der sie redet ..." Er starrte auf den Teppich vor dem Kamin und zupfte nachdenklich an seiner Unterlippe. „Gewiß, wir kennen da einen ähnlichen Zustand, aber wir wissen nicht viel darüber: Es ist eine Form des Somnambulismus, bei der das Individuum auf einmal Kenntnisse oder Fähigkeiten an den Tag legt, die es niemals erlernt hat, und bei der die zweite Persönlichkeit die Vernichtung der ersten anstrebt. Allerdings ..."

Er verstummte. Auf einmal hob er den Kopf und sah Chris an. „Es ist im Grunde sehr kompliziert", sagte er, „und ich habe jetzt eben ganz schrecklich vereinfacht."

„Also, was wissen wir jetzt wirklich?" fragte Chris.

„Im Augenblick noch gar nichts", gab er zurück. „Sie muß auf jeden Fall von Fachleuten eingehend untersucht werden. Das geht nicht ohne zwei bis drei Wochen intensiver Beobachtung in einer Klinik — sagen wir, der Barringer-Klinik in Dayton."

Chris wandte sich ab.

„Bestehen irgendwelche Schwierigkeiten?"

„Nein, keineswegs." Sie seufzte. „Ich habe nur soeben eine Hoffnung zu Grabe getragen, mehr nicht."

„Wie bitte?"

„Ach, das ist etwas Persönliches."

Vom Arbeitszimmer aus telefonierte der Psychiater mit der Barringer-Klinik und erhielt die Zusage, daß Regan schon am nächsten Tag aufgenommen werden könne.

Die Ärzte verabschiedeten sich.

Mit ihrem Schmerz schluckte Chris auch die Erinnerung an Dennings herunter, die Erinnerung an den Tod, den Verfall und die Leere, an die unaussprechliche Einsamkeit und Stille, die Dunkelheit unter dem Rasen ... Ohne Regung, ohne Bewegung ... Das Nichts ... Einen Augenblick weinte sie. Zuviel ... es ist zuviel ... Dann schob sie alles energisch beiseite und begann zu packen.

Sie stand in ihrem Schlafzimmer und suchte gerade eine Perücke heraus, mit der sie sich in Dayton tarnen wollte, als Karl hereinkam. Es sei jemand da, der sie zu sprechen wünsche.

„Wer denn?"

„Kriminalpolizei."

„Und die will *mich* sprechen?"

Er nickte. Dann reichte er ihr eine Visitenkarte, die sie mit leerem Blick betrachtete. „William F. Kinderman, Polizeiinspektor." Und unten in der linken Ecke: „Morddezernat." Die Aufschrift war in verschnörkelten, etwas erhabenen Buchstaben gehalten, wie sie vielleicht ein Kunsthändler gewählt hätte.

Mißtrauisch hob sie den Kopf. „Hat er etwas bei sich,

was wie ein Manuskript aussieht? Einen großen Umschlag oder so?"

Chris hatte nämlich festgestellt, daß es auf der ganzen Welt keinen Menschen gab, der nicht irgendwo in einer Schublade oder einem Winkel seines Gedächtnisses einen Roman, ein Drehbuch oder eine Idee für eines von beiden verstaut hatte. Sie schien diese Leute anzuziehen.

Doch Karl schüttelte den Kopf. Sofort wurde Chris neugierig und ging nach unten. Burke? Ob es mit Burke zu tun hatte?

Er stand mit schlaffen, hängenden Schultern in der Diele, den Rand seines weichen, verdrückten Hutes fest mit den kurzen, feisten Fingern umkrampft. Er war ein dicker Mann, etwa Mitte der Fünfzig, mit Hängebacken, die frisch geschrubbt aussahen. Er trug ungebügelte Hosen, ausgebeult und viel zu weit. Ein grauer Tweedmantel hing lose und altmodisch an ihm, und die feuchten, braunen Augen, die an den Außenwinkeln herabgezogen waren, schienen in die Vergangenheit zu blicken. Er keuchte asthmatisch.

Chris trat auf ihn zu. Der Kriminalbeamte reichte ihr mit väterlicher Geste eine schlaffe Hand und begrüßte sie mit heiserem, kurzatmigem Flüstern. „Dieses Gesicht würde ich auf jedem Steckbrief erkennen, Miß MacNeil."

„Wieso? Werde ich denn gesucht?" fragte Chris ihn mit ernster Miene, als sie seine Hand ergriff.

„Aber um Gottes willen — nein!" erwiderte er mit einer abwehrenden Handbewegung. Er hatte die Augen geschlossen, den Kopf gesenkt, und die andere Hand ruhte auf seinem rundlichen Bauch. Chris hätte fast ein „Gott behüte!" erwartet. „Nein, eine reine Routinesache", versicherte er. „Reine Routine. Sagen Sie ehrlich: Sie haben zu tun? Gut, gut, dann eben morgen. Dann komme ich lieber morgen wieder."

Er wandte sich schon zum Gehen, da fragte Chris neugierig: „Um was handelt es sich denn? Um Burke? Burke Dennings?"

Die träge Gelassenheit des Kriminalbeamten hatte irgendwie ihre innere Spannung verstärkt.

„Ein Jammer! Wirklich ein Jammer", keuchte der Kriminalbeamte gesenkten Blickes und schüttelte bedauernd den Kopf.

„Wurde er etwa umgebracht?" erkundigte sich Chris mit erschrockener Miene. „Sind Sie deswegen gekommen? Weil Dennings umgebracht wurde? Ja?"

„Aber nein, nein, nein! Es ist wahrhaftig nur Routine", wiederholte er. „Ein so berühmter Mann — da können wir seinen Tod nicht einfach so übergehen. Unmöglich." Sein Ausdruck war flehend und ein wenig hilflos. „Wenigstens ein oder zwei Fragen. Ist er gefallen? Wurde er gestoßen?" Er legte beim Sprechen wie lauschend die Hand hinters Ohr. Dann zuckte er die Achseln und flüsterte abschließend: „Wer weiß?"

„Ist er beraubt worden?"

„Nein, nein, Miß MacNeil, nicht beraubt. Aber wer braucht heutzutage schon ein Motiv?" Seine Hände waren ununterbrochen in Bewegung. „Mein Gott, Miß MacNeil, für einen Mörder ist ein Motiv in der heutigen Zeit doch nur eine Erschwernis, ja sogar ein Hinderungsgrund." Er schüttelte wieder den Kopf. „Dieses Rauschgift, nein, dieses Rauschgift!" klagte er. „Dieses Rauschgift! Das LSD!"

Er sah Chris an und tippte sich mit dem Finger auf die Brust. „Glauben Sie mir, ich bin selbst Vater. Und wenn ich sehe, was da so vor sich geht, bricht mir das Herz. Haben Sie Kinder?"

„Ja, eines."

„Einen Sohn?"

„Nein, eine Tochter."

„Ja, also . . ."

„Kommen Sie doch bitte mit ins Arbeitszimmer", unterbrach Chris ihn rasch. Dann machte sie kehrt und ging voraus. Allmählich verlor sie die Geduld.

„Miß MacNeil, dürfte ich Sie um etwas bitten?"

Sie wandte sich um, halb schon erwartend, daß er sie um ein Autogramm für seine Kinder bitten würde. Nie wollten sie es für sich selbst. Immer nur für ihre Kinder. „Ja, gern", sagte sie.

„Mein Magen." Er schnitt eine Grimasse. „Haben Sie zufällig Alka-Seltzer da? Aber ich möchte Ihnen keine Umstände machen; wenn es Ihnen Umstände macht, lassen Sie es nur."

„Nein, nein, es macht keine Umstände", seufzte sie. „Nehmen Sie inzwischen hier Platz." Sie deutete auf die Tür. „Ich glaube, ich habe noch eine Packung in der Küche."

„Nein, nein, ich komme gern mit!" Er folgte ihr. „Ich möchte Ihnen keine Mühe machen."

„Es ist keine Mühe."

„Nein, wirklich — Sie haben zu tun. Ich komme mit. Haben Sie Kinder?" fragte er, während sie hinübergingen. „Ach, stimmt ja — eine Tochter. Das sagten Sie. Ganz recht, nur diese eine."

„Ja, nur diese eine."

„Und wie alt ist sie?"

„Gerade zwölf geworden."

„Dann macht sie Ihnen noch keine Sorgen", keuchte er. „Noch nicht. Später müssen Sie aber gut auf sie aufpassen." Er schüttelte den Kopf. Chris stellte fest, daß er eigentlich gar nicht ging, sondern watschelte. „Wenn man tagaus, tagein die vielen Krankheiten sieht ...", fuhr er dann fort. „Unglaublich. Unfaßbar. Verrückt. Wissen Sie, vor ein paar Tagen — oder Wochen, ich weiß es nicht mehr —, da habe ich meine Frau angesehen. Mary, habe ich zu ihr gesagt, die Welt leidet an einem schrecklichen Nervenzusammenbruch. Alle. Die ganze Welt." Er machte eine erdumspannende Geste.

Inzwischen waren sie in der Küche angekommen, wo Karl gerade den Backofen polierte. Der Diener drehte sich weder um, noch ließ er erkennen, daß er ihre Anwesenheit bemerkte.

„Es ist mir wirklich überaus peinlich“, keuchte der Kriminalbeamte heiser, als Chris die Tabletten zu suchen begann. Sein Blick aber wanderte dabei fragend zu Karl hinüber und huschte flink wie ein kleiner, dunkler Vogel, der über die Wasserfläche eines Sees hinwegstreicht, über den Rücken, die Arme, den Nacken des Schweizers. „Da lerne ich einen berühmten Filmstar kennen und bitte um ein Alka-Seltzer“, fuhr er dann fort. „Ja, ja ...“

Chris hatte die Schachtel gefunden und füllte nun ein Glas mit Wasser. „Eis?“ fragte sie Kinderman.

„Nein, danke. Erinnern Sie sich an ‚Angel‘, den Film, in dem Sie einmal die Hauptrolle gespielt haben?“ fragte er. „Den habe ich mir sechsmal angesehen.“

„Wenn Sie den Mörder suchen, verhaften Sie den Produzenten und den Cutter“, murmelte sie, während sie das Alka-Seltzer in das Glas gleiten ließ.

„Oh, aber nein! Er war doch ausgezeichnet! Ich fand ihn großartig.“

„Setzen Sie sich.“ Sie nickte zum Eßtisch hinüber.

„Oh, danke.“ Er setzte sich. „Nein, nein, der Film war einfach wunderbar“, wiederholte er. „So rührend! Nur eins“, meinte er dann zögernd, „ein ganz kleiner, unbedeutender Punkt. Ach ja — vielen Dank!“

Sie hatte ihm das Glas hingestellt und sich ebenfalls, das Kinn in die Hände gestützt, an den Tisch gesetzt.

„Ein ganz unbedeutender Fehler“, nahm er den Faden in entschuldigendem Tonfall wieder auf. „Wirklich unbedeutend. Und bitte, glauben Sie mir, ich bin ein Laie. Ich bin nur Zuschauer. Was weiß ich also? Immerhin schien mich als Laien die Musik bei einigen Szenen zu stören. Sie war zu aufdringlich.“ Er sprach jetzt ganz ernst, ganz konzentriert. „Dadurch wurde ich ständig daran erinnert, daß es sich ja nur um einen Film handelte, wissen Sie? Genau wie bei dieser verrückten Kameraführung heutzutage. Sehr störend. Übrigens, das Thema, Miß MacNeil — hatte der Komponist das vielleicht von Mendelssohn gestohlen?"

Chris trommelte mit den Fingern auf die Tischplatte. Komischer Kriminalbeamter! Und warum schaute er immer wieder zu Karl hinüber?

„Ich weiß es nicht", antwortete sie. „Aber ich freue mich, daß Ihnen der Film gefallen hat. Sie sollten das jetzt besser trinken." Sie deutete mit dem Kinn auf das Glas.

„Aber natürlich! Ich bin so schwatzhaft. Und Sie haben zu tun. Verzeihen Sie mir." Er hob das Glas, als wollte er einen Toast ausbringen, und trank es, den kleinen Finger affektiert gespreizt, mit einem Zug leer. „Ahhh, das tut gut!" seufzte er dann zufrieden. Als er das Glas abstellte, fiel sein Blick auf Regans Vogelplastik, die jetzt als Tafelaufsatz die Tischmitte zierte. Der lange Schnabel ragte arrogant über Salz- und Pfefferstreuer hinaus. „Drollig!" Er lächelte. „Hübsch." Er hob den Kopf. „Wer ist der Künstler?"

„Meine Tochter", erklärte Chris.

„Sehr nett."

„Hören Sie, ich will ja nicht . . ."

„Ja, ja, ich weiß, ich werde lästig. Also nur ein oder zwei Fragen, dann sind wir fertig. Nein, eigentlich nur eine Frage, und schon bin ich wieder verschwunden." Er sah auf die Armbanduhr, als hätte er es eilig, zu einer Verabredung zu kommen. „Da ja der arme Mr. Dennings mit seinen Filmaufnahmen hier in der Gegend fertig war", begann er umständlich, „haben wir uns gefragt, ob er am Abend des Unfalls nicht möglicherweise jemanden besucht haben kann. Hat er, von Ihnen selber natürlich abgesehen, in diesem Stadtteil irgendwelche Freunde?"

„Oh, Dennings war an jenem Abend hier", sagte Chris.

„Ach, wirklich?" Er zog die Brauen hoch. „Ungefähr um die Unfallzeit?"

„Um wieviel Uhr ist es passiert?"

„Um neunzehn Uhr fünf."

„Ja, ich glaube, da war er hier."

„Nun, dann wäre ja alles klar." Er nickte und drehte sich auf seinem Stuhl um, als wollte er aufstehen. „Er war betrunken, er verließ das Haus, er fiel die Treppe hinunter. Alles klar. Abgeschlossener Fall. Aber nur um der Genauigkeit willen — könnten Sie mir ungefähr sagen, um welche Zeit er das Haus verließ?"

Er tappte nach der Wahrheit wie ein lustloser Junggeselle, der beim Einkauf auf dem Markt das Gemüse abtastete. „Ich weiß es wirklich nicht", erwiderte sie. „Ich habe ihn nicht gesehen."

„Wie — das verstehe ich nicht!"

„Er kam und ging, während ich nicht zu Hause war. Ich war in einer Arztpraxis drüben im Rosslyn."

„Ach so!" Er nickte. „Gewiß. Aber woher wissen Sie dann, daß er hier war?"

„Nun, Sharon sagte mir . . ."

„Sharon?" unterbrach er sie.

„Sharon Spencer, meine Sekretärin. Sie war hier, als Burke hereinschaute. Sie . . ."

„Wollte er sie besuchen?" fragte er.

„Nein, mich."

„Natürlich. Bitte, verzeihen Sie, daß ich Sie unterbrochen habe."

„Meine Tochter war krank, und Sharon sagte ihm, er solle hier bei ihr bleiben, während sie ein paar Medikamente holte. Als ich nach Hause kam, war Burke allerdings schon wieder fort."

„Und um wieviel Uhr war das, bitte?"

„So etwa um Viertel nach sieben, halb acht."

„Um wieviel Uhr sind Sie weggegangen?"

„Vielleicht so gegen Viertel nach sechs."

„Um wieviel Uhr ist Miß Spencer gegangen?"

„Das weiß ich nicht."

„Und zwischen dem Zeitpunkt, an dem Miß Spencer gegangen ist, und dem Zeitpunkt, an dem Sie wiederkamen — wer war da außer Ihrer Tochter noch mit Mr. Dennings hier im Haus?"

„Niemand."

„Niemand? Er hat sie also allein gelassen?"

Chris nickte.

„Kein Angestellter?"

„Nein. Willie und Karl waren ..."

„Wer ist das?"

Chris hatte auf einmal ein Gefühl, als bebte die Erde unter ihren Füßen. Sie merkte plötzlich, daß aus dem tastenden Gespräch ein stahlhartes Verhör geworden war. „Karl ist da drüben." Sie deutete mit dem Kopf hinüber, den Blick starr auf den Rücken des Dieners geheftet. Er war noch immer mit dem Polieren des Backofens beschäftigt ... „Und Willie ist seine Frau", fuhr sie dann fort. „Die beiden sind bei mir angestellt." Immer weiter polierend ... „Sie hatten am Nachmittag frei, und als ich nach Hause kam, waren sie noch nicht wieder zurück. Willie ..." Chris unterbrach sich.

„Nun, was war mit Willie?"

„Ach, nichts." Sie zuckte die Achseln und riß den Blick von dem stämmigen Rücken des Schweizers los. Der Backofen war blitzblank, das hatte sie deutlich erkennen können. Warum also polierte Karl immer noch?

Sie nahm sich eine Zigarette. Kinderman gab ihr Feuer.

„Dann könnte also nur Ihre Tochter wissen, wann Dennings das Haus verlassen hat."

„War es denn wirklich ein Unfall?"

„O ja, natürlich! Dies alles ist reine Routine, Miß MacNeil, nichts weiter. Mr. Dennings ist weder ausgeraubt worden, noch hatte er, unseres Wissens, Feinde."

Chris sah noch einmal flüchtig zu Karl hinüber, dann richtete sie ihren Blick rasch wieder auf Kinderman. Hatte der Detektiv es bemerkt? Anscheinend nicht. Er fingerte an der Plastik herum.

„Es gibt einen Namen für diese Vogelart, aber er fällt

mir im Augenblick nicht ein." Er merkte, daß Chris ihn anstarrte, und zog ein verlegenes Gesicht. „Verzeihung, Sie haben zu tun. Nur eine Minute noch, dann sind wir fertig. Ihre Tochter müßte also wissen, wann Mr. Dennings das Haus verließ, nicht wahr?"

„O nein, das müßte sie keineswegs. Sie hatte ein schweres Beruhigungsmittel bekommen."

„Du liebe Zeit! Ein Jammer, ein Jammer!" Die schweren Augenlider signalisierten Enttäuschung. „Ist es etwas Ernstes?"

„Ich fürchte, ja."

„Dürfte ich fragen ..." Behutsam, mit einer gezierten Geste.

„Wir wissen es noch nicht."

„Schützen Sie sie vor Zugluft", warnte er eindringlich.

Chris sah ihn verständnislos an.

„Im Winter, wenn im Haus geheizt wird, ist Zugluft ein Zauberteppich für Bakterien, pflegte meine Mutter zu sagen. Mag sein, daß es eine Legende ist. Mag sein." Er zuckte die Achseln. „Aber um ehrlich zu sein, eine Legende ist für mich wie eine Speisekarte in einem vornehmen französischen Feinschmeckerlokal: die elegante, komplizierte Tarnung für eine Tatsache, die man sonst sicher nicht schlucken würde. Wie etwa Limabohnen", erklärte er ernst.

Chris war erleichtert. Da war er wieder, der struppige, gutmütige Hund, der tapsig durch die Felder streunte.

„Ist das ihr Zimmer?" Er wies zur Decke. „Das mit dem großen Fenster zur Treppe hinaus?"

Chris nickte.

„Halten Sie das Fenster nur ja geschlossen, dann wird es ihr bald wieder besser gehen."

„Das Fenster ist ständig geschlossen, und sogar die Läden sind mit einem Schloß versehen", beruhigte ihn Chris, während er seine pummelige Hand in die Innentasche seiner Jacke schob.

„Es wird ihr bald wieder besser gehen", wiederholte er

dozierend. „Vergessen Sie nie: Vorbeugen ist besser als heilen ...“

Chris begann wieder mit den Fingern auf die Tischplatte zu trommeln.

„Sie haben zu tun. Nun ja, wir sind auch schon fertig. Nur noch eine kleine Notiz für die Akten — reine Routine —, dann ist alles erledigt.“

Er hatte das zerknüllte, vervielfältigte Programm einer Schulaufführung von „Cyrano de Bergerac“ aus seiner Jackentasche geholt, wühlte in den Taschen seines Mantels herum und förderte daraus einen zerbissenen gelben Bleistiftstummel zutage, der eindeutig mit Hilfe einer Schere angespitzt worden war. Auf der Tischplatte versuchte er das Programm glattzustreichen. „Jetzt hätte ich gern noch ein paar Namen“, keuchte er. „Spencer — schreibt sich das mit einem c?“

„Jawohl, mit einem c.“

„Mit einem c“, wiederholte er, den Namen auf den Rand des Zettels kritzelnd. „Und die beiden Angestellten? John und Willie ...?“

„Karl und Willie Engstrom.“

„Ach ja — Karl. Karl Engstrom.“ Er malte die Namen mit dicken Buchstaben auf das Papier. „Jetzt noch die Uhrzeiten, fällt mir gerade ein“, sagte er heiser und drehte das Programm, bis er einen freien Randstreifen fand. „Die Uhrzeiten habe ich ... Ach nein! Moment! Ich habe noch etwas vergessen. Die Angestellten. Um wieviel Uhr waren die wieder zu Hause, sagten Sie?“

„Ich sagte gar nichts. Karl, wann sind Sie gestern abend nach Hause gekommen?“ rief Chris zu ihm hinüber.

Der Schweizer drehte sich langsam um; seine Miene war undurchdringlich. „Um Punkt einundzwanzig Uhr dreißig, Madam.“

„Ja, stimmt; Sie hatten Ihren Schlüssel vergessen. Ich weiß noch, daß ich auf die Küchenuhr sah, als Sie an der Haustür klingelten.“

„Haben Sie einen guten Film gesehen?“ fragte der Kriminalbeamte den Schweizer. „Ich richte mich nämlich nie nach den Kritiken“, erklärte er, zu Chris gewendet. „Es kommt doch vielmehr darauf an, was das Publikum denkt.“

„Paul Scofield in ‚König Lear‘“, berichtete Karl dem Detektiv.

„Ach ja, den habe ich auch gesehen. Ausgezeichnet. Hervorragend!“

„Im ‚Crest‘“, ergänzte Karl. „Die Sechsuhrvorstellung. Anschließend habe ich dann sofort den Bus genommen und ...“

„Aber bitte, das ist doch nicht notwendig!“ protestierte der Kriminalbeamte mit abwehrender Geste. „Ich bitte Sie!“

„Es macht mir nichts aus.“

„Nun, wenn Sie unbedingt darauf bestehen ...“

„Ich bin an der Ecke Wisconsin Avenue und M-Street ausgestiegen. Um einundzwanzig Uhr zwanzig etwa. Dann bin ich sofort zum Haus hinübergegangen.“

„Hören Sie, es ist wirklich überflüssig, daß Sie mir das alles erzählen“, sagte der Kriminalbeamte. „Immerhin, vielen Dank. Es war sehr zuvorkommend von Ihnen. Hat Ihnen der Film gefallen?“

„Er war sehr gut.“

„Ja, stimmt. Das fand ich auch. Außergewöhnlich gut. Und jetzt ...“ Er konzentrierte sich wieder auf Chris und die Notizen auf dem Programmzettel. „Ich habe Ihre Zeit schon über Gebühr in Anspruch genommen, aber ich muß meine Pflicht tun.“ Er zuckte die Achseln. „Also, nur noch einen winzigen Augenblick, ja? Es ist wirklich tragisch ... tragisch ...“, keuchte er, während er sich Stichworte notierte. „Ein so großes Talent! Und ein Mann, der die Menschen kannte. Bestimmt konnte er gut mit ihnen umgehen. So viele verschiedene Menschen, die es in der Hand hatten, ihn positiv hinzustellen oder schlecht: der Kameramann, der Geräuschexperte, der Komponist, und so weiter ... Bitte, korrigieren Sie mich, wenn ich mich irre, aber mir scheint, daß ein Regisseur von Bedeutung heutzutage über seine eigentliche Aufgabe hinaus fast ein Dale Carnegie sein muß. Habe ich recht?“

„Na ja ... Burke war eigentlich ziemlich schwierig“, seufzte Chris.

Der Kriminalbeamte legte sich das Programm zurecht. „Nun gut, vielleicht mit den großen Tieren, mit Menschen, die auf seinem Niveau standen.“ Wieder kritzelte er auf dem Papier herum. „Aber viel wichtiger sind doch die kleinen Leute, die Untergebenen, die Leute, die für die unwichtigen Details verantwortlich sind, die, wenn sie nicht richtig gehandhabt werden, zu äußerst wichtigen Faktoren werden können. Meinen Sie nicht auch?“

Chris musterte ihre Fingernägel und schüttelte traurig den Kopf. „Wenn Burke richtig loslegte, machte er keinen Unterschied“, sagte sie mit dünnem, ironischem Lächeln. „Nie. Allerdings nur, wenn er getrunken hatte.“

„Fertig! Wir sind fertig.“ Kinderman setzte den letzten Punkt auf dem i. „Ach nein, warten Sie mal!“ Ihm war noch etwas eingefallen. „Mrs. Engstrom. Sind Sie beide zusammen gegangen und zurückgekommen?“ Er hatte sich an Karl gewandt.

„Nein. Willie hat sich einen Beatles-Film angesehen“, sagte Chris bereits, als Karl sich noch umdrehte, um dem Kriminalbeamten zu antworten. „Sie ist ein paar Minuten nach mir gekommen.“

„Tja, warum habe ich das eigentlich gefragt? Es war ja überhaupt nicht wichtig.“ Kinderman zuckte die Achseln, faltete den Programmzettel und steckte ihn zusammen mit dem Bleistiftstummel in seine Jackentasche. „Nun also, das wär’s. Wenn ich wieder in meinem Büro sitze, wird mir bestimmt etwas einfallen, was ich noch hätte fragen sollen. Das geht mir immer so. Na ja, schließlich kann ich Sie ja telefonisch erreichen“, keuchte er, sich erhebend.

Chris stand ebenfalls auf.

„Ich muß aber für zwei Wochen verreisen“, entgegnete sie.

„Ist nicht so eilig“, beruhigte er. „Ist nicht so eilig.“ Er musterte lächelnd die Skulptur. „Niedlich. Sehr niedlich“, lobte er. Dann beugte er sich über den Tisch, nahm den Vogel in die Hand und strich ihm mit dem Daumen über den langen Schnabel.

Chris bückte sich, um einen Faden vom Fußboden aufzuheben.

„Haben Sie einen guten Arzt?“ erkundigte sich der Detektiv. „Für Ihre Tochter, meine ich.“

Er stellte die Figur auf den Tisch zurück und ging hinaus. Chris folgte ihm bedrückt. Sie wickelte nervös den Faden um ihren Daumen.

„Na ja, Ärzte haben wir bestimmt genügend“, murmelte sie. „Für alle Fälle lasse ich sie aber jetzt noch in einer Klinik untersuchen, die genau das gleiche macht wie Sie — nur mit den Viren.“

„Hoffen wir, daß diese Leute darin besser sind als ich. Liegt die Klinik außerhalb?“

„Ja.“

„Ist sie gut?“

„Das wird sich herausstellen.“

„Schützen Sie Ihre Tochter gut vor Zugluft!“

Sie hatten die Haustür erreicht. Er griff nach dem Türknauf. „Nun, Miß MacNeil, ich würde ja sagen, daß es mir ein Vergnügen war, doch unter den gegebenen Umständen ...“ Er ließ den Kopf hängen und schüttelte ihn deprimiert. „Es tut mir leid. Wirklich. Es tut mir sehr, sehr leid.“

Chris verschränkte die Arme vor der Brust und starrte zu Boden. Sie nickte knapp.

Kinderman öffnete die Tür und trat hinaus. Während er sich den Hut aufstülpte, drehte er sich noch einmal um. „Na, dann alles Gute für Ihre Tochter.“

„Danke.“ Sie lächelte schwach. „Alles Gute für die Welt.“

Er nickte herzlich und traurig zugleich, dann watschelte er davon. Chris sah ihm nach, wie er auf einen wartenden

Streifenwagen zuging, der an der Ecke vor einem Hydranten stand. Ein scharfer Südwind sprang auf. Der Detektiv hob die Hand an den Hut. Sein Mantel flatterte. Chris schloß die Tür.

Als er auf dem Beifahrersitz des Wagens Platz genommen hatte, blickte Kinderman noch einmal zum Haus zurück. Er hatte geglaubt, an Regans Fenster eine Bewegung zu sehen: eine schmale Gestalt, die rasch zurückzuckte und wieder verschwand. Ganz sicher war er allerdings nicht. Er hatte sie nur aus den Augenwinkeln wahrgenommen. Doch daß die Fensterläden offenstanden, sah er genau. Sonderbar! Einen Moment wartete er. Niemand kam. Verwundert die Stirn runzelnd, wandte sich der Kriminalbeamte wieder nach vorn, öffnete das Handschuhfach und holte einen kleinen braunen Umschlag und ein Federmesser heraus. Er klappte die kleinste der Klingen heraus, hielt den Daumen in das Kuvert und kratzte mit der Messerspitze sorgfältig ein bißchen Farbe von Regans Plastik unter seinem Nagel hervor. Nachdem er fertig war und den Umschlag zugeklebt hatte, nickte er dem Sergeanten hinter dem Lenkrad zu. Der Wagen setzte sich in Bewegung.

Während sie die Prospect Street entlangrollten, steckte Kinderman den Umschlag ein. „Nur immer schön langsam", warnte er den Sergeanten mit einem Blick auf den Verkehr, der immer dichter wurde. „Wir fahren dienstlich, nicht zum Vergnügen." Er seufzte. „Was für ein Leben!"

Später am selben Abend, während Dr. Klein Regan fünfzig Milligramm Sparin injizierte, damit sie auf der Reise nach Dayton ruhig blieb, stand Inspektor Kinderman finster brütend in seinem Büro, die Hände flach auf die Schreibtischplatte gestützt, und rätselte an verwirrenden Bruchstücken von Informationen herum. Der Schein der uralten

Schreibtischlampe fiel auf ein Durcheinander verschiedener Berichte. Eine andere Lichtquelle gab es nicht. Er war überzeugt, daß diese Beleuchtung sein Konzentrationsvermögen förderte.

Kindermans Atem ging schwer und keuchend; sein Blick wanderte hierhin und dorthin. Dann holte er einmal tief Luft und schloß die Augen. Geistiger Räumungsverkauf! befahl er sich, wie er immer tat, wenn er seinen Verstand für eine ganz neue Konzeption freimachen wollte: Alles raus!

Als er die Augen wieder aufschlug, studierte er den Bericht des Pathologen über Dennings:

„... Riß des Rückenmarkstranges, begleitet von Schädel- und Halswirbelbrüchen sowie zahlreichen Quetschungen, Rissen und Abschürfungen, Überdehnung der Halshaut, Ekchymose der Halshaut, Durchtrennung der Platysma-, Sternomastoid-, Splenius-, Trapezius- und verschiedener kleinerer Halsmuskeln sowie Fraktur des Rückgrats und der Rückenwirbel und Durchtrennung sowohl der vorderen als auch der hinteren Wirbelbänder ..."

Kinderman sah aus dem Fenster auf die dunkle Stadt. Die Kuppel des Kapitols war erleuchtet. Der Kongreß arbeitete noch. Der Detektiv schloß wieder die Augen und rief sich das Gespräch mit dem Gerichtsmediziner ins Gedächtnis, das am Abend von Dennings' Tod um 22 Uhr 55 stattgefunden hatte.

„Könnten diese Verletzungen durch den Sturz entstanden sein?"

„Das ist sehr unwahrscheinlich. Das hätten allein schon die Sternomastoid- und die Trapezius-Muskeln verhindert. Darüber hinaus mußte der Widerstand der Gelenkverbindungen der Halswirbel und der Bänder überwunden werden, die die Knochen zusammenhalten."

„Also eine Möglichkeit besteht immerhin."

„Nun ja — gewiß. Er war betrunken, daher waren seine Muskeln zweifellos sehr entspannt. Wenn nun die Gewalt des Initialstoßes groß genug gewesen wäre, und ..."

„... er etwa acht bis zehn Meter gefallen wäre, bevor er aufschlug?"

„Ja — und wenn sein Kopf unmittelbar nach dem Aufschlag irgendwo eingeklemmt worden wäre. Mit anderen Worten, wenn eine sofortige Unterbrechung der normalen Rotation von Kopf und Körper in ihrer Gesamtheit stattgefunden hätte, dann hätten wir vielleicht — vielleicht, sage ich — dieses Resultat erhalten."

„Hätte ein Mensch diese Verletzungen hervorrufen können?"

„Ja, aber das müßte dann ein außergewöhnlich starker Mann gewesen sein."

Kinderman hatte Karl Engstroms Bericht über seinen Aufenthalt zum Zeitpunkt von Dennings' Tod überprüft. Was das Kino betraf, so stimmten die Zeiten; ebenso der Fahrplan des D. C. Transit-Busses an jenem Abend. Überdies war der Fahrer des Busses, den Karl, seiner Aussage zufolge, vor dem Kino bestiegen hatte, an der Ecke Wisconsin Avenue und M-Street, wo Karl, wie er behauptete, um schätzungsweise zwanzig Minuten nach neun ausgestiegen war, abgelöst worden. Ein anderer Fahrer hatte den Bus übernommen, und der abgelöste Fahrer hatte seine Ankunftszeit am Ort der Ablösung notiert: Punkt 21 Uhr 18.

Auf Kindermans Schreibtisch lag jedoch außerdem der Bericht über eine Anzeige gegen Karl Engstrom vom 27. August 1963 wegen monatelang fortgesetzten Diebstahls von Narkotika aus dem Haus eines Arztes in Beverly Hills, bei dem er mit seiner Frau zu jener Zeit angestellt gewesen war.

„... geboren am 20. April 1921 in Zürich, Schweiz. Eheschließung mit Willie, geb. Braun, am 7. September 1941. Tochter Elvira, geboren am 11. Januar 1943 in New York City, augenblickliche Adresse unbekannt. Der Beklagte ..."

Das Folgende fand der Kriminalbeamte besonders verblüffend:

Der Arzt, dessen Aussage für eine erfolgversprechende

Anklage unerläßlich war, hatte die Anzeige zurückgezogen — ganz plötzlich und ohne eine Erklärung abzugeben.

Warum?

Die Engstroms waren nur zwei Monate später von Chris MacNeil angestellt worden, also mußte der Arzt ihnen ein gutes Zeugnis ausgestellt haben.

Warum?

Engstrom hatte die Drogen unzweifelhaft gestohlen, und dennoch hatte eine medizinische Untersuchung zur Zeit der Anzeige nicht den geringsten Anhaltspunkt dafür erbracht, daß Engstrom süchtig war oder auch nur hin und wieder Rauschgift benutzte.

Warum nicht?

Noch immer mit geschlossenen Augen, rezitierte Kinderman leise ein Gedicht: Auch einer seiner Tricks zum Freimachen des Verstandes.

Dann öffnete er die Augen, heftete den Blick fest auf die Rundung der Kapitolkuppel und bemühte sich, an gar nichts zu denken. Und fand es, wie immer, schlechthin unmöglich. Seufzend nahm er sich wieder einmal den Bericht des Polizeipsychologen über die jüngsten Kirchenschändungen in Holy Trinity vor: „... Statue ... Phallus ... menschliche Exkremente ... Damien Karras" — diese Worte hatte er rot unterstrichen. Er atmete rauh und griff nach einem wissenschaftlichen Werk über Hexerei, das er an einer mit Papierstreifen gekennzeichneten Stelle aufschlug:

„Schwarze Messe ... eine Form der Teufelsanbetung. Der Ritus bestand in der Hauptsache aus (1) der Aufforderung (der „Predigt") an die Gemeinde, Böses zu tun, (2) dem Koitus mit dem Dämon (angeblich schmerzhaft, da der Penis des Dämons regelmäßig als „eiskalt" beschrieben wird) und (3) einer Reihe von Kirchenschändungen, die weitgehend sexueller Natur waren. Es wurden zum Beispiel (aus Mehl, Fäkalien, Menstruationsblut und Eiter) Hostien von ungewöhnlicher Größe hergestellt, die sodann aufgeschlitzt und als künstliche Vaginas verwendet wurden, mit denen die Priester heftig kopulierten, wobei sie heulten, daß sie die Mutter Gottes beschliefen oder Analverkehr mit Christus trieben. In einem anderen Fall derartiger Praktiken wurde eine Christusstatue tief in die Vagina eines Mädchens geschoben, während die Hostie in ihren Anus gesteckt und dann vom Priester unter Ausstoßen von Lästerungen beim Analverkehr mit dem Mädchen durchstoßen wurde. Auch lebensgroße Christus- und Marienbilder spielten bei dem Ritual häufig eine Rolle. So wurde zum Beispiel die Marienstatue — fast immer grell angemalt, um ihr ein liederliches, dirnenhaftes Aussehen zu verleihen — mit Brüsten ausgestattet, an denen die Kultanhänger saugten, und sogar mit einer Vagina, in die der Penis eingeführt werden konnte. Die Christusstatuen wurden mit einem Phallus versehen: für Fellatio sowohl durch Männer als auch durch Frauen, und zum Einführen in die Vagina der Frauen und den Anus der Männer. Gelegentlich wurde auch statt einer Plastik ein Mann an ein Kreuz gebunden, der die Funktion der Statue übernahm und dessen Samen bei der Ejakulation mit einem durch Gotteslästerungen gesegneten Kelch aufgefangen und zur Herstellung der Hostie benutzt wurde, die man dann auf einem mit Exkrementen bedeckten Altar weihte. Diese . . ."

Kinderman blätterte weiter zu einem unterstrichenen Abschnitt, der von Ritualmorden handelte. Er las ihn langsam, und als er fertig war, runzelte er die Stirn und schüttelte langsam den Kopf. Er hob den Blick und starrte düster in die Lampe. Dann schaltete er sie aus. Anschließend verließ er sein Büro und fuhr zum Leichenschauhaus.

Der junge Wärter am Empfang kaute an einem Schinkensandwich und wischte die Brotkrumen von einem Kreuzworträtsel.

„Dennings", keuchte Kinderman heiser.

Der Wärter nickte, füllte eins waagrecht mit fünf Buchstaben aus, erhob sich, das Sandwich in der Hand, von seinem Schreibtisch und ging den Korridor entlang. Kinderman folgte ihm, folgte dem schwachen Duft nach Kümmel und Senf bis zu den Reihen der Kühlschubladen.

Bei Schublade 32 machten sie halt. Der Wärter zog sie mit ausdrucksloser Miene heraus. Er biß in sein Sandwich, und ein mit Mayonnaise verklebter Krümel fiel auf das Leichentuch.

Einen Augenblick starrte Kinderman regungslos vor sich hin, dann schlug er langsam und vorsichtig das Leinen zurück, um noch einmal das zu betrachten, was er gesehen hatte und doch nicht glauben konnte:

Burke Dennings' Genick war so herumgedreht, daß sein Gesicht auf dem Rücken stand.

5

Eingebettet in die warme, grüne Mulde des Campus lag das lehmige Oval, um das Damien Karras in Khakihosen und Baumwollhemd seine Bahnen zog. Das Turnhemd, durchtränkt von Schweiß, klebte ihm auf der Haut. Vor ihm, auf einem fernen Hügelchen, pulsierte die weiße Kuppel des Observatoriums im Rhythmus seiner Schritte; hinter ihm blieb außer den aufgeworfenen Erdklumpen das Gebäude der medizinischen Fakultät zurück.

Seit er von seinen Pflichten entbunden war, kam er jeden Tag hierher, um Meilen zu fressen und dem Schlaf nachzujagen. Er hatte ihn auch schon beinahe gefangen, hatte den eisernen Griff des Kummers schon beinahe gelöst. Auf jeden Fall war dieser Griff sanfter geworden.

Zwanzig Schritte ...

Viel sanfter.

Weiter! Noch zwei!

Viel sanfter ...

Kraftvolle Beinmuskeln, gut durchblutet, aber ein wenig schmerzend, spielten athletisch, als Karras mit langen, katzenhaft-graziösen Bewegungen um eine Kurve bog und auf der Bank, auf der er Handtuch, Pullover und Hose deponiert hatte, jemanden sitzen sah: einen Mann mittleren Alters, mit einem zerknautschten Mantel und einem formlosen Filzhut. Der Mann schien ihn zu beobachten. Wirklich? Ja, doch ... Er drehte den Kopf, als Karras vorüberlief.

Der Priester beschleunigte sein Tempo, spurtete mit weiten, den Erdboden aufwühlenden Schritten. Und wurde dann wieder langsamer, bis er, heftig keuchend, die Hände in die hämmernden Seiten gepreßt, gemächlich und ohne einen Blick zur Seite an der Bank vorüberging. Das Heben und Senken seiner muskelbepackten Brust spannte das Turnhemd und verzerrte die Buchstaben auf dem Stoff: das Wort PHILOSOPHERS, dessen einstmals tiefschwarze Lettern durch vieles Waschen so ausgebleicht waren, daß man sie kaum noch entziffern konnte.

Der Mann im Mantel stand auf und kam langsam auf ihn zu.

„Pater Karras?“ rief Inspektor Kinderman mit heiserer Stimme.

Der Priester drehte sich um, nickte knapp und wartete, in die Sonne blinzelnd, bis Kinderman bei ihm war. Dann deutete er mit einer Geste an, daß er ihn begleiten möge, und ging weiter. „Haben Sie etwas dagegen? Ich kriege sonst Muskelkrämpfe“, erklärte er, heftig atmend.

„Aber natürlich nicht!“ erwiderte der Detektiv mit einem Nicken, das deutlich seinen restlosen Mangel an Begeisterung erkennen ließ, und versenkte beide Hände in den Taschen. Schon der Fußweg vom Parkplatz bis hierher hatte ihn ermüdet.

„Kennen wir uns?“ fragte der Jesuit.

„Nein, Pater. Aber man hat mir gesagt, daß Sie wie ein Boxer aussehen. Ein Priester aus Ihrem Wohnheim. Wie er heißt, habe ich vergessen.“ Er zog seine Brieftasche heraus. „Schlechtes Namengedächtnis.“

„Und wie heißen Sie?“

„William Kinderman, Pater." Er zeigte dem anderen seinen Ausweis. „Morddezernat."

„Ach, wirklich?" Karras musterte Plakette und Ausweis mit jungenhaft interessierter Miene. Rot vor Anstrengung und schweißbedeckt, wirkte sein Gesicht wie das eines naiven Kindes, als er sich jetzt dem watschelnden Kriminalbeamten zuwandte. „Worum geht es denn?"

„Wissen Sie, was, Pater?" sagte Kinderman, die zerfurchten Züge des Jesuiten musternd. „Es stimmt, Sie sehen wirklich aus wie ein Boxer. Verzeihen Sie — das macht wohl die Narbe. Da oben, an Ihrem Auge."

Er zeigte hinauf. „Das sieht genau aus wie bei Brando in ‚Faust im Nacken' — genau wie bei Marlon Brando. Die haben ihm damals diese Narbe gemacht —", er demonstrierte es, indem er seinen Augenwinkel mit dem Finger hochzog, „damit sein Auge immer ein bißchen zusammengekniffen war und er ein bißchen verträumt aussah, ein bißchen traurig. Bei Ihnen ist das ganz genauso", erklärte er. „Sie sind wie Brando. Hat man Ihnen das schon einmal gesagt, Pater?"

„Noch nicht."

„Haben Sie mal geboxt?"

„Gelegentlich."

„Sind Sie hier aus dem Distrikt Columbia?"

„Nein, aus New York."

„‚Golden Gloves', möchte ich wetten. Stimmt's?"

„Sie sind soeben zum Captain befördert worden." Karras lächelte. „Also, was kann ich für Sie tun?"

„Ein bißchen langsamer gehen, wenn's möglich ist. Emphysem." Der Kriminalbeamte deutete auf seinen Hals.

„Oh, tut mir leid!" Sofort mäßigte Karras sein Tempo.

„Macht nichts. Rauchen Sie?"

„Gewiß."

„Das sollten Sie aber nicht."

„Na schön. Aber jetzt zu Ihrem Problem."

„Natürlich. Ich schweife ab. Übrigens ... Haben Sie zu tun?" erkundigte sich Kinderman. „Störe ich Sie auch nicht?"

„Wobei sollten Sie mich stören?“ fragte Karras verwundert.

„Vielleicht bei einem stillen Gebet.“

„Sie werden es sicher noch zum Captain bringen.“ Karras lächelte rätselhaft.

„Verzeihung. Habe ich etwas übersehen?“

Karras schüttelte den Kopf, aber sein Lächeln blieb. „Ich glaube, Sie übersehen niemals etwas.“ Er streifte den Inspektor mit einem belustigten, freundlich zwinkernden Seitenblick.

Kinderman blieb stehen und machte einen angestrengten, aber zum Scheitern verurteilten Versuch, begriffsstutzig auszusehen. Nach einem kurzen Blick in die von Lachfältchen umgebenen Augen des Jesuiten jedoch senkte er den Kopf und kicherte resignierend. „Ja, natürlich ... Natürlich ... Ein Psychiater! Was kann man dem vormachen?“ Er zuckte mit den Achseln. „Das ist so eine Angewohnheit von mir, Pater. Verzeihen Sie. Schmus — das ist die Methode Kinderman: immer Schmus. Aber nun werde ich damit aufhören und Ihnen frisch von der Leber weg sagen, um was es geht.“

„Um die Kirchenschändungen“, riet Karras kopfnickend.

„Ich habe meinen Schmus vergeudet“, stellte der Kriminalbeamte trocken fest.

„Tut mir leid.“

„Macht nichts, Pater. Hab' ich verdient. Ja, um diese Dinge in der Kirche“, bestätigte er. „Ganz recht. Nur, daß außerdem da vielleicht noch etwas anderes ist — etwas sehr Ernstes.“

„Mord?“

„Nur zu, geben Sie mir ruhig noch einen Tritt. Geschieht mir recht.“

„Na ja — Morddezernat ...“ Der Jesuit zuckte mit den Achseln.

„Schon gut, schon gut, Marlon Brando. Hat Ihnen schon jemand gesagt, daß Sie für einen Priester ein bißchen zu naseweis sind?“

„Mea culpa", murmelte Karras. Obwohl er lächelte, sagte er sich schuldbewußt, daß er den Mann vielleicht in seinem Selbstgefühl verletzt hatte. Das war nicht seine Absicht gewesen, und daher war er jetzt froh über die Gelegenheit, auch einmal aufrichtige Verwunderung an den Tag legen zu können. „Aber das verstehe ich nicht", fügte er deshalb hinzu und gab sich Mühe, erstaunt die Stirne in Falten zu legen. „Wo ist da der Zusammenhang?"

„Pater, bleibt dies auch ganz bestimmt unter uns? Streng vertraulich? Sozusagen als Beichtgeheimnis?"

„Selbstverständlich." Er sah dem Kriminalbeamten ernst ins Gesicht. „Was ist es denn nun?"

„Sie kennen doch diesen Regisseur, der hier den Film gedreht hat, nicht wahr, Pater? Burke Dennings."

„Ich habe ihn gelegentlich gesehen."

„Aha, Sie haben ihn gesehen." Der Kriminalbeamte nickte. „Ist Ihnen auch bekannt, wie er gestorben ist?"

„Nun ja, die Zeitungen schreiben ..." Karras hob die Schultern.

„Das ist nicht alles."

„Oh?"

„Das ist nur ein Teil. Ein kleiner Teil. Sagen Sie — was wissen Sie eigentlich von Hexerei?"

„Wie bitte?"

„Nur Geduld, ich will auf etwas ganz Bestimmtes hinaus. Also, die Hexerei: Kennen Sie sich darin aus?"

„Ein wenig."

„Ich meine, vom Standpunkt der Hexen aus gesehen, nicht von dem der Hexenjäger."

„Ich habe einmal eine Arbeit darüber geschrieben." Karras lächelte. „Vom Standpunkt des Psychiaters aus gesehen."

„Ach, wirklich? Großartig! Das ist sehr nützlich für uns. Sie könnten mir eine Menge helfen — viel mehr sogar, als ich gedacht hatte. Hören Sie, Pater, was die Hexerei angeht ..."

Er langte hinauf und nahm den Jesuiten am Arm. Sie waren gerade um eine Kurve gebogen und näherten sich wieder der Bank. „Was mich betrifft, ich bin ein Laie und, offen gestanden, nicht sehr gebildet. Aber ich lese sehr viel. Ich weiß, was man über die Selfmademen sagt: daß sie abschreckende Beispiele ungelernter Arbeiter sind. Ich aber — ich spreche ganz offen. Ich schäme mich nicht. Im Gegenteil, ich bin ..." Er brach plötzlich ab, sah zu Boden und schüttelte den Kopf. „Schmus! Eine Angewohnheit. Ich kann sie einfach nicht ablegen. Bitte, verzeihen Sie mir. Sie haben zu tun."

„Ja, stimmt. Ich bete."

Der Jesuit hatte die Worte leise und ausdruckslos gesprochen. Kinderman blieb einen Augenblick stehen und musterte ihn prüfend. Dann richtete er seinen Blick wieder nach vorn, und sie gingen weiter. „Passen Sie auf, ich will zur Sache kommen: die Kirchenschändungen. Erinnern die Sie an irgend etwas, was mit Hexerei zu tun hat?"

„Kann schon sein. An einige Rituale der Schwarzen Messe."

„Gut. Und nun zu Dennings. Sie haben gelesen, wie er umgekommen ist?"

„Durch einen Sturz."

„Also gut, ich werde es Ihnen sagen. Aber bitte: streng vertraulich!"

„Gewiß."

Die Miene des Kriminalbeamten verzog sich schmerzlich: Er mußte feststellen, daß Karras keinerlei Neigung zeigte, an der Bank haltzumachen. „Hätten Sie was dagegen?" fragte er sehnsüchtig.

„Wogegen?"

„Könnten wir uns jetzt nicht ein bißchen ausruhen? Uns setzen?"

„Aber sicher!" Sie kehrten um und gingen zur Bank.

Mit einem erleichterten Seufzer deponierte Kinderman seine schmerzenden Glieder auf der Bank. „Ahhh, so ist es besser, viel besser!“ sagte er, während der Jesuit sein Handtuch nahm und sich das schweißbedeckte Gesicht abtrocknete. „Ja, ja, man wird alt. Was für ein Leben!“

„Burke Dennings?“

„Burke Dennings, Burke Dennings, Burke Dennings ...“ Der Kriminalbeamte betrachtete kopfnickend seine Schuhe. Dann sah er auf und schaute Karras an. Der Priester trocknete sich den Hals. „Burke Dennings, mein guter Pater, wurde um fünf Minuten nach sieben am Fuß einer steilen Treppe gefunden. Sein Kopf war um einhundertachtzig Grad gedreht, so daß sein Gesicht auf dem Rücken stand.“

Vom Baseballfeld, wo die Universitätsmannschaft trainierte, schallten anfeuernde Rufe herüber. Karras hielt mit dem Abtrocknen inne und begegnete dem ruhigen Blick des Inspektors. „Das kann keine Folge des Sturzes sein?“ fragte er schließlich.

„Gewiß, unmöglich wäre es nicht.“ Kinderman zuckte mit den Achseln. „Aber ...“

„Aber es ist nicht sehr wahrscheinlich“, ergänzte Karras düster.

„Und woran denken Sie da, im Zusammenhang mit Hexerei?“

Mit nachdenklicher Miene ließ sich der Jesuit langsam nieder. „Nun ja“, sagte er dann, „angeblich pflegten Dämonen den Hexen auf diese Art den Hals umzudrehen. So heißt es jedenfalls in der Sage.“

„Ist es denn wirklich eine Sage?“

„Weitgehend.“ Karras wandte sich Kinderman zu. „Obwohl tatsächlich manchmal Menschen auf diese Art getötet wurden: vermutlich Mitglieder einer Hexensekte, die entweder abtrünnig wurden oder Geheimnisse verraten hatten. Das ist allerdings meine persönliche Auffassung. Mit Sicherheit aber war es ein Zeichen dafür, daß ein Dämon den Mord verübt hatte.“

Kinderman nickte. „Genau! Genau! Ich erinnerte mich an diesen Zusammenhang anläßlich eines Mordes in London.

Es war vor vier oder fünf Jahren. Ich hatte davon in der Zeitung gelesen."

„Ganz recht. Ich habe es auch gelesen. Wenn ich mich nicht irre, stellte sich später allerdings heraus, daß es eine Zeitungsente war, nicht wahr?"

„Sie irren sich nicht. In unserem Fall aber kann man möglicherweise einen Zusammenhang zwischen dem Mord und den Dingen in der Kirche sehen. Vielleicht war es ein Verrückter, Pater; jemand, der einen Haß auf die Kirche hat. Vielleicht eine unterbewußte Rebellion ..."

„Ein kranker Priester", fiel Karras ihm leise ins Wort. „Meinen Sie das?"

„Pater, *Sie* sind der Psychiater, von *Ihnen* möchte ich die Erklärung hören."

„Nun ja, die Schändungen sind natürlich unbestreitbar krankhaft", sagte Karras nachdenklich, während er seinen Pullover anzog. „Und wenn Dennings wirklich ermordet wurde — nun ja, dann würde ich annehmen, daß dieser Mörder ebenfalls krank sein muß."

„Und daß er sich vielleicht viel mit Hexerei befaßt hat?"

„Kann sein."

„Kann sein", wiederholte der Kriminalbeamte. „Auf wen also paßt diese Mutmaßung, der in dieser Gegend wohnt und bei Nacht Zugang zur Kirche hat?"

„Ein kranker Priester", antwortete Karras, der mit finsterer Miene nach seiner verschossenen Khakihose griff.

„Hören Sie, Pater. Ich weiß, daß es schwer für Sie ist. Aber bitte: Für die Priester auf dem Campus hier sind Sie doch der Psychiater. Und darum ..."

„O nein, man hat mir inzwischen eine andere Aufgabe zugeteilt."

„Wirklich? Mitten im Jahr?"

„So geht es nun mal in unserem Orden." Karras zog seine Hose an.

„Immerhin, Sie müssen doch wissen, wer zum entsprechenden Zeitpunkt krank war, stimmt's? Ich meine, in dieser Art krank. Das werden Sie doch sicher wissen."

„Nicht unbedingt, Inspektor. Durchaus nicht. So etwas würde höchstens durch Zufall zu meiner Kenntnis gelangen. Ich bin nämlich kein Psychoanalytiker, ich arbeite lediglich als Berater. Und außerdem" — er knöpfte sich die Hose zu —, „kenne ich sowieso niemanden, auf den diese Beschreibung paßt."

„Ach ja — die ärztliche Schweigepflicht! Wenn Sie es wüßten, würden Sie es mir trotzdem nicht sagen."

„Wahrscheinlich nicht."

„Ach, übrigens ... Ich möchte das nur nebenbei erwähnen, die Wahrung des Arztgeheimnisses gilt seit kurzem als gesetzeswidrig. Ich will mich nicht mit Nebensächlichkeiten aufhalten, aber vor kurzem wurde in Kalifornien ein Psychiater ins Gefängnis gesteckt, weil er der Polizei nicht mitteilen wollte, was er über einen seiner Patienten wußte."

„Soll das vielleicht eine Drohung sein?"

„Ich habe das nur nebenbei erwähnt."

„Ich könnte dem Richter entgegnen, es handele sich um ein Beichtgeheimnis", erwiderte der Jesuit mit schiefem Grinsen, während er sich das Hemd in die Hose stopfte.

Der Kriminalbeamte sah bedrückt zu ihm auf. „Sie sollten Geschäftsmann werden, Pater", sagte er. Dann wandte er sich traurig ab. „‚Pater' ... Was heißt hier ‚Pater'?" fragte er rhetorisch. „Sie sind Jude. Das habe ich sofort gesehen, als ich mich mit Ihnen unterhielt."

Der Jesuit lachte.

„Ja, ja, lachen Sie nur!" sagte Kinderman. „Lachen Sie nur!" Dann jedoch mußte er selber lächeln; anscheinend war er mit sich zufrieden. Mit strahlendem Blick drehte er sich wieder um.

Karras lachte weiter. „Kommen Sie, ich bringe Sie zu Ihrem Wagen. Haben Sie ihn auf dem Parkplatz stehen?"

Der Kriminalbeamte sah unsicher zu ihm auf. „Dann wären wir beide jetzt also fertig?"

Der Priester stellte einen Fuß auf die Bank und stützte den Arm aufs Knie. „Hören Sie, Inspektor, ich verheimliche Ihnen wirklich nichts“, sagte er. „Bestimmt nicht. Wenn ich von einem Priester wüßte, der dem ähnlich ist, den Sie suchen, dann würde ich Ihnen wenigstens sagen, daß es einen solchen Mann gibt, wenn ich seinen Namen auch verschweigen würde. Anschließend würde ich die Sache dann dem Provinzial melden. Aber ich kenne niemanden, der auch nur annähernd in Betracht käme.“

„Na schön“, seufzte der Kriminalbeamte. „Ich habe ohnehin nicht daran geglaubt, daß es ein Priester ist. Im Grunde nicht.“ Er nickte zum Parkplatz hinüber. „Ja, stimmt. Ich stehe da drüben.“

Sie setzten sich in Bewegung.

„Meine eigentliche Vermutung ...“, fuhr der Kriminalbeamte nach ein paar Metern fort. „Wenn ich Ihnen die sagen würde, hielten Sie mich für verrückt. Ich weiß nicht, ich weiß nicht.“ Er schüttelte den Kopf. „All diese Klubs und Kulte, wo ohne Anlaß getötet wird ... Das muß einen doch auf abwegige Gedanken bringen. Wenn man heutzutage mit der Zeit Schritt halten will, muß man selber fast ein bißchen verrückt sein, nicht wahr?“

Karras nickte.

„Ja, ja, es gehen seltsame Dinge vor“, sinnierte der Kriminalbeamte. „Wirklich seltsame Dinge. Pater, bin ich verrückt, oder ist es wirklich nicht ausgeschlossen, daß es hier im Distrikt eine Hexensekte gibt? Heute. Jetzt.“

„Also, hören Sie!“ sagte Karras.

„Es ist also nicht ausgeschlossen.“

„Wieso?“

„Na schön, dann werde ich jetzt den Psychologen spielen“, verkündete der Kriminalbeamte, indem er den Zeigefinger in die Luft stieß. „Sie sagten nicht nein, sondern wichen mir aus. Das ist Defensivtaktik, mein guter Pater, Defensivtaktik! Vielleicht fürchten Sie, sich vor mir lächerlich zu machen: ein abergläubischer Priester vor Kinderman, dem

Superhirn, dem Rationalisten" — er tippte sich an die Stirn —, „dem Genie, das hier neben Ihnen geht, dem personifizierten Zeitalter der Vernunft. Nicht wahr? Habe ich recht?"

Der Jesuit musterte ihn mit wachsendem Argwohn und steigendem Respekt. „Das war sehr scharfsinnig von Ihnen", stellte er fest.

„Nun gut", knurrte Kinderman, „dann werde ich Sie also zum zweitenmal fragen: Wäre es möglich, daß es hier Hexensekten gibt?"

„Das weiß ich nicht", antwortete Karras nachdenklich, die Arme vor der Brust verschränkt. „In einigen Gegenden Europas jedoch gibt es noch immer Schwarze Messen."

„Heutzutage?"

„Heutzutage."

„Sie meinen — genau wie früher? Wissen Sie, ich habe nämlich darüber nachgelesen, über den Sex, die Statuen und so weiter. Ich will Ihnen nicht auf die Nerven gehen, aber haben die das wirklich alles getan? Wirklich?"

„Ich weiß es nicht."

„Dann sagen *Sie* mir einmal zur Abwechslung, was Sie darüber denken."

Der Jesuit lachte. „Also gut. Ich denke, daß sie das wirklich alles getan haben. Jedenfalls vermute ich das. Doch meine Vermutung gründet sich hauptsächlich auf den Verdacht, daß es sich dabei um pathologische Fälle gehandelt hat. Schwarze Messen, schön und gut. Doch jeder, der an solchen Dingen teilnimmt, muß ein sehr stark gestörtes Gemüt haben, und zwar in einer bestimmten Hinsicht gestört. Es gibt sogar eine medizinische Bezeichnung für diese Art von Gemütsstörung: man nennt sie Satanismus. Darunter fallen Menschen, die nur dann sexuellen Genuß erleben können, wenn dieser mit einer gotteslästerlichen Handlung verbunden ist. Das ist — selbst heutzutage — eigentlich nichts Ungewöhnliches. Die Schwarze Messe wird dabei nur als Rechtfertigung benutzt."

„Bitte, verzeihen Sie mir nochmals, Pater. Aber diese Dinge, die man angeblich mit den Statuen von Jesus und Maria treibt?"

„Was ist damit?"

„Sind die auch wahr?"

„Nun, das wird Sie als Polizeibeamten bestimmt interessieren." Der Jesuit begann sich für das Thema zu erwärmen und wurde lebhaft. „In den Akten der Pariser Polizei existiert der Fall zweier Mönche aus einem nahen Kloster. Warten Sie mal ..." Er kratzte sich nachdenklich den Schädel. „Ja, richtig! Aus dem Kloster von Crépy, glaube ich. Spielt keine Rolle." Er zuckte die Achseln. „Jedenfalls nicht weit von Paris. Diese Mönche kamen in ein Gasthaus und verlangten in ziemlich herausforderndem Ton ein Bett für drei Personen. Die dritte Person hatten sie mitgebracht: eine lebensgroße Statue der Heiligen Mutter Gottes."

„Himmel, das ist ja haarsträubend!"

„Aber wahr. Und ein Beweis dafür, daß das, was Sie gelesen haben, auf Tatsachen beruht."

„Na ja, der Sex vielleicht. Das kann ich noch einsehen. Das ist etwas anderes. Aber wie ist es mit dem Ritualmord? Ist das auch wahr? Nun sagen Sie's schon! Das mit dem Blut neugeborener Kinder?" Kinderman hatte darüber ebenfalls in seinem Buch über Hexerei gelesen. Der sogenannte „Priester" bei der Schwarzen Messe schnitt zuweilen die Pulsadern eines Neugeborenen auf und ließ das Blut in einen Kelch tropfen, damit es später geweiht und bei einer „Kommunion" getrunken werden konnte. „Das klingt genau wie die Geschichten, die man sich auch über die Juden zu erzählen pflegt. Daß sie Christenkinder stehlen und deren Blut trinken. Bitte, entschuldigen Sie, Pater, aber es waren Ihre Leute, die diese Geschichten in die Welt gesetzt haben."

„Wenn das so ist — verzeihen Sie."

„Bereits geschehen."

Irgend etwas Dunkles, Trauriges trat — wie der Schatten

einer Erinnerung an tiefen Schmerz — in die Augen des Priesters. Rasch senkte er den Blick.

„Nun, viel weiß ich eigentlich auch nicht über Ritualmorde“, sagte Karras. „Ich nicht. Aber eine Hebamme in der Schweiz hat einmal gestanden, etwa dreißig bis vierzig Babys für Schwarze Messen ermordet zu haben. Na schön, vielleicht war sie gefoltert worden“, ergänzte er. „Wer weiß? Aber ihre Geschichte klang sehr überzeugend. Sie sagte, sie habe eine lange, dünne Nadel in ihrem Ärmel verborgen, die sie dem Baby in den Kopf gestoßen und dann wieder versteckt habe. So hinterließ sie keinerlei Spuren. Der Säugling sah aus, als wäre er tot geboren.“

„Das ist ja entsetzlich!“

„Auch dieses Jahrhundert hat noch kein Mittel gegen Wahnsinn erfunden. Wie dem auch sei ...“

„Augenblick mal! Bitte, warten Sie. Diese Geschichten ... Die wurden also von Leuten erzählt, die vorher gefoltert worden waren, nicht wahr? Somit wären sie also nicht glaubwürdig. Man hat sie gezwungen, das Geständnis zu unterschreiben?“

„Sie haben recht, doch viele Geständnisse wurden auch freiwillig abgelegt.“

„Aber wer würde so etwas freiwillig gestehen?“

„Nun, möglicherweise Menschen, die geistesgestört waren.“

„Aha! Also wieder keine glaubwürdigen Zeugen!“

„Sie haben natürlich recht, Inspektor. Ich spiele hier den Advocatus Diaboli. Nur eines wird anscheinend immer wieder vergessen: daß Menschen, die krankhaft genug sind, derartige Dinge zu gestehen, auch krankhaft genug sind, derartige Dinge zu tun. Zum Beispiel die Legenden um die Werwölfe. Nun gut, sie sind lächerlich; kein Mensch kann sich in einen Wolf verwandeln. Doch wenn nun ein Mensch seelisch so gestört ist, daß er sich nicht nur für einen Werwolf hält, sondern auch handelt, als wäre er einer?“

„Furchtbar. Aber was ist denn nun das alles, was Sie jetzt sagen, Pater — Theorie oder Tatsache?“

„Tja, da gab es zum Beispiel den Wilhelm Stumpf. Oder Peter, ich weiß es nicht mehr genau. Auf jeden Fall war das ein Deutscher im sechzehnten Jahrhundert, der sich für einen Werwolf hielt. Er tötete ungefähr zwanzig bis dreißig kleine Kinder."

„Sie meinen wohl, er behauptete es."

„Ja. Aber sein Geständnis war glaubhaft."

„Und warum?"

„Als man ihn fing, aß er gerade das Gehirn seiner beiden Schwiegertöchter."

Vom Spielfeld drangen in der dünnen, klaren Aprilsonne Echos von Rufen und Ballschlägen herüber.

Priester und Detektiv waren auf dem Parkplatz angekommen. Beide schwiegen.

Als sie beim Streifenwagen stehenblieben, langte Kinderman geistesabwesend nach dem Türgriff. Einen Augenblick hielt er inne. Dann hob er den Kopf und sah den Priester niedergeschlagen an.

„Wissen Sie, wonach ich suche, Pater?" fragte er ihn.

„Nach einem Wahnsinnigen", antwortete Damien Karras leise. „Vielleicht nach einem Rauschgiftsüchtigen."

Der Inspektor dachte darüber nach, dann nickte er stumm. „Kann ich Sie nach Hause bringen?" fragte er, den Wagenschlag öffnend.

„Nein, danke. Ich habe nicht weit."

„Macht nichts. Greifen Sie zu, wenn Ihnen etwas angeboten wird." Mit einer ungeduldigen Geste winkte Kinderman dem Jesuiten, einzusteigen. „Sie können allen Ihren Freunden erzählen, daß Sie mit einem Streifenwagen gefahren sind."

Grinsend nahm Karras auf dem Rücksitz Platz.

„Sehr gut", lobte der Kriminalbeamte heiser. Dann quetschte er sich neben ihn und schloß die Tür. „Kein Fußweg ist kurz — überhaupt keiner", stellte er fest.

Karras erklärte dem Fahrer den Weg, und der Wagen nahm Richtung auf das moderne Wohngebäude der Jesuiten in der Prospect Street, wohin er inzwischen umgezogen war. Wäre er in seinem Häuschen geblieben, so hätte das vielleicht die Männer, denen er mit seinem Rat geholfen hatte, ermutigt, weiterhin zu ihm zu kommen.

„Gehen Sie gern ins Kino, Pater Karras?"

„Sehr gern."

„Haben Sie ‚König Lear' gesehen?"

„Kann ich mir nicht leisten."

„Ich schon. Ich kriege Freikarten."

„Wie schön!"

„Ich kriege für die besten Filme Freikarten. Mrs. Kinderman wird leider immer so schnell müde. Deswegen geht sie nicht so gern mit."

„Wie schade."

„Ja, wirklich schade. Ich mag nicht allein gehen. Wissen Sie, ich unterhalte mich hinterher gern über den Film, diskutiere, kritisiere." Er sah den Priester nicht an, als er das sagte, sondern starrte aus dem Seitenfenster.

Karras nickte stumm und betrachtete seine großen, sehr kraftvollen Hände, die er zwischen den Knien verschränkt hatte. Ein Augenblick verging, ohne daß einer von ihnen etwas sagte. Dann wandte sich Kinderman zögernd, mit bittender Miene zu ihm um. „Würden Sie einmal mit mir ins Kino gehen, Pater? Gratis natürlich. Ich kriege Freikarten ...", setzte er schnell hinzu.

Der Priester musterte ihn grinsend. „Und wann, Inspektor?"

„Oh, ich werde Sie anrufen — bestimmt!" Der Detektiv strahlte.

Sie waren vor dem Wohnheim angekommen und hielten. Karras öffnete den Schlag. „Tun Sie das. Übrigens, es tut mir leid, daß ich Ihnen nicht weiterhelfen konnte."

„Macht nichts. Sie haben mir schon geholfen." Kinderman winkte mit schlaffer Hand. Karras stieg aus. „Tatsächlich — für einen Juden, der versucht, als Christ auszurücken, sind Sie ein sehr netter Mensch."

Karras drehte sich um, schlug die Tür zu und beugte sich mit einem leichten, herzlichen Lächeln zum Fenster hinab. „Hat Ihnen schon jemand gesagt, daß Sie wie Paul Newman aussehen?“

„Schon viele. Und eines können Sie mir glauben: In diesem plumpen Körper steckt Mr. Newman und möchte gern raus. Zu eng da drinnen, denn da steckt außerdem auch noch Clark Gable.“

Karras winkte grinsend und wollte gehen.

„He, warten Sie, Pater!“

Karras drehte sich noch einmal um. Der Kriminalbeamte kletterte aus dem Wagen.

„Ich habe etwas vergessen“, keuchte er, als er näher kam. „Ist mir total entfallen. Das Blatt mit dem schmutzigen Text — das, das in der Kirche gefunden wurde...“

„Sie meinen das Liturgieblatt?“

„Egal, wie es heißt. Ist es noch da?“

„Ja. Ich habe es in meinem Zimmer. Ich wollte das Latein untersuchen. Brauchen Sie es?“

„Ja. Vielleicht enthält es einen Hinweis.“

„Moment, ich werde es holen.“

Während Kinderman draußen beim Streifenwagen wartete, ging der Jesuit in sein Zimmer, das im Parterre lag, und holte das Blatt. Als er wieder herauskam, gab er es dem Detektiv.

„Möglicherweise sind Fingerabdrücke drauf“, keuchte der Inspektor, nachdem er es eingehend betrachtet hatte. Dann fiel ihm ein: „Aber nein, Sie haben es ja auch angefaßt! Gut, daß ich daran noch gedacht habe.“ Er fingerte an der Plastikhülle des Blattes herum. „Sieh an, es läßt sich herausziehen! Es läßt sich herausziehen!“ Dann schaute er mit aufkeimender Verzweiflung zu Karras empor. „Haben Sie es innen auch angefaßt, Kirk Douglas?“

Mit einem schuldbewußten Grinsen nickte Karras.

„Na, macht nichts. Vielleicht finden wir noch etwas anderes. Haben Sie den Text zufällig studiert?“

„Ja."

„Und Ihr Ergebnis?"

Karras zuckte die Achseln. „Sieht nicht aus wie das Werk eines Witzboldes. Zuerst dachte ich, es wäre vielleicht ein Student, aber das möchte ich jetzt doch bezweifeln. Wer immer das da getan hat, ist eindeutig geistesgestört."

„Wie Sie schon sagten."

„Und das Latein ..." Karras überlegte. „Es ist nicht nur fehlerfrei, Inspektor, es ist ... Nun, es hat einen sehr ausgeprägten, sehr individuellen Stil. Es scheint, als ob derjenige, der es geschrieben hat, daran gewöhnt war, in Latein zu *denken*."

„Tun Priester das gewöhnlich auch?"

„Also hören Sie schon auf!"

„Beantworten Sie bitte meine Frage, Pater."

„Nun ja, zu einem bestimmten Zeitpunkt ihrer Ausbildung tun sie das schon. Wenigstens die Jesuiten und einige andere Orden. Am Woodstock-Seminar wurden einige Philosophievorlesungen in lateinischer Sprache gehalten."

„Und wozu ist das gut?"

„Zum präziseren Formulieren der Gedanken. Es ist wie mit Jura."

„Aha, ich verstehe."

Karras machte auf einmal ein sehr ernstes Gesicht. „Hören Sie, Inspektor, soll ich Ihnen sagen, wen ich wirklich für den Täter halte?"

Der Kriminalbeamte beugte sich neugierig vor. „Ja, bitte! Wen denn?"

„Die Dominikaner. Nehmen Sie sich die doch einmal vor!"

Karras lächelte, winkte zum Abschied und ging davon.

Kinderman sah, wie der Priester noch einmal winkte und dann das Haus betrat. Er selbst machte kehrt und kletterte wieder in den Streifenwagen. Keuchend saß er zunächst regungslos da und starrte zu Boden. „Er bebt, dieser Mann. Er bebt", murmelte er vor sich hin. „Wie eine Stimmgabel unter Wasser." Einen Augenblick noch betrachtete er den Bodenbelag, dann hob er den Kopf und befahl dem Fahrer: „Also, zum Präsidium. Aber schnell. Und übertreten Sie ruhig die Verkehrsregeln."

Sie fuhren los.

Karras' neues Zimmer war einfach möbliert: ein Bett, ein bequemer Sessel, ein Schreibtisch, eingebaute Bücherregale. Auf dem Schreibtisch stand ein Foto seiner Mutter, an der Wand über dem Bett hing, stummer Vorwurf, ein Kruzifix aus Metall.

Das kleine Zimmer genügte ihm. Er machte sich nicht viel aus materiellem Besitz. Allerdings legte er Wert darauf, daß das, was er besaß, auch sauber und ordentlich war.

Er duschte, schrubbte sich kräftig, dann zog er Khakihose und Sporthemd an und ging zum Abendessen ins Refektorium, wo er den rotwangigen Dyer allein an einem Ecktisch sitzen sah. Er ging hinüber, um sich zu ihm zu setzen.

„Hallo, Damien!" sagte Dyer. Der junge Priester trug ein verwaschenes Unterhemd.

Karras blieb hinter seinem Stuhl stehen, neigte den Kopf und murmelte ein schnelles Gebet. Dann bekreuzigte er sich, nahm Platz und begrüßte den Freund.

„Na, wie geht's unserem Faulenzer?" erkundigte sich Dyer, als Karras sich feinsäuberlich die Serviette über den Schoß breitete.

„Was heißt hier Faulenzer? Ich arbeite!"

„Eine Vorlesung pro Woche?"

„Auf die Qualität kommt's an", entgegnete Karras. „Was gibt's zum Essen?"

„Riechst du es nicht?"

„Knackwurst und Sauerkraut."

„Auf die Quantität kommt's an", erwiderte Dyer trokken.

Karras schüttelte den Kopf und griff nach dem Milchkrug aus Aluminium.

„Das würde ich nicht tun", sagte Dyer ausdruckslos, während er eine Brotscheibe mit Butter bestrich. „Siehst du den Schaum? Salpeter."

„Genau den brauche ich", antwortete Karras. Als er sein Glas füllte, hörte er, daß sich jemand zu ihnen an den Tisch setzte.

„Ich habe endlich das Buch gelesen", erklärte der Neuankömmling vergnügt.

Karras sah auf und fühlte wieder das alte, erdrückende Gewicht. Es war der Priester, der sich vor kurzem bei ihm Rat geholt hatte, der keine Freundschaften schließen konnte.

„So? Und was halten Sie davon?" fragte Karras. Er stellte den Milchkrug hin.

Der junge Priester begann zu reden. Eine halbe Stunde später ging Dyer von Tisch zu Tisch und brachte das Refektorium mit seinen Späßen zum Lachen. Karras sah auf die Armbanduhr. „Wollen Sie sich eine Jacke holen?" fragte er den jungen Priester. „Wir könnten über die Straße gehen und uns den Sonnenuntergang ansehen."

Kurz darauf lehnten sie am Geländer oberhalb der Treppe, die zur M-Street hinabführte. Die untergehende Sonne setzte die Wolken des Himmels in Brand, und ihre Strahlen brachen sich in den Wellen des Flusses. Früher hatte Karras in diesem Anblick Gott gesehen. Vor langer Zeit. Und wie einen verlassenen Liebhaber trieb es ihn immer wieder hierher zurück.

„Ein schöner Anblick", sagte der Jüngere.

„Ja", sagte Karras. „Wenn ich kann, komme ich jeden Abend hierher."

Die Campusuhr schlug die volle Stunde. 19 Uhr.

Um 19 Uhr 23 brütete Inspektor Kinderman über einer spektrographischen Analyse, die bewies, daß die Farbe von Regans Vogelplastik mit der Farbe an der geschändeten Statue der Jungfrau Maria identisch war.

Um 20 Uhr 47 tauchte ein apathischer Karl Engstrom aus einem rattenverseuchten Mietshaus in einem Slumviertel des Nordostteils der Stadt auf, ging drei Straßen nach Süden zu einer Bushaltestelle, wartete eine Minute, noch immer mit ausdruckslosem Gesicht, und sank dann schluchzend gegen einen Laternenpfahl.

Zu diesem Zeitpunkt war Inspektor Kinderman im Kino.

6

Am Mittwoch, dem 11. Mai, waren sie wieder zu Hause. Sie brachten Regan zu Bett, befestigten ein Schloß an den Fensterläden und entfernten alle Spiegel aus Schlaf- und Badezimmer.

„... immer seltener klare Augenblicke, und während der Anfälle besteht jetzt leider durchgehend Bewußtlosigkeit. Das ist für uns etwas völlig Neues und scheint eine echte Hysterie auszuschließen. Nun haben aber ein oder zwei Symptome auf dem Gebiet, das wir die parapsychischen Phänomene nennen ..."

Dr. Klein kam ins Haus und demonstrierte Chris und Sharon, wie sie Regan während ihrer bewußtlosen Phasen künstlich mit Sustagen ernähren mußten. Sehr vorsichtig begann der Arzt den nasogastrischen Schlauch einzuführen. „Zuerst ..."

Chris mußte sich zwingen, gut aufzupassen und nicht nur in das Gesicht ihrer Tochter zu sehen, die Ausführungen des Arztes zu verstehen und andere Sätze, die sie in der Klinik gehört hatte, aus ihren Gedanken zu verbannen.

„Sie haben hier unter Religionsangehörigkeit ‚keine' geschrieben, Mrs. MacNeil. Stimmt das? Hat Regan überhaupt keine religiöse Erziehung genossen?"

„Nun ja — höchstens hat sie vielleicht den Begriff ‚Gott' kennengelernt. Allerdings nur in ganz allgemeinem Sinne. Warum?"

„Nun, zunächst einmal sind ihre Schimpftiraden — solange sie nicht dieses Kauderwelsch von sich gibt — weitgehend religiöser Natur. Woher kann sie das Ihrer Meinung nach haben?"

„Nennen Sie mir ein Beispiel."

„Etwa ‚Jesus und Maria soixante-neuf' . . ."

Klein hatte den Schlauch bis in Regans Magen geführt. „Zunächst müssen Sie kontrollieren, ob Flüssigkeit in die Lunge gedrungen ist", erklärte er und klemmte das Schlauchende zusammen, damit das Sustagen noch nicht einfließen konnte. „Sollte es . . ."

„. . . Syndrom einer Störung, wie sie heutzutage, außer bei Primitivvölkern, kaum noch auftritt. Wir nennen sie somnambuliforme Besessenheit. Offen gestanden, wir wissen nicht viel darüber — nur, daß sie mit einem Konflikt oder Schuldgefühl beginnt, das den Patienten schließlich zu der Vorstellung führt, sein Körper sei von einem fremden Wesen in Besitz genommen worden; wenn Sie so wollen, von einem Geist. In früheren Zeiten war dieses fremde Wesen gewöhnlich ein Dämon, das heißt, wenn der Teufelsglaube stark genug war. In relativ modernen Fällen jedoch handelt es sich zumeist um den Geist eines Toten, sehr häufig einer Person, die der Patient gekannt oder einmal gesehen hat, so daß er in der Lage ist, sie unbewußt nachzuahmen — die Stimme etwa oder die Angewohnheiten, und zuweilen sogar die Gesichtszüge . . ."

Nachdem der bedrückte Dr. Klein das Haus verlassen hatte, rief Chris ihren Agenten in Beverly Hills an, um ihm resigniert mitzuteilen, daß sie die Regie der Filmepisode nun doch nicht übernehmen werde. Dann rief sie bei Mrs. Perrin an. Die Hellseherin war nicht da. Mit einem Gefühl wachsender Verzweiflung legte Chris den Telefonhörer auf. Irgend jemand. Sie brauchte Hilfe.

„... Fälle, bei denen es sich um Geister von Toten handelt, sind weit weniger kompliziert; dort kommen Tobsuchtsanfälle, Überaktivität und motorische Erregungszustände nur relativ selten vor. Bei dem anderen Haupttypus der somnambuliformen Besessenheit jedoch ist die neue Persönlichkeit ausnahmslos bösartig, der ersten stets feindlich gesinnt. Ja diese zu schädigen, zu quälen und manchmal auch zu töten, ist sogar ihr primäres Ziel."

Ein Satz Haltegurte wurde ins Haus geliefert, und Chris sah blaß und kraftlos zu, wie Karl sie an Regans Bett und danach an den Handgelenken des Kindes befestigte. Als Chris ihrer Tochter ein Kissen unter den Kopf schieben wollte, richtete sich der Diener auf und blickte voll Mitleid auf das verwüstete Kindergesicht hinab. „Wird sie wieder gesund?" fragte er. In seinem Ton lag eine Andeutung von Mitgefühl, in seinen Worten schwang eine kaum wahrnehmbare Besorgnis mit.

Chris konnte ihm nicht gleich antworten. Noch während Karl ihr die Frage stellte, war sie auf einen Gegenstand gestoßen, der unter Regans Kopfkissen lag. „Wer hat das Kruzifix da hingelegt?" fragte sie.

„Das Syndrom ist nur die Manifestation eines Konfliktes, eines Schuldgefühls; deswegen versuchen wir, herauszufinden, worin dieses Schuldgefühl besteht. Bei einem Fall wie diesem hier wäre eine Hypnotherapie die beste Möglichkeit dafür, aber es scheint, daß wir sie bei ihr nicht anwenden können. Also haben wir es mit einer Narcosynthese versucht — das ist eine Behandlungsmethode, bei der man Narkotika verwendet —, doch offen gestanden sieht es jetzt so aus, als wären wir damit ebenfalls in einer Sackgasse gelandet."

„Und was kommt jetzt?"

„Die Zeit, fürchte ich. Nur noch die Zeit. Wir müssen es immer wieder versuchen und auf eine Veränderung hoffen.

Dazu jedoch müßte sie stationär in einer Klinik untergebracht werden ..."

Chris fand Sharon in der Küche, wo sie gerade die Schreibmaschine, die sie aus dem Spielzimmer heraufgeholt hatte, auf den Tisch stellte. Willie stand am Spülstein und schnitt Karotten für einen Eintopf.

„Hast du das Kruzifix unter ihr Kissen gelegt, Shar?" erkundigte sich Chris mit unterdrückter Nervosität.

„Wie bitte?" gab Sharon verblüfft zurück.

„Also nicht?"

„Ich habe keine Ahnung, wovon du überhaupt redest, Chris. Ich habe es dir doch schon erklärt: Alles, was ich jemals zu Rags gesagt habe, ist: ‚Gott hat die Welt erschaffen.' Und dann vielleicht noch das eine oder andere über ..."

„Schon gut, Sharon. Ich glaube dir ja. Aber ..."

„Ich, ich habe das nicht gemacht", knurrte Willie kampflustig.

„Verdammt noch mal, irgend jemand muß es doch hingelegt haben!" explodierte Chris. Dann fuhr sie zu Karl herum, der eben die Küche betreten hatte und die Kühlschranktür öffnete. „Hören Sie, Karl, ich frage Sie jetzt zum zweitenmal!" knirschte sie in einem Ton, der sich zu schrillen Höhen steigerte. „Haben Sie das Kruzifix unter das Kissen gelegt?"

„Nein, Madam", antwortete er gelassen. Er packte Eiswürfel in ein Handtuch. „Nein. Kein Kreuz."

„Aber dieses Kreuz ist doch nicht von allein hingegangen! Verdammt noch mal, einer von euch hier lügt doch!" kreischte sie, schäumend vor Wut. Die anderen schwiegen betroffen. „Und jetzt sagt ihr mir sofort, wer es da hingelegt hat, wer ..." Auf einmal sank sie auf einen Stuhl und begann in ihre bebenden Hände zu schluchzen. „O Gott, es tut mir leid, es tut mir so furchtbar leid! Ich wußte nicht mehr, was ich tat!" weinte sie. „Oh, du mein Gott, ich weiß überhaupt nicht mehr, was ich tue!"

Willie und Karl standen schweigend da, während Sharon hinter sie trat und ihr beruhigend den Nacken massierte. „Ist ja schon gut, Chris. Ist ja schon gut."

Chris wischte sich mit dem Ärmel übers Gesicht. „Ja, ja, vermutlich hat der, der's getan hat, es nur gut gemeint."

„Hören Sie, ich sage es Ihnen hiermit noch einmal in aller Deutlichkeit: Ich denke nicht daran, mein Kind in eine Irrenanstalt zu stecken!"

„Aber es ist doch ..."

„Es ist mir gleichgültig, wie Sie es nennen! Ich lasse Regan nicht aus den Augen!"

„Nun gut, tut mir leid."

„Ja, ja, es tut Ihnen leid! Himmel! Achtundachtzig Ärzte, und alles, was ihr mir mit eurem Gequassel sagen könnt, ist, daß ..."

Chris rauchte eine Zigarette, drückte sie mit zitternden Fingern aus und ging nach oben, um nach Regan zu sehen. Sie öffnete die Schlafzimmertür. Im Dämmerlicht, das hier herrschte, erkannte sie neben Regans Bett auf einem Holzstuhl eine sitzende Gestalt. Karl. Was macht er da nur? fragte sie sich erstaunt.

Der Schweizer sah auch nicht auf, als Chris näher kam, sondern blickte starr auf das Kindergesicht, das er mit seinem ausgestreckten Arm irgendwie zu berühren schien. Was hatte er da in der Hand? Erst als sie am Bett stand, sah Chris es genau. Es war der improvisierte Eisbeutel, den er in der Küche hergerichtet hatte. Karl kühlte Regans Stirn.

Chris war gerührt; erstaunt beobachtete sie ihn weiter, doch als der Schweizer sich weder bewegte noch sonstwie zu erkennen gab, daß er ihre Anwesenheit bemerkte, drehte sie sich um und verließ lautlos das Zimmer.

Sie ging in die Küche, trank schwarzen Kaffee und rauchte noch eine Zigarette. Dann fiel ihr etwas ein, und sie ging ins Arbeitszimmer. Vielleicht ... vielleicht ...

„... nur eine entfernte Möglichkeit, da die Besessenheit insofern in losem Zusammenhang mit der Hysterie steht, als der Ursprung des Syndroms fast immer autosuggestiver Natur ist. Ihre Tochter muß etwas über Besessenheit gewußt, an eine Besessenheit geglaubt und einige der entsprechenden Symptome gekannt haben, so daß ihr Unterbewußtsein jetzt das Syndrom produziert. Falls wir das mit Sicherheit feststellen können, besteht die Möglichkeit einer Behandlung, die dann ebenfalls autosuggestiv sein müßte. Ich denke da an eine ganz bestimmte Schocktherapie, der andere Therapeuten vermutlich nicht zustimmen würden. Nun, wie gesagt — es ist nur eine entfernte Möglichkeit, und da Sie dagegen sind, Ihre Tochter in einer Klinik unterzubringen, werde ich ..."

„Nun sagen Sie mir um Gottes willen endlich, was Sie meinen!"

„Haben Sie schon einmal etwas von Exorzismus gehört, Mrs. MacNeil?"

Die Bücher im Arbeitszimmer gehörten zur Einrichtung des Hauses, daher kannte Chris sich nicht mit ihnen aus. Ihr Blick wanderte suchend über die Titel, über eine Reihe nach der anderen ...

„... ein sehr altes, heute überholtes Ritual, bei dem Rabbis und Priester versuchen, den Geist auszutreiben. Nur die Katholiken haben die Prozedur noch nicht abgeschafft, aber sie halten sie ziemlich fest unter Verschluß — vermutlich, weil es ihnen peinlich ist. Einem Menschen, der sich tatsächlich für besessen hält, muß das Ritual jedoch überaus eindrucksvoll erscheinen. Es hat auch in den meisten Fällen geholfen, allerdings nicht aus dem Grund, den man damals vermutete; es war nichts weiter als die Kraft der Suggestion. Der Glaube des Opfers an die Besessenheit hat diese selbst — oder wenigstens die äußeren Anzeichen des Syndroms — hervorgerufen, und ebenso kann sein Glaube an die Kraft des Exorzismus sie wieder verschwinden lassen. Vielleicht sollte ich Ihnen in diesem Zusammenhang etwas über die australischen Ureinwohner erzählen. Die sind überzeugt, daß sie sterben müssen, sobald ein Hexenmeister aus der Ferne einen ‚Todesstrahl' auf sie lenkt. Und dann sterben sie tatsächlich! Sie legen sich einfach hin und sterben. Und werden zuweilen nur durch eine ganz ähnliche Form der Suggestion gerettet: durch den ‚Gegenstrahl' eines anderen Hexenmeisters."

„Wollen Sie mir etwa vorschlagen, Regan zu einem Medizinmann zu bringen?"

„Ja, Mrs. MacNeil, ich glaube, genau das will ich: als letzten Strohhalm vielleicht auch zu einem Priester. Ich weiß, daß das ein ziemlich seltsamer Ratschlag ist, der sich unter Umständen sogar gefährlich auswirken kann. Dann nämlich, wenn wir nicht mit absoluter Sicherheit feststellen können, daß Regan etwas über Besessenheit und speziell über den Exorzismus wußte, bevor alle diese Dinge mit ihr geschahen. Glauben Sie, daß sie irgendwo davon gelesen haben kann?"

„Auf gar keinen Fall."

„Hat sie vielleicht einmal einen Film gesehen? Oder eine Fernsehsendung?"

„Nein."

„Hat sie die Evangelien gelesen? Das Neue Testament?"

„Wieso?"

„Weil darin einige Berichte über Besessenheit vorkommen; über den Exorzismus durch Jesus. Die Beschreibung der Symptome stimmt mit denen der Besessenheit von heutzutage überein. Wenn Sie ..."

„Hören Sie, es hat keinen Zweck! Lassen wir das. Das fehlte mir noch, daß Regans Vater hört, ich hätte eine Bande von ..."

Mit dem Zeigefinger fuhr Chris langsam von Buchrücken zu Buchrücken. Nichts. Keine Bibel. Kein Neues Testament. Kein ...

Halt!

Rasch flog ihr Blick zu einem Titel im untersten Regal zurück. Das Buch über Hexerei, das Mary Jo Perrin ihr gebracht hatte! Chris zog es heraus, schlug das Inhaltsverzeichnis auf, fuhr mit dem Fingernagel daran herunter ...

Da!

Die Kapitelüberschrift pulste ihr wie ein Herzschlag entgegen: „Zustände der Besessenheit."

Sie öffnete die Augen wieder und kehrte langsam in die Küche zurück. Sharon tippte. Chris hielt das Buch in die Höhe. „Hast du das gelesen, Shar?"

Die Sekretärin tippte weiter, ohne aufzusehen. „Was denn?"

„Dieses Buch. Über die Hexerei."

„Nein."

„Hast du es ins Arbeitszimmer gelegt?"

„Nein. Ich hab's nicht angerührt."

„Wo ist Willie?"

„Einkaufen gegangen."

Chris nickte gedankenverloren. Dann stieg sie in Regans Schlafzimmer hinauf und zeigte Karl das Buch. „Haben Sie das ins Arbeitszimmer gebracht, Karl? Haben Sie es ins Regal gestellt?"

„Nein, Madam."

„Dann war's vielleicht Willie", murmelte Chris vor sich hin, während sie auf den Buchdeckel starrte. Eine vage Ahnung hielt ihre Nerven gespannt. Hatten die Ärzte der Barringer-Klinik doch recht? War dies die Lösung: War Regans Krankheit durch Autosuggestion aus den Seiten dieses Buches entstanden? Würde sie die Symptome ihrer Tochter hier verzeichnet finden? Irgend etwas Spezifisches, was Regan getan hatte?

Chris setzte sich an den Tisch, schlug das Kapitel über Besessenheit auf und begann zu suchen — zu suchen und zu lesen:

„Ein direktes Nebenprodukt des herrschenden Dämonenglaubens war ein Phänomen, das als Besessenheit bezeichnet wurde: ein Zustand, in dem viele Personen glaubten, ihr Körper und Geist werde entweder von einem Dämon (am häufigsten in dem erwähnten Zeitabschnitt) oder dem Geist eines Verstorbenen beherrscht, der in ihn gefahren sei. Es gibt keine Geschichtsperiode und keinen Erdteil, in dem dieses Phänomen, Berichten zufolge, nicht aufgetreten wäre, und zwar werden in den Berichten immer die gleichen Formulierungen verwendet. Trotzdem konnte es bis heute noch nicht ausreichend erklärt werden. Ungeachtet der großen Fortschritte, die die Psychiatrie gemacht hat, ist das Wissen über diesen Komplex seit Traugott Oesterreichs im Jahre 1921 veröffentlichter Studie nur unbedeutend erweitert worden."

Noch nicht ausreichend erklärt? Chris runzelte die Stirn. Nach allem, was die Ärzte sagten, hatte sie einen anderen Eindruck gewonnen.

„Bekannt ist lediglich folgendes: daß etliche Menschen in einem solchen Zustand eine so grundlegende Wesensveränderung erfahren haben, daß ihre Umgebung das Gefühl hatte, es mit einem anderen Menschen zu tun zu haben. Nicht nur die Stimme, die Angewohnheiten, der Gesichtsausdruck und die charakteristischen Bewegungen waren verändert, sondern auch die Person selbst hielt sich für einen ganz anderen Menschen, als sie es ursprünglich war: mit einem neuen Namen — menschlicher oder dämonischer Natur — und einer eigenen, neuen Vergangenheit . . ."

Die Symptome! Wo sind die Symptome? dachte Chris ungeduldig.

„. . . Im Malaiischen Archipel, wo die Besessenheit heute noch eine alltägliche Erscheinung ist, veranlaßt der Geist eines Toten den Besessenen häufig, seine Gesten, seine Stimme und seine Angewohnheiten so verblüffend genau zu imitieren, daß die Verwandten des Verstorbenen in Tränen ausbrechen. Doch abgesehen von der sogenannten Quasi-Besessenheit — in Fällen, die letztlich auf Täuschung, Paranoia und Hysterie zurückzuführen sind —, hat das Problem schon immer bei der Interpretation der Phänomene gelegen. Die älteste Interpretation ist die spiritualistische — die noch von der Tatsache bestärkt wird, daß die eingedrungene Persönlichkeit Fähigkeiten besitzen kann, die der ersten vollkommen fremd sind. Bei der dämonischen Form der Besessenheit, zum Beispiel, kann der ‚Dämon' in Sprachen reden, die der ursprünglichen Persönlichkeit unbekannt sind ..."

Da! Wenigstens etwas! Regans Kauderwelsch! Der Versuch zu einer Sprache? Rasch las sie weiter.

„... oder verschiedene parapsychische Phänomene vollbringen, zum Beispiel Telekinese: das Bewegen von Gegenständen ohne Anwendung materieller Kraft."

Das Klopfen? Das Aufundabwerfen auf dem Bett?

„... In Fällen von Besessenheit durch Tote treten ebenfalls Manifestationen auf, wie etwa in Oesterreichs Bericht über einen Mönch, der in der Besessenheit auf einmal zu einem begabten, brillanten Tänzer wurde, obwohl er vor seiner Besessenheit niemals Gelegenheit gehabt hatte, auch nur einen einzigen Tanzschritt zu tun. Diese Manifestationen sind zuweilen so eindrucksvoll, daß der Psychiater Jung nach dem Studium eines Falles aus erster Hand nur eine unzulängliche Erklärung für das abgeben konnte, was — dessen war er gewiß — ‚kein Schwindel gewesen sein konnte' ..."

Beunruhigend! Der Ton dieses Textes war beunruhigend.

„... und William James, der größte Psychologe, den Amerika jemals hervorgebracht hat, postulierte die ‚Glaubwürdigkeit der spiritualistischen Interpretation des Phänomens', nachdem er eingehend das sogenannte ‚Watseka-Wunder' studiert hatte: ein Mädchen im Teenageralter aus Watseka, Illinois, das unverkennbar die Persönlichkeit eines Mädchens namens Mary Roff angenommen hatte. Mary Roff war zwölf Jahre vor dem Auftreten der Besessenheit in einer staatlichen Irrenanstalt gestorben ..."

Chris war so sehr in die Lektüre vertieft, daß sie die Haustürklingel nicht vernahm, nicht hörte, wie Sharon ihr Tippen unterbrach, um aufmachen zu gehen.

„Die dämonische Form der Besessenheit hat, vermutet man, ihren Ursprung in der frühen Christenheit; tatsächlich aber datieren sowohl Besessenheit als auch Exorzismus bis in die Zeit vor Christus zurück. Nicht nur die alten Ägypter, sondern auch die frühesten Kulturen an Euphrat und Tigris waren der Überzeugung, daß körperliche und geistige Störungen durch Einfahren eines Dämons in den Körper verursacht wurden. Hier zum Beispiel die Exorzismusformel gegen Kinderkrankheiten im alten Ägypten: „Weiche, Du, der Du in Dunkelheit kommst, dessen Nase rückwärts gerichtet ist, dessen Gesicht auf dem Kopfe steht. Bist Du gekommen, dieses Kind zu küssen? Ich werde nicht dulden, daß Du ..."

„Chris?"

Völlig versunken las sie weiter. „Ich habe jetzt keine Zeit, Sharon."

„Da ist ein Beamter vom Morddezernat. Er will dich sprechen."

„Mein Gott, Sharon! Sag ihm doch einfach, er soll ..."

Sie unterbrach sich.

„Nein, warte!" Stirnrunzelnd starrte Chris auf ihr Buch. „Nein, sag ihm, er soll hereinkommen. Führ ihn herein."

Schritte.

Warten.

Worauf warte ich? fragte sich Chris. Sie war von einem Gefühl der Erwartung erfaßt, das sie zwar kannte, aber nicht identifizieren konnte — wie ein Traum, an den man sich nicht erinnern kann.

Er kam mit Sharon, den Hutrand in der Hand, keuchend, watschelnd, ehrerbietig. „Verzeihen Sie. Sie haben zu tun. Sie haben zu tun, und ich störe Sie.“

„Wie geht's der Welt?“

„Schlecht, sehr schlecht. Und wie geht's der Tochter?“

„Unverändert.“

„Das tut mir leid. Das tut mir aufrichtig leid.“ Er war, ein Koloß, am Tisch stehengeblieben; seine Augen verrieten Mitgefühl. „Wissen Sie, ich würde Sie ja nicht stören. Ihre Tochter ... so große Sorgen ... Weiß Gott, als meine Ruthie ... Ach nein, nein, nein, es war ja Sheila, meine kleine ...“

„Bitte, setzen Sie sich“, fiel Chris ihm ins Wort.

„O ja — gern“, seufzte er dankbar und senkte seinen unförmigen Körper auf einen Stuhl, der Sharon, die wieder zu tippen begonnen hatte, am Tisch gegenüberstand.

„Verzeihung. Sie sagten?“ fragte Chris den Kriminalbeamten.

„Nun ja, meine Tochter ... Aber lassen wir das!“ Er winkte ab. „Sie haben zu tun. Wenn ich erst anfange, erzähle ich Ihnen meine ganze Lebensgeschichte. Dann könnten Sie einen Film draus machen. Wirklich unglaublich! Wenn Sie nur die Hälfte von dem wüßten, was sich in meiner verrückten Familie alles zugetragen hat! Zum Beispiel, wissen Sie, wie mein ... Ach nein, Sie haben zu tun. Aber eine! Eine muß ich Ihnen einfach erzählen. Von meiner Mutter. Jeden Freitag macht sie für uns gefüllten Fisch. Schön und gut, aber die ganze Woche lang kann niemand baden, weil meine Mutter den Karpfen in die Wanne gesetzt hat, und da drin schwimmt er nun, hin und her, hin und her, die ganze Woche lang, weil meine Mutter behauptet, das spült das Gift aus seinem Körper heraus! Verstehen Sie? Es ist nämlich ... Nein, das ist genug. Genug.“ Er seufzte erschöpft und machte eine abschließende Handbewegung. „Hin und wieder ein bißchen Lachen hindert am Weinen.“

Chris sah ihn ausdruckslos an. Sie wartete ...

„Ah, Sie lesen!“ Er warf einen Blick auf das Buch über die Hexerei. „Für einen Film?“ erkundigte er sich.

„Nein. Nur so.“

„Ist es gut?“

„Ich habe gerade erst angefangen.“

„Hexerei ...“, murmelte er, den Kopf schiefgelegt, um den Titel vom oberen Rand der Seite ablesen zu können.

„Was ist denn los?“ fragte ihn Chris.

„Ach ja, tut mir leid. Sie haben zu tun. Sie haben zu tun. Ich komme zur Sache. Wie gesagt, ich hätte Sie ja nicht gestört, aber ...“

„Was — aber?“

Er machte auf einmal ein sehr ernstes Gesicht und legte die gefalteten Hände auf die Tischplatte. „Nun, Mrs. MacNeil, es geht um Mr. Dennings ...“

„Ja?“

„Verdammt!“ fluchte Sharon ärgerlich und riß einen Brief aus der Schreibmaschine. Sie knüllte das Blatt wütend zusammen und warf es in Richtung auf einen Papierkorb, der neben Kinderman stand. „Oh, Verzeihung!“ entschuldigte sie sich, als sie merkte, daß sie mit ihrem Zornesausbruch das Gespräch unterbrochen hatte.

Chris und Kinderman starrten sie an.

„Sie sind Miß Fenster?“ wandte sich Kinderman nun an sie.

„Spencer“, berichtigte Sharon, die ihren Stuhl zurückschob, um aufzustehen und den Brief wieder zu holen.

„Lassen Sie nur!“ Kinderman bückte sich und hob das zerknüllte Papier vom Fußboden auf, wo es neben seinem Fuß liegengeblieben war.

„Danke“, sagte Sharon.

„Bitte. Verzeihen Sie — sind Sie die Sekretärin?“

„Sharon, das ist ...“

„Kinderman“, stellte der Kriminalbeamte sich selber vor. „William Kinderman.“

„Ganz recht. Das ist Sharon Spencer.“

„Sehr angenehm“, versicherte Kinderman der Blondine, die jetzt ihre Arme auf der Schreibmaschine verschränkte und ihn neugierig musterte. „Vielleicht können Sie mir helfen“, fügte er dann hinzu. „Sie sind doch am Abend von Mr. Dennings' Ableben zur Apotheke gefahren und haben ihn allein im Haus zurückgelassen. Ist das richtig?“

„Nicht ganz. Regan war ebenfalls hier.“

„Das ist meine Tochter“, erläuterte Chris.

Kinderman fuhr fort, Sharon auszufragen. „Er wollte Mrs. MacNeil besuchen?“

„Ja.“

„Erwartete er sie bald zurück?“

„Ja. Ich sagte ihm, daß sie bestimmt bald nach Hause kommen werde.“

„Sehr gut. Und wieviel Uhr war es, als Sie das Haus verließen? Können Sie sich daran erinnern?“

„Warten Sie ... Ich hatte gerade die Nachrichten gesehen, also muß es wohl ... Nein, stimmt nicht. Ich erinnere mich, daß ich mich ärgerte, weil der Apotheker gesagt hatte, der Laufjunge sei schon nach Hause gegangen. Ich weiß noch genau, daß ich sagte: Na, hören Sie, oder so etwas Ähnliches, es sei doch erst halb sieben. Ungefähr zehn, zwanzig Minuten später kam dann Burke.“

„So daß er, wenn man den Mittelwert nimmt, um etwa achtzehn Uhr fünfundvierzig gekommen sein muß“, sagte der Kriminalbeamte.

„Was soll das eigentlich alles?“ erkundigte sich Chris, deren Nervenspannung allmählich stieg.

„Nun, es erhebt sich da eine Frage, Mrs. MacNeil“, keuchte Kinderman, ihr sein Gesicht zuwendend. „Um, sagen wir, Viertel vor sieben hier anzukommen und zwanzig Minuten später schon wieder zu gehen ...“

„Oh, das war typisch Burke“, unterbrach ihn Chris. „Das paßte zu ihm.“

„Paßte es auch zu Mr. Dennings, daß er die Bars an der M-Street besuchte?“ wollte Kinderman wissen.

„Nein.“

„Das habe ich mir gedacht. Ich habe das nämlich überprüft. Aber paßte es nicht ebenfalls zu ihm, ein Taxi zu nehmen? Hätte er nicht eines bestellt, wenn er gehen wollte?“

„Doch, ja. Das hätte er.“

„Dann fragt man sich doch, nicht wahr, was er zu Fuß oben an dieser Treppe zu suchen hatte. Und außerdem fragt man sich, wieso die Taxizentrale an jenem Abend keinen Anruf aus diesem Haus verzeichnet hat — außer einem einzigen, auf den hin sich Miß Spencer hier um Punkt achtzehn Uhr siebenundvierzig abholen ließ.“

„Ich weiß es nicht“, antwortete Chris. Ihre Stimme klang vollkommen tonlos. Sie wartete ...

„Dann wußten Sie das ja alles schon!“ Sharon starrte den Detektiv verwundert an.

„Ja, stimmt. Verzeihen Sie mir“, bat der Kriminalbeamte. „Die Situation ist nämlich jetzt ernst geworden.“

Chris atmete flach; sie maß den Inspektor mit festem Blick. „Inwiefern?“ fragte sie. Die Stimme, die aus ihrer Kehle drang, klang dünn.

Er beugte sich über die immer noch auf dem Tisch gefalteten Hände, die den zusammengeknüllten Ball Schreibmaschinenpapier hielten. „Der Bericht des Pathologen, Mrs. MacNeil, scheint zwar zu beweisen, daß Mr. Dennings’ Tod durchaus auf einen Unfall zurückzuführen sein kann. Jedoch ...“

„Wollen Sie etwa behaupten, daß er ermordet wurde?“ Chris richtete sich steif auf.

„Die Stellung ... Also, ich weiß, wie schmerzlich das für Sie sein muß ...“

„Reden Sie weiter!“

„Die Stellung von Dennings’ Kopf und gewisse Risse der Halsmuskulatur würden ...“

„O Gott!“ Chris war zusammengezuckt.

„Ja, ja, es ist schmerzlich. Tut mir leid; tut mir sehr

leid. Aber sehen Sie, dieser Zustand ... Wir können uns die Einzelheiten ersparen, aber niemals hätte sich Mr. Dennings in diesem Zustand befinden können, wenn er nicht erst ein Stück — sagen wir, etwa zehn Meter — gefallen wäre, bevor er auf die Stufen aufschlug. So wäre es also, offen gestanden, durchaus möglich ... Na ja, ich möchte Ihnen gern ein paar Fragen stellen."

Er wandte sich an Sharon, die stirnrunzelnd zuhörte. „Als Sie fortgingen, war Mr. Dennings — wo? Bei dem Kind?"

„Nein, hier unten im Arbeitszimmer. Er schenkte sich gerade einen Drink ein."

„Würde sich Ihre Tochter" — er wandte sich wieder an Chris — „daran erinnern, ob Mr. Dennings an jenem Abend in ihrem Zimmer war?"

„Warum fragen Sie?"

„Bitte: Könnte sich Ihre Tochter daran erinnern?"

„Nein. Ich sagte Ihnen ja schon, daß sie unter schweren Beruhigungsmitteln stand und ..."

„Ja, ja, das sagten Sie. Stimmt. Ich erinnere mich. Aber vielleicht ist sie wach geworden, nicht wahr, und ..."

„Unmöglich."

„Stand sie auch unter Beruhigungsmitteln, als wir uns das letztemal unterhielten?" unterbrach er sie.

„Hm — ja. Das war tatsächlich der Fall", entsann sich Chris. „Wieso?"

„Ich dachte, ich hätte sie an jenem Tag am Fenster gesehen."

„Sie müssen sich irren."

Er zuckte mit den Achseln. „Mag sein. Vielleicht. Ich bin nicht sicher."

„Hören Sie — warum stellen Sie uns all diese Fragen?" wollte Chris wissen.

„Nun, wie ich schon sagte, ist es durchaus möglich, daß der Verstorbene so betrunken war, daß er stolperte und aus dem Schlafzimmerfenster Ihrer Tochter fiel."

Chris schüttelte den Kopf. „Unmöglich. Ausgeschlossen. Denn erstens war das Fenster immer zu, und zweitens war Burke zwar immer betrunken, aber nie unsicher auf den Beinen. Nicht im geringsten. Stimmt's, Shar?"

„Stimmt."

„Burke hat sogar Regie geführt, wenn er voll war. Wieso hätte er also hier stolpern und aus dem Fenster fallen sollen?"

„Erwarteten Sie an jenem Abend vielleicht außerdem noch Besuch?" erkundigte er sich.

„Nein."

„Haben Sie Freunde, die unvermutet hier auftauchen könnten?"

„Nur Burke. Warum?"

Der Kriminalbeamte senkte den Kopf, schüttelte ihn und starrte stirnrunzelnd auf das zerdrückte Papier in seinen Händen. „Sonderbar ... So unbegreiflich." Er seufzte erschöpft. „Unbegreiflich ..." Dann hob er den Kopf, um Chris anzusehen. „Der Verstorbene kommt zu Besuch, bleibt nur zwanzig Minuten, geht, ohne Sie überhaupt gesehen zu haben, und läßt ein sehr krankes Kind allein im Haus. Und, offen gestanden, Mrs. MacNeil, genau wie Sie sagten: Es ist unwahrscheinlich, daß er aus dem Fenster gefallen ist. Außerdem würden die Verletzungen an seinem Hals bei einem Sturz in höchstens einem von tausend Fällen auftreten." Er deutete mit dem Kopf auf das Hexenbuch. „Haben Sie in dem Buch da etwas über Ritualmorde gelesen?"

Von einer eiskalten Ahnung erfaßt, schüttelte Chris den Kopf.

„Vielleicht nicht in diesem Buch", sagte er. „Aber — bitte, verzeihen Sie mir, ich erwähne dies nur, damit Sie vielleicht ein bißchen gründlicher nachdenken: Als der arme Mr. Dennings gefunden wurde, war ihm der Hals umgedreht worden, so wie es bei Ritualmorden durch sogenannte Dämonen geschieht, Mrs. MacNeil."

Chris wurde schneeweiß.

„Mr. Dennings wurde von einem Geisteskranken getötet“, fuhr der Kriminalbeamte, die Augen fest auf Chris geheftet, dann fort. „Ich hatte Ihnen das zunächst verschwiegen, um Ihnen den Schmerz zu ersparen. Außerdem kann es sich, technisch gesehen, immer noch um einen Unfall handeln. Ich selber bin aber nicht dieser Meinung. Das habe ich so im Gefühl. Ich glaube vielmehr, daß er von einem sehr starken Mann umgebracht wurde: Punkt eins. Und der Schädelbruch — Punkt zwei —, zusammen mit den verschiedenen Dingen, die ich bereits erwähnt habe, lassen es sehr gut möglich erscheinen — möglich, nicht sicher —, daß der Verstorbene zuerst getötet und erst danach aus dem Fenster Ihrer Tochter gestoßen wurde. Aber es war ja außer Ihrer Tochter niemand im Haus. Wie könnte das also sein? Nein, möglich wäre es höchstens, daß jemand zwischen dem Zeitpunkt, zu dem Miß Spencer das Haus verließ, und dem Zeitpunkt, da Sie, Mrs. MacNeil, zurückkamen, hereingekommen ist. Nicht wahr? Vielleicht. Und jetzt möchte ich Sie noch einmal fragen — bitte: Wer könnte das gewesen sein?“

„Eine Sekunde!“ flüsterte Chris heiser und völlig verstört.

„Ja, natürlich. Es tut mir leid. Es ist sehr schmerzlich für Sie. Und vielleicht tippe ich überhaupt daneben. Diese Möglichkeit gebe ich zu. Aber bitte, wollen Sie jetzt überlegen, wer? Können Sie mir sagen, wer gekommen sein kann?“

Chris hatte den Kopf gesenkt und dachte stirnrunzelnd nach. Dann sah sie wieder zu Kinderman auf. „Nein. Nein, es gibt niemanden.“

„Dann wissen vielleicht Sie mehr, Miß Spencer? Ist jemand gekommen, um Sie zu besuchen?“

„Nein, niemand“, antwortete Sharon mit geweiteten Augen.

Chris wandte sich an die Sekretärin. „Weiß der Reiter, wo du wohnst?“

„Der Reiter?“ fragte Kinderman.

„Sharons Freund", erklärte Chris.

Die Blondine schüttelte den Kopf. „Er ist noch nie hierher gekommen. Außerdem war er an jenem Abend in Boston. Auf einer Tagung."

„Ist er Vertreter?"

„Nein, Rechtsanwalt."

Der Kriminalbeamte wandte sich wieder an Chris. „Und die Angestellten? Haben die gelegentlich Besuch?"

„Nein. Nie."

„Erwarteten Sie an jenem Tag ein Paket? Irgendeinen Lieferanten?"

„Nicht daß ich wüßte. Warum?"

„Nun, Mr. Dennings war ... Man soll ja nicht schlecht von den Toten reden, er möge in Frieden ruhen. Aber wie Sie sagten: Wenn er getrunken hatte, war er ein bißchen ... na ja, nennen wir es leicht erregbar. Zweifellos in der Lage, einen Streit vom Zaun zu brechen, jemanden zu reizen, in diesem Fall vielleicht einen Boten, der kam, um etwas abzuliefern. Also: Erwarteten Sie etwas? Sachen von der Reinigung vielleicht? Eine Lebensmittellieferung? Spirituosen? Ein Paket?"

„Ich weiß es wirklich nicht", antwortete Chris. „Das macht alles Karl."

„Ach so!"

„Wollen Sie ihn fragen?"

Der Kriminalbeamte lehnte sich seufzend auf seinem Stuhl zurück und steckte die Hände in die Manteltaschen. Dann starrte er finster auf das Hexenbuch. „Lassen Sie nur, lassen Sie nur. Ist sowieso nur eine entfernte Möglichkeit. Sie haben eine sehr kranke Tochter, und ... Nein, lassen Sie nur." Er winkte ab und erhob sich mühsam. „War nett, Sie kennenzulernen, Miß Spencer."

„Ebenfalls." Sharon nickte geistesabwesend.

„Unbegreiflich", sagte Kinderman kopfschüttelnd. „Sehr merkwürdig." Er konzentrierte sich offenbar auf einen bestimmten Gedanken. Als Chris ebenfalls aufstand, sah er sie an. „Nun, Mrs. MacNeil, es tut mir leid, Sie umsonst belästigt zu haben. Verzeihen Sie mir."

„Kommen Sie, ich bringe Sie hinaus", sagte Chris gedankenverloren.

„Machen Sie sich keine Umstände."

„Das sind keine Umstände."

„Nun, wenn Sie darauf bestehen ... Übrigens", sagte er, als sie die Küche verließen, „ich weiß zwar, die Chance steht eins zu einer Million, aber Ihre Tochter ... Könnten Sie sie nicht vielleicht doch einmal fragen, ob sie Mr. Dennings an jenem Abend in ihrem Zimmer gesehen hat?"

Chris hatte im Gehen die Arme verschränkt. „Mr. Kinderman, Burke Dennings hatte da oben überhaupt nichts zu suchen."

„Das weiß ich. Das ist mir klar. Doch wenn gewisse britische Ärzte niemals gefragt hätten: ‚Was ist das für ein Pilz?', dann hätten wir heute kein Penicillin. Stimmt's? Bitte, fragen Sie sie. Werden Sie das für mich tun?"

„Wenn sie sich wohl genug fühlt — gut. Dann werde ich sie danach fragen."

„Kann keinesfalls schaden. Aber jetzt ..." Sie waren an der Haustür angekommen, und Kinderman zögerte verlegen. Er legte befangen die Hand an den Mund. „Wissen Sie, ich bitte Sie ja nicht gern darum, aber ..."

Chris machte sich auf einen weiteren Schock gefaßt; die böse Vorahnung ließ wieder ihr Blut prickeln. „Ja, bitte?"

„Für meine Tochter ... Würden Sie mir ein Autogramm geben?" Er war knallrot geworden, und Chris hätte beinahe erleichtert aufgelacht: über sich selbst, über ihre Verzweiflung und über die Menschheit überhaupt.

„Aber natürlich! Haben Sie einen Bleistift?" gab sie zurück.

„Hier ist einer." Er zog den zerkauten Bleistiftstummel aus der Manteltasche, während er mit der anderen Hand in die Jacke langte und eine Visitenkarte hervorholte. „Sie würde sich sehr darüber freuen", meinte er, als er Chris beides überreichte.

„Wie heißt die Kleine?“ erkundigte sich Chris, die schon die Karte an die Tür gelegt hatte und den Bleistiftstummel zückte. Auf ihre Frage folgte ein lastendes Schweigen; nur Kindermans keuchender Atem war zu hören. Sie drehte sich um. Und entdeckte in den Augen des Detektivs einen schweren Kampf.

„Ich habe gelogen“, rang er sich dann endlich ab. Seine Augen blickten verzweifelt und trotzig zugleich. „Es ist für mich.“

Er starrte angestrengt auf die Karte und errötete. „Schreiben Sie ‚Für William — William Kinderman‘. Der Name steht auf der Vorderseite.“

Chris musterte ihn mit plötzlich aufkeimender Zuneigung, sah nach, wie sich der Name schrieb und kritzelte: ‚William F. Kinderman, ich liebe Sie!‘ Und ihren Namen. Dann gab sie ihm die Karte zurück, und er steckte sie, ohne die Widmung zu lesen, schnell in die Tasche.

„Sie sind eine sehr nette Dame“, erklärte er ihr mit abgewandtem Blick ein wenig schüchtern.

„Und Sie sind ein sehr netter Mann.“

Seine Röte vertiefte sich. „Nein, das bin ich nicht. Ich störe immer.“ Er machte die Tür auf. „Vergessen Sie, was ich Ihnen heute gesagt habe. Es ist zu beunruhigend. Vergessen Sie es. Kümmern Sie sich nur um Ihre Tochter.“

Chris nickte; als Kinderman auf die Vortreppe hinaustrat und seinen Hut aufsetzte, nahm ihre Verzagtheit wieder zu.

„Aber Sie werden sie doch fragen, nicht wahr?“ vergewisserte er sich noch einmal, indem er sich bereits abwandte.

„Ja“, flüsterte Chris. „Das verspreche ich Ihnen.“

„Na, dann auf Wiedersehen.“

Leise schloß sie die Tür. Und machte sie sofort wieder auf, weil er noch einmal angeklopft hatte.

„Wie dumm von mir! Ich bin wirklich lästig. Ich habe meinen Bleistift vergessen.“ Er grinste entschuldigend.

Chris starrte verwundert auf den Stummel in ihrer Hand, lächelte schwach und gab ihn dem Kriminalbeamten.

„Und noch etwas ..." Er zögerte. „Es ist zwar sinnlos, das weiß ich ... Es ist lästig, es ist dumm ... Aber ich weiß genau, daß ich nicht schlafen kann, wenn ich denken müßte, daß da ein Wahnsinniger frei herumläuft oder ein Rauschgiftsüchtiger, und ich hätte nicht jeden winzigsten Punkt geklärt. Meinen Sie, daß ich ... Nein, nein, es ist einfach zu dumm, es ist ... Ja, doch. Ich muß es trotzdem tun. Könnte ich bitte ganz kurz mit Mr. Engstrom sprechen? Die Lieferanten ... Die Frage der Lieferanten. Ich muß wirklich ..."

„Aber gern. Kommen Sie!" sagte Chris resigniert.

„Nein, nein, Sie haben zu tun. Es ist genug. Ich kann mich hier draußen mit ihm unterhalten. Hier draußen geht es ganz ausgezeichnet. Wirklich!"

Er lehnte sich ans Treppengeländer.

„Wenn Sie darauf bestehen ..." Chris lächelte dünn. „Er ist bei Regan. Ich werde ihn herunterschicken."

„Ich bin Ihnen sehr dankbar."

Eilig schloß Chris die Tür. Eine Minute später machte Karl sie wieder auf. Die Hand am Knauf, damit sie nicht zufiel, trat er auf die Vortreppe hinaus. Er stand steif aufgerichtet da und sah Kinderman mit klaren, kühlen Augen an. „Ja?" fragte er, ohne die Miene zu verziehen.

„Sie haben das Recht, die Aussage zu verweigern", sagte Kinderman mit stahlhartem Blick. „Sollten Sie nicht auf diesem Recht bestehen", ratterte er rasch, mit monotoner, drohender Stimme herunter, „kann und wird alles, was Sie sagen, vor Gericht gegen Sie verwendet werden. Sie haben das Recht, mit einem Anwalt zu sprechen und auf Anwesenheit dieses Anwalts während der Vernehmung zu bestehen. Wünschen Sie das, können sich aber keinen leisten, so wird Ihnen vor der Vernehmung kostenlos ein Anwalt zur Verfügung gestellt. Haben Sie Ihre Rechte verstanden?"

In den Zweigen des Holunderbaumes zwitscherten die Vögel, und der Verkehrslärm der M-Street drang gedämpft wie das Summen der Bienen auf einer fernen Wiese zu ihnen herauf. Ohne mit der Wimper zu zucken, antwortete Karl mit starrem Blick: „Ja."

„Verzichten Sie auf das Recht, die Aussage zu verweigern?"

„Ja."

„Verzichten Sie auf das Recht, mit einem Anwalt zu sprechen und ihn bei der Vernehmung bei sich zu haben?"

„Ja."

„Haben Sie früher angegeben, am achtundzwanzigsten April, dem Abend des Todes von Mr. Dennings, einen Film gesehen zu haben, der im ‚Crest' gezeigt wurde?"

„Ja."

„Und um welche Zeit haben Sie das Theater betreten?"

„Das weiß ich nicht mehr."

„Sie sagten früher, daß Sie die Sechsuhrvorstellung besucht hätten. Hilft Ihnen das, sich zu erinnern?"

„Ja. Ja, die Sechsuhrvorstellung. Ich erinnere mich."

„Und haben Sie den Film von Anfang an gesehen?"

„Ja."

„Und haben Sie das Theater nach Ende des Filmes erst wieder verlassen?"

„Ja."

„Nicht eher?"

„Nein. Ich habe den ganzen Film gesehen."

„Und nach dem Verlassen des Theaters bestiegen Sie vor dem Theater den D. C. Transit-Bus und stiegen an der Ecke M-Street und Wisconsin Avenue um ungefähr einundzwanzig Uhr zwanzig wieder aus?"

„Ja."

„Und gingen sofort nach Hause?"

„Ich ging nach Hause."

„Und erreichten dieses Haus um schätzungsweise einundzwanzig Uhr dreißig?"

„Ich war genau um halb zehn hier", antwortete Karl.

„Sind Sie ganz sicher?"

„Ja. Ich habe auf die Uhr geschaut. Ich bin ganz sicher."
„Und Sie haben den Film bis zum Schluß gesehen?"
„Das sagte ich. Ja."
„Ihre Antworten werden elektronisch aufgezeichnet, Mr. Engstrom. Ich möchte, daß Sie ganz sicher sind."
„Ich bin ganz sicher."
„Haben Sie Kenntnis von einem Wortwechsel zwischen einer Platzanweiserin und einem betrunkenen Besucher, der während der letzten fünf Minuten des Filmes stattfand?"
„Ja."
„Können Sie mir den Grund für diesen Wortwechsel nennen?"
„Der Mann war betrunken und machte Lärm."
„Und was geschah dann mit ihm?"
„Er mußte raus. Sie haben ihn rausgeworfen."
„Es gab keinen derartigen Zwischenfall. Ist Ihnen außerdem bekannt, daß es während der Sechsuhrvorstellung eine technische Störung gab, die schätzungsweise fünfzehn Minuten dauerte und eine Unterbrechung in der Filmvorführung verursachte?"
„Nein."
„Erinnern Sie sich, daß die Zuschauer buhten?"
„Nein. Nicht. Keine Unterbrechung."
„Sind Sie ganz sicher?"
„Es gab nichts."
„Es gab doch etwas, wie die Aufzeichnungen des Filmvorführers bestätigen. Der Film endete an jenem Abend nicht um zwanzig Uhr vierzig, sondern um etwa zwanzig Uhr fünfundfünfzig, so daß der nächste Bus, mit dem Sie vom Kino abfahren konnten, nicht um einundzwanzig Uhr zwanzig, sondern erst um einundzwanzig Uhr fünfundvierzig an der Ecke M-Street und Wisconsin Avenue sein konnte, und Sie daher auch erst um etwa fünf Minuten vor zehn und nicht um einundzwanzig Uhr dreißig im Haus gewesen sein konnten, wie mir Mrs. MacNeil ja auch bestätigt hat. Möchten Sie mir diese Diskrepanz bitte erklären?"

Karl verlor nicht einen Augenblick die Haltung und blieb auch unbewegt, als er dem Kriminalbeamten stur antwortete: „Nein."

Kinderman starrte ihn sekundenlang schweigend an; dann seufzte er und senkte den Kopf, während er den Apparat abschaltete, der in seinem Mantelfutter verborgen war. Erst nach einer Weile hob er den Blick wieder zu Karl. „Mr. Engstrom", begann er in verständnisvollem Ton, „es ist ein schweres Verbrechen verübt worden. Sie stehen unter Verdacht. Wie ich von anderer Seite erfahren habe, pflegte Mr. Dennings Sie zu beschimpfen. Und eindeutig haben Sie über Ihren Aufenthaltsort zum Zeitpunkt seines Todes die Unwahrheit gesagt. Nun kommt es gelegentlich vor — wir sind ja alle Menschen —, daß ein verheirateter Mann doch irgendwo war, wo er nach seiner Behauptung nicht gewesen ist. Wie Sie bemerkt haben werden, habe ich es so eingerichtet, daß wir uns unter vier Augen sprechen können. Ohne Zuhörer. Ohne Ihre Frau. Außerdem wird unser Gespräch jetzt nicht aufgezeichnet. Der Apparat ist abgeschaltet. Sie können mir vertrauen. Falls Sie also an jenem Abend mit einer anderen Frau zusammen waren, dann können Sie es mir ruhig sagen. Ich werde das überprüfen lassen, Sie sind diesen Ärger los, und Ihre Frau wird nichts erfahren. Wollen Sie mir nun sagen, wo Sie sich aufhielten, als Dennings starb?"

Ganz kurz schien tief in Karls Augen etwas aufzuflackern, war aber sofort darauf wieder erloschen.

„Im Kino", stieß er zwischen den zusammengebissenen Zähnen hervor.

Der Kriminalbeamte musterte ihn ruhig und stumm; bis auf seinen keuchenden Atem war nicht der geringste Laut zu hören. Sekunden tickten vorüber.

„Werden Sie mich jetzt verhaften?" fragte Karl zuletzt mit einer kaum wahrnehmbar zitternden Stimme in dieses Schweigen hinein.

Der Inspektor antwortete nicht, sondern fuhr fort, ihn

still anzusehen, und stieß sich, als Karl Anstalten machte, noch etwas zu sagen, unvermittelt vom Geländer ab. Die Hände tief in den Taschen vergraben, watschelte er langsam zum Streifenwagen hinab. Sein Gang war gelassen, und er betrachtete seine Umgebung links und rechts beharrlich wie ein interessierter Besucher, der die Stadt noch nicht kannte.

Von der Vortreppe aus sah Karl ihm mit steinerner Miene nach. Kinderman öffnete den Wagenschlag, griff nach einer Packung Kleenex, die auf dem Armaturenbrett befestigt war, zog ein Tuch heraus und schnaubte sich die Nase, während er müßig über den Fluß hinaussah, als überlegte er, wo er zu Mittag essen solle. Dann stieg er ein, ohne sich noch einmal umzusehen.

Als der Streifenwagen um die Ecke der Thirty-fifth Street bog, fiel Karls Blick auf seine Hand, die nicht auf dem Türknauf lag. Er sah, daß sie zitterte.

Chris hörte, wie die Haustür geschlossen wurde. Sie stand an der Bar des Arbeitszimmers und goß mit düsterer Miene Wodka über einige Eiswürfel. Schritte. Karl stieg die Treppe hinauf. Sie nahm ihr Glas und kehrte, den Wodka mit dem Zeigefinger umrührend, geistesabwesend in die Küche zurück. Irgend etwas ... irgend etwas Drohendes lag in der Luft. Wie der Lichtschein eines Zimmers, der unter der Tür durchsickert, so kroch der Schimmer einer bevorstehenden Gefahr in das Dunkel ihrer Gedanken. Was lag hinter dieser Tür? Was?

Sie kam in die Küche, setzte sich an den Tisch und trank aus ihrem Glas.

Ich glaube, daß er von einem sehr starken Mann umgebracht wurde ...

Ihr Blick fiel auf das Hexenbuch.

Irgend etwas ...

„Ziemlich unheimlich", murmelte Sharon, die Fingerspitzen leicht auf die Tasten gelegt, den Blick auf dem Stenoblock neben der Maschine.

Keine Antwort. Unruhe hing im Raum. Chris nippte geistesabwesend an ihrem Drink.

Sharon durchbrach die Stille mit leiser, nervöser Stimme. „Da unten, an der Ecke M-Street und Wisconsin Avenue, gibt es eine Menge Hippie-Lokale. Rauschgiftsüchtige, Okkultisten. Die Polizei nennt sie die ‚Höllenhunde'." Sie hielt inne, als erwartete sie eine Antwort; den Blick hatte sie immer noch auf ihre Stenonotizen gerichtet. Dann fuhr sie fort: „Ich möchte wissen, ob Burke vielleicht ..."

„Himmel, Shar, hör auf damit", fuhr Chris hoch. „Ich habe genug Probleme mit Rags. Tu mir den Gefallen." Sie hatte die Augen geschlossen. Ihre Hände umkrampften das Buch.

Sharon konzentrierte sich sofort wieder auf die Schreibmaschine und tippte den Text in hektischem Tempo herunter. Dann sprang sie plötzlich auf und lief zur Tür. „Ich gehe spazieren", erklärte sie kalt.

„Bleib mir nur ja von der M-Street weg!" knurrte Chris, den Blick starr auf das Buch geheftet, finster hinter ihr her.

„Okay."

Chris hörte, wie die Haustür geöffnet wurde und wieder ins Schloß fiel. Sie seufzte, litt flüchtig unter Gewissensbissen. Aber der kleine Zusammenstoß hatte ihre Nervenanspannung ein wenig gelöst. Nicht ganz allerdings. Der Lichtschein im Dunkel war, wenn auch nur schwach, noch immer da.

Sie holte tief Luft und versuchte sich auf das Buch zu konzentrieren. Sie suchte die Stelle, an der sie aufgehört hatte, wurde ungeduldig, blätterte hastig durch die Seiten, überflog sie, fahndete nach einer Beschreibung von Regans Symptomen. „... dämonische Besessenheit ... Syndrom ... Fall eines achtjährigen Mädchens ... anomal ... vier starke Männer, um es festzuhalten ..."

Wieder schlug sie eine Seite um — und erstarrte.

Geräusche. Willie kam vom Einkaufen zurück.

„Willie? ... Willie?" fragte Chris tonlos.

„Ja, Madam", antwortete Willie, die ihre Tüten absetzte. Ohne aufzuschauen, hielt Chris das Buch in die Höhe. „Willie, haben Sie dieses Buch ins Arbeitszimmer gestellt?"

Willie warf einen Blick auf das Buch und nickte. Dann drehte sie sich wieder um, weil sie die Tüten auspacken wollte.

„Willie, wo haben Sie dieses Buch gefunden?"

„Oben im Schlafzimmer", antwortete Willie, während sie den Speck im Fleischfach des Kühlschranks verstaute.

„In welchem Schlafzimmer?"

„Bei Miß Regan. Ich habe es beim Saubermachen unterm Bett gefunden."

„Wann haben Sie es da gefunden?" fragte Chris, ohne den Blick von den Buchseiten zu wenden.

„Als alle in der Klinik waren, Madam; als ich in Regans Schlafzimmer Staub gesaugt habe."

„Sind Sie ganz sicher?"

„Ja, ich bin sicher, Madam. Ich bin ganz sicher."

Chris rührte sich nicht, wagte nicht zu atmen: Die Erinnerung an ein offenes Fenster in Regans Schlafzimmer am Abend von Dennings' tödlichem Unfall überfiel sie. Stumm starrte sie die aufgeschlagene Buchseite an.

Vom Rand der Seite war ein schmaler Papierstreifen abgerissen worden.

Chris hob erst den Kopf, als oben in Regans Schlafzimmer Lärm entstand.

Ein rasches Klopfen, ein alptraumähnliches Dröhnen: wuchtig, wie ein Vorschlaghammer in einer Gruft.

Regan schrie.

Karl! Es war Karl, der Regan anbrüllte. Wütend.

Chris sprang auf und lief aus der Küche.

Mein Gott, was ist da los?

Außer sich vor Erregung rannte sie die Treppe empor, auf die Schlafzimmertür zu. Sie hörte einen Schlag, hörte jemanden stolpern, jemanden schwer zu Boden fallen, während ihre Tochter schrie: „Nein! O bitte nicht! Nein, o nein!"

Und dann brüllte Karl ... Nein! Nein, das war ja gar nicht Karl! Das war jemand anders! Ein dröhnender Baß!

Chris riß die Tür auf, stürzte ins Zimmer und blieb schreckensstarr stehen. Das wuchtige Klopfen ließ die Wände erzittern, Karl lag bewußtlos neben der Kommode, und Regan, die Beine gespreizt und angewinkelt, lag auf dem heftig wackelnden Bett und hielt mit in heftigem Krampf zitternden Händen das knochenweiße Kruzifix umklammert, während ihre Augen, die weit aus ihren Höhlen hervortraten, das Kruzifix anstarrten, starrende Augen in einem blutverschmierten Gesicht ... der nasogastrische Schlauch aus der Nase gerissen ...

„Bitte! Ach, bitte nicht!" kreischte sie, während ihre Hände das Kruzifix immer näher heranbrachten, obwohl sie sich deutlich bemühte, es fortzustoßen.

„Du tust, was ich sage, du Dreckstück! Du wirst es tun!"

Das drohende Gebrüll kam von Regan, deren Stimme auf einmal rauh und guttural geworden war, ihre Gesichtszüge plötzlich verzerrt zu jener gräßlichen, dämonischen Fratze von damals ... in der Hypnose ...

Und nun wechselten Gesichter und Stimmen in rascher Folge, während Chris wie versteinert dastand und zuhörte ...

„Nein!"

„Du wirst es tun!"

„Bitte nicht!"

„Du wirst, du Sau! Oder ich bringe dich um!"

„Bitte nicht!"

„O doch, dein Jesus kommt zu dir."

„Nein! Nein!"

„Du wirst ihn zu dir lassen ..."

Die weit aufgerissenen Augen Regans ... der Mund, der sich zum furchtbaren Angstschrei öffnet ... der Schrei, der in der schrecklichen Endgültigkeit noch im Rachen erstirbt ... die rauhe, ohrenbetäubende Stimme, die triumphiert: „Jetzt bist du mein, jetzt bist du mein. Jetzt ist dein

Jesus bei dir!" ... und das Blut auf dem Bettlaken ... das wiehernde, höhnische Lachen ... das Kind und das grausige Tun ...

Chris konnte sich nicht von der Stelle rühren. Sie stand wie erstarrt, die Hände gegen die Wangen gepreßt. Und dann entrang sich ihrer Kehle ein heiserer Schrei, sie stürzte zum Bett, griff blindlings nach dem Kruzifix, schrie, riß, rüttelte, während Regan die Mutter bei den Haaren packte, ihren Kopf hinunterzwang, gegen die Bettkante stieß, ihr Gesicht mit dem Blut besudelte.

„Ahhh, du kleine Ferkelmutter!" geiferte die rauhe, gutturale Stimme. Dann fuhr die Hand mit einem Ruck empor, den Kopf mit sich in die Höhe reißend, und der andere Arm versetzte Chris einen so starken Stoß, daß sie zurücktaumelte und gegen die Wand krachte. Regan lachte in brüllendem Hohn laut hinaus.

Halb ohnmächtig vor Entsetzen sank Chris auf dem Fußboden zusammen. Der Raum schien sich um sie zu drehen, die Geräusche wirbelten, alles verschwamm und ihre Ohren dröhnten. Sie versuchte aufzustehen, war aber zu schwach, sank wieder zusammen und starrte zu dem noch immer nicht klar zu erkennenden Bett hinüber, wo immer noch das Grausige, Unfaßbare geschah, und dazu diese tiefe Baßstimme, die schmeichelte:

„Ahhh ja, das ist meine Sau, ja, das ist mein süßes, liebes Honigschweinchen, mein allerliebstes Ferkelchen ..."

Die Stimme brach ab, als Chris sich aufraffte und mühsam, das Gesicht noch blutverschmiert, der Blick noch immer nicht wieder ganz klar, die Glieder noch immer schmerzend, an Karl vorbei auf das Bett zukroch. Dann jedoch zuckte sie plötzlich zusammen und fuhr in unbeschreiblichem Entsetzen zurück: In einem verschwimmenden, treibenden Nebel glaubte sie vage zu sehen, wie sich der Kopf ihrer Tochter langsam auf dem starren Oberkörper drehte, auf gräßliche Weise immer weiter drehte, unaufhaltsam drehte, bis er zuletzt mit dem Gesicht nach hinten stehenblieb.

„Weißt du, was sie getan hat, dein kleines Töchterchen?" kicherte eine vertraute, koboldhafte Stimme.

Verwirrt starrte Chris in das grinsende Gesicht, auf die aufgesprungenen, pergamenttrockenen Lippen und in die listig funkelnden Fuchsaugen.

Dann öffnete sich ihr Mund zu einem langen Schrei, der fortdauerte, bis sie das Bewußtsein verlor.

DRITTES BUCH

Der Abgrund

1

Sie stand auf dem Fußgängerweg der Key Bridge, die Arme auf die Brüstung gelegt, und wartete voller Unruhe, während hinter ihr zähflüssig der abendliche Berufsverkehr vorüberkroch, Autofahrer mit ganz alltäglichen Sorgen auf ihre Hupen drückten und Stoßstangen einander mit gleichgültigem Kratzgeräusch berührten. Sie hatte Mary Jo erreicht, hatte ihr aber Lügen aufgetischt.

„Doch, Regan geht es wieder gut. Übrigens, ich würde sehr gern noch einmal so eine kleine Dinnerparty geben. Wie hieß doch dieser Jesuiten-Psychiater noch? Ich dachte, ich könnte ihn vielleicht dazu einladen ..."

Von unten klang Lachen herauf: ein junges Pärchen in Blue jeans in einem grellroten Mietkanu. Mit einer raschen, nervösen Bewegung klopfte sie die Asche von ihrer Zigarette und schaute erwartungsvoll den Gehsteig entlang. Eine Gestalt kam auf sie zu. Khakihosen, blauer Pullover. Bestimmt kein Priester, bestimmt nicht er. Sie sah wieder auf das vorbeitreibende grellrote Kanu, konnte den aufgemalten Namen erkennen: „Caprice".

Schritte. Der Mann im Pullover kam immer näher und

blieb stehen, als er bei ihr angelangt war. Aus den Augenwinkeln sah sie, daß er einen Arm auf die Brüstung legte, und wandte sich hastig von ihm ab.

„Mach, daß du weiterkommst, du komischer Vogel, sonst schreie ich nach der Polizei. Das schwöre ich dir!" warnte sie ihn mit rauher Stimme und schnippte ihre Zigarette in den Fluß.

„Miß MacNeil? Ich bin Pater Karras."

Sie zuckte zusammen, wurde blutrot und fuhr herum. Sah das zerklüftete, holzschnittartige Gesicht. „Großer Gott! Es tut mir ... O Himmel!"

Verwirrt nahm sie ihre Sonnenbrille ab, setzte sie aber sofort wieder auf, weil sie merkte, daß seine traurigen, dunklen Augen sie prüfend musterten.

„Ich hätte Ihnen gleich sagen sollen, daß ich nicht in Uniform komme. Verzeihen Sie mir."

Seine Stimme schien sie zu umfangen, die Last von ihren Schultern zu nehmen. Er legte die kraftvollen Hände zusammen. Sie waren groß und dennoch sensibel. Chris merkte, wie ihr Blick unwillkürlich immer wieder zu ihnen hinwanderte.

„Ich fand, es wäre weniger auffallend, in diesem Aufzug zu erscheinen", fuhr er jetzt fort. „Sie schienen so großen Wert darauf zu legen, daß diese Angelegenheit ganz unter uns bleibt."

„Ich hätte vielleicht größeren Wert darauf legen sollen, mich nicht so kindisch zu benehmen", gab sie, hastig in ihrer Handtasche kramend, zurück. „Aber als Sie da eben auf mich zukamen, da dachte ich, Sie wären ..."

„Ein Mensch?" fiel er ihr, sie freundlich anlächelnd, ins Wort.

„Das wußte ich im selben Augenblick, als ich Sie zum erstenmal auf dem Campus sah", entgegnete sie, nunmehr die Taschen ihres Kostüms durchsuchend. „Deswegen habe ich Sie ja angerufen. Weil Sie auf mich einen so menschlichen Eindruck machten." Als sie den Kopf hob, sah sie, daß er ihre flatternden Hände beobachtete. „Haben Sie vielleicht eine Zigarette für mich, Pater Karras?"

Er langte in seine Hemdtasche. „Wenn Sie mit einer filterlosen vorliebnehmen wollen ..."

„Im Augenblick würde ich sogar mit einem Bindfaden vorliebnehmen."

Er klopfte eine Camel aus dem Päckchen. „Bei meinem Taschengeld bin ich des öfteren dazu gezwungen."

„Ach ja, das Armutsgelübde!" murmelte sie, als sie, verkniffen lächelnd, die Zigarette herauszog.

„Ein Armutsgelübde hat auch sein Gutes", stellte er fest und holte Streichhölzer aus seiner Tasche.

„Zum Beispiel?"

„Zum Beispiel läßt es Bindfaden besser schmecken." Wieder dieses halbe Lächeln, als er ihre Hand betrachtete, in der sie die Zigarette hielt. Ihre Finger zitterten unkontrollierbar. So sehr, daß das Ende der Zigarette wild hin und her zuckte. Bis er sie ihr stumm aus den Fingern nahm und sie, die Hände schützend um die Streichholzflamme gelegt, selber in Brand setzte und ihr dann, den Blick auf die vorbeibrausenden Wagen gerichtet, wieder zurückgab. „So geht es besser."

„Vielen Dank, Pater."

Chris musterte ihn prüfend, mit Dankbarkeit, ja sogar mit Hoffnung. Abwartend sah sie zu, wie er sich selber jetzt auch eine Camel ansteckte, ohne die Hände um das Streichholz zu legen. Als er den Rauch ausstieß, stützten beide je einen Ellbogen auf das Brückengeländer.

„Woher kommen Sie eigentlich, Pater Karras? Ich meine, ursprünglich."

„Aus New York."

„Ach ja? Ich auch. Aber ich würde nie wieder dahin zurückkehren. Sie?"

Karras bekämpfte eine störende Regung, die in seiner Kehle aufsteigen wollte. „Nein, ich auch nicht." Er zwang sich zu einem Lächeln. „Aber es bleibt mir zum Glück erspart, derartige Entscheidungen zu treffen."

„Mein Gott, ich hab' wohl ein Brett vorm Kopf! Sie sind ja Priester! Sie müssen gehen, wohin man Sie schickt, nicht wahr?"

„Ganz recht."

„Und wie kommt ein Psychologe dazu, Jesuitenpriester zu werden?" erkundigte sie sich.

Er hätte viel lieber gleich über das dringende Problem gesprochen, das sie bei ihrem Telefonanruf erwähnt hatte. Im Augenblick tastete sie noch behutsam herum, das spürte er. Aber in welche Richtung? Auf keinen Fall durfte er sie drängen. Sie würde schon damit herauskommen ...

„Es ist genau umgekehrt", berichtigte er freundlich. „Die Gesellschaft ..."

„Wer, bitte?"

„Die Gesellschaft Jesu. Jesuit ist nur die Abkürzung dafür."

„Ach so!"

„Ja. Die Gesellschaft also hat mich Medizin und später Psychiatrie studieren lassen."

„Wo?"

„In Harvard. Und das Praktikum im Johns Hopkins, im Bellevue ..."

Er merkte plötzlich, daß er den Wunsch hatte, Eindruck auf sie zu machen. Warum? fragte er sich und fand die Antwort unmittelbar darauf in den Slums seiner Kinderzeit. Klein Dimmy mit einem berühmten Filmstar!

„Respekt!" Sie nickte anerkennend mit dem Kopf.

„Nun, ein Gelübde für geistige Armut wird von uns nicht verlangt."

Sie hörte eine Spur Verbitterung in seinem Ton, wandte sich dem Fluß zu und schaute der Strömung nach. „Wissen Sie, Pater, ich frage nur, weil ich Sie doch gar nicht kenne. Und deshalb möchte ich gern ..." Sie tat einen langen, tiefen Zug an ihrer Zigarette, stieß den Rauch langsam aus und zerdrückte den Stummel auf der Brüstung. „Sie sind doch mit Pater Dyer befreundet, nicht wahr?"

„Ja, stimmt."
„Eng?"
„Eng."
„Hat er Ihnen von der Party erzählt?"
„Von Ihrer?"
„Von meiner."
„Gewiß. Er stellte fest, daß Sie ein Mensch sind."
Die Pointe entging ihr, oder sie ignorierte sie. „Hat er Ihnen auch von meiner Tochter erzählt?"
„Nein. Ich wußte gar nicht, daß Sie eine haben."
„Sie ist zwölf Jahre alt. Er hat sie überhaupt nicht erwähnt?"
„Nein."
„Er hat Ihnen nicht gesagt, was sie getan hat?"
„Er hat sie überhaupt nicht erwähnt."
„Hm ... Ihr Priester könnt ziemlich gut schweigen, wie?"
„Das hängt davon ab", antwortete Karras.
„Wovon?"
„Vom einzelnen Priester."
Ganz flüchtig schoß ihm ein Gedanke durch den Kopf — die Erinnerung an eine Warnung vor Frauen mit neurotischer Fixierung auf Priester, vor Frauen, die unbewußt und unter dem Vorwand irgendeines ganz anderen Problems das Unerreichbare für sich zu erobern versuchten.
„Ich meine, bei der Beichte etwa. Sie dürfen über das, was Sie dabei erfahren, doch mit niemandem reden, nicht wahr?"
„Ganz recht."
„Und wie ist es außerhalb der Beichte?" fragte sie weiter. „Ich meine, was ist, wenn ein ..." Ihre Hände waren schon wieder unruhig, flatterten. „Ich bin nämlich eine ganz neugierige Person. Ich ... Ach, Unsinn! Nein, ich möchte es wirklich wissen. Ich möchte wissen, was ist, wenn ein Mensch — sagen wir, ein Verbrecher, ein Mörder oder so ähnlich —, wenn der Sie um Hilfe bäte. Würden Sie ihn dann anzeigen müssen?"

Suchte sie ernsthafte Unterweisung? Wollte sie Zweifel beseitigen, die einer Konversion im Wege standen? Wie Karras wußte, gab es Menschen, die sich dem Heil näherten, als wäre es eine schwankende Brücke über dem Abgrund. „Wenn er mich um geistliche Hilfe bäte, würde ich nein sagen“, antwortete er.

„Sie würden es also nicht tun?“

„Nein. Nein, ich würde es bestimmt nicht tun. Aber ich würde versuchen, ihn zu überreden, daß er sich stellt.“

„Und was würden Sie tun, wenn jemand mit einer Bitte um Exorzismus an Sie heranträte?“

„Wie, bitte?“

„Wenn ein Mensch von einem Dämon besessen wäre. Was würden Sie tun, wenn so einer einen Exorzismus brauchte?“

„Nun, da würde ich ihn zunächst in eine Zeitmaschine setzen und ihn ins sechzehnte Jahrhundert zurückschicken müssen.“

Sie machte ein verständnisloses Gesicht. „Wie meinen Sie das? Ich habe Sie nicht ganz verstanden.“

„Nun, so etwas gibt es heute nicht mehr, Miß MacNeil.“

„Seit wann?“

„Seit wir von den Geisteskrankheiten wissen: von Paranoia, von Persönlichkeitsspaltung, von all den Dingen, die ich in Harvard gelernt habe.“

„Ist das Ihr Ernst?“

Ihre Stimme schwankte vor Unsicherheit und Bestürzung. Sofort bereute Karras sein unhöfliches Benehmen. Die Worte waren ihm von der Zunge gerutscht, ohne daß er es eigentlich wollte.

„Miß MacNeil“, erklärte er ihr daher jetzt in begütigendem Ton, „viele gebildete Katholiken glauben heutzutage nicht mehr an den Teufel. Und was die Besessenheit betrifft, so habe ich seit meinem Eintritt bei den Jesuiten keinen einzigen Priester kennengelernt, der jemals in seinem Leben einen Exorzismus durchgeführt hätte. Nicht einen einzigen!“

„Und was soll man dann da von all diesen Geschichten in der Bibel halten, in denen Christus die Dämonen austreibt?"

Wieder antwortete er ihr brüsk und ohne nachzudenken: „Miß MacNeil, wenn Christus damals verkündet hätte, die Leute, die angeblich besessen sein sollten, hätten — wie das vermutlich der Fall gewesen ist — an Schizophrenie gelitten, dann hätte man ihn bestimmt schon drei Jahre früher ans Kreuz geschlagen."

„Ach so? Meinen Sie?" Mit zitternder Hand rückte Chris ihre Sonnenbrille zurecht. Ihre Stimme wurde um einige Grade rauher — so große Mühe gab sie sich, nicht die Beherrschung zu verlieren. „Nun, Pater Karras, zufällig ist aber ein Mensch, der mir sehr nahesteht, anscheinend doch besessen. Er braucht einen Exorzismus. Sind Sie bereit, diese Aufgabe zu übernehmen?"

Die ganze Szene kam Karras auf einmal irreal vor: die Key Bridge, der Hot Shoppe am anderen Flußufer, der Verkehr und sogar Chris MacNeil, die große Filmschauspielerin. Fassungslos starrte er sie an und zuckte zusammen, als sie die Sonnenbrille abnahm und er das verzweifelte Flehen in ihren tief eingesunkenen, geröteten Augen sah. Sie meinte es ernst, das war ihm jetzt klar.

„Pater Karras, es handelt sich um meine Tochter", erklärte sie ihm mit belegter Stimme. „Um meine Tochter!"

„Ein weiterer Grund, den Gedanken an einen Exorzismus aufzugeben und ..."

„Aber warum denn nur? Mein Gott, ich begreife das einfach nicht!" brach es aus ihr heraus.

Karras nahm tröstend ihr Handgelenk. „Zunächst einmal", erwiderte er beschwichtigend, „weil man damit unter Umständen alles verschlimmert."

„Aber wieso?"

„Das Ritual des Exorzismus ist in gefährlichem Maße suggestiv. Es könnte die Vorstellung, besessen zu sein, auch dort hervorrufen, wo sie gar nicht existiert hat, oder sie, sollte sie doch existiert haben, sogar verstärken. Und zweitens, Miß MacNeil: Bevor die Kirche ihr Einverständnis zu einem Exorzismus erteilt, führt sie eine sehr gründliche Untersuchung durch, um festzustellen, ob eine Teufelsaustreibung auch gerechtfertigt ist. So etwas aber erfordert viel Zeit, und inzwischen wird Ihre . . ."

„Könnten Sie den Exorzismus denn nicht persönlich durchführen?" bettelte sie. Ihre Unterlippe begann zu beben, und ihre Augen füllten sich mit Tränen.

„Sehen Sie, Miß MacNeil, es ist zwar so, daß jeder Priester die Macht zur Teufelsaustreibung besitzt, aber er muß in jedem Fall vorher die Genehmigung der Kirche einholen, und die wird, offen gestanden, nur selten erteilt. Deswegen . . ."

„Könnten Sie sich meine Tochter denn nicht wenigstens ansehen?"

„Als Psychiater — ja. Aber als . . ."

„Aber sie braucht einen Priester!" Chris weinte laut auf. Ihre Züge verzerrten sich vor Erregung und Angst. „Ich habe sie zu jedem verdammten Arzt und Psychiater der Welt geschleppt, und die haben mich an Sie verwiesen. Wollen Sie mich jetzt wieder zu denen schicken?"

„Aber Ihre . . ."

„Herrgott im Himmel, will mir denn gar keiner helfen?"

Ihr herzzerreißender Schrei hallte weit über das Wasser. Erschreckte Vögel stoben kreischend von den Ufern hoch. „Oh, du mein Gott — so helfe mir doch einer!" weinte Chris, dem Jesuiten krampfhaft schluchzend an die Brust sinkend. „So helfen Sie mir doch! Bitte, helfen Sie mir! Bitte, bitte, helfen Sie mir!"

Damien Karras blickte mitleidig auf sie hinab und nahm ihren Kopf tröstend in beide Hände. „Es wird wieder gut", murmelte er, während er ihr die Schulter klopfte. Er wollte sie beruhigen, ermutigen, die drohende Hysterie abwenden. Ihre Tochter? Sie selber war es, die psychiatrische Hilfe brauchte. „Es wird alles gut. Ich werde mir Ihre Tochter ansehen“, versicherte er. „Ich verspreche Ihnen, daß ich sie mir ansehe.“

Schweigend ging er, noch immer von diesem Gefühl der Unwirklichkeit verfolgt, mit ihr zum Haus hinüber. In Gedanken beschäftigte er sich mit der Vorlesung, die er am nächsten Tag in der medizinischen Fakultät halten sollte. Er hatte sich noch keine Aufzeichnungen dafür gemacht.

Sie stiegen die Vortreppe hinauf. Karras' Blick wanderte über die Straße zum Jesuiten-Wohnheim, und er überlegte, daß er das Abendessen verpassen würde. Es war jetzt genau zehn Minuten vor sechs. Nachdenklich beobachtete er, wie Chris den Schlüssel ins Türschloß schob. Sie zögerte; dann drehte sie sich zu ihm um. „Pater ... meinen Sie nicht, daß Sie lieber Priesterkleidung tragen sollten?“

Diese Stimme: wie kindlich sie war, wie naiv! „Nein. Zu gefährlich“, entgegnete er.

Sie nickte und drehte den Schlüssel um. Und in diesem Augenblick spürte er es: eine kalte, drohende Warnung. Wie Eispartikel schoß sie durch seine Adern.

„Pater Karras?“

Er hob den Kopf. Chris war bereits im Haus und hielt ihm die Tür auf. Er setzte sich wieder in Bewegung und trat mit einem seltsamen Gefühl der Endgültigkeit über die Schwelle.

Drinnen hörte er lautes Gebrüll. Es kam aus dem ersten Stock. Eine tiefe, dröhnende Stimme donnerte Obszönitäten und wüste Drohungen: voll Wut, voll Haß, voll Boshaftigkeit.

Karras warf Chris einen fragenden Blick zu. Sie starrte ihn wortlos an. Dann ging sie voraus. Er folgte ihr die Treppe hinauf und den Flur entlang bis zu Regans Schlafzimmertür, vor der Karl mit hängendem Kopf und verschränkten Armen an der Wand lehnte. Als jetzt der Diener langsam den Kopf hob und Chris ansah, entdeckte Karras Verstörtheit und Angst in seinen Augen. Hier, aus der Nähe, dröhnte die Stimme im Schlafzimmer so laut, daß es sich anhörte, als werde sie elektronisch verstärkt. „Sie will noch immer keine Haltegurte", berichtete Karl mit brüchiger Stimme.

„Ich bin sofort wieder zurück, Pater", wandte sich Chris tonlos an den Jesuiten.

Karras sah sie den Flur entlanggehen und in ihr eigenes Schlafzimmer treten. Dann richtete er seinen Blick auf Karl. Der Schweizer musterte ihn durchdringend.

„Sie sind Priester?" erkundigte sich Karl.

Karras nickte, sah aber sofort wieder zu Regans Schlafzimmertür hinüber. Die wütende Stimme war jetzt verstummt; dafür ertönte das langgezogene, ohrenbetäubende Gebrüll eines Tieres. Es hörte sich fast an wie ein Stier.

Irgend etwas berührte seine Hand. Er sah hinunter. „Hier, das ist sie", sagte Chris. „Regan." Sie reichte ihm eine Fotografie. Karras betrachtete das Bild. Ein kleines Mädchen. Sehr niedlich. Reizendes Lächeln.

„Die Aufnahme wurde vor vier Monaten gemacht", erklärte Chris leise. Sie nahm ihm das Foto wieder aus der Hand und deutete mit einer Kopfbewegung zur Schlafzimmertür. „Und nun gehen Sie da hinein und sehen Sie sich an, was aus ihr geworden ist." Müde lehnte sie sich neben Karl an die Wand. „Ich warte hier draußen."

„Wer ist denn bei ihr?" fragte der Jesuit.

„Niemand."

Er hielt ihrem starren Blick gelassen stand und drehte sich dann stirnrunzelnd der Schlafzimmertür zu. Im selben Moment, als er den Türknauf ergriff, verstummten die Geräusche drinnen. Die plötzliche Stille war so bedrückend, daß Karras zunächst zögerte. Dann aber betrat er langsam das Zimmer. Und zuckte sofort wieder zurück, als ihm, wie ein fast greifbarer Hauch von Pestilenz, der erstickende Gestank fauliger Exkremente entgegenschlug.

Energisch seinen Ekel unterdrückend, schloß er die Tür hinter sich. Dann heftete sich sein Blick wie gebannt auf dieses Wesen, das angeblich Regan war, auf die Kreatur, die da, den Kopf von einem Kissen gestützt, auf dem Rücken in ihrem Bett lag, während sich ihre Augen, weit aus den tief eingesunkenen Höhlen hervortretend, mit dämonischer Verschlagenheit und scharfer Intelligenz, mit Interesse und wildem Trotz auf ihn richteten. Ihr Gesicht war eine skelettartige, abstoßende Maske von atemberaubender Bösartigkeit. Ruhig ließ Karras seinen Blick weiterwandern zu dem wirren, dicht verfilzten Haar, zu den abgezehrten Armen und Beinen, zu dem geschwollenen Bauch, der so grotesk aus dem mageren Körper quoll, und wieder zu den Augen. Die ihn beobachteten ... fixierten ... ihm unablässig folgten, auch als er zu Regans Schreibtisch am Fenster ging, um sich einen Stuhl zu holen.

„Hallo, Regan!“ sagte der Priester in freundlichem Ton. Aufmunternd lächelnd, nahm er den Stuhl und trug ihn zum Bett.

„Ich bin ein Freund deiner Mutter, Regan. Sie hat mir erzählt, daß du dich in letzter Zeit gar nicht wohl fühlst.“ Er setzte sich. „Möchtest du mir erklären, was dir fehlt? Ich würde dir sehr gern helfen.“

Die Augen brannten vor leidenschaftlicher Wut, und aus dem Mundwinkel rann gelblicher Speichel über das Kinn. Die Lippen verzerrten sich zu einem bestialischen, verächtlich-spöttischen Grinsen.

„Sieh da, sieh da!“ höhnte Regan, triefend von Ironie, und Karras spürte, wie seine Nackenhaare sich sträubten. Denn dieses Kind sprach unbegreiflicherweise mit einem widernatürlich tiefen Baß, in dessen Ton Bedrohung und Machtbewußtsein mitschwangen. „Du bist es also ... Dich haben sie geschickt! Nun gut, von dir haben wir nichts zu befürchten.“

„Ganz recht“, erwiderte Karras gefaßt. „Ich bin dein Freund. Und ich möchte dir helfen.“

„Dann könntest du zunächst vielleicht diese Gurte ein wenig lockern“, krächzte Regan. Sie hob die Hände, um Karras zu zeigen, daß sie mit doppelten Haltegurten gefesselt war.

„Sind sie sehr unbequem?“ fragte er.

„Überaus unbequem. Sie sind mir lästig. Höllisch lästig.“ In den verräterisch glitzernden Augen stand heimliche Belustigung.

Karras entdeckte die Kratzer in ihrem Gesicht, die Schrunden auf ihren Lippen, dort, wo sie sie anscheinend zerbissen hatte.

„Ich fürchte, du könntest dich verletzen, Regan.“

„Ich bin nicht Regan“, knurrte sie, noch immer mit diesem grausigen Grinsen, das anscheinend, wie Karras feststellte, ihr ständiger Gesichtsausdruck war. Wie deplaciert die Zahnspangen doch wirken! dachte er.

„Ach so! Dann wäre es vielleicht an der Zeit, daß wir uns gegenseitig bekannt machen. Ich bin Damien Karras“, sagte der Priester. „Und wer bist du?“

„Ich bin der Teufel.“

„Na, großartig!“ Der Jesuit nickte beifällig. „Und jetzt können wir uns unterhalten.“

„Ein kleines Plauderstündchen?“

„Wenn du so willst.“

„Balsam für die Seele. Doch wie du siehst, kann ich nicht richtig frei reden, solange ich von diesen Gurten behindert bin. Ich habe nämlich die Angewohnheit, recht lebhaft zu gestikulieren.“ Regan geiferte. „Wie du ja weißt, mein guter Karras, habe ich mich des längeren in Rom aufgehalten. Und jetzt habe bitte die Güte und befreie mich von diesen Gurten!“

Wie altklug sie denkt und redet! wunderte sich Karras. Inzwischen war sein berufliches Interesse erwacht, und er beugte sich aufmerksam weiter vor. „Du behauptest also, der Teufel zu sein“, stellte er fest.

„Aber gewiß doch!“

„Und warum läßt du dann diese Gurte nicht einfach verschwinden?"

„Weil das eine viel zu vulgäre Machtdemonstration wäre, mein Lieber. Viel zu undelikat für meinen Geschmack. Schließlich mußt du bedenken, daß ich ein Fürst bin!" Kichern. „Nein, Karras, ich bevorzuge die Kunst der Überredung, gute Zusammenarbeit, gemeinsames Bemühen. Und überdies, mein Freund — wenn ich diese Gurte selber löse, beraube ich dich doch der Gelegenheit, ein gutes Werk zu tun."

„Eine gute Tat ist aber ein Akt der Tugend", entgegnete Karras. „Und das wäre eben das, was der Teufel zu verhindern suchen würde. Insofern würde ich dir also helfen, wenn ich diese Gurte nicht löse. Es sei denn" — er zuckte mit den Achseln —, „du wärest gar nicht der Teufel. In diesem Fall allerdings würde ich die Gurte vielleicht doch lösen."

„Wie füchsisch schlau von dir, mein guter Karras! Wenn nur Herodes hier sein könnte! Der hätte bestimmt seinen Spaß daran."

„Welcher Herodes?" fragte Karras mit gespannt zusammengekniffenen Augen. Sollte das etwa ein Wortspiel im Hinblick auf die Tatsache sein, daß Christus den Herodes als „diesen Fuchs" bezeichnet hatte? „Es gab doch zwei. Meinst du den König von Judäa?"

„Ich meine den Tetrarchen von Galiläa!" spie sie ihm wütend, mit ätzender Verachtung ins Gesicht. Dann aber begann sie wieder zu grinsen und plauderte in ernstem Ton drauflos: „Da kannst du sehen, wie mich diese abscheulichen Gurte irritieren! Mach sie endlich los! Mach sie los, und ich werde dir zur Belohnung die Zukunft weissagen."

„Ein äußerst verlockendes Angebot."

„Darin liegt eben meine Stärke."

„Aber woher soll ich wissen, ob du tatsächlich die Zukunft weissagen kannst?"

„Weil ich der Teufel bin."

„Ja, das behauptest du. Aber beweisen willst du es mir nicht."

„Dein Glaube läßt entschieden zu wünschen übrig."

Karras erstarrte. „Mein Glaube — woran?"

„An mich, mein lieber Karras. An mich!" Spott und Arglist tanzten in ihren Augen. „Immer wollt ihr Beweise haben! Immer wieder Zeichen am Himmel!"

„Mir würde auch etwas Einfaches genügen", erwiderte Karras. „Zum Beispiel ... Hm ... Ja, es heißt doch, daß der Teufel alles weiß, nicht wahr?"

„Nein, Karras — fast alles. Nur fast. Verstehst du? Da wird immer wieder behauptet, ich wäre eingebildet und stolz. Keineswegs, wie du siehst. Also, was führst du im Schilde, du Fuchs?" Die gelblichen, blutunterlaufenen Augen blitzten verschlagen.

„Ich dachte, daß wir einmal das Ausmaß deines Wissens prüfen könnten."

„O ja, aber gern! Der größte See von Südamerika?" spottete Regan voller Hohn. „Der Titicaca-See in Peru! Zufrieden?"

„Nein. Ich muß dir eine Frage stellen, auf die nur der Teufel selbst eine Antwort wissen kann. Zum Beispiel, wo Regan ist. Kannst du mir das sagen?"

„Regan ist hier."

„Und wo ist ‚hier'?"

„Hier in dem Schwein."

„Dann zeig sie mir."

„Warum?"

„Nun ja, um zu beweisen, daß du die Wahrheit sagst."

„Willst du sie vögeln, Karras? Komm, mach die Gurte los! Dann darfst du's gern mal bei ihr probieren."

„Ich will sie sehen."

„Ein saftiges Pfläumchen!" Mit ihrer pelzigen, hechelnden Zunge leckte sich Regan die aufgesprungenen Lippen. „Aber ein unzulänglicher Gesprächspartner, mein Freund. Wenn ich dir einen Rat geben soll, dann halt dich an mich."

„Tja, anscheinend weißt du doch nicht, wo sie ist“, erklärte Karras mit einem Achselzucken. „Und darum kannst du auch nicht der Teufel sein.“

„Ich bin es aber!“ brüllte Regan und warf sich mit einem plötzlichen Ruck nach vorn. Ihr Gesicht war vor Wut verzerrt. Karras überlief es kalt, als ihre dröhnende, schreckliche Stimme von den Zimmerwänden zurückprallte. „Ich bin es aber!“

„Dann zeige mir Regan“, verlangte Karras. „Das allein wäre für mich der Beweis.“

„Ich werde dir einen besseren Beweis liefern“, zischte sie zornerfüllt. „Ich werde deine Gedanken lesen. Denke dir eine Zahl zwischen eins und zehn.“

„O nein, das würde mir überhaupt nichts beweisen. Ich muß Regan sehen.“

Auf einmal begann das furchtbare Wesen zu kichern und lehnte sich wieder bequem gegen das Kopfteil des Bettes zurück. „O nein, lieber Karras, du würdest überhaupt keinen Beweis akzeptieren. Doch vorläufig wollen wir erst versuchen, dich bei Laune zu halten. Denn schließlich wollen wir dich ja nicht wieder verlieren.“

„Wer ist ‚wir‘?“ forschte Karras mit wachsendem Interesse.

„Oh, wir sind eine recht nette kleine Versammlung hier in unserem Schwein“, sagte es kopfnickend. „Eine erstaunliche kleine Gesellschaft. Ich werde sie dir vielleicht einmal vorstellen — später. Vorerst jedoch leide ich an einem irritierenden Juckreiz an einer Stelle, die ich nicht erreichen kann. Würdest du mir ganz kurz einen der Gurte lösen, Karras?“

„Nein. Sage mir, wo es dich juckt. Ich werde dich kratzen.“

„Oho — sehr schlau von dir! Ein kleiner Stinkfinger, wie?“

„Zeige mir Regan, dann werde ich vielleicht einen Gurt lösen“, erbot sich Karras. „Falls aber . . .“

Der Priester fuhr erschrocken zurück: Er starrte unvermittelt in zwei von Entsetzen erfüllte Augen und sah einen Mund, weit aufgerissen zu einem lautlosen Hilfeschrei.

Sofort darauf jedoch verschwand die Regan-Identität wieder, und ihre Gesichtszüge nahmen wieder eine neue Gestalt an. „Würden Sie bitte die Freundlichkeit haben und mir diese scheußlichen Gurte abnehmen?" bat eine einschmeichelnde Stimme mit elegantem Briten-Akzent.

Dann kehrte die Dämonen-Persönlichkeit zurück. „Bitte, helfen Sie einem alten Meßjungen, Pater!" winselte sie und warf in brüllendem Gelächter den Kopf in den Nacken.

Karras saß wie versteinert da. Schon wieder spürte er im Nacken die eisigen Hände, nur noch konkreter jetzt, noch greifbarer. Das Lachen riß ab, und das Regan-Wesen maß ihn mit vorwurfsvollem Blick.

„Übrigens, Karras — deine Mutter ist auch hier bei uns. Möchtest du ihr etwas ausrichten lassen? Ich sorge dafür, daß sie deine Nachricht bekommt."

Kaum hatte das Wesen dies gesagt, mußte Karras einem gezielten Strahl Erbrochenem ausweichen und sprang hastig vom Stuhl auf. Trotzdem traf eine reichliche Portion noch seinen Pullover und seine Hand.

Schneeweiß im Gesicht, blickte der Priester auf das Bett, auf dem Regan jetzt vor Vergnügen gackerte. Von seiner Hand tropfte Erbrochenes auf den Teppich. „Wenn das die Wahrheit ist", sagte der Priester endlich benommen, „dann müßtest du den Vornamen meiner Mutter kennen. Also — wie heißt sie?"

Das Regan-Wesen zischte ihn mit wild funkelnden Augen an und wiegte dabei wie eine Kobra den Kopf hin und her.

„Wie heißt sie?"

Jetzt brüllte Regan wie ein Stier: ein wütender Laut, der sogar die Läden durchdrang und die Scheiben des großen Erkerfensters zum Klirren brachte. Ihre Augen rollten in den Höhlen nach oben.

Eine Zeitlang beobachtete Karras noch das Kind, das unentwegt weiterbrüllte. Dann fiel sein Blick plötzlich auf seine Hand, und er verließ eilig das Zimmer.

Draußen stieß Chris sich von der Wand ab und musterte

bestürzt den Pullover des Priesters. „Was ist passiert, Pater Karras? Hat sie sich übergeben?“

„Hätten Sie vielleicht ein Handtuch, ich muß mich abwaschen?“ fragte er.

„Da drüben ist ein Badezimmer. Kommen Sie — gleich hier!“ Sie deutete auf eine Tür, die ebenfalls an diesem Flur lag. „Karl, sehen Sie bitte nach ihr!“ wandte sie sich an den Diener. Dann folgte sie dem Jesuiten ins Bad.

„Es tut mir wirklich furchtbar leid!“ entschuldigte sie sich aufgeregt, als sie ein Handtuch von der Stange nahm. Damien Karras trat ans Waschbecken.

„Haben Sie ihr ein Beruhigungsmittel gegeben?“

Chris drehte die Wasserhähne auf. „Ja, Librium. Kommen Sie, ziehen Sie den Pullover aus. Dann können Sie sich besser waschen.“

„Wieviel?“ Mit der sauberen Linken zerrte er an dem Gestrick.

„Warten Sie, ich helfe Ihnen.“ Sie schob den Pullover von unten hoch. „Also, heute hat sie vierhundert Milligramm bekommen.“

„Vierhundert?“

Sie hatte ihm den Pullover bis zur Brust hochgestreift. „Ja. Damit wir ihr die Gurte anlegen konnten. Wir mußten sie alle zusammen . . .“

„Sie haben Ihrer Tochter vierhundert Milligramm auf einmal gegeben?“

„Heben Sie bitte die Arme, Pater.“ Er gehorchte, und Chris zog ihm den Pullover über den Kopf. „Wissen Sie, sie ist doch so unglaublich stark.“

Sie schob den Duschvorhang beiseite und warf den Pullover in die Wanne. „Willie wird ihn später säubern, Pater. Es tut mir leid.“

„Macht nichts. Ist nicht weiter schlimm.“ Er knöpfte den rechten Ärmel seines weißen, gestärkten Hemdes auf und rollte ihn hoch. Ein kräftiger, muskulöser Arm mit feinen braunen Härchen kam zum Vorschein.

„Es tut mir leid", wiederholte Chris, während sie sich langsam auf den Wannenrand setzte.

„Nimmt sie überhaupt Nahrung zu sich?" erkundigte sich Karras. Er hielt die Hand unter den Heißwasserhahn, um das Erbrochene abzuspülen.

Sie knetete nervös an dem Handtuch herum. Es war hellrot, mit einem blau gestickten „Regan" darauf. „Nein, Pater. Sie kriegt nur Sustagen, wenn sie schläft. Aber sie hat sich den Schlauch herausgerissen."

„Herausgerissen?"

„Ja. Heute."

Beunruhigt seifte und spülte sich Karras die Hände und sagte nach einer Pause in ernstem Ton: „Sie müßte ins Krankenhaus."

„Das bringe ich nicht fertig", antwortete Chris mit lebloser Stimme.

„Und warum nicht?"

„Ich kann es einfach nicht!" erwiderte sie heftig. „Ich kann nicht zulassen, daß andere Menschen hineingezogen werden. Sie ist ..." Chris ließ den Kopf hängen. „Sie hat etwas getan, Pater. Ich darf nicht riskieren, daß jemand davon erfährt. Weder ein Arzt noch eine Schwester ..." Sie hob den Kopf. „Niemand."

Stirnrunzelnd drehte er die Hähne zu ... Was aber, wenn ein Mensch, sagen wir, ein Verbrecher wäre ... Er senkte den Kopf und starrte ins Waschbecken. „Wer verabreicht ihr das Sustagen? Das Librium? Die Medikamente?"

„Wir. Der Arzt hat es uns gezeigt."

„Sie brauchen Rezepte."

„Einiges davon könnten Sie doch verschreiben, Pater. Nicht wahr?"

Die Hände über dem Becken wie ein Chirurg nach dem Waschen, drehte sich Karras zu ihr um. Ganz kurz begegnete er ihrem gehetzten Blick, ahnte ein schreckliches Geheimnis, eine grauenhafte Furcht darin. Dann deutete er mit einer Kopfbewegung auf das Handtuch in ihren Händen. Sie starrte ihn verständnislos an. „Handtuch, bitte“, sagte er freundlich.

„Ach so — ja! Verzeihung.“ Ihn immer noch gespannt und erwartungsvoll ansehend, reichte sie es ihm mit bebenden Händen. Der Jesuit trocknete sich ab. „Also, Pater — wie sieht es aus?“ fragte sie endlich. „Glauben Sie jetzt, daß sie besessen ist?“

„Glauben Sie denn daran?“

„Ich weiß es nicht. Sie sind der Experte.“

„Was wissen Sie über Besessenheit?“

„Nur das wenige, was ich gelesen habe. Und einige Dinge, die mir die Ärzte erklärt haben.“

„Welche Ärzte?“

„Die in der Barringer-Klinik.“

Er legte das Handtuch sorgfältig zusammen und hängte es über die Stange. „Sind Sie katholisch?“

„Nein.“

„Ihre Tochter?“

„Nein.“

„Welcher Konfession gehören Sie an?“

„Gar keiner. Aber ich . . .“

„Warum sind Sie dann ausgerechnet zu uns gekommen? Wer hat Ihnen das geraten?“

„Ich bin gekommen, weil ich verzweifelt bin!“ stieß sie erregt hervor. „Geraten hat mir das kein Mensch.“

Er war mit dem Rücken zu ihr stehengeblieben. Seine Finger hielten noch immer die Fransen des Handtuches. „Vorhin haben Sie mir aber gesagt, die Psychiater hätten Ihnen geraten, zu mir zu kommen.“

„Mein Gott, ich weiß nicht mehr, was ich alles gesagt habe! Ich habe völlig den Kopf verloren!“

„Miß MacNeil, Ihre Gründe interessieren mich nicht im geringsten“, antwortete er ihr mit sorgfältig abgewogener Eindringlichkeit. „Mich interessiert lediglich, was für Ihre Tochter am besten ist. Aber ich möchte Ihnen jetzt und hier etwas sagen: Wenn Sie den Exorzismus als autosuggestive

Schockheilung benutzen wollen, dann täten Sie wirklich besser daran, sich an die Statistenbörse zu wenden. Denn darauf würde sich die Kirche auf keinen Fall einlassen, und Sie hätten nur kostbare Zeit verschwendet.“ Karras packte die Handtuchstange, damit sie nicht sah, wie stark seine Hände zitterten. Was ist denn nur los mit mir? Was ist passiert?

„Übrigens, ich heiße Mrs. MacNeil“, hörte er Chris ironisch sagen.

Er senkte den Kopf und zwang sich zu einem freundlicheren Ton. „Mrs. MacNeil, ob es sich um einen Dämon oder um eine geistige Störung handelt — auf jeden Fall werde ich alles tun, um Ihnen zu helfen. Aber ich muß die Wahrheit wissen. Das ist für Regan lebenswichtig. Im Augenblick befinde ich mich im Zustand vollkommener Unwissenheit und taste nur vorsichtig herum. Was, nebenbei gesagt, für mich weder ein übernatürlicher noch ein unnatürlicher, sondern ganz einfach ein Normalzustand ist. Ich würde also deshalb vorschlagen, daß wir dieses Badezimmer jetzt verlassen und uns nach unten begeben, wo wir uns in Ruhe unterhalten können.“ Er hatte sich mit einem leichten, beruhigenden Lächeln zu ihr umgedreht und reichte ihr die Hand, um ihr vom Wannenrand aufzuhelfen. „Ich könnte eine Tasse Kaffee gebrauchen.“

„Und ich einen Drink.“

Während sich Karl und Sharon um Regan kümmerten, saßen sie zu zweit im Arbeitszimmer: Chris auf dem Sofa, Karras in einem Sessel neben dem Kamin. Chris schilderte Regans Krankengeschichte, vermied es dabei jedoch sorgfältig, die Phänomene zu erwähnen, die mit Burke Dennings zusammenhingen.

Der Priester hörte ihr schweigend zu. Nur hier und da warf er eine Frage ein, nickte oder krauste die Stirn.

Chris gab offen zu, daß sie den Exorzismus zunächst

lediglich als Schockbehandlung erwogen hatte. „Jetzt allerdings bin ich mir nicht mehr so sicher“, sagte sie kopfschüttelnd. Ihre sommersprossigen Hände, die ineinander verkrampft in ihrem Schoß lagen, zuckten nervös. „Nein, ich bin mir gar nicht mehr sicher.“ Sie hob den Kopf und sah den in Gedanken versunkenen Priester an. „Was meinen Sie, Pater Karras?“

„Zwangsverhalten, möglicherweise durch Schuldgefühle hervorgerufen, gekoppelt mit Persönlichkeitsspaltung.“

„Pater, den Unsinn kenne ich nun schon zur Genüge! Wie können Sie mir nach allem, was Sie gesehen haben, noch damit kommen?“

„Das kann man sehr einfach, wenn man in den Abteilungen für Geisteskranke so viele Patienten gesehen hat wie ich“, entgegnete er. „Und jetzt hören Sie mir, bitte, aufmerksam zu: Dämonenbesessenheit — schön und gut. Nehmen wir an, daß so etwas wirklich gelegentlich vorkommt. Doch Ihre Tochter behauptet ja nicht, ein Dämon zu sein, sondern sogar der Teufel persönlich, und das ist, als wollten Sie mir weismachen, Sie wären Napoleon Bonaparte. Verstehen Sie?“

„Dann geben Sie mir eine Erklärung für all diese Klopfgeräusche und so.“

„Ich habe bis jetzt noch nichts davon gehört.“

„Aber die Leute in der Barringer-Klinik haben sie gehört, Pater. Sie treten also nicht nur in unserem Haus hier auf.“

„Mag sein. Aber um dafür eine Erklärung zu finden, brauchen wir nicht erst den Teufel zu bemühen.“

„Dann bitte — erklären Sie sie mir!“ verlangte Chris.

„Psychokinese.“

„Was?“

„Sie haben doch sicher schon von Poltergeistern gehört, nicht wahr?“

„Von Geistern, die mit Geschirr und ähnlichen Gegenständen werfen?“

Karras nickte. „Ein derartiges Phänomen ist keineswegs ungewöhnlich. Es tritt zumeist in der Umgebung von emotionell gestörten Pubertierenden auf. Anscheinend setzt eine extreme innere Spannung bisweilen unbekannte Kräfte frei, durch die aus der Ferne Gegenstände bewegt werden können. Daran ist durchaus nichts Übernatürliches. Denken Sie zum Beispiel an Regans außergewöhnliche Kraft — in der Pathologie etwas ebenso Alltägliches. Wenn Sie so wollen, nennen Sie es die ‚Herrschaft des Geistes über die Materie'."

„Ich nenne es unheimlich."

„Wie dem auch sei — auf jeden Fall ereignen sich diese Dinge auch ohne das Faktum einer Besessenheit."

„Mann, ist das nicht fabelhaft!" sagte sie müde. „Hier sitzen wir nun, ich, die Atheistin, und Sie, der Priester, und . . ."

„Die beste Erklärung für ein Phänomen", unterbrach Karras sie, „ist stets diejenige, die am einfachsten ist und gleichzeitig alle Fakten erklärt."

„Mag sein, daß ich einfältig bin", gab sie zurück, „aber Ihre Erklärung, daß irgend etwas Unbekanntes im Kopf eines Menschen mit Geschirr um sich wirft, sagt mir überhaupt nichts. Also, was ist es wirklich? Könnten Sie mir um Gottes willen endlich erklären, was es ist?"

„Nein. Wir können noch nicht . . ."

„Was ist Persönlichkeitsspaltung, Pater? Sie sprechen das Wort aus, und ich höre es. Aber was ist es? Bin ich denn wirklich so dumm? Würden Sie mir bitte erklären, was es ist — aber so, daß es in meinen Idiotenschädel auch hineingeht?" In ihren rotgeäderten Augen stand ein verzweifeltes, ratloses Flehen.

„Mrs. MacNeil, es gibt auf der ganzen Welt keinen einzigen Menschen, der behaupten könnte, dieses Phänomen zu verstehen", antwortete der Priester ruhig. „Wir wissen lediglich, daß die Persönlichkeitsspaltung existiert. Darüber hinaus jedoch bewegt sich alles im Bereich der

Spekulation. Doch wenn Sie wollen, stellen Sie sich das Ganze folgendermaßen vor: Das menschliche Gehirn enthält, sagen wir, siebzehn Milliarden Zellen."

Chris beugte sich, aufmerksam zuhörend, weiter vor.

„Betrachten wir nun diese Gehirnzellen näher", fuhr Karras fort, „entdecken wir, daß sie pro Sekunde ungefähr hundert Millionen Meldungen verarbeiten; das ist die Anzahl der Empfindungen, mit denen Ihr Körper bombardiert wird. Sie integrieren aber all diese Meldungen nicht nur, sondern sie tun dies darüber hinaus auch sehr geschickt, ohne jemals dabei zu stolpern oder einander in den Weg zu geraten. Doch wie können sie das fertigbringen, wenn es nicht irgendeine Form von Kommunikation gäbe, mit Hilfe derer sie sich verständigen? Sie könnten es nicht. Also muß offenbar jede einzelne dieser Zellen ihr eigenes Bewußtsein haben. Und jetzt stellen Sie sich den menschlichen Körper einmal als riesigen Ozeandampfer vor. Und stellen Sie sich weiterhin vor, daß Ihre Gehirnzellen die Besatzung bilden. Von diesen Zellen steht eine auf der Kommandobrücke. Als Kapitän. Der Kapitän weiß niemals genau, was die Besatzungsmitglieder unter Deck gerade tun. Er weiß lediglich, daß sein Schiff störungsfrei weiterläuft, daß also alle ihre Pflicht erfüllen. Der Kapitän, Mrs. MacNeil, das sind Sie, das ist Ihr waches Bewußtsein. Bei einer Persönlichkeitsspaltung nun ist es — möglicherweise — so, daß eine der Besatzungszellen unter Deck auf die Brücke kommt und das Kommando an sich reißt. Mit anderen Worten: Meuterei. Haben Sie es jetzt verstanden?"

Chris starrte ihn fassungslos an. „Pater, das ist so unvorstellbar, daß es mir beinahe leichter fällt, an den Teufel zu glauben!"

„Ja, aber ..."

„Lassen Sie nur", wehrte sie mit leiser, erschöpfter Stimme ab. „Von all diesen großartigen Theorien weiß ich nicht viel. Nur eines kann ich Ihnen mit Bestimmtheit versichern: Zeigen Sie mir eine Doppelgängerin von Regan.

Dasselbe Gesicht, dieselbe Stimme, derselbe Geruch — alles, bis auf das letzte i-Tüpfelchen genau wie bei ihr —, und ich werde trotzdem sofort wissen, daß es nicht meine Tochter ist. Ich würde es wissen! Ich würde es in meinem innersten Herzen spüren, und ich sage es Ihnen hier und jetzt: Ich weiß, daß dieses Ding da oben nicht Regan ist! Ich weiß es! Ich weiß es!"

Ausgepumpt lehnte sie sich auf dem Sofa zurück. „Und nun sagen Sie mir, was ich machen soll, Pater!" forderte sie ihn auf. „Nur zu: Sagen Sie mir ins Gesicht, Sie wüßten mit Sicherheit, daß meiner Tochter außer einem kleinen Dachschaden nicht das geringste fehlt. Sagen Sie mir, Sie wüßten mit Sicherheit, daß sie keinen Exorzismus braucht. Sagen Sie mir, Sie wüßten mit Sicherheit, daß ihr ein Exorzismus nicht helfen würde. Sagen Sie es! Und sagen Sie mir dann aber auch, was ich statt dessen jetzt machen soll!"

Endlose Sekunden lang blieb der Priester stumm. Dann antwortete er sehr leise: „Wissen Sie, es gibt auf dieser Welt nur wenig, was ich mit Sicherheit weiß."

Düster, nachdenklich sank er ein wenig tiefer in seinen Sessel hinein. Dann sprach er weiter. „Hat Regan eine tiefe Stimme?" erkundigte er sich. „Ich meine, im Normalzustand."

„Nein. Ich würde sogar sagen, daß sie eine sehr helle Stimme hat."

„Würden Sie sie als altklug bezeichnen?"

„Ganz und gar nicht."

„Wie hoch ist ihr Intelligenzquotient?"

„Guter Durchschnitt."

„Und welche Lektüre bevorzugt sie?"

„Nancy Drew und Bildergeschichten."

„Und nun zu ihrem augenblicklichen Sprechstil: Wie sehr, würden Sie sagen, unterscheidet er sich von ihrem normalen Stil?"

„Grundlegend. Sie hat noch nie auch nur die Hälfte all dieser Wörter benutzt."

„Nein, nein! Ich meine jetzt nicht den Inhalt ihrer Sprache, sondern den Stil."

„Den Stil?"

„Die Art, wie sie die einzelnen Wörter aneinanderreiht."

„Also, nun weiß ich wirklich nicht, was Sie meinen."

„Haben Sie vielleicht einen Brief, den sie geschrieben hat? Schulaufsätze? Auch eine Bandaufnahme ihrer Stimme würde ..."

„Ja, sicher! Ich habe ein Tonband, auf dem sie zu ihrem Vater spricht", unterbrach sie ihn. „Sie wollte es ihm statt eines Briefes schicken, aber sie ist nie damit fertig geworden. Wollen Sie es?"

„Ja, bitte. Und außerdem brauche ich Regans Krankheitsunterlagen, vor allem diejenigen der Barringer-Klinik."

„Hören Sie, Pater, den Weg habe ich schon einmal beschritten, und dabei ist ..."

„Ich weiß, ich weiß! Aber ich muß die Akten selber sehen."

„Sie sind also immer noch gegen den Exorzismus?"

„Ich bin nur gegen das Risiko, Ihrer Tochter mehr zu schaden als zu nützen."

„Aber Sie sprechen jetzt als Psychiater, nicht wahr?"

„Keineswegs. Ich spreche ebensosehr als Priester. Wenn ich zu unserer Kanzlei gehe, oder wo immer ich sonst vorsprechen muß, um mir die Erlaubnis für einen Exorzismus zu holen, muß ich zuallererst ein paar recht eindeutige Anhaltspunkte für die Vermutung vorlegen, daß der Zustand Ihrer Tochter nicht nur auf rein psychiatrischen Problemen beruht. Und anschließend brauche ich dann noch Beweise, die von der Kirche als Merkmale für Besessenheit akzeptiert werden."

„Zum Beispiel?"

„Ich weiß es nicht. Ich müßte es erst nachsehen."

„Ist das Ihr Ernst? Ich dachte, Sie wären ein Experte!"

„Im Augenblick wissen Sie vermutlich mehr über Dämonenbesessenheit als die meisten Priester. Zunächst aber: Wann können Sie mir die Barringer-Unterlagen besorgen?"

„Wenn es sein muß, würde ich sogar ein Flugzeug chartern."

„Und dieses Tonband?"

Chris erhob sich. „Ich werde nachsehen, ob ich es finde."

„Und noch eins", setzte er hinzu. Sie blieb abwartend neben seinem Sessel stehen. „Das Buch, von dem Sie vorhin sprachen, mit dem Kapitel über Besessenheit: Können Sie sich jetzt erinnern, ob Regan es jemals vor dem Ausbruch ihrer Krankheit gelesen hat?"

Mit dem Fingernagel pochte sie nachdenklich an ihre Zähne. „Hm ... Irgend etwas hat sie gelesen, am Tag, bevor der Zirkus losging", sagte sie. „Aber was, das kann ich nicht mit Sicherheit sagen. Immerhin glaube ich, daß sie es irgendwann gelesen hat. Das heißt, ich weiß es sogar. Ich bin fast sicher."

„Ich würde es mir gern einmal ansehen. Kann ich es mitnehmen?"

„Selbstverständlich. Es gehört Ihnen ohnehin. Ich hätte es schon längst in Ihre Bibliothek zurückbringen müssen. Warten Sie einen Augenblick, ich gehe es holen." Sie schritt auf die Tür zu. „Das Tonband ist, glaube ich, im Keller. Ich werde nachsehen. Bin gleich wieder da."

Karras nickte geistesabwesend. Gedankenverloren starrte er auf das Teppichmuster. Nach endlosen Minuten stand er auf, trat langsam in den Flur hinaus, blieb dort, scheinbar in eine andere Dimension entrückt, mit ausdrucksloser Miene, die Hände in den Taschen vergraben und ins Leere starrend, bewegungslos stehen und lauschte auf die Geräusche, die oben aus Regans Schlafzimmer kamen: das Grunzen eines Schweines, das Bellen eines Schakals, das Zischen einer Schlange und immer wieder Schluckauflaute.

„Ach, da sind Sie! Ich habe Sie im Arbeitszimmer gesucht."

Als Karras sich umdrehte, schaltete Chris gerade das Licht ein.

„Wollten Sie gehen?“ Mit Buch und Tonband kam sie auf ihn zu.

„Ich habe morgen eine Vorlesung, für die ich mich leider noch vorbereiten muß.“

„Wo denn?“

„In der medizinischen Fakultät.“ Er nahm ihr das Buch und das Tonband ab. „Ich werde versuchen, morgen nachmittag oder abend herüberzukommen. Sollte sich in der Zwischenzeit etwas Dringliches ereignen, so rufen Sie mich unter allen Umständen an — zu jeder Zeit. Ich werde bei der Vermittlung hinterlassen, daß man Sie durchstellt.“ Sie nickte. Der Jesuit griff nach dem Haustürknauf. „Wie steht es denn bei Ihnen selbst mit Medikamenten?“ fragte er.

„Ich bin versorgt“, antwortete sie. „Ich habe Dauerrezepte.“

„Wollen Sie denn Ihren Arzt nicht mehr kommen lassen?“

Die Schauspielerin schloß die Augen und schüttelte den Kopf.

„Sie wissen aber doch, daß ich kein praktischer Arzt bin, nicht wahr?“ warnte er sie.

„Ich kann nicht“, flüsterte sie. „Ich kann einfach nicht.“

Er spürte ihre geheime Angst. „Nun ja, früher oder später werde ich einem meiner Vorgesetzten von meinem Vorhaben Mitteilung machen müssen — vor allem, wenn ich zu den ungewöhnlichsten Tages- und Nachtzeiten in Ihrem Haus aus und ein gehe.“

„Ist das denn nötig?“ Sie musterte ihn stirnrunzelnd.

„Meinen Sie nicht, daß das sonst einen etwas merkwürdigen Eindruck machen würde?“

Sie blickte zu Boden. „Ja, vielleicht haben Sie recht“, murmelte sie.

„Haben Sie keine Angst, ich werde nur das Allernotwendigste sagen", beruhigte er sie. „Es wird bestimmt nicht weitergetragen."

Sie hob den Kopf und sah ihn mit hilfloser, gequälter Miene an.

„Okay", sagte sie matt.

Er nickte. „Also, bis bald."

Er wollte hinausgehen, machte aber in der Türöffnung, die Hand fragend erhoben, noch einmal halt. „Mrs. MacNeil, wußte Ihre Tochter, daß ein Priester kommen würde?"

„Nein. Das wußte niemand außer mir."

„Wußten Sie, daß meine Mutter vor kurzem gestorben ist?"

„Ja. Mein herzlichstes Beileid, Pater Karras."

„Weiß Regan davon?"

„Wieso?"

„Weiß sie davon?"

„Nein. Keineswegs."

Er nickte.

„Warum fragen Sie?" erkundigte sich Chris, die Brauen neugierig emporgezogen.

„Nicht weiter wichtig." Er zuckte die Achseln. „War nur eine Frage." Er musterte besorgt ihr Gesicht. „Bekommen Sie auch genügend Schlaf?"

„Ein bißchen."

„Versuchen Sie es mit Tabletten. Nehmen Sie Librium?"

„Ja."

„Wieviel?"

„Zweimal am Tag zehn Milligramm."

„Nehmen Sie zweimal am Tag zwanzig. Und halten Sie sich möglichst von Ihrer Tochter fern. Je häufiger Sie sich ihrem augenblicklichen Verhalten aussetzen, desto größer ist die Gefahr, daß Ihre Gefühle für sie einen dauernden Schaden erleiden. Also nicht hingehen. Und treten Sie ein bißchen kurz. Mit einem Nervenzusammenbruch können Sie Regan bestimmt nicht helfen."

Sie nickte bedrückt, mit niedergeschlagenen Augen.

„Und jetzt gehen Sie sofort zu Bett“, empfahl er ihr freundschaftlich. „Wollen Sie mir das versprechen?“

„Na schön“, antwortete sie leise. „Okay, ich verspreche es.“ Mit einem angedeuteten Lächeln sah sie ihn an. „Gute Nacht, Pater Karras. Und vielen Dank.“

Einen Moment betrachtete er sie mit ausdruckslosem Blick, dann ging er mit raschen Schritten davon.

Chris sah ihm von der Haustür aus nach. Erst als er die Straße überquerte, fiel ihr auf einmal ein, daß er vermutlich das Abendessen verpaßt hatte. Dann kam ihr flüchtig der Gedanke, er könne frieren. Er rollte seine Hemdsärmel herunter.

An der Ecke Prospect und P-Street ließ er das Buch fallen und bückte sich rasch, um es aufzuheben. Dann war er um die Ecke gebogen und verschwunden.

Während sie hinter ihm her schaute, hatte Chris urplötzlich das Gefühl einer großen Erleichterung. Daß Kinderman ganz in der Nähe allein in einem unauffälligen Wagen saß, bemerkte sie nicht.

Sie schloß die Tür.

Eine halbe Stunde später eilte Damien Karras mit einem Stoß Bücher und Zeitschriften, die er sich aus der Georgetown-Bibliothek geholt hatte, zu seinem Zimmer im Jesuitenwohnheim zurück. Er deponierte sie hastig auf seinem Schreibtisch, dann suchte er in allen Schubladen nach Zigaretten. Das Ergebnis seiner Suche bestand in einem alten, halbleeren Päckchen Camel, doch in Ermangelung von etwas Besserem steckte er sich trotzdem eine der vertrockneten Zigaretten an, inhalierte tief und behielt den Rauch so lange wie möglich in den Lungen, während er über Regan nachdachte.

Hysterie! Er war überzeugt, daß es sich um Hysterie handelte. Er stieß den Rauch aus, hakte die Daumen in seinen Gürtel und musterte die mitgebrachten Bücher: Oesterreichs „Besessenheit“; Huxleys „Die Teufel von Loudun“; die

„Parapraxis im Haizman-Fall“ von Sigmund Freud; McCaslands „Dämonenbesessenheit und Exorzismus des frühen Christentums im Licht moderner Erkenntnisse über die Geisteskrankheiten“; und schließlich psychiatrische Zeitschriften mit Auszügen aus Sigmund Freuds „Eine Neurose dämonischer Besessenheit im 17. Jahrhundert“ und „Die Dämonologie in der modernen Psychiatrie“.

„Bitte, helfen Sie einem alten Meßjungen, Pater!“

Der Jesuit rieb sich die Stirn und betrachtete anschließend seine Finger, an denen Schweißnässe klebte. Er sah, daß seine Zimmertür offenstand, machte sie zu und trat dann an sein Bücherregal, dem er das rot gebundene „Römische Ritual“ entnahm, ein Kompendium katholischer Riten und Gebete. Die Zigarette zwischen die Lippen geklemmt, die Augen vor dem aufsteigenden Rauch zusammengekniffen, schlug er die „Allgemeinen Regeln für Exorzisten“ auf und suchte nach einer Beschreibung der Merkmale für Dämonenbesessenheit. Er überflog zunächst die Seiten, dann hielt er an einer Stelle inne und begann gründlicher zu lesen:

„... Der Exorzist sollte nicht allzu bereitwillig glauben, daß eine Person von einem bösen Geist besessen ist, sondern er sollte nach den Zeichen suchen, an denen man einen Besessenen von einem Menschen unterscheiden kann, der an einer Krankheit, insbesondere an einer Krankheit psychologischer Natur leidet. Die Merkmale für eine Besessenheit können die folgenden sein: die Fähigkeit, fließend in einer fremden, unbekannten Sprache zu reden oder sie zu verstehen, wenn sie von anderen gesprochen wird; die Fähigkeit, die Zukunft und verborgene Ereignisse vorauszusehen; Entfaltung von Kräften, die über das Alter und den natürlichen Zustand des Patienten hinausgehen; sowie verschiedene andere Phänomena, die, alle zusammengenommen, den Beweis darstellen.“

Eine Zeitlang überlegte Karras, dann lehnte er sich an das Bücherregal und las auch noch den Rest der Unterweisung. Zum Schluß kehrte er noch einmal zu Punkt Nummer 8 zurück:

„Einige decken ein Verbrechen auf, das begangen wurde, und nennen sogar auch die Täter ..."

Er hob den Kopf; es hatte geklopft. „Damien?"

„Ja? Herein!"

Es war Joe Dyer. „He, Damien, Chris MacNeil hat versucht, dich zu erreichen. Hast du mit ihr gesprochen?"

„Wann hat sie das versucht? Ich meine, war das vielleicht heute abend?"

„Nein, heute nachmittag."

„Ach so! Ja, Joe, ich habe mit ihr gesprochen."

„Gut", sagte Dyer. „Ich wollte mich nur vergewissern, daß du die Nachricht auch erhalten hast."

Der winzige Priester schlenderte im Zimmer herum und nahm, einem Kobold im Ramschladen gleich, verschiedene Gegenstände zur Hand.

„Suchst du was, Joe?" fragte ihn Karras.

„Hast du zufällig Zitronendrops?"

„Wie bitte?"

„Ich habe das ganze Haus nach Zitronendrops abgesucht, aber kein Mensch konnte mir welche geben. Mann, ich habe einen richtigen Heißhunger danach!" erklärte Dyer, ohne mit dem Herumwandern aufzuhören. „Ich habe nämlich ein ganzes Jahr lang Kindern die Beichte abnehmen müssen, und bei der Gelegenheit bin ich zitronendropssüchtig geworden. Ich komme einfach nicht mehr davon los. Die kleinen Biester pusten einem den Geruch ununterbrochen ins Gesicht. Nach meiner Meinung macht das süchtig." Er hob den Deckel eines Tabakbehälters, in dem Damien Karras Pistaziennüsse aufbewahrte. „Was ist denn das? Verendete mexikanische Springbohnen?"

Karras wandte sich wieder dem Bücherregal zu. Er suchte einen bestimmten Band. „Jetzt hör mal, Joe. Sei mir nicht böse, aber ich habe ..."

„Ist diese Chris nicht wirklich reizend?" unterbrach ihn Dyer, der sich aufs Bett geworfen hatte, behaglich die Beine ausstreckte und die Hände unter dem Kopf verschränkte. „Eine bezaubernde Person! Hast du sie kennengelernt?"

„Wir haben uns unterhalten." Karras zog ein grün gebundenes Buch mit dem Titel „Satan" heraus, eine Sammlung von Abhandlungen und Stellungnahmen verschiedener französischer Theologen. Er ging zum Schreibtisch. „Hör mal, ich muß jetzt wirklich ..."

„So schlicht, offen, ungekünstelt", fuhr Dyer fort. „Sie könnte uns bei der Realisierung meines Planes helfen. Für den Fall, daß auch wir beide dem Priesterstand Valet sagen."

„Wer sagt hier dem Priesterstand Valet?"

„Die Homos. In hellen Scharen. Unser schlichtes Schwarz ist heute nicht mehr gefragt. Und deswegen möchte ich mit ..."

„Joe, ich muß noch eine Vorlesung für morgen ausarbeiten", sagte Karras, während er sich mit den Büchern an seinen Schreibtisch setzte.

„Ja, ja, okay! Also, ich habe vor, mit dir zu Chris MacNeil zu gehen — verstehst du? — und ihr meine Idee von einem Film über das Leben des heiligen Ignatius von Loyola zu unterbreiten. Der Titel lautet: ‚Wackere Jesuiten auf dem Vormarsch' und ..."

„Würdest du, bitte, machen, daß du hinauskommst, Joe?" drängte Karras und drückte seinen Zigarettenstummel im Aschenbecher aus.

„Langweile ich dich?"

„Ich habe zu tun!"

„Wer hindert dich?"

„Also wirklich, ich meine es ernst." Karras knöpfte sich

das Hemd auf. „Ich werde jetzt unter die Dusche gehen und anschließend konzentriert arbeiten."

„Ich habe dich übrigens gar nicht beim Abendessen gesehen", stellte Dyer fest, der sich nur widerwillig vom Bett erhob. „Wo hast du gegessen?"

„Überhaupt nicht."

„Sehr dumm von dir! Warum hungern, wo wir doch nur Soutane tragen?" Er war um den Schreibtisch herumgekommen und schnupperte an einer Zigarette. „Uralt."

„Gibt es ein Tonbandgerät im Haus?"

„Es gibt nicht mal Zitronendrops im Haus. Geh doch ins Sprachlabor."

„Und wer hat den Schlüssel dazu? Pater Präsident?"

„Nein. Pater Hausmeister. Brauchst du es noch heute?"

„Allerdings." Karras drapierte sein Hemd über die Lehne des Schreibtischsessels. „Wo finde ich ihn?"

„Soll ich es dir holen?"

„Würdest du das für mich tun? Das wäre nett, denn ich bin wirklich ziemlich im Druck."

„Nur keine Bange, großer, verehrter Jesuiten-Hexenmeister. Kommt sofort!" Dyer öffnete die Tür und schlüpfte hinaus.

Karras duschte, dann zog er Unterhemd und Hose an. Als er sich an den Schreibtisch setzte, entdeckte er auf der Platte eine Stange Camel ohne Filter und daneben einen Schlüssel mit einem Anhänger, auf dem die Bezeichnung „Sprachlabor" stand, sowie einen zweiten mit der Beschilderung „Refektoriumskühlschrank". An diesem letzteren hing ein Zettel: „Besser du als die Ratten." Die Unterschrift entlockte Damien ein kleines Lächeln: Zitronendrop-Kid. Er schob den Zettel ein Stück beiseite, nahm seine Armbanduhr ab und legte sie vor sich auf die Schreibtischplatte. Es war genau 22 Uhr 58. Er begann zu lesen. Sigmund Freud. McCasland. „Satan." Oesterreichs überaus gründliche Studie. Er war ungefähr kurz nach 4 Uhr fertig. Er rieb sich das Gesicht und die brennenden Augen. Sein Blick streifte den vollen Aschenbecher. Asche und zerdrückte Zigarettenstummel. Dikker Qualm hing in der Luft. Karras stand auf und trat müde an eines der Fenster und schob es hoch. Er atmete die kühle, feuchte Morgenluft in tiefen Zügen und rekapitulierte alles noch einmal. Regan zeigte das physische Syndrom der Besessenheit. Soviel war ihm jetzt klar. Daran hegte er keinerlei Zweifel mehr. Denn die Symptome der Besessenheit blieben, ungeachtet der geographischen Lage oder des historischen Zeitpunktes, in allen Fällen im wesentlichen konstant. Einige davon hatte Regan bis jetzt noch nicht produziert: Stigmata, das Verlangen nach abstoßender Nahrung, Unempfindlichkeit gegen Schmerz, häufige, laute und ununterdrückte Schluckaufkrämpfe. Andere dagegen waren eindeutig bei ihr vorhanden: die unwillkürliche motorische Erregung, der stinkende Atem, die belegte Zunge, die Abzehrung des ganzen Körpers, der aufgeblähte Bauch, die Reizung der Haut und der Schleimhäute. Und wirklich unübersehbar waren bei ihr die grundlegenden Symptome einer Anzahl von Fällen, die Oesterreich als „echte" Besessenheit charakterisiert hatte: die auffallende Veränderung von Stimme und Gesichtszügen sowie das Auftreten einer ganz neuen Persönlichkeit.

Damien Karras hob den Kopf und starrte finster auf die Straße hinaus. Durch die Zweige einiger Bäume konnte er das Haus und das große Erkerfenster von Regans Schlafzimmer sehen. Sobald eine Besessenheit freiwillig herbeigeführt wurde — wie etwa bei einem Medium —, erwies sich die neue Persönlichkeit meist als gutartig. Wie Tia, dachte Karras. Der Geist einer Frau, der in einen Mann gefahren war. Einen Bildhauer. Immer nur flüchtig, jeweils eine Stunde. Bis eines Tages ein Freund des Bildhauers sich unsterblich verliebte. In Tia. Und den Bildhauer anflehte, ihr zu gestatten, seinen Körper ganz in Besitz zu nehmen. Aber in Regan gibt es keine Tia, sagte sich Karras ingrimmig. Bei Regan war die eingedrungene Persönlichkeit bösartig. Feindlich. Typisch für Fälle von Dämonenbesessenheit, in denen die neue Persönlichkeit die Zerstörung des Körpers ihres Gastgebers anstrebte. Und dieses Ziel fast immer auch erreichte.

Bedrückt kehrte der Jesuit an seinen Schreibtisch zurück, wo er ein Päckchen Zigaretten aufriß und sich eine Camel ansteckte. Nun gut. Sie hat also das Syndrom einer Dämonenbesessenheit. Wie kann man sie davon heilen?

Er löschte das Streichholz. Kommt darauf an, wodurch sie entstanden ist. Er hockte sich auf die Schreibtischkante und überlegte. Die Nonnen im Kloster von Lille. Besessen. Im Frankreich des frühen siebzehnten Jahrhunderts. Sie hatten ihrem Exorzisten gestanden, daß sie — im Zustand der Besessenheit willenlos — regelmäßig an Satansorgien teilgenommen und dabei ihren erotischen Fahrplan turnusartig gewechselt hatten: montags und dienstags — heterosexuelle Kopulation; donnerstags — Fellatio und Cunnilingus mit homosexuellen Partnern; samstags — Sodomie mit Haustieren und Drachen. Und Drachen! . . . Der Jesuit schüttelte den Kopf. Im Fall von Lille, wie auch in vielen anderen Besessenheitsfällen, hielt er den Ursprung dieses Zustandes für eine Mischung aus Betrug und Mythomanie. Wieder andere schienen auf Geisteskrankheiten zu beruhen: auf Paranoia, Schizophrenie, Neurasthenie, Psychasthenie. Und das war, wie er wußte, der Grund dafür, daß die Kirche seit langen Jahren schon dem Exorzisten anempfahl, mit einem Psychiater oder Neurologen zusammenzuarbeiten. Doch nicht bei allen Besessenheitsfällen lag das auslösende Element so deutlich zutage. Sehr viele hatten zum Beispiel Oesterreich veranlaßt, die Besessenheit als eine Störung ganz eigener Art zu charakterisieren und die Erklärung der Psychiatrie — „Persönlichkeitsspaltung" — als einen nicht weniger okkulten Ersatz für die Konzepte „Dämon" und „Totengeist" abzutun.

Karras rieb sich nachdenklich die Nase. Die Ärzte der

Barringer-Klinik hatten, laut Chris, schon angedeutet, daß Regans Krankheit auf Suggestion beruhen könne, auf irgendeinem Faktor aus dem Bereich der Hysterie. Das hielt auch Karras für eine wahrscheinliche Erklärung. Nach seiner Ansicht war die Mehrzahl der Fälle, die er studiert hatte, von ebendiesen beiden Faktoren ausgelöst worden. Natürlich. Denn erstens werden fast ausschließlich Frauen davon befallen, und zweitens gibt es geradezu Besessenheitsepidemien. Außerdem wurden die Exorzisten ... Karras runzelte plötzlich die Stirn. Die Exorzisten wurden häufig selbst Opfer der Besessenheit. Er mußte an Loudun denken. An Frankreich. An die Nonnen des Ursulinenklosters. Von vier dorthin entsandten Exorzisten, die eine Epidemie von Besessenheit bekämpfen sollten, waren drei — Pater Lucas, Pater Lactance und Pater Tranquille — nicht nur selbst der Besessenheit anheimgefallen, sondern auch kurz darauf, anscheinend an einem Schock, gestorben. Der vierte, Pater Surin, zum Zeitpunkt seiner Besessenheit dreiunddreißig Jahre alt, war für die verbleibenden fünfundzwanzig Jahre seines Lebens dem Wahnsinn verfallen.

Karras nickte vor sich hin. Wenn Regans Krankheit hysterisch, wenn ihre Besessenheit ein Suggestionsprodukt war, dann konnte die Quelle dieser Suggestion nur in dem entsprechenden Kapitel des Buches über die Hexerei liegen. In dem Kapitel über Besessenheit. Hatte sie es gelesen?

Er überflog die Seiten. Gab es auffallende Ähnlichkeiten zwischen den hier verzeichneten Details und Regans Verhalten? Das wäre unter Umständen ein Beweis. Unter Umständen!

Ein paar Übereinstimmungen waren eindeutig vorhanden:

... Der Fall eines achtjährigen Mädchens, von dem in diesem Kapitel gesagt wurde, es habe „mit donnernder, tiefer Baßstimme gebrüllt wie ein Stier". (Regans stierähnliches Gebrüll.)

... Der Fall der Helene Smith, die von dem großen Psychologen Flournoy behandelt worden war: Seine Beschreibung, daß sie ihre Stimme und ihre Gesichtszüge mit „blitzartiger Geschwindigkeit“ zu denen einer ganzen Reihe verschiedener Persönlichkeiten verändert habe. (Das hat sie bei mir auch gemacht. Die Persönlichkeit mit dem britischen Akzent. Schneller Wechsel. Blitzschnell.)

... Ein Fall in Südafrika, aus erster Hand berichtet von dem bekannten Ethnologen Junod: Seine Beschreibung einer Frau, die eines Abends aus ihrer Behausung verschwand und erst am nächsten Morgen wiedergefunden wurde — „mit feinen Lianen an die Spitze eines sehr hohen Baumes gefesselt“ — und die dann anschließend, „den Kopf voran, zischend und züngelnd wie eine Schlange, den Baumstamm herabglitt, eine Zeitlang dort hängenblieb und in einer Sprache redete, die noch kein Mensch zuvor vernommen hatte“. (Regan, die Sharon wie eine Schlange überallhin gefolgt war. Das Kauderwelsch. Der Versuch zu einer „unbekannten Sprache“.)

... Der Fall von Joseph und Thiebaut Burner, acht und zehn Jahre alt: die Beschreibung der beiden Jungen, die „auf dem Rücken lagen und sich plötzlich mit äußerster Geschwindigkeit wie ein Kreisel drehten“. (Klingt ganz nach Regan, die sich wie ein tanzender Derwisch um die eigene Achse gedreht hat.)

Und weitere Übereinstimmungen, weitere Gründe für den Verdacht auf Suggestion: übernatürliche Kraft, obszöne Redensarten und Berichte aus den Evangelien über Fälle von Besessenheit, die, nach Karras' Ansicht, möglicherweise als Grundlage für den merkwürdig religiösen Inhalt von Regans Schimpftiraden in der Barringer-Klinik gedient hatten. Außerdem war in dem Kapitel von einem stufenweisen Einsetzen der Besessenheit die Rede: „... Die erste Stufe, die Infestation, besteht aus einer Attacke auf dem Wege über die Umgebung des Opfers: Geräusche, Gerüche, Verrückung von Gegenständen; während die zweite Stufe, die Besessenheit, in einem direkten Angriff auf das Opfer besteht, der durch Verletzungen, wie sie ein Mensch dem anderen durch Schläge und Tritte zufügen kann, Entsetzen hervorrufen soll." Die Klopfgeräusche. Das Aufundabschleudern. Die Attacken des Captain Howdy.

Vielleicht — vielleicht hatte sie das alles gelesen. Doch ganz überzeugt davon war Karras nicht. Durchaus nicht ... Außerdem: Chris. Sie hatte es ja auch nicht mit Sicherheit sagen können.

Wieder ging er zum Fenster hinüber. Was war es also? Echte Besessenheit? Ein Dämon? Er sah hinaus und schüttelte den Kopf. Auf keinen Fall. Paranormale Phänomene? Natürlich! Warum auch nicht? Zu viele kompetente Beobachter hatten davon berichtet. Ärzte. Psychiater. Männer wie Junod. Aber die Frage ist doch, wie man diese Phänomene interpretieren soll. Er dachte an Oesterreich. An den Hinweis auf einen Schamanen im Altai-Gebirge. Freiwillig besessen und in einer Klinik untersucht, während er eine anscheinend paranormale Handlung vollführte: Levitation. Kurz vorher war sein Puls auf einhundert emporgeschnellt, um hinterher — einfach unglaublich! — sogar auf zweihundert zu steigen. Darüber hinaus auffallende Temperatur- und Atmungsveränderungen. Also war seine paranormale Handlung physiologisch begründet. Von einer körperlichen Energie- oder Kraftquelle ausgelöst worden. Die Kirche aber verlangte als Beweis für eine Besessenheit klare, exteriore Phänomene, die eindeutig darauf schließen ließen, daß ...

Er hatte den genauen Wortlaut vergessen und schlug noch einmal nach. Er fuhr mit dem Finger die Seite eines Buches entlang, das offen auf seinem Schreibtisch lag, und fand schließlich die Stelle: „... beweisbare exteriore Phänomene, die eindeutig darauf schließen lassen, daß sie auf das übernatürliche Eingreifen einer intelligenten, nichtmenschlichen Kraft zurückzuführen sind." War das bei dem Schamanen der Fall? fragte sich Karras. Nein. Und ist das bei Regan der Fall?

Er las bis zu dem Passus weiter, den er mit Bleistift

unterstrichen hatte: „Der Exorzist muß darauf achten, daß keine der Manifestationen des Patienten unerklärt bleibt . . .“

Er nickte. Nun gut. Wollen wir sehen. Auf und ab gehend, rekapitulierte er die Manifestationen von Regans Krankheit, zusammen mit ihren möglichen Erklärungen. In Gedanken zählte er sie eine nach der anderen auf:

Die verblüffende Veränderung von Regans Gesichtszügen: zum Teil auf die Krankheit zurückzuführen, zum Teil auch auf die Unterernährung. Zum größten Teil aber, wie er befand, auf die Tatsache, daß die Physiognomie des Menschen Ausdruck seines seelischen Zustandes ist. Was immer das bedeuten mag, fügte er in Gedanken ironisch hinzu.

Die verblüffende Veränderung von Regans Stimme: Ihre normale Stimme hatte er noch nicht gehört. Und selbst wenn diese, wie ja die Mutter behauptete, sehr hell gewesen war, so mußte das unablässige Schreien die Stimmbänder anschwellen und somit die Stimme tiefer werden lassen. Das einzige Rätsel dabei lag seiner Ansicht nach in dem unglaublichen Volumen der Stimme, denn das schien selbst bei einer Verdickung der Stimmbänder physiologisch unmöglich zu sein. Allerdings waren, sinnierte er, Demonstrationen paranormaler Kraft über das Muskelpotential hinaus in Angst- oder Krankheitszuständen bekanntermaßen relativ häufig. Waren Stimmbänder und Kehlkopf möglicherweise demselben geheimnisvollen Effekt unterworfen?

Die Tatsache, daß Regan in ihm einen Priester erkannt hatte: leicht zu erraten. Wenn sie das Kapitel über Besessenheit gelesen hatte, konnte sie unschwer den Besuch eines Priesters voraussehen. Außerdem konnte das unterbewußte Wahrnehmungsvermögen und die unterbewußte Sensibilität hysterischer Patienten, laut Jung, vorübergehend fünfzigmal so groß sein wie im Normalzustand. Was überdies auch eine Erklärung für das scheinbar authentische „Gedankenlesen“ beim Tischrücken durch Medien war, wobei das Unterbewußtsein des Mediums in Wirklichkeit die Vibrationen „las“, die durch die Hände der Person, deren Gedanken angeblich gelesen werden sollten, auf den Tisch übertragen wurden. Diese Vibrationen bildeten ein Schema von Buchstaben und Zahlen. Es war also durchaus denkbar, daß Regan auf diese Weise rein aus seinem Verhalten, aus dem Erscheinungsbild seiner Hände, aus dem Geruch des Meßweins seine Identität „abgelesen“ hatte.

Die Tatsache, daß Regan vom Tod seiner Mutter wußte: nicht schwer zu erraten; er war sechsundvierzig.

„Bitte, helfen Sie einem alten Meßjungen, Pater!“: Die Lehrbücher katholischer Seminare akzeptierten die Telepathie nicht nur als Tatsache, sondern auch als Naturphänomen.

Regans altkluger Intellekt: Im Verlauf persönlicher Beobachtungen bei einem Fall mehrfacher Persönlichkeitsspaltung mit angeblich okkulten Phänomenen war der Psychiater Jung zu dem Schluß gekommen, daß sich im Zustand des hysterischen Somnambulismus nicht nur die Fähigkeit zur unterbewußten Sinneswahrnehmung, sondern auch die Funktion des Intellektes verstärkte, denn die neuen Identitäten des in Frage stehenden Falles erschienen eindeutig intelligenter als die ursprüngliche Persönlichkeit. Und dennoch . . . überlegte Karras. War durch das einfache Berichten eines Phänomens dieses auch schon erklärt?

Auf einmal hielt er in seiner Wanderung inne und blieb neben dem Schreibtisch stehen: Es war ihm eingefallen, daß Regans Wortspiel über Herodes sogar noch komplizierter war, als ihm zuerst geschienen hatte. Als nämlich die Pharisäer Christus von den Drohungen des Herodes berichteten, hatte Christus ihnen, wie Karras sich jetzt erinnerte, geantwortet: „Gehet hin und sagt diesem Fuchs, daß ich Teufel austreibe . . .“

Sein Blick fiel flüchtig auf das Tonband mit Regans Stimme, dann nahm er müde am Schreibtisch Platz. Er steckte sich eine Zigarette an und stieß den Rauch aus. Er mußte wieder an die Burner-Jungen denken, an den Fall des achtjährigen Mädchens, das alle Symptome einer ausgewachsenen Besessenheit gezeigt hatte. Welches Buch hatte jenes Mädchen wohl gelesen, damit sein Unterbewußtsein in der Lage war, diese Symptome so perfekt zu simulieren? Und wie übermittelte das Unterbewußtsein der Opfer in China die Symptome an das Unterbewußtsein der verschiedenen Besessenen in Sibirien, Deutschland, Afrika, so daß die Symptome immer und überall die gleichen waren?

„Übrigens, Karras, deine Mutter ist auch hier bei uns ..."

Blind starrte er in den Zigarettenrauch, der in die Luft stieg. Dann lehnte er sich bequem zurück und starrte auf die linke unterste Schublade seines Schreibtisches. Eine Zeitlang saß er regungslos. Dann beugte er sich hinab, zog die Schublade heraus und entnahm ihr ein abgegriffenes Sprachübungsheft. Erwachsenenschulung. Das Heft seiner Mutter. Er legte es auf die Schreibtischplatte und blätterte mit liebevoller Behutsamkeit in den Seiten. Immer wieder: die Buchstaben des Alphabets. Dann einfache Übungen. Zwischen den Seiten der unbeholfene Versuch zu einem Brief: „Lieber Dimmy! Ich habe gewartet ..." Ein zweiter Anfang. Unvollständig. Er wandte den Blick ab. Sah ihre Augen am Fenster ... Wartend ...

„Domine, non sum dignus ..."

Dann verwandelten sich ihre Augen und sahen jetzt aus wie die Regans ... Angstvoll schreiende Augen ... Wartende Augen ...

„Aber sprich nur ein Wort ..."

Wieder fiel sein Blick auf das Tonband mit Regans Stimme.

Er ging hinaus, ging mit dem Tonband ins Sprachlabor, suchte ein Bandgerät, fädelte das Band auf eine leere Spule, setzte die Kopfhörer auf und schaltete ein. Dann beugte er sich, aufmerksam lauschend, nach vorn.

Eine Zeitlang hörte er nichts als das Bandgeräusch. Das leise Quietschen des Mechanismus. Plötzlich ein Poltern, das Aktivität anzeigte. Geräusche. „Hallo . . ." Dann schrilles Feedback. Im Hintergrund, etwas gedämpft, Chris MacNeil: „Nicht so nah ans Mikrofon, Liebling. Halte es weiter von dir ab." — „So?" — „Nein, noch weiter." — „So?" — „Ja, so ist es gut. Und nun fang an. Sag etwas." Kichern. Ein Laut, als stieße das Mikrofon gegen den Tisch. Und dann die süße, klare Stimme Regan MacNeils:

„Hallo, Daddy! Hier bin ich. Hm . . ." Kichern; gleich darauf, geflüstert, zur Mutter: „Ich weiß nicht, was ich sagen soll." — „Sag ihm doch einfach, wie es dir geht, mein Liebling. Erzähl ihm, was du alles gemacht hast." Wieder Kichern. Dann: „Hm . . . Daddy . . . weißt du . . . Na ja, hoffentlich kannst du mich richtig verstehen, ja? Und, hm . . . Tja, warte mal . . . Hmm, na ja, wir sind . . . Nein, Augenblick . . . Tja, weißt du, wir sind nämlich in Washington, Daddy. Wußtest du das? Wo unser Präsident wohnt. Und unser Haus ist . . . Kannst du mich hören, Daddy? . . . Das Haus ist . . . Nein, warte mal, ich fange lieber noch mal von vorne an. Also paß auf, Daddy. Hier ist . . ."

Den Rest des Bandes hörte Karras nur wie aus weiter Ferne durch das Tosen des Blutes in seinen Ohren. Ein überwältigendes Gefühl der Gewißheit stieg in ihm auf. Das Wesen, das ich da oben in dem Zimmer gesehen habe, war nicht Regan!

Er kehrte ins Wohnheim zurück und las die Messe, bevor der allgemeine Ansturm begann. Als er die Hostie zur Wandlung hob, zitterten seine Finger vor einer Hoffnung, die er nicht lautwerden zu lassen wagte, die er mit jeder Fiber seiner Willenskraft niederkämpfte. „Denn dies ist mein Leib . . .", flüsterte er mit bebender Stimme.

Er wagte es einfach nicht, noch einmal zu lieben und zu verlieren. Zu groß war dieser Verlust, zu quälend der Schmerz gewesen. Er senkte den Kopf und schluckte die Hostie. Einen Augenblick blieb sie in seiner trockenen Kehle stecken.

Nach der Messe machte er sich, statt zu frühstücken, Notizen für seine Vorlesung. Er trat vor die Medizinstudenten der Georgetown-University und arbeitete sich heiser durch einen schlecht präparierten Vortrag: „... und unter Berücksichtigung der Symptome manischer Gemütsstörungen, werden Sie ..."

„Daddy, hier bin ich ... hier bin ich ..."

Aber wer war „ich"?

Karras entließ seine Studenten vorzeitig und kehrte in sein Zimmer zurück, wo er sich sofort an den Schreibtisch begab und, beide Hände flach auf die Platte gelegt, konzentriert noch einmal die Stellung der Kirche zu den paranormalen Kennzeichen der Dämonenbesessenheit studierte. War ich zu verbohrt? fragte er sich. Er untersuchte die Hauptpunkte, die er in „Satan" fand: „Telepathie ... natürliches Phänomen ... Bewegung von Gegenständen aus der Ferne, heute verdächtig ... der Körper kann eine Flüssigkeit von sich geben ... unsere Vorfahren ... Wissenschaft ... heutzutage müssen wir vorsichtiger sein. Ungeachtet der paranormalen Beweise jedoch ..." Er las langsamer. „... alle Unterhaltungen mit dem Patienten müssen sorgfältig analysiert werden, denn wenn sie das gleiche System von Gedankenassoziationen und logikogrammatikalischen Gewohnheiten aufweisen, das er auch im Normalzustand präsentiert, muß man die Besessenheit mit Mißtrauen betrachten."

Karras atmete tief ein. Er war erschöpft. Nein, nein. Das trifft es nicht. Er betrachtete die Abbildung auf der gegenüberliegenden Seite. Ein Dämon. Sein Blick wanderte müßig zur Bildunterschrift: „Pazuzu". Er schloß die Augen. Irgend etwas stimmte nicht. Tranquille ... Er stellte sich den Tod des Exorzisten vor: die letzte Agonie ... das Brüllen ... das Zischen ... das Erbrechen ... den Körper, der von „seinen" Dämonen aus dem Bett und zu Boden geschleudert wurde, von den Dämonen, die wütend waren, weil er binnen kurzem tot und ihren Quälereien entzogen sein würde. Und Lucas, der neben dem Bett kniete und betete. Im selben Augenblick aber, da Tranquille starb, sofort die Identität seiner Dämone annahm und den noch warmen Leichnam, den zerschmetterten, zerrissenen Körper, der nach Erbrochenem und Exkrementen stank, haßerfüllt zu treten begann, obwohl sechs starke Männer ihn zu halten suchten, und nicht aufhören wollte, bis der Tote aus dem Zimmer getragen worden war. Karras sah es. Er sah es ganz deutlich vor sich.

Wie war das möglich? Konnte es wirklich möglich sein? Bestand für Regan die einzige Hoffnung im Ritual der Teufelsaustreibung?

Er konnte die Sache nicht einfach abtun. Er mußte sie zuvor auf die Probe stellen. Er mußte es wissen. Aber wie? Er öffnete die Augen. „... Unterhaltungen mit dem Patienten müssen sorgfältig ..." Ja. Ja, sicher. Warum nicht? Wenn die Feststellung, daß Regan und der „Dämon" die gleichen Sprachgewohnheiten hatten, eine Besessenheit ausschloß, auch wenn dabei paranormale Phänomene auftraten, dann mußten doch ... Aber natürlich! Starke Unterschiede in den Sprachgewohnheiten müssen bedeuten, daß es sich aller Wahrscheinlichkeit nach um eine echte Besessenheit handelt!

Erregt ging er auf und ab. Was sonst noch? Was sonst noch? Irgend etwas Unmittelbares. Sie ... Halt, Augenblick! Er blieb, die Hände auf den Rücken verschränkt, still stehen und starrte auf den Teppich hinab. Das Kapitel in dem Buch über die Hexerei! Wurde darin nicht einmal erwähnt ...? Jawohl: Es wurde darin erwähnt, daß die Dämone unweigerlich aufgebracht reagierten, wenn ihnen die geweihte Hostie gezeigt wurde ... oder Reliquien ... oder ... Weihwasser! Genau! Das ist es! Ich werde hinübergehen und sie mit einfachem Leitungswasser besprengen! Ihr aber sagen, es wäre Weihwasser! Natürlich! Wenn sie darauf reagiert, wie die Dämone angeblich reagieren wollen, dann weiß ich sicher, daß sie nicht besessen ist ... daß die Symptome nur suggestiven Ursprungs sind ... daß sie das alles aus dem Buch haben muß. Wenn sie aber nicht reagiert, so bedeutet das ...

Ja, was? Echte Besessenheit?
Vielleicht ...
Fieberhaft begann er nach einer Weihwasserphiole zu suchen.

Willie öffnete ihm die Tür. Noch im Entrée hob er den Kopf und schaute zu Regans Schlafzimmer hinauf. Gebrüll. Obszönitäten. Aber nicht mit der tiefen, rauhen Stimme des Dämons, sondern heiser, heller, ein breites, britisches Englisch ... Ja! ... Die Manifestation, die ganz kurz erschienen war, als er Regan das letztemal besucht hatte.

Karras sah die wartende Willie an. Sie starrte verblüfft auf seinen Priesterkragen, auf die Soutane. „Bitte, wo ist Mrs. MacNeil?“ erkundigte sich Karras höflich.

Willie deutete stumm nach oben.

„Danke.“

Er ging zur Treppe, stieg hinauf und sah Chris im Flur auf einem Stuhl vor Regans Schlafzimmer sitzen, den Kopf gesenkt, die Arme vor der Brust verschränkt. Als der Jesuit näher kam, hörte sie das Rascheln seiner Soutane. Sie hob den Kopf und stand hastig auf. „Hallo, Pater!“

Sie hatte bläuliche Ringe unter den Augen. Karras runzelte besorgt die Stirn. „Haben Sie ein bißchen geschlafen?“

„Ja, ein bißchen.“

Er schüttelte vorwurfsvoll den Kopf.

„Ich konnte einfach nicht“, seufzte sie mit einer Kopfbewegung zu Regans Tür. „So geht das nun schon die ganze Nacht.“

„Hat sie erbrochen?“

„Nein.“ Sie nahm seinen Arm, als wollte sie ihn von Regans Tür wegziehen. „Kommen Sie, Pater, wir gehen nach unten. Da können wir uns in ...“

„Nein, Mrs. MacNeil. Ich möchte zu Regan“, unterbrach er sie freundlich und machte sich sanft, aber energisch los.

„Gleich jetzt?“

Da stimmt etwas nicht, dachte Karras. Sie wirkt so nervös. So ängstlich. „Ist es Ihnen nicht recht?"

Sie warf einen verstohlenen Blick auf Regans Schlafzimmertür. Dahinter kreischte eine heisere, wütende Stimme: „Verdammter Nazi! Du Nazi-Arsch!"

Chris wandte den Kopf ab, dann nickte sie zögernd. „Na schön, gehen Sie. Gehen Sie ruhig zu ihr hinein."

„Haben Sie ein Tonbandgerät?"

Mit raschem Blick sah sie ihn an.

„Könnten Sie es mir mit einem leeren Band heraufbringen lassen?"

Mißtrauisch runzelte sie die Stirn. „Wozu? Soll das etwa heißen, daß Sie eine Aufnahme machen wollen?"

„Allerdings. Es ist sehr wichtig für ..."

„Pater, das kann ich nicht —"

„Ich muß die Sprachgewohnheiten vergleichen", schnitt er ihr das Wort ab. „Und jetzt — bitte! Sie müssen Vertrauen zu mir haben."

Gerade als sie sich zur Zimmertür umwandten, kam Karl heraus, offenbar von einem beißenden Strom giftiger Beschimpfungen vertrieben. Mit aschgrauem, grimmigem Gesicht trug er ein Bündel schmutziger Windeln und Bettwäsche unter dem Arm.

„Sind jetzt *die* dran, Karl?" erkundigte sich Chris, während der Diener die Schlafzimmertür hinter sich schloß.

Karl warf dem Priester einen kurzen Blick zu; dann sah er Chris an. „Ja, *die* sind dran", antwortete er knapp und schritt eilig den Flur entlang auf die Treppe zu.

Chris sah ihm nach und wandte sich dann wieder zu Karras um.

„Okay", sagte sie matt. „Okay, ich werde es Ihnen heraufbringen lassen." Damit machte sie kehrt und ging ebenfalls davon.

Einen Moment sah Karras nachdenklich hinter ihr her. Was hatte sie nur? Dann fiel ihm auf einmal die Stille im Schlafzimmer auf. Die aber nicht lange dauerte. Ein grelles, diabolisches Lachen. Ruhig ging er auf die Tür zu. Er tastete in seiner Tasche nach der Weihwasserphiole, öffnete die Tür und trat ein.

Der Gestank war noch stärker geworden als am Abend zuvor. Er schloß die Tür, starrte ins Zimmer, auf dieses Wesen, das dort auf dem Bett lag.

Während er sich ihm näherte, beobachtete es ihn mit spöttischem Blick, verschlagen und haßerfüllt.

„Hallo, Karras!"

Der Priester hörte das Geräusch diarrhoetischer Entleerungen in eine Plastikhose.

Er stand am Fußende des Bettes und sprach sehr gelassen. „Hallo, Teufel! Wie geht es dir?"

„Im Augenblick freue ich mich, dich zu sehen." Die Zunge hing hechelnd aus dem Mund, während die Augen ihn unverschämt musterten. „Aha, wie ich sehe, bekennt man heute Farbe! Ausgezeichnet!" Wieder das Durchfallgeräusch. „Ein bißchen Gestank stört dich doch nicht, mein lieber Karras — nicht wahr?"

„Keineswegs."

„Du bist ein Lügner!"

„Stört dich das?"

„Ein wenig."

„Aber der Teufel liebt doch die Lügner."

„Nur die guten, Karras. Nur die guten", kicherte der Dämon. „Überdies — wer hat behauptet, daß ich der Teufel bin?"

„Hast du das nicht höchstpersönlich behauptet?"

„Ach ja — kann sein. Vielleicht. Ich fühle mich nicht sehr wohl. Hast du mir das denn wirklich geglaubt?"

„Gewiß."

„Bitte vielmals um Verzeihung."

„Willst du damit sagen, daß du doch nicht der Teufel bist?"

„Ich bin nichts weiter als ein armer, schwacher Dämon. *Ein* Teufel. Ein sehr feiner Unterschied, der aber Unserem

Vater, der da ist in der Hölle, mitnichten entgeht. Übrigens, du wirst ihm doch meinen kleinen Ausrutscher nicht verraten, Karras — nicht wahr? Wann wirst du ihn wiedersehen?"

„Ihn sehen? Ja, ist er denn hier?" fragte der Priester.

„In unserem Schwein? Aber nein! Wir sind nur eine arme, kleine Familie ruheloser Seelen, mein Freund. Du bist uns doch nicht böse, daß wir hier sind? Oder? Schließlich wissen wir nicht, wohin. Wir sind obdachlos."

„Und wie lange gedenkt ihr noch zu bleiben?"

Der Kopf fuhr vom Kissen hoch, das Gesicht verzerrte sich vor Wut, und das Wesen brüllte voll Gift und Galle: „Bis dieses kleine Schwein hier stirbt!" Dann ließ es sich wieder zurückfallen und brach in ein geiferndes Grinsen aus. „Übrigens, ein ganz hervorragender Tag für einen Exorzismus, Karras!"

Das Buch! Sie muß das Buch gelesen haben!

Die spöttischen Augen durchbohrten ihn. „Fang aber lieber bald damit an. Ehe es zu spät ist!"

Unlogisch. Irgend etwas war hier faul. „Ja, würdest du das denn begrüßen?"

„Von Herzen."

„Aber das würde dich doch aus Regan vertreiben!"

Der Dämon warf den Kopf in den Nacken, lachte brüllend, brach aber unvermittelt ab. „Es würde uns zusammenbringen."

„Dich und Regan?"

„Dich und uns, mein guter Freund", krächzte der Dämon. „Dich und uns." Kehliges Lachen, dumpf und hohl.

Karras saß regungslos, mit starrem Blick. Er spürte auf einmal Hände im Nacken. Eiskalt. Eine hauchleichte Berührung. Dann war das Gefühl wieder verschwunden. Das ist die Angst, sagte er sich. Die Angst.

Angst — wovor?

„O ja, auch du wirst dich zu unserer kleinen Familie gesellen, Karras. Denn siehst du, mein Guter — das Dumme mit diesen Zeichen am Himmel ist, daß keine Ausrede mehr möglich ist, wenn man sie einmal gesehen hat. Ist dir schon aufgefallen, wie selten man heutzutage noch von Wundern hört? Unsere Schuld ist das nicht, Karras. Uns kannst du dafür keine Vorwürfe machen. Wir tun, was wir können!"

Lautes Krachen; der Jesuit fuhr herum. Eine Kommodenschublade war in ihrer ganzen Länge herausgesprungen. Heftige Erregung stieg in ihm auf, als er jetzt sah, wie sie auf einmal wieder zuschlug. Das ist es! dachte er. Dann fiel, wie ein Stück faule Rinde von einem Baum, die Erregung wieder von ihm ab: Psychokinese. Karras hörte ein höhnisches Kichern. Er wandte sich wieder zu Regan um.

„Wie angenehm, mit dir zu plaudern, mein lieber Karras", sagte der Dämon grinsend. „Ich fühle mich so frei. Wie ein ausgelassenes Kind. Ich breite meine Schwingen aus. Denn sogar die Tatsache, daß ich dir dieses jetzt mitteile, kann nur bewirken, daß du noch tiefer verdammt sein wirst, mein guter Doktor, mein lieber, unrühmlicher Arzt."

„War das dein Werk? Hast du eben diese Schublade aufspringen lassen?"

Der Dämon jedoch hörte nicht zu. Er spähte zur Tür, lauschte offensichtlich auf die Schritte, die draußen auf dem Flur näher kamen. Und jetzt verwandelten sich seine Züge auf einmal und formten sich zu der Physiognomie der anderen Persönlichkeit. „Verdammter Schlachterbastard!" kreischte die heisere, britisch klingende Stimme. „Scheiß-Hunnenarsch!"

Es war der Diener, der, das Tonbandgerät unter dem Arm, zur Tür hereinkam. Er stellte es rasch, mit abgewandtem Blick, neben das Bett und zog sich sofort wieder aus dem Zimmer zurück.

„Hinaus, Himmler! Aus meinen Augen! Geh und besuch deine Klumpfuß-Tochter! Bring ihr doch Sauerkraut! Sauerkraut und Heroin, Thorndike! Das wird ihr schmecken! Da wird sie . . ."

Fort. Karl war verschwunden. Und nun gab sich das Wesen in Regan auf einmal überaus liebenswürdig, während es aufmerksam zusah, wie Karras geschickt das Bandgerät aufstellte, nach einer Steckdose suchte, das Gerät einstöpselte und das Band einlegte.

„Oh, hallo, hallo, hallo! Was kommt denn jetzt?" plauderte es munter. „Werden wir eine Bandaufnahme machen, Padre? Wie schön! Weißt du, ich liebe es geradezu, hin und wieder ein bißchen zu schauspielern! Es macht mir einen Riesenspaß!"

„Ich heiße Damien Karras", sagte der Priester, während er noch herumhantierte. „Und wer bist du?"

„Aha, jetzt möchtest du wohl meine Kritiken sehen, wie? Verdammt gerissen von dir, nicht wahr?" Es kicherte. „Ich hab mal in einer Schulaufführung den Puck gespielt." Es sah sich suchend im Zimmer um. „Wo gibt es übrigens hier einen Drink? Meine Kehle ist vollkommen ausgedörrt."

Der Priester stellte behutsam das Mikrofon auf den Nachttisch.

„Wenn du mir deinen Namen sagst, werde ich sehen, ob ich einen finde."

„Aber natürlich", antwortete das Wesen mit einem belustigten Auflachen. „Und ihn dann selber trinken, nehme ich an."

Während er auf „Aufnahme" drückte, antwortete Karras: „Sag mir deinen Namen."

„Scheiß-Gauner!" knirschte es.

Und war verschwunden. Jetzt kam der Dämon wieder zum Vorschein. „Was machen wir denn jetzt, mein lieber Karras? Eine Aufnahme von unserem Plauderstündchen?"

Karras richtete sich auf und starrte Regan an. Er zog sich einen Stuhl ans Bett und setzte sich. „Hast du was dagegen?" fragte er gelassen zurück.

„Oh, keineswegs!" krächzte der Dämon. „Ich habe schon immer eine Vorliebe für Höllenmaschinen gehabt."

Plötzlich schlug Karras ein neuer, kräftiger Geruch entgegen. Es roch nach . . .

„Ganz recht, Karras. Nach Sauerkraut. Erkennst du es?"

Es riecht tatsächlich nach Sauerkraut! dachte der Jesuit verwundert. Der Geruch schien vom Bett auszugehen. Von Regans Körper. Dann ließ er nach, und der bestialische Gestank von vorher war wieder da. Karras runzelte verblüfft die Stirn. Habe ich mir das nur eingebildet? Autosuggestion? Er dachte an das Weihwasser. Jetzt? Nein, später. Zuerst noch mehr von den Sprachgewohnheiten einfangen. „Mit wem habe ich eben gesprochen?" erkundigte er sich.

„Ach, das war eines unserer Familienmitglieder."

„Auch ein Dämon?"

„Oho, da überschätzt du ihn aber gewaltig!"

„Wieso?"

„Das Wort ‚Dämon' bedeutet ‚Weiser'. Er aber ist ziemlich dumm."

Der Jesuit horchte auf. „In welcher Sprache bedeutet ‚Dämon' Weiser?"

„In Griechisch."

„Du sprichst also Griechisch?"

„Fließend."

Eines der Merkmale! dachte Karras erregt. Das Reden in einer unbekannten Sprache! Das war mehr, als er zu hoffen gewagt hatte. „Pos egnokas hoti presbyteros eimi?" fragte er schnell in klassischem Griechisch.

„Ich habe keine Lust, Karras."

„Ach so! Du kannst also gar nicht ..."

„Ich habe keine Lust!"

Enttäuscht brütete Karras vor sich hin. „Du hast die Kommodenschublade herausspringen lassen?" fragte er dann.

„Aber gewiß."

„Sehr eindrucksvoll." Karras nickte. „Du mußt ein sehr, sehr mächtiger Dämon sein."

„Allerdings."

„Ich frage mich, ob du das vielleicht noch einmal wiederholen würdest."

„Ja, zu gegebener Zeit."

„Tu es doch bitte jetzt für mich. Ich möchte es wirklich gern noch einmal sehen."

„Zu gegebener Zeit."

„Und warum nicht jetzt?"

„Wir müssen dir doch wenigstens ein bißchen Anlaß zum Zweifeln geben", krächzte der Dämon. „Ein kleines bißchen zwar nur, aber eben genug, um das Endergebnis sicherzustellen." Bösartig lachend, warf er den Kopf zurück. „Eine ganz neue Methode: Angriff durch Wahrheit! Es ist wahrhaft köstlich!"

Eisige Hände berührten seinen Nacken. Ganz leicht. Karras starrte blind aufs Bett. Warum schon wieder diese Angst? Angst? Ja, war es denn überhaupt Angst?

„Nein, es war keine Angst", sagte der Dämon grinsend. „Das war ich."

Die Hände verschwanden. Karras runzelte die Stirn. Ach was, telepathische Begabung. Oder nicht? Ich muß es genau wissen. Ich muß es sofort feststellen! „Kannst du mir sagen, was ich in diesem Augenblick denke?"

„Deine Gedanken sind mir zu langweilig. Ich habe keine Lust, mich mit ihnen zu befassen."

„Dann kannst du also nicht meine Gedanken lesen."

„Ganz wie du willst, mein lieber Karras. Ganz wie du willst."

Soll ich es mit dem Weihwasser versuchen? Jetzt? Er hörte das leise Quietschen des Tonbandgerätes. Nein. Weiterforschen. Mehr Beispiele für Sprachgewohnheiten sammeln. „Du bist eine faszinierende Person", sagte er.

Regan feixte.

„Nein, wirklich!" beteuerte Karras. „Ich möchte mehr über dich erfahren. Du hast mir zum Beispiel immer noch nicht gesagt, wer du bist."

„Ein Teufel", knurrte der Dämon.

„Ich weiß. Aber welcher? Wie ist dein Name?"

„Ach, Karras — was ist schon ein Name? Nichts weiter

als Schall und Rauch. Wenn es dir lieber ist, kannst du mich ja Howdy nennen."

„Ach ja, Captain Howdy!" Karras nickte bestätigend. „Regans Freund."

„Ihr sehr guter Freund."

„Ach, wirklich?"

„Ja, wirklich."

„Aber warum quälst du sie dann?"

„Weil ich ihr Freund bin. So was gefällt dem kleinen Schwein."

„Ach, es gefällt ihr?"

„Sie schwärmt geradezu dafür."

„Aber warum?"

„Frag sie doch selbst!"

„Erlaubst du ihr, mir zu antworten?"

„Nein."

„Was hätte dann das Fragen für einen Zweck?"

„Gar keinen!" Die Augen des Dämons glitzerten boshaft.

„Wer ist die Person, mit der ich vorhin gesprochen habe?" erkundigte sich Karras.

„Das hast du mich schon einmal gefragt."

„Ich weiß. Aber du hast mir nicht geantwortet."

„Das war ein weiterer guter Freund unseres Honigschweinchens, mein lieber Karras."

„Kann ich mit ihm sprechen?"

„Nein. Er ist gerade mit deiner Mutter beschäftigt. Sie bläst auf seiner Flöte, Karras. Hat sie bis zu den Wurzeln im Mund!" Er kicherte leise und fügte hinzu: „Eine überaus geschickte Zunge hat sie, deine Mutter! Einen höchst angenehmen Mund."

Er funkelte den Jesuiten höhnisch an, und Karras spürte, wie heiße Wut in ihm aufstieg — eine Woge des Hasses, der, wie der Priester sofort erkannte, erstaunlicherweise nicht Regan galt, sondern einzig dem Dämon. Dem Dämon! Zum Teufel, Karras, was ist mit dir? Er zwang sich zur Ruhe, atmete einige Male ganz tief durch, stand auf und holte die

Weihwasserphiole aus seiner Hemdtasche. Er nahm den Korken ab.

Der Dämon machte ein mißtrauisches Gesicht. „Was ist denn das?"

„Weißt du das nicht?" Den Daumen halb über die Öffnung des Fläschchens gelegt, benetzte der Priester Regan mit einigen Tropfen. „Weihwasser."

Sofort begann sich der Dämon, vor Angst und Schmerzen tierisch brüllend, auf seinem Bett zu krümmen. „Ah, wie das brennt! Wie das brennt! Hör auf, Karras! Halt ein, du Priesterbastard! Halt ein!"

Ohne eine Miene zu verziehen hörte Karras auf. Hysterie. Suggestion. Sie hat das Buch gelesen! Er warf einen Blick auf das Tonbandgerät. Wozu noch weitermachen?

Dann fiel ihm auf, daß es ganz still im Zimmer geworden war. Er musterte Regan. Zog die Brauen zusammen. Was ist das? Was geht hier vor? Die Dämonenpersönlichkeit war verschwunden, und ihr Gesicht trug jetzt Züge, die ihr zwar ähnelten, aber doch irgendwie anders wirkten. Die Augen waren so weit nach oben verdreht, daß nur noch das Weiße zu sehen war. Halt, jetzt ein Murmeln! Ganz langsam. Ein fiebriges Kauderwelsch. Karras trat näher ans Bett heran. Beugte sich nieder, um besser hören zu können. Was ist das? Nichts. Und doch ... Es hat eine gewisse Melodie, einen Rhythmus. Wie eine Sprache. Konnte das möglich sein? Damiens Magen begann zu flattern, als schlügen Vogelschwingen darin. Entschlossen griff er nach diesen Flügeln und hielt sie fest. Komm, sei kein Idiot, Karras! Und doch ...

Er sah auf den Lautstärkeanzeiger des Tonbandgerätes. Kein Aufflackern. Er drehte am Verstärkerknopf und lauschte, das Ohr tief über Regans Lippen geneigt, mit angespannter Aufmerksamkeit. Das Kauderwelsch erstarb. Jetzt kam nur noch ein rauhes, tiefes Atmen.

Karras richtete sich wieder auf. „Wer bist du?" fragte er.

„Dnameinibchi", antwortete das seltsame Wesen. Ein

stöhnendes Flüstern, voller Qual. Die Augen verdrehten sich, die Lider zuckten. „Dnameinibchi." Die brüchige, atemlose Stimme schien, genau wie die Seele ihrer Besitzerin, weit hinter der Zeit in einem dunklen, verhängten Raum gefangen zu sein.

„Ist das dein Name?" Karras krauste konzentriert die Stirn.

Die Lippen bewegten sich. Unverständliche Silben, langsam gesprochen. Dann plötzlich wieder nichts.

„Kannst du mich verstehen?"

Schweigen. Nur dieses tiefe Atmen. Merkwürdig gedämpft. Das unheimliche Geräusch eines Schlafenden unterm Sauerstoffzelt.

Der Jesuit wartete. Hoffte auf mehr.

Es kam nichts.

Er spulte das Band um, packte das Gerät in den dazugehörigen Koffer, nahm ihn und die Bandspule in die Hand und warf noch einen letzten Blick auf Regan hinab. Immer noch alles ungewiß! Zögernd verließ er das Schlafzimmer und ging nach unten.

Er fand Chris in der Küche, wo sie mit Sharon düster am Tisch saß und Kaffee trank. Als sie ihn kommen sah, hob sie erwartungsvoll den Kopf. Dann wandte sie sich sehr beherrscht an Sharon: „Es ist wohl besser, wenn du dich inzwischen um Regan kümmerst."

Sharon trank einen letzten Schluck, nickte Karras deprimiert zu und ging. Erschöpft setzte sich der Jesuit an den Tisch.

„Also — was ist?" fragte Chris und sah ihm ängstlich forschend in die Augen.

Karras wollte soeben antworten, als Karl geräuschlos aus der Anrichtekammer kam. Der Diener begab sich an den Spülstein und begann Töpfe zu scheuern.

Chris war dem Blick des Priesters gefolgt. „Schon gut", beschwichtigte sie leise. „Sprechen Sie nur. Wie sieht es aus?"

„Es kamen zwei Persönlichkeiten zum Vorschein, die ich bis dahin noch nicht gesehen hatte. Das heißt, die eine habe ich doch wohl einmal ganz kurz gesehen. Die mit dem britischen Akzent. Ist das zufällig jemand, den Sie kennen?“

„Ist das so wichtig?“

Wieder fiel Karras diese merkwürdige Spannung in ihren Gesichtszügen auf. „Es ist sehr wichtig.“

Sie senkte den Kopf; nickte langsam. „Ja, es ist jemand, den ich kenne.“

„Und wer?“

Sie sah wieder auf. „Burke Dennings.“

„Der Regisseur?“

„Ja.“

„Der Regisseur, der ...“

„Ja!“ unterbrach sie ihn gereizt.

Der Jesuit dachte einen Augenblick schweigend über ihre Antwort nach. Er sah, daß ihr Zeigefinger zuckte.

„Möchten Sie vielleicht einen Kaffee, Pater?“

Er schüttelte den Kopf. „Nein, vielen Dank.“ Dann beugte er sich, die Ellbogen auf den Tisch gestützt, nach vorn. „Hat Regan ihn auch gekannt?“

„Ja.“

„Und ...“

Ein Scheppern. Chris zuckte erschrocken zusammen, drehte sich um und sah, daß Karl eine Bratpfanne aufhob, die ihm aus den Händen gefallen war. Doch kaum hatte er sie am Griff genommen, da rutschte sie ihm wieder weg.

„Um Gottes willen, was ist denn, Karl?“

„Verzeihung, Madam.“

„Los, Karl — verschwinden Sie! Gehen Sie ins Kino, tun Sie irgend was. Wir können nicht alle ständig im Haus herumhocken!“ Sie drehte sich wieder zu Karras um, griff nach einer Packung Zigaretten, warf sie aber ärgerlich auf den Tisch, als Karl protestierte: „Nein, Madam. Ich werde lieber ...“

„Hören Sie, Karl, ich möchte es nicht noch einmal sagen!“

fuhr Chris ihn mit erhobener Stimme an, ohne sich umzudrehen. „Verschwinden Sie! Gehen Sie für eine Weile aus dem Haus. Wir müssen alle allmählich einmal an die Luft. Also machen Sie, daß Sie fortkommen!"

„Jawohl! Mach, daß du fortkommst!" echote Willie, die eben hereinkam und Karl die Pfanne aus der Hand riß. Gereizt schob sie ihn auf die Anrichtekammer zu.

Karl warf noch einen schiefen Blick zu Karras und Chris hinüber, dann ging er hinaus.

„Verzeihen Sie, Pater", murmelte Chris entschuldigend. Sie langte nach einer Zigarette. „Er hat in letzter Zeit viel durchgemacht."

„Sie hatten aber vollkommen recht", erwiderte Karras freundlich. Er nahm die Streichhölzer. „Sie sollten wirklich alle einmal aus dem Haus gehen." Er gab ihr Feuer. „Sie selber auch."

„Also, was hat Burke Dennings zu Ihnen gesagt?" erkundigte sich Chris.

Karras zuckte ausweichend die Achseln. „Obszönitäten."

„Sonst nichts?"

Der ängstliche Unterton in ihrer Stimme entging ihm nicht. „Sonst nichts", antwortete er. Und fuhr dann, leiser werdend, fort: „Übrigens, Mrs. MacNeil, hat Karl eigentlich eine Tochter?"

„Eine Tochter? Nicht daß ich wüßte. Und wenn, dann hat er sie mir gegenüber nie erwähnt."

„Sind Sie ganz sicher?"

Willie scheuerte eifrig den Spülstein. Chris drehte sich zu ihr um. „Willie, nicht wahr — Sie haben doch keine Tochter? Oder?"

„Sie ist gestorben, Madam. Schon lange her."

„Oh, das tut mir aber leid!"

Chris wandte sich wieder Karras zu. „Das höre ich jetzt zum erstenmal", flüsterte sie. „Warum haben Sie mich danach gefragt? Woher wußten Sie es?"

„Von Regan. Sie sprach davon", erklärte Karras.

Chris starrte ihn verwundert an.

„Haben Sie jemals Anzeichen außersinnlicher Wahrnehmung an ihr bemerkt?" fragte er. „Ich meine, ehe die Krankheit ausbrach."

„Nun ja ..." Chris zögerte. „Ich weiß nicht recht. Ich bin nicht sicher. Das heißt, es ist natürlich schon oft passiert, daß sie denselben Gedanken zu haben schien wie ich, aber das kommt bei Menschen, die sich nahestehen, doch häufig vor, nicht wahr?"

Karras nickte. „Die zweite Persönlichkeit, von der ich sprach — ist das diejenige, die auch in der Hypnose erschienen ist?" fragte er dann.

„Die dieses Kauderwelsch redet?"

„Ja. Wer kann das sein?"

„Ich weiß es nicht."

„Sie ist Ihnen überhaupt nicht bekannt?"

„Nein, überhaupt nicht."

„Haben Sie die medizinischen Unterlagen kommen lassen?"

„Sie werden heute nachmittag eintreffen. Per Flugzeug. An Ihre Adresse." Sie trank einen Schluck. „Das war die einzige Möglichkeit, sie zu bekommen. Und sogar dafür mußte ich noch gehörig Krach schlagen."

„Ich hatte mir schon gedacht, daß es Schwierigkeiten geben würde."

„Allerdings. Immerhin, jetzt kriegen wir sie." Chris trank noch einen zweiten Schluck. „Was ist denn nun mit dem Exorzismus, Pater?"

Er sah vor sich hin und seufzte. „Tja, große Hoffnung, daß ich den Bischof überzeugen kann, habe ich eigentlich nicht."

„Was soll das heißen, Sie haben keine große Hoffnung?" Beunruhigt stellte sie ihre Kaffeetasse hin.

Er griff in die Tasche, holte das Fläschchen heraus und zeigte es Chris. „Sehen Sie das hier?"

Sie nickte.

„Ich habe Regan gesagt, es wäre Weihwasser", erklärte

Karras. „Und als ich sie damit besprengte, hat sie sehr heftig reagiert."

„Na und?"

„Es ist gar kein Weihwasser. Es ist gewöhnliches Leitungswasser."

„Dann kennen die Dämonen vielleicht ganz einfach den Unterschied nicht."

„Glauben Sie wirklich, daß ein Dämon in sie gefahren ist?"

„Ich glaube, daß etwas in sie gefahren ist, das jetzt versucht, sie zu vernichten, Pater! Und ob dieses Etwas Pisse von Wasser unterscheiden kann, das hat mit dieser Sache bestimmt nicht sehr viel zu tun. Finden Sie nicht? Tut mir sehr leid, aber Sie haben mich nach meiner Meinung gefragt." Sie drückte ihre Zigarette aus. „Worin besteht denn nun der Unterschied zwischen Weihwasser und Leitungswasser?"

„Weihwasser ist geweiht."

„Das freut mich aber für Sie. Und was wollen Sie mir damit andeuten? Daß ein Exorzismus nicht in Frage kommt?"

„Mrs. MacNeil, ich habe gerade erst mit der Untersuchung des Falles angefangen", gab Karras leicht verärgert zurück. „Aber die Kirche hat nun bestimmte Kriterien, die unbedingt erfüllt werden müssen, und das hat auch seinen guten Grund. Sie will dadurch den abergläubischen Unsinn vermeiden, den ihr die Leute Jahr um Jahr immer wieder anhängen. Diesen Unsinn von Priestern, die angeblich der Levitation fähig sind, oder von Muttergottesstatuen, die am Karfreitag und anderen Kirchenfesten angeblich weinen. Ich habe keineswegs das Bedürfnis, auch noch einen Beitrag dazu zu leisten."

„Ein bißchen Librium gefällig, Pater?"

„Es tut mir leid, aber Sie haben mich nach meiner Meinung gefragt."

„Die Sie mir auch eindeutig gegeben haben."

Er griff nach den Zigaretten.

„Mir auch", bat Chris mit belegter Stimme.

Er bot ihr die Packung an. Sie nahm eine Zigarette heraus. Karras steckte sich ebenfalls eine in den Mund und setzte dann beide mit einem Streichholz in Brand. Mit hörbarem Seufzer stießen Chris und der Jesuit den Rauch aus und ließen müde die Schultern hängen.

„Verzeihen Sie", bat er sie leise.

„Diese filterlosen Zigaretten machen mich krank."

Er spielte mit dem Zigarettenpäckchen, zerknüllte knisternd das Zellophan. „Die Merkmale, die unsere Kirche akzeptieren würde, sind folgende: Zum ersten das Reden in einer Sprache, die dem Opfer zuvor nicht bekannt war. Die es niemals gelernt haben kann. Mit diesem Komplex beschäftige ich mich im Augenblick. Daher das Tonbandgerät. Wir werden sehen. Zum zweiten die Fähigkeit des Hellsehens, obwohl sich dieses Phänomen heutzutage möglicherweise durch Telepathie oder außersinnliche Wahrnehmung erklären läßt."

„Ja, glauben Sie denn an diesen Unsinn?" Chris runzelte skeptisch ihre Stirn.

Er sah sie an. Sie meint es ernst, stellte er fest. Dann fuhr er fort: „Zum dritten Kräfte, die über die Veranlagung und das Alter des Opfers hinausgehen. Das ist allerdings ein dehnbarer Begriff, der das gesamte Gebiet des Okkulten einschließen kann."

„Und was ist mit dem Klopfen in der Wand?"

„Für sich allein gesehen, bedeutet das gar nichts."

„Und dieses Aufundabfliegen auf dem Bett?"

„Genügt nicht."

„Und die Erscheinungen auf ihrer Haut?"

„Was für Erscheinungen?"

„Habe ich Ihnen das nicht erzählt?"

„Was?"

„Ach, wissen Sie, das war in der Klinik", berichtete Chris. „Da kamen so ... Na ja ..." Sie malte mit dem

Zeigefinger auf ihrer Brust herum. „Sie wissen schon — wie eine Handschrift. Buchstaben. Sie erschienen auf der Haut, und dann verschwanden sie plötzlich wieder. Einfach so."

Karras runzelte die Stirn. „Sie sagten Buchstaben. Waren es denn keine Wörter?"

„Nein, keine Wörter. Nur ein- oder zweimal ein M. Und dann ein L."

„Und Sie haben das selbst gesehen?"

„Nein. Aber man hat es mir erzählt."

„Wer hat es Ihnen erzählt?"

„Die Ärzte der Klinik. Sie werden es in den Akten finden. Sie können mir glauben, es ist wirklich passiert."

„Ich bin davon überzeugt. Trotzdem ist es eine natürliche Erscheinung."

„Ach nein! Wo denn? In Transsilvanien?" fragte Chris aufgebracht.

Der Priester schüttelte den Kopf. „Ich bin in den Journalen auf ähnliche Fälle gestoßen. Wenn ich mich recht erinnere, berichtete in einem Fall ein Gefängnispsychiater von einem Patienten — einem Strafgefangenen —, der sich in Trance versetzen und die Tierkreiszeichen auf seiner Haut erscheinen lassen konnte." Er deutete auf seine Brust. „Er konnte auf seiner Haut Erhebungen hervorrufen."

„O Himmel! Der Wunderglaube fällt Ihnen wahrhaftig nicht leicht, Pater!"

„Man hat einmal ein Experiment gemacht", setzte er ihr geduldig auseinander. „Dabei wurde die Versuchsperson hypnotisiert, also in Trance versetzt. Dann wurden bei ihr in beiden Armen chirurgische Einschnitte gemacht. Ihr wurde erklärt, der linke Arm werde bluten, der rechte dagegen nicht. Ja, und dann begann der linke zu bluten, der rechte dagegen nicht. Das Ausfließen des Blutes wurde von der Willenskraft kontrolliert. Auf welche Weise, das wissen wir natürlich nicht. Aber es kommt gelegentlich einmal vor. Bei Stigmata-Fällen, zum Beispiel — wie dem des Gefangenen, von dem ich sprach, oder bei Regan. Da kontrolliert das Unterbewußtsein die Verteilung des Blutes in der Haut, schickt eine entsprechend größere Menge in die Teile, die sich hervorheben sollen, und so erhält man Zeichnungen, Buchstaben und ähnliche Dinge. Rätselhaft, aber kaum übernatürlich."

„Wissen Sie, was, Pater Karras? Sie sind ein unglaublich zäher Brocken."

Karras klopfte sich mit dem Daumennagel gegen die Zähne. „Nun, möglicherweise hilft Ihnen folgendes zu größerem Verständnis", sagte er schließlich. „Die Kirche — nicht ich, wohlgemerkt, sondern die Kirche — hat einmal eine Erklärung herausgegeben, eine Warnung an alle Exorzisten. Ich habe sie erst gestern abend noch einmal gelesen. Es heißt darin, daß die meisten Menschen, die glauben, besessen zu sein, oder von anderen für besessen gehalten werden — und jetzt zitiere ich wörtlich —, weit eher einen Arzt brauchen als einen Exorzisten." Er hob den Kopf und sah Chris ernst in die Augen. „Können Sie erraten, wann diese Warnung herausgegeben wurde?"

„Nein. Wann denn?"

„Im Jahre fünfzehnhundertunddreiundachtzig."

Chris starrte den Jesuiten verwundert an. „Ja, ja, das war ein verteufeltes Jahr!" murmelte sie. Dann hörte sie, daß der Priester den Stuhl zurückschob und aufstand. „Warten Sie ab, bis ich die Unterlagen der Klinik durchgesehen habe", sagte er.

Chris nickte stumm.

„Zunächst", fuhr Karras fort, „werde ich die Tonbänder auswerten und sie ins Institut für Sprachen und Sprachforschung geben. Es könnte sein, daß dieses Kauderwelsch eine Art Sprache ist. Ich selbst bezweifle das zwar, aber unmöglich ist es nicht. Anschließend werde ich die Sprachgewohnheiten vergleichen ... Dann wissen wir schon sehr viel mehr. Wenn sie sich gleichen, steht jedenfalls mit Sicherheit fest, daß Regan nicht besessen ist."

„Und dann?" fragte sie ihn deprimiert.

Der Priester sah ihr forschend in die Augen. Sie blickten

verstört. Sie fürchtet, daß ihre Tochter nicht besessen ist! Er dachte an Dennings. Irgend etwas stimmte da nicht. „Es ist mir ein bißchen unangenehm, Sie darum zu bitten, aber könnten Sie mir für ein paar Tage Ihren Wagen leihen?“

Sie starrte bedrückt vor sich hin. „Sie können auch für ein paar Tage mein Leben leihen“, murmelte sie. „Wenn Sie ihn nur bis Donnerstag zurückgeben. Man kann nie wissen; wäre ja möglich, daß ich ihn brauche.“

Mitleidig blickte Karras auf ihren gesenkten, so hilflos wirkenden Kopf hinunter. Er hätte gern ihre Hand genommen und ihr gesagt, daß alles gut werden würde. Aber wie sollte das möglich sein?

„Warten Sie, ich hole die Autoschlüssel.“

Er sah ihr nach, als sie hinausging. Sie schien dahinzutreiben wie ein Gebet ohne Hoffnung.

Mit den Schlüsseln kehrte Karras zu Fuß ins Wohnheim und in sein Zimmer zurück. Er stellte das Tonbandgerät auf den Schreibtisch und holte das Band mit Regans Stimme. Dann ging er wieder zur anderen Straßenseite hinüber, wo Chris ihren Wagen stehen hatte.

Er war gerade eingestiegen, als Karl von der Haustür aus nach ihm rief: „Pater Karras!“ Karras sah auf. Der Diener kam, im Laufen sein Jackett überziehend, die Treppe herunter auf ihn zu. Er winkte ihm. „Einen Moment, Pater Karras!“

Der Priester beugte sich über den Nebensitz und kurbelte das Fenster der Beifahrerseite herab. Karl steckte den Kopf herein. „In welche Richtung fahren Sie, Pater Karras?“

„Zum Du Pont Circle.“

„Ach, das ist gut! Würde es Ihnen was ausmachen, wenn Sie mich da absetzen?“

„Nein, keineswegs. Mache ich gern. Steigen Sie ein.“

Karl nickte dankbar. „Das ist sehr freundlich von Ihnen, Pater.“

Karras ließ den Wagen an. „Tut Ihnen gut, einmal rauszukommen.“

„Bestimmt. Ich will nämlich ins Kino. Mir einen Film ansehen. Einen guten Film."

Karras legte den Gang ein und fuhr los.

Eine Zeitlang schwiegen beide. Karras war in Gedanken vertieft; er suchte Antwort auf viele Fragen. Besessenheit. Unmöglich. Das Weihwasser. Und doch ...

„Karl, Sie kannten Mr. Dennings doch gut, nicht wahr?"

Karl blickte stur geradeaus durch die Windschutzscheibe. Dann nickte er steif. „Ja. Ich kannte ihn."

„Wenn Regan ... Wenn Regan Dennings zu sein scheint, haben Sie dann den Eindruck, daß sie es wirklich ist?"

Lange Pause. Endlich ein tonloses, ausdrucksloses: „Ja."

Karras nickte. Er hatte ein unheimliches Gefühl.

Danach sagte keiner von ihnen mehr etwas, bis sie am Du Pont Circle angelangt waren. An einer Verkehrsampel mußten sie halten. „Ich steige hier aus, Pater Karras", sagte Karl, während er schon den Schlag öffnete. „Von hier aus kann ich einen Bus nehmen." Er kletterte hinaus, steckte aber noch einmal den Kopf zum Fenster herein. „Vielen Dank, Pater. Ich bin Ihnen sehr verbunden. Danke."

Er trat auf eine Verkehrsinsel und wartete, bis die Ampel umschaltete. Als der Jesuit weiterfuhr, winkte er ihm lächelnd nach. Er beobachtete den Wagen, bis dieser in die Massachusetts Avenue einbog, lief dann zu einem Bus hinüber und stieg ein. Er löste einen Umsteigefahrschein, wechselte den Bus und fuhr in den Nordosten der Stadt, wo er in einem Mietskasernenviertel ausstieg. Er schritt auf ein heruntergekommenes Gebäude zu und trat ein.

Im finsteren Treppenhaus blieb er zunächst einen Augenblick stehen. Aus den Küchen zogen stechende Gerüche in den Flur. Irgendwo weinte ein Kind. Unter einer Fußleiste kam eine Küchenschabe hervor und huschte im Zickzack quer über eine Treppenstufe. Karl packte das Geländer und machte Miene, umzukehren und wieder zu gehen. Dann aber schüttelte er entschlossen den Kopf und stieg hinauf. Jeder Schritt löste ein Knarren aus.

Im ersten Stock ging er auf eine Tür des finsteren Seitenflügels zu. Einen Augenblick blieb er, die Hand am Türrahmen, regungslos stehen. Er starrte die Wand an: abblätternde Farbe, mit Bleistift hingekritzelt: „Nicky und Ellen", darunter ein Datum und ein Herz, dessen Zentrum aus rissedurchzogenem Putz bestand. Karl klingelte und wartete mit gesenktem Kopf. Bettfedern quietschten. Gereiztes Gemurmel. Dann Schritte, die auf die Tür zukamen: ein arhythmisches Geräusch, das dumpfe Poltern eines orthopädischen Schuhs. Auf einmal wurde die Tür eine Handbreit geöffnet — so weit es eben die Sicherheitskette erlaubte —, und eine Frau im Unterrock spähte, die Zigarette im Mundwinkel, mißtrauisch heraus.

„Ach, du bist es!" sagte sie mit heiserer Stimme. Sie löste die Kette.

Karl sah in Augen, hart und verschlagen, ausgebrannt und müde. Sein Blick streifte die verschwommene Linie der Lippen, das verwüstete Gesicht.

„Komm endlich her! Sag ihm, er soll wieder Leine ziehen!" Eine rauhe Männerstimme. Der Freund.

Das Mädchen wandte den Kopf und schimpfte: „Ach, halt die Schnauze, du Idiot! Es ist doch Paps."

Dann wandte es sich wieder an Karl. „Er ist betrunken. Am besten kommst du gar nicht rein."

Karl nickte.

Der hohläugige Blick des Mädchens wanderte zu seiner Hand, die nach der Brieftasche in der hinteren Hosentasche griff. „Wie geht's denn Mama?" fragte sie ihn, ohne die Zigarette aus dem Mund zu nehmen, ohne den Blick von seinen Händen zu lösen, die in der Brieftasche die Zehner zählten.

„Es geht ihr gut." Er nickte knapp.

Als er ihr die Scheine reichte, wurde sie von einem Hustenanfall geschüttelt. Sie würgte, legte die Hand vor den Mund. „Scheiß-Zigaretten!" keuchte sie.

Karl starrte auf die Einstichstellen in ihrer Haut.

„Vielen Dank, Paps."

Er fühlte, wie ihm das Geld aus den Fingern genommen wurde.

„Herrgott, nun mach schon!" fluchte der Freund von drinnen.

„Hör zu, Paps, machen wir's kurz. Okay? Du weißt ja, wie er sonst wird."

„Elvira ..." Hastig langte Karl durch die Tür und packte ihr Handgelenk. „Es gibt jetzt eine Klinik in New York", flüsterte er bittend.

Sie schnitt eine Grimasse und versuchte sich aus seinem Griff zu befreien. „Ach, hör doch auf damit!"

„Ich schicke dich hin. Sie werden dir helfen. Du brauchst nicht ins Gefängnis. Es ist ..."

„Himmel, hör endlich auf, Paps!" kreischte sie und riß sich los.

„Nein, Elvira! Nein, bitte! Es ist ..."

Sie schlug ihm die Tür vor der Nase zu.

Im dunklen Flur starrte Karl schweigend auf die geschlossene Tür. Dann senkte er in stillem Kummer den Kopf. Aus der Wohnung kamen die gedämpften Laute einer Unterhaltung. Dann zynisch klingendes Frauenlachen. Dann Husten.

Karl wandte sich ab und schrak zusammen: Der Weg wurde ihm von Inspektor Kinderman versperrt.

„Vielleicht können wir jetzt miteinander reden, Mr. Engstrom", keuchte der Detektiv. Die Hände in den Manteltaschen. Die Augen voll Trauer. „Vielleicht können wir jetzt miteinander reden ..."

2

Im Büro des rundlichen, weißhaarigen Leiters des Instituts für Sprachen und Sprachforschung fädelte Karras das Band auf eine leere Spule. Zuvor hatte er sorgfältig einzelne Teile seiner Aufnahmen auf zwei verschiedene Bänder übertragen, von denen er jetzt das erste vorspielen wollte. Er schaltete das Tonbandgerät ein und trat vom Tisch zurück. Gemeinsam lauschten sie der fiebrigen Stimme, die heiser ihr Kauderwelsch von sich gab. Dann wandte er sich an den Direktor. „Was ist das, Frank? Handelt es sich um eine Sprache?"

Der Direktor hockte auf der Schreibtischkante. Als das Band abgespielt war, runzelte er kopfschüttelnd die Stirn. „Ganz schön unheimlich. Woher haben Sie das?"

Karras hielt das Band an. „Das habe ich schon seit mehreren Jahren. Ich untersuchte damals einen Fall von Persönlichkeitsspaltung. Jetzt möchte ich eine Arbeit darüber schreiben."

„Ach so!"

„Also, was meinen Sie?"

Der Direktor nahm die Brille ab und kaute auf den Schildpattbügeln herum. „Nein, diese Sprache habe ich noch nie gehört. Aber ..." Er zog die Augenbrauen zusammen. Dann sah er zu Karras auf. „Würden Sie es noch einmal spielen?"

Rasch ließ der Priester das Band zurücklaufen und spielte es zum zweitenmal. „Was meinen Sie jetzt?" fragte er.

„Hm ... Eine Sprachmelodie ist eindeutig vorhanden."

Karras spürte Hoffnung in sich aufsteigen. „Genau. Den Eindruck hatte ich auch", sagte er.

„Aber bekannt ist mir die Sprache nicht, Pater. Ist es eine alte oder eine moderne? Oder wissen Sie das auch nicht?"

„Ich weiß es nicht."

„Na ja, dann lassen Sie die Dinger hier. Ich werde sie mit meinen Leuten untersuchen."

„Könnten Sie sich vielleicht Kopien machen? Das Original möchte ich selbst behalten."

„Aber gewiß."

„Da wäre allerdings noch ein anderes Problem. Wie ist es, Frank — haben Sie ein bißchen Zeit?"

„Natürlich. Nur raus damit. Worum geht es?"

„Frank, wenn ich Ihnen ein paar Sprachfetzen gebe, die allem Anschein nach von zwei verschiedenen Personen stammen — könnten Sie aufgrund einer semantischen Analyse bestimmen, ob ein und dieselbe Person möglicherweise fähig ist, beide Sprechweisen zu produzieren?"

„Das glaube ich schon."

„Aber wie?"

„Der beste Beweis wäre vermutlich das Häufigkeitsverhältnis. Bei Proben von mindestens tausend Wörtern könnte man die Häufigkeit der verschiedenen Redeteile feststellen."

„Und das wäre nach Ihrer Ansicht ein schlüssiger Beweis?"

„Aber ja! Zumindest ein ziemlich sicherer. Denn sehen Sie, bei diesem Test wird jede Veränderung des Grundvokabulars außer acht gelassen. Es geht dabei nicht um die einzelnen Wörter, sondern um die Zusammenstellung der Wörter: den Stil. Wir nennen es ‚Diversitätsindex'. Fast unverständlich für den Laien, aber das liegt natürlich in unserer Absicht." Der Direktor lächelte ironisch. Dann deutete er mit einer Kopfbewegung auf die Bandspulen, die Karras hielt. „Sie haben da also Aufnahmen von zwei verschiedenen Personen, nicht wahr?"

„Nein, Frank. Stimme und Worte stammen aus dem Mund von ein und derselben Person. Wie gesagt, es handelte sich um einen Fall von Persönlichkeitsspaltung. In meinen Ohren klingen Worte und Stimmen völlig verschieden, aber sie kommen aus dem Mund einer einzigen Person. Sie müssen mir einen großen Gefallen tun, Frank . . ."

„Soll ich die Proben für Sie untersuchen? Mache ich gern! Ich werde sie einem meiner Dozenten geben."

„Nein, Frank, das ist ja gerade der Gefallen, um den ich Sie bitten möchte: Es wäre mir lieb, wenn Sie das persönlich übernähmen, und zwar so schnell es nur irgend geht. Es ist eine ungeheuer wichtige Sache für mich."

An Karras' Ausdruck sah der Direktor, daß der Jesuit die Wahrheit sprach. Er nickte. „Okay. Ich werde mich sofort dranmachen."

Frank machte sich Kopien von beiden Bändern, und Karras kehrte mit den Originalen ins Jesuitenwohnheim zurück. In seinem Zimmer fand er eine Benachrichtigung. Die erwarteten Unterlagen aus der Barringer-Klinik waren gekommen.

Er ging in die Rezeption und quittierte den Empfang des Paketes. Wieder in seinem Zimmer, setzte er sich sofort an den Schreibtisch und fing an zu lesen. Und war binnen kurzem fest überzeugt, daß sein Besuch im Sprachforschungsinstitut überflüssig gewesen war.

„Anzeichen einer Besessenheit aufgrund von Schuldgefühlen mit daraus resultierendem hysterisch-somnambulem . . ."

Wieder einmal Anlaß zum Zweifeln. Wie immer. Aber Regans Stigmata . . . Müde legte Karras das Gesicht in die Hände. Auch die Stigmata auf der Haut, die Mrs. MacNeil ihm beschrieben hatte, waren in Regans Krankenakten verzeichnet. Zugleich aber wurde auch erwähnt, daß Regan eine hyperreaktive Haut besaß und die geheimnisvollen Buchstaben ganz einfach selbst produziert haben konnte, indem sie sie kurz vor dem Erscheinen mit dem Fingernagel auf ihre Brust geritzt hatte. Dermatographie.

Sie hat es selbst gemacht, dachte Karras bedrückt. Jetzt war er überzeugt. Denn kaum waren Regans Hände von Haltegurten außer Aktion gesetzt worden, waren, wie der Bericht erläuterte, die geheimnisvollen Phänomene nie wieder aufgetaucht.

Betrug. Bewußt oder unbewußt. Aber Betrug.

Er hob den Kopf und starrte das Telefon an. Frank. Sollte er ihn zurückpfeifen? Er nahm den Hörer ab. Aber es meldete sich niemand, und er hinterließ nur seine Nummer. Dann stand er zerschlagen auf und ging langsam ins Bad, wo er sich das Gesicht mit kaltem Wasser wusch. „Der Exorzist muß darauf achten, daß keine der Manifestationen des Patienten unerklärt bleibt ..." Er betrachtete sich im Spiegel. Hatte er nicht irgend etwas vergessen? Was war es nur? Der Sauerkrautgeruch! Er drehte sich um, nahm ein Handtuch von der Stange und trocknete sich das Gesicht. Autosuggestion, fiel ihm ein. Und außerdem schienen Geisteskranke manchmal tatsächlich ihrem Körper durch das Unterbewußtsein den Befehl erteilen zu können, die verschiedensten Gerüche zu produzieren.

Karras rieb sich die Hände trocken. Die Klopfgeräusche ... Das Öffnen und Schließen der Schublade. Psychokinese? Wirklich? „Ja, glauben Sie denn an diesen Unsinn?" Er hängte das Handtuch wieder über die Stange und rief sich energisch zur Ordnung; er hatte gemerkt, daß er nicht mehr klar denken konnte. Zu müde. Aber er wagte es nicht, Regans Schicksal von Mutmaßungen abhängig zu machen, von persönlichen Meinungen, von den wilden Trugbildern des Verstandes.

Er ging zur Universitätsbibliothek hinüber. Suchte im „Leitfaden für Zeitschriftenliteratur": Po ... Pol ...

Polte... Er hatte, was er suchte. Er holte sich eine bestimmte wissenschaftliche Zeitschrift heraus und las einen Artikel des deutschen Psychiaters Dr. Hans Bender über Untersuchungen von Poltergeist-Phänomenen.

Kein Zweifel möglich, stellte er fest, als er fertig war: Es gab tatsächlich psychokinetische Phänomene. Sie waren einwandfrei dokumentiert, gefilmt, in psychiatrischen Kliniken beobachtet worden. Und bei keinem der in dem Artikel erwähnten Fälle bestand ein Zusammenhang mit Dämonenbesessenheit. Die Hypothese lautete vielmehr: Vom Geist gesteuerte Energie, die unbewußt produziert wurde, und zwar gewöhnlich — und, wie Karras fand, bezeichnenderweise — von Pubertierenden im Zustand extremer innerer Spannung, Frustration und Wut.

Karras rieb sich müde die brennenden Augen. Noch immer hatte er das Gefühl, etwas vergessen zu haben. Gewissenhaft wie ein Junge, der im Vorbeigehen alle Stäbe eines weißen Lattenzaunes berühren muß, ging er noch einmal alle Symptome durch. Welches habe ich übersehen? fragte er sich. Welches?

Die Antwort, sagte er sich schließlich erschöpft, lautete: Keines.

Er brachte die Zeitschrift an ihren Platz zurück.

Dann ging er noch einmal zum Haus der MacNeils hinüber. Willie öffnete ihm und führte ihn zum Arbeitszimmer. Die Tür war geschlossen. Willie klopfte. „Pater Karras", meldete sie.

„Herein!"

Karras trat ein und zog die Tür hinter sich ins Schloß. Chris stand mit dem Rücken zu ihm an der Bar. Die Stirn in die Hand gestützt, den Ellbogen auf der Theke. „Hallo, Pater!"

Ihre Stimme war nicht mehr als ein heiseres, verzweifeltes Flüstern. Besorgt eilte er auf sie zu. „Alles in Ordnung?" fragte er leise.

„Ja, danke. Mir geht's ausgezeichnet."

Ihr Ton verriet höchste Nervenanspannung. Karras runzelte die Stirn. Sie hatte ihr Gesicht hinter der Hand verborgen. Und diese Hand zitterte. „Was ist passiert?“ fragte sie ihn.

„Ich habe mir die Unterlagen aus der Klinik angesehen.“ Er wartete. Sie reagierte nicht. Dann fuhr er fort: „Ich glaube . . .“ Er stockte. „Nun ja, im Augenblick ist meine aufrichtige Meinung, daß Regan am besten mit einer intensiven psychiatrischen Behandlung geholfen wäre.“

Im Zeitlupentempo schüttelte Chris den Kopf.

„Wo ist ihr Vater?“ fragte er sie.

„In Europa.“

„Haben Sie ihm mitgeteilt, wie es hier aussieht?“

Wie oft hatte sie nicht schon daran gedacht, es ihm zu schreiben! Die Versuchung war groß gewesen. Womöglich führte diese Krise sie sogar wieder zusammen. Doch Howard und ein Priester . . . Nein! Um Regans willen hatte sie beschlossen, ihm nichts zu sagen.

„Nein“, antwortete sie leise.

„Ich glaube aber, es wäre sehr gut für Regan, wenn er jetzt hier sein könnte. Es würde ihr helfen.“

„Hören Sie, Pater, meiner Tochter kann nur noch etwas Außergewöhnliches helfen!“ Mit tränenüberströmtem Gesicht sah sie den Priester an. „Nur noch etwas ganz und gar Außergewöhnliches.“

„Ich finde, Sie sollten ihn trotzdem kommen lassen.“

„Warum?“

„Es wäre . . .“

„Verdammt noch mal, ich habe Sie gebeten, einen Dämon auszutreiben, und nicht, noch einen zweiten herzuholen!“ schrie sie dem Priester hysterisch ins Gesicht. Ihre Züge waren vor Wut verzerrt. „Was ist denn auf einmal aus dem Exorzismus geworden?“

„Also . . .“

„Zum Teufel noch mal, was soll Howard hier?“

„Wir könnten über die ganze Angelegenheit reden . . .“

„Reden Sie *jetzt* darüber, verdammt noch mal! Wozu brauchen wir Howard? Wozu?"

„Es ist sehr wahrscheinlich, daß Regans Krankheit auf einem Schuldkomplex in Zusammenhang mit ..."

„Schuldkomplex? In Zusammenhang womit?" schrie sie mit irrem Blick.

„Es könnte ..."

„In Zusammenhang mit der Scheidung? Kommen Sie schon wieder mit diesem psychiatrischen Geschwafel?"

„Also ..."

„Sie fühlt sich schuldig, weil sie Burke Dennings umgebracht hat!" kreischte Chris, die Hände an ihre Schläfen gepreßt. „Sie hat ihn umgebracht! Sie hat ihn umgebracht, und deswegen wird man sie ins Irrenhaus stecken. Jawohl, ins Irrenhaus wird sie kommen! Oh, du mein Gott! Oh, du mein ..."

Fassungslos schluchzend, brach sie zusammen. Der Jesuit fing sie behutsam auf und führte sie fürsorglich zum Sofa. „Es ist ja gut", sagte er immer wieder in tröstendem Ton. „Es wird ja alles wieder gut ..."

„Nein, nein! Sie werden Regan ins ... Irrenhaus ... stecken", schluchzte sie. „Sie werden sie ... ins ... Ooooohhhh! Oh, du mein Gott! Oh, du mein Gott!"

„Nur Ruhe ..."

Er half ihr, sich lang auf dem Sofa auszustrecken, setzte sich auf die Sofakante und ergriff ihre Hand. Er dachte an Kinderman. „Schon gut ... Ist ja schon gut ... Nur Ruhe ... Es wird alles gut ..."

Bald ließ das haltlose Weinen ein wenig nach, und Karras half ihr, sich aufzurichten. Er holte Wasser und eine Schachtel Papiertücher, die er auf dem Regal hinter der Bar entdeckte. Dann setzte er sich wieder neben sie.

„Mein Gott, bin ich froh!" sagte sie, während sie sich die Nase putzte. „Bin ich froh, daß es endlich raus ist!"

Karras dagegen wurde von innerem Aufruhr geschüttelt, von einem Schock der Erkenntnis, der immer schwerer wurde, je mehr sich Chris beruhigte. Das Gewicht lag, erdrückend und schwer, wieder einmal auf seinem Rücken. Innerlich erstarrte er. Halt! Sprich nicht weiter! „Möchten Sie weitersprechen?“ fragte er freundlich.

Chris nickte. Sie wischte sich die Augen und berichtete stockend, stoßweise von Kinderman, von dem Buch, von ihrer Überzeugung, daß Dennings in Regans Schlafzimmer gewesen war, von Regans unheimlicher Kraft, von der Dennings-Persönlichkeit mit dem auf den Rücken gedrehten Gesicht, die Chris einmal zu sehen geglaubt hatte.

Sie endete und wartete auf die Reaktion des Jesuiten. Eine Weile blieb er stumm, dachte über das Gehörte nach. Dann sagte er schließlich leise: „Aber daß sie es getan hat, wissen Sie nicht.“

„Aber der Kopf war doch ganz herumgedreht!“

„Sie sind mit Ihrem eigenen Kopf ziemlich hart gegen die Wand geschlagen“, gab Karras ihr zu bedenken. „Außerdem befanden Sie sich im Schockzustand. Sie haben sich alles nur eingebildet.“

„Sie hat mir sogar erzählt, daß sie es getan hat“, murmelte Chris ausdruckslos.

Pause. „Und hat sie Ihnen auch erzählt, wie?“

Chris schüttelte den Kopf. Er drehte sich zu ihr um und sah sie an. „Nein“, sagte sie. „Das hat sie nicht.“

„Dann ist es ohne jegliche Bedeutung“, erklärte Karras. „Es hat so lange nichts zu bedeuten, bis sie Ihnen Einzelheiten nennt, die außer dem Mörder selbst niemand wissen kann.“

Chris schüttelte unzufrieden den Kopf. „Ich weiß nicht recht“, sagte sie. „Ich weiß nicht, ob ich jetzt richtig handele. Ich glaube daran, daß sie es getan hat, und ich fürchte, daß sie noch mehr Menschen umbringen wird. Nein, nein, ich weiß nicht ...“ Sie unterbrach sich. „Pater, was soll ich denn nur tun?“ fragte sie verzweifelt.

Er stützte den Ellbogen auf sein Knie und schloß die Augen. „Nun, Mrs. MacNeil, Sie haben sich jetzt bei mir ausgesprochen“, sagte er beruhigend. „Sie haben das Richtige getan. Und nun vergessen Sie die ganze Sache. Schieben Sie sie einfach beiseite und überlassen Sie alles mir.“

Er spürte ihren fragenden Blick. „Fühlen Sie sich jetzt ein bißchen besser?“ fragte er.

Sie nickte.

„Würden Sie mir einen Gefallen tun?“

„Ja, gern. Was denn?“

„Gehen Sie ins Kino.“

Sie wischte sich mit dem Handrücken über die Augen und lächelte. „Ich hasse das Kino.“

„Dann gehen Sie Freunde besuchen.“

Sie legte beide Hände in den Schoß und sah ihn voll herzlicher Zuneigung an. „Den besten Freund habe ich gleich hier neben mir.“

Er lächelte. „Ruhen Sie sich wenigstens aus“, forderte er.

„Das werde ich tun.“

Noch etwas fiel ihm auf einmal ein. „Glauben Sie, daß Dennings das Buch zu ihr hinaufgebracht hat? Oder war es vielleicht schon vorher da?“

„Ich glaube, daß es schon vorher da war“, antwortete Chris.

Er dachte über diese Antwort nach. Dann stand er auf. „Nun gut. Brauchen Sie Ihren Wagen?“

„Nein. Sie können ihn noch behalten.“

„Na schön. Ich komme später wieder.“

„Auf Wiedersehen, Pater.“

„Auf Wiedersehen.“

Innerlich aufgewühlt trat er auf die Straße hinaus. Regan. Dennings. Unmöglich! Nein! Aber da waren Chris MacNeils feste Überzeugung, ihre Reaktion, ihre Hysterie. Und ganz genau das ist es auch: hysterische Wahnvorstellungen. Und doch ...

Als er an der steilen Treppe neben dem Haus vorbeikam, hörte er unten am Fluß Musik. Er blieb stehen und sah zum C & O-Kanal hinüber. Eine Harmonika. Irgend jemand spielte „Red River Valley" — von Kind auf schon sein Lieblingslied. Er lauschte, bis der Verkehrslärm die Musik übertönte. Er schob die Hände in die Taschen, dachte an Chris, an Regan, an Lucas, der Tranquille getreten hatte. Irgend etwas mußte er tun. Aber was? Bildete er sich etwa ein, mehr zu wissen als die Ärzte der Barringer-Klinik? Ja. Ja, doch, das war sie, die Lösung; die einzige Hoffnung! Er wußte es. Der Fall des Achille fiel ihm ein. Besessen. Genau wie Regan hatte Achille behauptet, ein Teufel zu sein; genau wie bei Regan lagen die Wurzeln seiner Krankheit in einem Schuldkomplex: in Gewissensbissen wegen einer ehelichen Untreue. Der Psychologe Janet hatte ihn geheilt, indem er ihm in der Hypnose den Besuch seiner Frau suggerierte, die vor Achilles Augen erschien und ihm die Schuld feierlich verzieh. Karras nickte. Ja, auch bei Regan war mit Suggestion bestimmt eine Menge zu erreichen. Aber nicht in Hypnose. Das hatte man ja schon in der Barringer-Klinik versucht. Nein. Die Heilmethode für Regan war nach seiner Meinung das Ritual des Exorzismus. Sie wußte genau, was das war, und kannte auch seine Wirkung. Ihre Reaktion auf das Weihwasser. Das hatte sie aus dem Buch. Und in demselben Buch gab es Berichte über erfolgreiche Teufelsaustreibungen. Gar nicht unmöglich, daß es klappte. Nein, ganz und gar nicht unmöglich. Aber wie die Genehmigung der Kanzlei bekommen? Wie diesen Fall überzeugend darlegen, ohne Burke Dennings zu erwähnen? Den Bischof konnte Karras nicht belügen. Bei ihm konnte er die Tatsachen nicht verfälschen. Aber ich kann die Tatsachen für sich sprechen lassen!

Welche Tatsachen?

Er strich sich müde über die Stirn. Er brauchte Schlaf. Konnte aber nicht schlafen. Er spürte, wie es schmerzhaft in seinen Schläfen pochte.

Welche Tatsachen?

Die Tonbänder im Sprachforschungsinstitut. Was würde Frank feststellen? Gab es überhaupt etwas festzustellen?

Bestimmt nicht. Aber wer weiß? Regan hatte das Weihwasser nicht von Leitungswasser unterscheiden können. Gewiß. Aber wenn sie angeblich meine Gedanken lesen kann, warum wußte sie dann nicht, daß es Leitungswasser war? Er hob die Hand an seine Stirn. Kopfschmerzen. Ratlosigkeit. Jesus, Karras, wach endlich auf! Da stirbt ein Mensch! Wach auf!

Von seinem Zimmer aus rief er im Sprachforschungsinstitut an. Frank war nicht da. Er legte den Hörer auf. Weihwasser. Leitungswasser. Irgend etwas! Er schlug das „Ritual" bei dem Kapitel „Instruktionen für den Exorzisten" auf: „... böse Geister ... irreführende Antworten ... so kann es scheinen, als sei der Betroffene gar nicht besessen ..." Karras grübelte. War es vielleicht das? Verdammt, was redest du da? Was für ein „böser Geist"?

Er schlug das Buch zu und sah die Klinikakten. Er las sie noch einmal gründlich durch und hielt Ausschau nach irgendeinem Punkt, der ihm beim Bischof vielleicht helfen konnte.

Halt! Kein früheres Auftreten von Hysterie. Wenigstens etwas! Aber ein ziemlich schwaches Argument. Nein, es mußte etwas anderes sein. Irgendeine Diskrepanz. Was war es nur? Verzweifelt kramte er in den Erinnerungen an seine Studien. Und dann fiel es ihm auf einmal ein. Viel war es ja nicht. Aber immerhin etwas.

Er nahm das Telefon und rief bei Chris an. Ihre Stimme klang benommen.

„Ja, Pater?"

„Ach, hatten Sie geschlafen? Das tut mir leid!"

„Macht nichts."

„Wo ist eigentlich dieser Arzt, Chris ..." Karras fuhr mit dem Finger die Zeilen der Arztberichte entlang. „Dieser Dr. Klein?"

„Im Rosslyn."

„Dem Ärztezentrum?"

„Ja."

„Bitte, rufen Sie ihn doch an und sagen Sie ihm, ein

Doktor Karras käme vorbei und möchte sich Regans EEG ansehen. Aber sagen Sie ihm, ein *Doktor* Karras, Chris. Haben Sie das verstanden? *Doktor!*"

„Ja."

„Ich erkläre es Ihnen später."

Als er den Hörer aufgelegt hatte, nahm Karras seinen Priesterkragen ab, zog auch Soutane und schwarze Hose aus und fuhr statt dessen in Khakihose und Sporthemd. Darüber zog er den schwarzen Priesterregenmantel, den er bis zum Hals hinauf zuknöpfte. Er sah in den Spiegel und runzelte unzufrieden die Stirn. Priester und Polizisten, dachte er, während er den Mantel rasch wieder öffnete: beider Kleidung besaß einen spezifischen Geruch, den man durch nichts, aber auch durch gar nichts verdecken konnte. Sogar die Schuhe zog er aus und holte sich dafür das einzige Paar aus seinem Besitz, das nicht schwarz war: die abgewetzten weißen Tennisschuhe.

Mit Chris MacNeils schnellem Wagen fuhr er zum Rosslyn-Gebäude hinüber. Als er in der M-Street auf grünes Licht zum Überqueren der Brücke wartete, schaute er zufällig aus dem Fenster und entdeckte etwas Beunruhigendes: In Höhe der Thirty-fifth Street, direkt vor dem Dixie Liquor Store, hielt eine schwarze Limousine, der Karl Engstrom entstieg. Der Fahrer des Wagens war Inspektor Kinderman.

Die Ampel sprang um. Karras gab Gas, schoß vorwärts, bog auf die Brücke ein und warf noch schnell einen Blick in den Rückspiegel. Hatten die beiden ihn gesehen? Er glaubte, nicht. Aber wie kam es, daß sie zusammen waren? Aus purem Zufall? Oder hatte es etwas mit Regan zu tun? Mit Regan und . . .

Denk jetzt nicht weiter darüber nach! Eins nach dem anderen!

Er parkte vor dem Rosslyn-Gebäude und fuhr mit dem Lift zu Dr. Kleins Praxis hinauf. Der Arzt selber war zwar beschäftigt, doch eine Schwester gab Karras das erbetene

EEG, und gleich darauf stand er in einer engen Kabine, wo er die Aufnahme, das lange, schmale Papierband, langsam durch seine Finger gleiten ließ und gründlich studierte.

Nach einer Weile kam Dr. Klein. Er war in Eile. Sein Blick streifte verwundert die Aufmachung des Besuchers. „Doktor Karras?"

„Ja. Guten Tag."

Sie schüttelten einander die Hand.

„Mein Name ist Klein. Wie geht's dem Kind?"

„Besser."

„Freut mich zu hören." Karras wandte sich wieder dem EEG-Streifen zu und begutachtete ihn nunmehr gemeinsam mit Klein, der mit dem Zeigefinger die Wellenmuster auf dem Papier nachzog. „Da, sehen Sie? Vollkommen regelmäßig. Keinerlei Schwankungen."

„Ja, ich sehe." Stirnrunzelnd ließ der Priester den Blick weiterwandern. „Sonderbar! Wir hatten doch angenommen, daß wir es mit einem Fall von Hysterie zu tun haben."

„Ich weiß nicht, worauf Sie hinauswollen."

„Es ist vermutlich nicht allgemein bekannt", murmelte Karras, den Streifen in gleichmäßigem Tempo weiterziehend, „aber Iteka, ein Belgier, hat entdeckt, daß Hysterie auf dem Diagramm sehr ungewöhnliche Schwankungen hervorzurufen scheint. Geringfügige Schwankungen, aber immer wieder dasselbe Muster. Nach diesem Schema habe ich also auch hier gesucht, aber ich habe es merkwürdigerweise nicht finden können."

„Na, so was!" knurrte Dr. Klein nichtssagend.

Karras warf ihm einen Seitenblick zu. „Sie war doch eindeutig bereits gestört, als Sie dieses Diagramm aufnahmen, nicht wahr?"

„Allerdings war sie das. Jawohl, das würde ich mit Bestimmtheit sagen."

„Nun, finden Sie es dann nicht sonderbar, daß dieser Test so perfekt ausgefallen ist? Sogar Patienten in einem normalen Geisteszustand können ihre Gehirnwellen mindestens innerhalb der normalen Grenzen beeinflussen, und Regan war zu jenem Zeitpunkt gestört. Also müßte es mindestens ein paar Schwankungen geben. Falls . . .“

„Herr Doktor, Mrs. Simmons wird ungeduldig“, wurden sie von einer Schwester unterbrochen, die ihren Kopf zur Tür hereinsteckte.

„Ich komme!“ antwortete Klein seufzend. Während die Schwester schon wieder eilig weiterlief, ging er zur Tür, drehte sich aber, die Hand am Rahmen, noch einmal um. „A propos Hysterie“, sagte er trocken. „Tut mir sehr leid, ich muß mich sputen.“

Dann schloß er die Tür hinter sich. Karras hörte ihn den Korridor entlanggehen; hörte, wie eine Tür geöffnet wurde; und hörte ein: „Nun, wie geht es uns heute, Mrs. . . .“

Die Tür wurde geschlossen. Karras konzentrierte sich wieder auf das Diagramm, faltete es, als er fertig war, sorgfältig zusammen und zog ein Gummiband darüber. Dann brachte er es der Sprechstundenhilfe am Empfang zurück. Irgend etwas! Nun, jetzt hatte er etwas, was er dem Bischof als Beweis dafür vorlegen konnte, daß Regan nicht hysterisch war und eine Besessenheit daher im Bereich des Denkbaren lag. Und dennoch hatte ihn das EEG wieder vor ein neues Rätsel gestellt: Warum keine Schwankungen? Warum nicht die geringsten Schwankungen?

Er fuhr zum McNeil-Haus zurück, doch als er an der Ecke Prospect und Thirty-fifth Street vor einem Stopzeichen hielt, erstarrte er plötzlich hinter dem Lenkrad: Zwischen ihm und dem Jesuitenwohnheim saß, den Ellbogen auf die Fensterkante gelegt, Inspektor Kinderman ganz allein in einem geparkten Wagen und blickte stur geradeaus.

Um zu vermeiden, daß der Kriminalbeamte ihn in Chris' Jaguar sah, bog Karras schnell in eine Seitenstraße ein, fand einen freien Platz zum Parken, stellte den Wagen in die Lücke und schloß ihn ab. Dann ging er zu Fuß weiter und tat, als wollte er gerade ins Wohnheim zurückkehren. Ob er das Haus beobachtet? fragte er sich besorgt. Drohend erhob sich das Gespenst Burke Dennings' aus seinem Grab. Vermutete der Detektiv womöglich, daß Regan ...

Halt, langsam! Nur nicht so voreilig.

Er ging auf den Wagen zu und steckte auf der Beifahrerseite den Kopf durchs Fenster. „Hallo, Inspektor!"

Der Kriminalbeamte fuhr herum und machte ein höchst überraschtes Gesicht. Dann strahlte er. „Ja, Pater Karras!"

Klingt viel zu unecht, dachte Karras. Er merkte, daß seine Hände feucht und kalt waren. Spiel jetzt den Unbekümmerten! Laß dir nicht anmerken, daß du dir Sorgen machst! „Wissen Sie nicht, daß hier das Parken verboten ist? Wochentags zwischen vier und sechs. Sie werden ein Strafmandat kriegen."

„Das macht nichts", keuchte Kinderman. „Ich spreche ja mit einem Priester. In dieser Gegend sind alle Polizisten katholisch, oder sie nehmen keine Notiz."

„Wie geht es Ihnen?"

„Offen gestanden, Pater Karras — nur soso. Und Ihnen?"

„Ich kann nicht klagen. Haben Sie übrigens diesen Fall geklärt?"

„Welchen Fall?"

„Den mit dem Regisseur."

„Ach, den!" Er winkte ab. „Fragen Sie nicht. Aber hören Sie — haben Sie heute abend schon was vor? Haben Sie vielleicht zu tun? Ich habe Freikarten für das ‚Crest'. Es gibt ‚Othello'."

„Mit wem?"

„Mit Molly Picon als Desdemona und Leo Fuchs als Othello. Würde Ihnen das Spaß machen? Es kostet nichts, Pater Marlon! Sie bringen William F. Shakespeare! Da ist es egal, wer die Hauptrolle spielt und wer nicht. Also, wie ist es? Kommen Sie mit?"

„Ich werde wohl leider passen müssen. Ich stecke bis über beide Ohren in der Arbeit."

„Ach so! Sie sehen aber auch wirklich schlecht aus. Verzeihen Sie, wenn ich das sage, aber das ist mir sofort aufgefallen. Sie arbeiten wohl bis spät in die Nacht hinein, wie?"

„Ich sehe leider immer so aus."

„Aber heute sehen Sie noch schlechter aus als sonst. Kommen Sie, Pater, gönnen Sie sich heute abend mal was! Wir werden uns bestimmt gut amüsieren."

Karras beschloß, den Detektiv auf die Probe zu stellen, ihm auf einen empfindlichen Zahn zu fühlen. „Wissen Sie genau, daß es ‚Othello' gibt?" fragte er, Kinderman durchdringend musternd. „Ich hätte schwören können, daß heute im ‚Crest' ein Chris-MacNeil-Film läuft."

Der Kriminalbeamte schluckte und sagte dann rasch: „Nein, nein, ich weiß es ganz genau. ‚Othello'. Es gibt ‚Othello'."

„Was führt Sie übrigens in diese Gegend?"

„Sie! Ich wollte Sie ins Kino einladen."

„Natürlich. Es ist ja auch wesentlich einfacher, selbst herzufahren, als einen Telefonhörer in die Hand zu nehmen", erwiderte Karras leise.

Der Detektiv zog mit wenig überzeugender Unschuldsmiene die Brauen hoch. „Ihr Telefon war ständig besetzt", erklärte er heiser, die offene Hand halb erhoben.

Der Jesuit starrte ihn steinern an.

„Was ist?" erkundigte sich Kinderman nach einer Weile.

Feierlich steckte Karras die Hand durchs Fenster und zog Kindermans Augenlid hoch. Prüfend betrachtete er das Auge des Detektivs. „Ich weiß nicht, ich weiß nicht ... Sie sehen miserabel aus. Wäre es möglich, daß Sie an Mythomanie erkrankt sind?"

„Kenne ich nicht", antwortete Kinderman, als Karras seine Hand zurückzog. „Ist das gefährlich?"

„Nun, jedenfalls nicht lebensgefährlich."

„Was ist es denn? Spannen Sie mich doch nicht so auf die Folter!“

„Schlagen Sie es im Lexikon nach“, meinte Karras gelassen.

„Und Sie, mein Lieber, seien Sie nicht so vorlaut! Sie sollten dem Kaiser wenigstens hin und wieder geben, was des Kaisers ist. Ich vertrete hier das Gesetz. Ich könnte Sie ausweisen lassen. Ist Ihnen das klar?“

„Und aus welchem Grund?“

„Ein Psychiater sollte die Leute niemals in Unruhe versetzen. Außerdem würden die Gojim sich, offen gesagt, die Hände reiben. Sie werden ihnen nämlich lästig, Pater. Nein, wirklich — Sie bringen sie in Verlegenheit! Die wären froh, Sie endlich loszuwerden. Wer hat schon Verwendung für einen Priester in Sporthemd und Tennisschuhen!“

Karras nickte mit schwachem Lächeln. „Ich muß jetzt gehen. Machen Sie's gut.“ Er klopfte zum Abschied zweimal mit der Hand an den Türrahmen, machte kehrt und schritt langsam auf den Eingang des Wohnheims zu.

„Gehen Sie lieber mal zum Analytiker!“ rief Kinderman ihm noch nach. Dann änderte sich der herzliche Gesichtsausdruck des Kriminalbeamten und zeigte Besorgnis. Durch die Windschutzscheibe sah er noch einmal kurz am Haus hinauf, startete den Wagen und fuhr davon. Als er an Karras vorüberkam, hupte er kurz und winkte dem Priester mit der flachen Hand grüßend zu.

Auch Karras winkte und sah Kinderman nach, bis dieser in die Thirty-sixth Street einbog. Dann blieb er eine Weile regungslos auf dem Gehsteig stehen. Mit zitternder Hand rieb er sich die nachdenklich gerunzelte Stirn. Konnte es denn wahr sein? Konnte sie es wirklich getan haben? Konnte Regan Burke Dennings wirklich auf so grauenvolle Art und Weise umgebracht haben? Mit fiebrigen Augen blickte er zu Regans Fenster hinauf. Was liegt da oben, in diesem Haus? Was nur? Und wie lange dauerte es noch, bis Kinderman Regan zu sehen verlangte? Bis er Gelegenheit hatte, die Dennings-Persönlichkeit zu sehen? Zu hören? Wie lange dauerte es noch, bis Regan in eine Anstalt eingewiesen wurde?

Oder starb?

Er mußte einen überzeugenden Beweis für die Kanzlei zusammenstellen.

Mit raschen Schritten ging er schräg über die Straße zum Haus und klingelte.

Willie öffnete ihm.

„Die Missis schläft", erklärte sie.

Karras nickte. „Gut. Ausgezeichnet." An ihr vorbei trat er ein und stieg sofort zu Regans Schlafzimmer hinauf. Er suchte Erkenntnisse, also mußte er sich ein Herz fassen und etwas Entsprechendes unternehmen.

Als er ins Zimmer kam, sah er Karl mit verschränkten Armen am Fenster sitzen und Regan bewachen — stumm und präsent wie ein dichter, dunkler Wald.

Karras trat ans Bett und sah auf Regan hinab. Das Weiße der Augen wie milchiger Nebel. Unverständliches Gemurmel. Beschwörungen aus einer anderen Welt. Karras warf Karl einen Blick zu. Dann beugte er sich langsam vor und begann einen von Regans Haltegurten zu lösen.

„Nein, Pater — nicht!"

In einem Sekundenbruchteil war Karl neben ihm und riß seinen Arm zurück. „Sehr schlecht, Pater! Stark! Sie ist stark! Lassen Sie die Gurte an!"

In seinen Augen stand eine Angst, die ohne jeden Zweifel echt war. Jetzt wußte Karras mit Gewißheit, daß Regan nicht nur theoretisch, sondern tatsächlich diese übernatürliche Kraft besaß. Also konnte sie es doch gewesen sein. Sie konnte wirklich Dennings den Hals umgedreht haben. Mein Gott, Karras! Beeil dich! Finde einen Beweis — irgendeinen! Denk nach! Mach schnell, sonst . . .

„Ich möchte Sie etwas fragen, Engstrom!"

Aufhorchend, von einer heißen Woge der Hoffnung erfaßt, fuhr Karras herum und starrte auf das Bett hinunter. Der Dämon grinste den Diener spöttisch an.

„Tanzt Ihre Tochter gern?“

Deutsch! Das Wesen hatte Karl auf deutsch gefragt, ob seine Tochter gern tanze! Mit klopfendem Herzen sah Karras sich um. Die Wangen des Schweizers glühten, er zitterte, und seine Augen funkelten vor Wut. „Es ist wohl besser, wenn Sie hinausgehen, Karl“, meinte Karras.

Doch Karl schüttelte eigensinnig den Kopf; die Hände hatte er so fest zur Faust geballt, daß seine Knöchel weiß hervortraten. „Nein, ich bleibe!“

„Bitte, gehen Sie!“ forderte der Jesuit ihn energisch auf. Sein Blick hielt den des Dieners unnachgiebig gefangen.

Noch einen Moment leistete Karl erbitterten Widerstand; dann gab er nach und ging hinaus.

Das Lachen war inzwischen verstummt. Karras richtete seine Aufmerksamkeit wieder auf das Bett. Der Dämon beobachtete ihn. Er wirkte zufrieden. „Da bist du ja wieder!“ stellte er krächzend fest. „Das wundert mich. Ich hätte gedacht, die peinliche Sache mit dem Weihwasser hätte dich so sehr entmutigt, daß du nicht wiederkämst. Aber ich hatte wohl vergessen, daß Priester kein Schamgefühl besitzen.“

Karras atmete nur flach und zwang sich, seine erwartungsvolle Aufregung zu zügeln, glasklar zu denken. Er wußte, daß der Sprachentest bei der Besessenheit eine intelligente Unterhaltung erforderte, weil man nur so beweisen konnte, daß das, was dabei gesagt wurde, nicht etwa auf verschüttete linguistische Erinnerungen zurückzuführen war. Also langsam! Nur mit der Ruhe. Vergiß das Mädchen nicht! Ein junges Dienstmädchen. Besessen. Im Delirium hatte es in einer Sprache geredet, die schließlich als Syrisch identifiziert werden konnte. Karras zwang sich, an die erste Aufregung zu denken, die diese Tatsache ausgelöst hatte, und an die große Enttäuschung, als sich herausstellte, daß dieses Mädchen eine Zeitlang in einer Pension gearbeitet hatte, zu deren Gästen ein Theologiestudent gehörte. Am Vorabend seiner Examenstage war dieser in seinem Zimmer und auf dem Korridor auf und ab gegangen und hatte dabei laut seine

Syrisch-Lektionen rekapituliert. Und das hatte das Mädchen mit angehört. Also Vorsicht! Nur nicht die Finger verbrennen!

„Sprechen Sie Deutsch?“ fragte Karras sehr beherrscht.

„Aha, wieder ein kleines Spielchen?“

„Sprechen Sie Deutsch?“ wiederholte der Jesuit, dessen Puls vor mühsam unterdrückter Hoffnung immer noch wie rasend jagte.

„Natürlich“, grinste der Dämon voll Spott. „Mirabile dictu. Nicht wahr?“

Das Herz des Priesters tat einen Sprung. Nicht allein Deutsch, sondern sogar auch Latein! Und dazu sinnvoll!

„Quod nomen mihi est?“ fragte er rasch. Wie ist mein Name?

„Karras.“

Jetzt überstürzte sich der Priester beinahe vor Erregung.

„Ubi sum?“ Wo bin ich?

„In cubiculo.“ In einem Zimmer.

„Et ubi est cubiculum?“ Und wo ist das Zimmer?

„In domo.“ In einem Haus.

„Ubi est Burke Dennings?“ Wo ist Burke Dennings?

„Mortuus.“ Er ist tot.

„Quomodo mortuus est?“ Wie ist er gestorben?

„Inventus est capite reverso.“ Er wurde mit umgedrehtem Kopf aufgefunden.

„Quis occidit eum?“ Wer hat ihn getötet?

„Regan.“

„Quomodo ea occidit illum? Dic mihi exacte!“ Wie hat sie ihn getötet? Sage es mir genau!

„Ach was, das reicht für den Moment an Aufregung“, erwiderte der Dämon grinsend. „Genug für heute. Mehr als genug. Obgleich es dir natürlich einleuchten wird, daß du, während du deine Fragen in Latein stelltest, in Gedanken auch die Antworten in Latein formuliert hast.“ Der Dämon lachte. „Im Unterbewußtsein natürlich. Ja, ja, wo wären wir ohne das Unterbewußtsein? Erkennst du, worauf ich hinauswill, Karras? Ich kann überhaupt kein Latein. Ich habe deine Gedanken angezapft. Ich habe die Antworten einfach in deinem Kopf gelesen!"

Bestürzt sah Karras seine Siegesgewißheit in sich zusammenfallen, fühlte, wie ihn der nagende Zweifel, den ihm der Dämon eingeflößt hatte, quälte und frustrierte.

Der Dämon kicherte. „Ja, ja, ich wußte doch, daß du das einsehen würdest, Karras", krächzte er. „Deswegen gefällst du mir ja so gut. Deswegen schätze ich ja die klugen Menschen so sehr." Den Kopf weit in den Nacken geworfen, brach er in brüllendes Gelächter aus.

Die Gedanken des Jesuiten rasten, suchten verzweifelt Fragen zu formulieren, auf die es nicht eine, sondern mehrere Antworten gab. Aber vielleicht würde ich dann an alle Antworten denken! fiel ihm plötzlich ein. Okay. Dann stelle eben eine Frage, auf die du selbst die Antwort nicht weißt! Er konnte dann später nachschlagen, ob die erhaltene Antwort richtig gewesen war.

Er wartete, bis das Lachen verebbte. Dann fragte er:

„Quam profundus est imus Oceanus Indicus?" Wie tief ist der Indische Ozean an seiner tiefsten Stelle?

Die Augen des Dämons funkelten. „La plume de ma tante", schnarrte er.

„Responde Latine."

„Bon jour! Bonne nuit!"

„Quam . . ."

Karras brach ab, denn Regans Augen rollten in ihren Höhlen nach oben, und die Kauderwelsch-Persönlichkeit kam zum Vorschein.

Ungeduldig und enttäuscht verlangte Karras: „Laß mich noch einmal mit dem Dämon sprechen!"

Es folgte keine Antwort. Nur dieses Atmen vom anderen Ufer.

„Qui es tu?" fragte er heiser. Mit tonloser Stimme. „Laß mich mit Burke Dennings sprechen!"

Schluckauf. Atmen. Schluckauf. Atmen.

„Laß mich mit Burke Dennings sprechen!"

Das Aufschlucken ging weiter, regelmäßig und schmerzhaft. Karras schüttelte hilflos den Kopf. Dann ging er zu einem Stuhl und setzte sich auf die Kante. Vornübergebeugt. Wartend ...

Die Zeit verstrich. Karras dämmerte vor sich hin. Dann fuhr sein Kopf plötzlich in die Höhe. Bleib wach! Zwinkernd, mit bleischweren Lidern, blickte er zu Regan hinüber. Kein Schluckauf mehr. Stille.

Ob sie schläft?

Er ging zum Bett und betrachtete sie. Augen geschlossen. Atem schwer. Er tastete nach ihrem Puls und untersuchte sorgfältig ihre Lippen. Pergamenttrocken. Er richtete sich wieder auf und wartete. Schließlich verließ er leise den Raum.

Auf der Suche nach Sharon ging er in die Küche hinunter und fand sie am Tisch sitzen, wo sie gerade Suppe und ein Sandwich aß. „Kann ich Ihnen auch was zu essen machen, Pater Karras?" erkundigte sie sich. „Sie müssen doch sicher hungrig sein."

„Nein, danke. Ich bin nicht hungrig", gab er zurück. Dann setzte er sich und langte hinüber, um Block und Bleistift zu nehmen, die neben Sharons Schreibmaschine lagen. „Sie hat den Schluckauf gehabt", berichtete er. „Ist ihr schon Compazin verschrieben worden?"

„Ja. Wir haben ein bißchen davon im Haus."

Er schrieb etwas auf den Block. „Dann geben Sie ihr heute abend die Hälfte von einem Fünfundzwanzig-Milligramm-Zäpfchen."

„Gut."

„Ihr Körper trocknet langsam aus", erklärte er weiter. „Deswegen möchte ich sie auf intravenöse Ernährung umstellen. Rufen Sie gleich morgen früh ein Geschäft für medizinische Artikel an und lassen Sie das hier sofort herschikken." Er schob den Block zu ihr hinüber. „Im Augenblick schläft sie. Sie können ihr also eine Sustagen-Dosis geben."

„Okay." Sharon nickte. „Mache ich gleich." Ihre Suppe löffelnd, drehte sie den Block zu sich herum und studierte die Liste.

Karras beobachtete sie. Dann runzelte er nachdenklich die Stirn. „Sie sind doch ihre Hauslehrerin, nicht wahr?"

„Ja, stimmt."

„Haben Sie ihr Latein beigebracht?"

Sie war verblüfft. „Nein."

„Deutsch?"

„Nein. Nur ein bißchen Französisch."

„Auf welchem Niveau? La plume de ma tante?"

„Ja. Ungefähr."

„Aber weder Deutsch noch Latein?"

„Bestimmt nicht."

„Aber die Engstroms sprechen doch sicher gelegentlich deutsch miteinander, wie?"

„O ja, natürlich."

„In Regans Gegenwart?"

Sie zuckte die Achseln. „Vermutlich." Sharon stand auf und trug ihren Teller zum Spülstein. „Na ja, ich glaube sogar ganz bestimmt."

„Haben Sie selber Latein gelernt?" erkundigte sich Karras.

„Nein, nie."

„Aber Sie würden die Sprache am Klang erkennen?"

„Sicher." Sie spülte den Teller unter dem Wasserhahn aus und stellte ihn auf das Ablaufbrett.

„Hat sie in Ihrer Gegenwart jemals Latein gesprochen?"

„Regan?"

„Ja. Seit dem Beginn ihrer Krankheit."

„Nie."

„Überhaupt eine fremde Sprache?" bohrte Karras.

Gedankenverloren drehte Sharon den Wasserhahn zu. „Na ja, vielleicht habe ich es mir nur eingebildet, aber ..."

„Ja?"

„Hm. Ich glaube ..." Sie krauste die Stirn. „Ja, ich

hätte schwören können, daß ich gehört habe, wie sie russisch sprach."

Karras starrte sie verblüfft an. „Sprechen Sie selber ebenfalls russisch?" fragte er sie mit zugeschnürter Kehle.

Sie zuckte mit den Achseln. „Ein bißchen." Sie legte das Tischtuch zusammen. „Ich habe es im College gelernt."

Enttäuscht ließ Karras die Schultern hängen. Sie hat das Latein in meinen Gedanken gelesen! Bedrückt vor sich hin starrend, stützte er, von Zweifeln, Wissen und Vernunft gequält, den Kopf in die Hand: Auftreten von Telepathie häufiger im Zustand starker Spannungen. Ausschließlich Benutzung einer Sprache, die mindestens eine im Zimmer anwesende Person beherrscht: ... „denkt oft dasselbe wie ich" ... „Bon jour ..." „La plume de ma tante ..." „Bonne nuit ..."

Was sollte er tun? Zunächst auf alle Fälle ein bißchen schlafen. Anschließend wieder herkommen und es noch einmal versuchen ... noch einmal versuchen ...

Karras erhob sich müde und sah benommen zu Sharon hinüber. Die Sekretärin stand mit verschränkten Armen am Spülstein und beobachtete ihn nachdenklich. „Ich werde jetzt ins Wohnheim hinübergehen", erklärte er ihr. „Sobald Regan aufwacht, rufen Sie mich bitte an."

„Selbstverständlich, Pater."

„Und vergessen Sie das Compazin nicht", mahnte er.

Sie schüttelte den Kopf. „Nein. Ich werde mich sofort darum kümmern."

Er nickte. Die Hände in die Hüfttaschen geschoben, sah er zu Boden, überlegte, was er Sharon womöglich zu sagen vergessen hatte. Irgend etwas blieb immer zu tun. Irgend etwas war immer vergessen worden, nachdem scheinbar alles getan worden war.

„Pater, was geht hier eigentlich vor?" hörte er Sharon deprimiert fragen. „Was ist dies? Was ist mit Regan wirklich los?"

Er hob den Kopf und sah sie mit gepeinigten Augen an.

„Ich weiß es nicht“, antwortete er stumpf. „Wirklich nicht.“

Dann drehte er sich um und verließ die Küche.

Als er durch die Diele kam, hörte er hinter sich schnelle Schritte.

„Pater Karras!“

Er drehte sich um. Es war Karl. Der Diener brachte ihm seinen Pullover.

„Verzeihung“, sagte er, als er dem Priester das Kleidungsstück reichte. „Ich wollte ihn schon längst fertig haben. Aber ich hatte es ganz vergessen.“

Die Flecke von Regans Erbrochenem waren verschwunden; das Wollgestrick strömte einen angenehmen Duft aus. „Das war sehr aufmerksam von Ihnen, Karl“, sagte der Priester voll Herzlichkeit. „Vielen Dank.“

„Ich danke Ihnen, Pater Karras.“

Des Schweizers Stimme zitterte, und in seinen Augen standen Tränen.

„Ich danke Ihnen, daß Sie unserer Miß Regan helfen“, ergänzte er dann. Befangen wandte er den Kopf ab und ging mit hastigen Schritten davon.

Damien Karras blickte ihm nach. Ihm war plötzlich Kindermans Wagen eingefallen. Auch so ein Rätsel. Überall ungelöste Fragen. Müde öffnete er die Tür. Draußen war Nacht. Niedergeschlagen trat er aus dem Dunkel in das Dunkel.

Als er über die Straße auf das Jesuitenwohnheim zuging, schlief er unterwegs schon beinahe ein. In seinem Zimmer jedoch sah er einen rosa Benachrichtigungszettel auf dem Fußboden liegen. Er hob ihn auf. Von Frank. Die Tonbänder! Privatnummer. „Bitte, anrufen ...“

Er griff zum Telefon und verlangte die hinterlassene Nummer und wartete mit zitternden Händen.

„Hallo?“ Ein kleiner Junge. Piepsstimme.

„Könnte ich bitte mit deinem Vater sprechen?“

„Augenblick.“ Der Hörer klapperte. Und wurde sofort

wieder aufgenommen. Noch immer der Junge. „Wer ist denn da?"

„Pater Karras."

„Pater Karis?"

Mit wild pochendem Herzen zwang Karras sich, langsam und deutlich zu artikulieren. „Karras. Pater Karras ..."

Wieder wurde der Hörer hingelegt.

Karras preßte die Finger an seine Stirn.

Leitungsgeräusche.

„Pater Karras?"

„Ja. Hallo, Frank! Ich habe versucht, Sie zu erreichen."

„Das tut mir leid. Ich habe hier zu Hause an Ihren Bändern gearbeitet."

„Und sind Sie inzwischen fertig geworden?"

„Ja. Übrigens, das ist ja ein unheimliches Zeug!"

„Ich weiß." Karras mühte sich, die Erregung in seinem Ton zu unterdrücken. „Aber was ist denn nun, Frank? Was haben Sie festgestellt?"

„Hm, da wäre zunächst einmal dieser Häufigkeitsindex ..."

„Ja, und?"

„Die Probe war zwar nicht sehr umfangreich, und daher kann ich es auch nicht mit hundertprozentiger Sicherheit behaupten, aber ich würde sagen, daß es als sicher angenommen werden kann — jedenfalls so sicher, wie man bei diesen Dingen überhaupt etwas sagen kann. Also, ich bin der Meinung, daß die beiden Stimmen auf den Bändern vermutlich von zwei verschiedenen Personen stammen."

„Ach — nur vermutlich?"

„Na ja, vor Gericht würde ich es nicht beschwören. Dort würde ich sogar erklären müssen, der Unterschied sei verhältnismäßig minimal."

„Minimal ...", wiederholte Karras tief enttäuscht. „Und was ist mit dem Kauderwelsch?" fragte er ohne große Hoffnung. „Handelt es sich dabei um eine Sprache?"

Frank lachte.

„Was ist denn so komisch daran?“ fragte der Jesuit verstimmt.

„Gehörte das wirklich zu einem psychologischen Test, Pater?“

„Ich weiß nicht, wovon Sie reden, Frank.“

„Na ja, möglicherweise haben Sie die Bänder verwechselt. Es ist nämlich . . .“

„Ich möchte wissen, Frank, ob es eine Sprache ist oder nicht!“ fiel Karras ihm ungeduldig ins Wort.

„O ja, das kann man wohl sagen, Pater. Es handelt sich da allerdings um eine Sprache.“

Der Jesuit wurde eisig. „Soll das ein Scherz sein?“

„Keineswegs.“

„Also, was ist es für eine Sprache?“ fragte er mißtrauisch.

„Englisch.“

Einen Augenblick blieb Karras stumm; als er dann wieder zu reden begann, wurde sein Ton ungewöhnlich scharf. „Frank, wir reden anscheinend aneinander vorbei. Oder möchten Sie mir bitte erklären, wo da der Witz liegt?“

„Haben Sie drüben ein Tonbandgerät?“ erkundigte sich Frank.

Es stand auf dem Schreibtisch. „Ja.“

„Hat es eine Rückspieleinstellung?“

„Warum?“

„Hat es eine?“

„Moment.“ Gereizt legte Karras den Hörer hin und nahm den Deckel des Tonbandgerätes ab. „Ja, es hat eine. Aber was soll das?“

„Legen Sie Ihr Band ein und spielen Sie es rückwärts.“

„Wie bitte?“

„Mir scheint, Sie haben Heinzelmännchen.“ Frank lachte laut. „Spielen Sie es, dann können wir uns morgen darüber unterhalten. Gute Nacht, Pater.“

„Gute Nacht, Frank.“

„Viel Vergnügen!“

Karras legte den Hörer auf. Er war perplex. Erwartungsvoll suchte er das Kauderwelsch-Band heraus und spannte es ein. Zuerst ließ er es, aufmerksam lauschend, vorwärts laufen. Und schüttelte schon bald den Kopf. Er hatte sich also nicht getäuscht: reines Kauderwelsch.

Rasch ließ er es ablaufen und fing an, es umgekehrt zu spielen. Zuerst kam seine eigene Stimme: rückwärts. Anschließend sprach Regan — oder jemand anders — auf Englisch!

. . . Merin merin karras uns laß uns . . .

Englisch. Ohne Sinn, aber Englisch. Woher in aller Welt kann sie das? fragte er sich verwundert.

Er hörte sich das ganze Band an, ließ es zurücklaufen und spielte es noch einmal. Und noch einmal. Bis er entdeckte, daß die Wortfolge ebenfalls umgekehrt war.

Er hielt das Band an und ließ es wieder zurücklaufen. Mit Bleistift und Papier setzte er sich an seinen Schreibtisch, spielte das Band noch einmal von vorn und übertrug dabei den Text auf ein Blatt. Es war eine mühselige und langwierige Arbeit; immer wieder mußte er das Band anhalten oder zurückspulen. Als er endlich fertig war, nahm er ein zweites Blatt Papier und schrieb das Ganze, nunmehr mit richtiger Wortfolge, noch einmal ab. Dann lehnte er sich bequem zurück und begann zu lesen:

„. . . Gefahr. Noch nicht. (unverständlich) wird sterben. Nicht mehr viel Zeit. Jetzt die (unverständlich). Laß sie sterben. Nein, nein, schön! Es ist so schön in dem Körper! Ich fühle! Es gibt (unverständlich). Besser (unverständlich) als die Leere. Ich fürchte den Priester. Laß uns Zeit. Fürchte den Priester! Er ist (unverständlich). Nein, nicht dieser: der (unverständlich), derjenige, der (unverständlich). Er ist krank. Ah, das Blut, ich fühle das Blut, wie es (singt?) . . .“

An dieser Stelle fragte Karras: „Wer bist du?“ Und erhielt die Antwort: „Ich bin niemand. Ich bin niemand.“

Dann wieder Karras: „Ist das dein Name?“

Antwort: Ich habe keinen Namen. Ich bin niemand.

Viele. Laß uns. Laß uns warm in diesem Körper. (unverständlich) nicht aus dem Körper in die Leere, in (unverständlich). Laß uns bleiben. Laß uns bleiben. Laß uns. Karras. (Merin? Merin?) ...

Immer wieder las er den Text, aufs äußerste beunruhigt von dem beschwörenden Ton, von dem Gefühl, daß mehr als eine Person da gesprochen hatte. Bis die Worte schließlich durch die endlose Wiederholung einen vertrauten Klang annahmen. Er legte den Block hin, auf dem er geschrieben hatte. Also doch keine unbekannte Sprache. Und fließendes Rückwärtsschreiben war außerdem kaum als eine paranormale, ja nicht einmal als eine außergewöhnliche Fähigkeit zu bezeichnen. Rückwärts sprechen allerdings, die Phonetik so einzurichten und zu verändern, daß der Text beim Rückwärtsspielen verständlich war ... Überstieg eine solche Fähigkeit nicht sogar die Möglichkeiten eines überstimulierten Intellekts? Das akzelerierte Unterbewußtsein, das Jung erwähnte? Nein. Irgend etwas ...

Dann fiel es ihm ein. Aus dem Regal holte er sich ein Buch, Jungs „Zur Psychologie und Pathologie sogenannter okkulter Phänomene". Er glaubte zu wissen, daß darin etwas Ähnliches vorkam. Aber was?

Kurz darauf hatte er es gefunden: Den Bericht über ein Experiment mit automatischem Schreiben, bei dem das Unterbewußtsein der Testperson scheinbar in der Lage gewesen war, Fragen und Anagramme zu beantworten.

Anagramme!

Er legte das Buch offen auf die Schreibtischplatte, beugte sich vor und las die Aufzeichnungen, die einen Teil des Experiments betrafen:

„3. TAG

Was ist der Mensch? *Tefi hasl esble lies.*
Ist das ein Anagramm? *Ja.*
Wie viele Wörter enthält es? *Fünf.*
Wie lautet das erste Wort? *See.*

Wie lautet das zweite Wort? *Eeeee.*

See? Soll ich es selber interpretieren? *Versuch's!*

Herr A. fand als Lösung: *The Life is less able.* Er war erstaunt über diese intellektuelle Kundgebung, welche ihm die Existenz einer von der seinigen unabhängigen Intelligenz zu beweisen schien. Er fragte deshalb weiter:

Wer bist du? *Clelia.*

Bist du eine Frau? *Ja.*

Hast du jemals auf der Erde gelebt? *Nein.*

Wirst du leben? *Ja.*

Wann? *In sechs Jahren.*

Warum unterhältst du dich mit mir? *E if Clelia el.*

Herr A. interpretiert diese Antwort als *I Clelia feel.*

Bin ich es, der die Frage gibt? *Ja.*

Ist Clelia da? *Nein.*

Wer ist denn hier? *Niemand.*

Existiert Clelia überhaupt? *Nein.*

Mit wem sprach ich denn gestern? *Mit niemandem.*"

Karras hörte auf zu lesen. Er schüttelte den Kopf. Dies war kein paranormales Phänomen, sondern lediglich eine Demonstration der grenzenlosen Fähigkeiten des menschlichen Geistes.

Er griff nach einer Zigarette, setzte sich und steckte sie an. „Ich bin niemand. Viele." Unheimlich. Woher kamen sie nur, diese Worte?

„Mit niemandem."

Von dort, woher auch Clelia gekommen war? Entstehende Persönlichkeiten?

„Merin ... Merin ..." — „Ah, das Blut ..." — „Er ist krank ..."

Von Unruhe erfüllt, starrte er auf seine Ausgabe von „Satan" und schlug, finster brütend, die Einleitung auf: „Laß nicht den Drachen mein Führer sein ..."

Er stieß den Zigarettenrauch aus und schloß die Augen. Hustete. Seine Kehle brannte. Er drückte, die Augen tränend vom beißenden Rauch, die Zigarette aus, stand auf und hängte ein „Bitte nicht stören" vor die Tür. Dann löschte er das Licht, schloß die Jalousien, zog die Schuhe aus und warf sich aufs Bett. Fragmente. Regan. Dennings. Kinderman. Was sollte er tun? Er mußte helfen. Aber wie? Es mit dem Wenigen, das er in der Hand hatte, beim Bischof versuchen? Lieber nicht. Niemals würde er diesen Fall überzeugend darlegen können!

Er überlegte, ob er sich ausziehen und duschen sollte. Nein. Zu müde. Diese Bürde! Er wollte frei sein.

„. . . Laß uns!"

Laß mich, wandelte er das Sprachfragment ab. Und glitt in reglosen, dunklen, granitschweren Schlaf hinüber.

Das Schrillen des Telefons weckte ihn. Benommen tastete er nach dem Lichtschalter. Wieviel Uhr war es? Wenige Minuten nach drei. Blind griff er nach dem Hörer. Sharon. Ob er sofort herüberkommen könne. Er legte auf. Und fühlte sich wieder einmal in einer Falle gefangen, erstickt, verstrickt.

Er ging ins Bad, wusch sich das Gesicht mit kaltem Wasser, trocknete sich ab und wollte das Zimmer verlassen. Er machte an der Tür noch einmal kehrt, um seinen Pullover zu holen, zog ihn über den Kopf und trat auf die Straße hinaus.

Die Luft war dünn und sehr still. Es war dunkel. Mehrere Katzen, die um einen Mülleimer strichen, sprangen erschrocken davon, als er die Straße überquerte und die Vortreppe des Hauses hinaufstieg.

Sharon erwartete ihn schon an der Tür. Sie trug ebenfalls einen Pullover und hatte sich eng in eine Wolldecke gewickelt. Ihre Miene war ängstlich. „Es tut mir furchtbar leid, Pater", flüsterte sie ihm zu, als er das Haus betrat, „aber ich war der Meinung, daß ich es Ihnen unbedingt zeigen müßte."

„Ja, aber was denn?"

„Warten Sie ab. Und — bitte — ganz leise! Ich möchte auf keinen Fall, daß Chris aufwacht. Sie darf es unter keinen Umständen sehen.“ Sie winkte ihn hinter sich her.

Gehorsam folgte er ihr auf Zehenspitzen die Treppe zu Regans Schlafzimmer hinauf. Beim Eintreten schlug ihm Eiseskälte entgegen — eine Kälte, die ihm bis auf die Knochen drang. Verwundert die Stirn runzelnd, sah er Sharon an, die ihm mit ernster Miene zunickte. „Doch, ja. Die Heizung funktioniert“, flüsterte sie. Dann wandte sie sich um und starrte auf Regan hinab. Im Schein der Lampe glänzte das Weiße in den Augen des Kindes unheimlich. Regan schien in einem Koma zu liegen. Mühsam atmend. Regungslos. Der nasogastrische Schlauch war eingeführt; langsam tropfte das Sustagen in ihren Körper.

Sharon trat lautlos an das Bett, und Karras folgte ihr. Er war noch immer zutiefst erschüttert über die ungewohnt scharfe Kälte. Trotzdem entdeckte er, als er am Bett stand, Schweißtropfen auf Regans Stirn. Er schaute näher hin und sah, daß sie mit beiden Händen fest die Haltegurte umklammert hielt.

Sharon. Sie hatte sich hinuntergebeugt und zog nun sanft das Oberteil von Regans Pyjama auseinander. Unendliches Mitleid regte sich in Karras, als er den abgezehrten Kinderkörper, als er die herausstehenden Rippen sah, an denen man die Wochen oder Tage abzählen konnte, die diesem armen Wesen noch zu leben blieben.

Er spürte Sharons beunruhigten Blick. „Ich weiß nicht, ob es vielleicht wieder aufgehört hat“, flüsterte sie. „Aber passen Sie gut auf: Beobachten Sie genau ihre Brust.“

Sie wandte sich wieder der Kleinen zu, und Karras folgte verblüfft ihrem Blick. Stille. Atmen. Kälte. Dann zog der Priester plötzlich die Brauen zusammen, weil eindeutig etwas mit Regans Haut vorging: eine ganz schwache Rötung war zu sehen, aber nicht diffus, sondern scharf abgezirkelt wie leichte Schriftzüge. Er sah genauer hin.

„Da! Jetzt kommt es wieder!“ flüsterte Sharon.

Die Gänsehaut auf Karras' Armen stammte auf einmal nicht mehr von der eisigen Kälte im Zimmer, sondern von dem, was er auf Regans Brust beobachten konnte: von den Schriftzügen, die sich in klaren Buchstaben von ihrer blutroten Haut abhoben. Zwei Worte: *helft mir.*

„Das ist ihre Handschrift“, flüsterte Sharon ihm zu.

Am nächsten Morgen um neun Uhr ging Damien Karras zum Präsidenten der Georgetown University und bat um Erlaubnis, einen Exorzismus zu beantragen. Der Präsident gewährte es ihm, und Karras begab sich anschließend sofort zum Bischof der Diözese, der sich sehr ernst und aufmerksam anhörte, was Karras zu sagen hatte.

„Sie sind also überzeugt, daß es sich um eine echte Besessenheit handelt?“ fragte der Bischof, als Karras geendet hatte.

„Ich habe mit aller Gewissenhaftigkeit entschieden, daß sämtliche im ‚Ritual‘ niedergelegten Voraussetzungen erfüllt sind“, antwortete Karras ausweichend. Er wagte noch immer nicht daran zu glauben. Nicht sein Verstand, sondern sein Herz hatte ihn zu diesem Besuch veranlaßt; das Mitleid und die Hoffnung auf eine Heilung durch Suggestion.

„Wollen Sie die Austreibung selbst vornehmen?“ erkundigte sich der Bischof jetzt.

Ganz flüchtig überkam ihn Erleichterung. Er sah eine Tür aufgehen, die ihm den Weg auf weite Felder öffnete, die ihm die Flucht vor dem erdrückenden Gewicht der Anteilnahme ermöglichte, und auch die Flucht vor der Begegnung mit dem Gespenst seines Glaubens, die sich bei jeder Morgendämmerung unweigerlich wiederholte. „Gewiß“, antwortete er.

„Wie ist es mit Ihrer Gesundheit bestellt?“

„Alles in bester Ordnung.“

„Haben Sie früher schon einmal mit Angelegenheiten dieser Art zu tun gehabt?“

„Bisher noch nicht.“

„Nun gut, wir werden sehen. Am besten werden wir wohl einen Mann mit einschlägiger Erfahrung hinzuziehen. Es gibt deren natürlich nicht allzu viele, aber vielleicht ist jemand von einer Auslandsmission zurückgekehrt. Ich werde prüfen, wer in Frage kommt, und rufe Sie an, sobald ich Näheres weiß.“

Als Karras sich verabschiedet hatte, rief der Bischof den Präsidenten der Georgetown University an. Die beiden Herren unterhielten sich nun schon zum zweitenmal an diesem Tag über ihn.

„Er ist mit allen Einzelheiten des Falles vertraut“, gab der Präsident an einem bestimmten Punkt des Gespräches zu bedenken. „Ich glaube kaum, daß es gefährlich ist, wenn man ihn wenigstens assistieren läßt. Es sollte ja ohnehin ein Psychiater anwesend sein.“

„Und wie ist es mit dem Exorzisten? Wissen Sie jemand? Ich jedenfalls nicht einen einzigen.“

„Ist Lankester Merrin denn nicht wieder im Land?“

„Lankester Merrin? Ich dachte, der wäre im Irak. Ich glaube, ich habe irgendwo gelesen, daß er in der Gegend von Ninive Ausgrabungen macht.“

„Ganz recht. Bei Mosul. Inzwischen aber hat er seine Arbeit beendet und ist vor drei bis vier Monaten heimgekehrt. Im Augenblick hält er sich in Woodstock auf.“

„Als Lehrer?“

„Nein. Er schreibt wieder an einem Buch.“

„Um Gottes willen! Aber meinen Sie denn nicht, daß er für eine derartige Aufgabe zu alt ist? Geht es ihm gesundheitlich gut?“

„Das muß es wohl, sonst würde er nicht ständig wieder in neuen Gräbern wühlen, nicht wahr?“

„Hm — ja. Das mag wohl sein.“

„Und außerdem hat er einschlägige Erfahrungen, Mike.“

„So? Das wußte ich nicht.“

„Ich habe es wenigstens gehört.“

„Und wann soll das gewesen sein?“

„Vor ungefähr zehn bis zwölf Jahren, glaube ich. In Afrika. Angeblich hat die Austreibung monatelang gedauert. Es heißt, daß er dabei verdammt nahe am Tod vorbeigekommen sein soll.“

„Nun gut, aber wenn dem wirklich so ist, dann wird er so etwas wohl kaum noch einmal mitmachen wollen.“

„Bei uns tut man, was einem befohlen wird, Mike. Mit rebellierenden Geistern dürft ihr Weltpriester euch herumschlagen.“

„Vielen Dank für die Aufklärung!“

„Also, was meinen Sie?“

„Wissen Sie, was? Ich überlasse die Entscheidung Ihnen und dem Provinzial.“

Noch früh an diesem von Warten erfüllten Abend streifte ein junger Mann, der sich aufs Priesteramt vorbereitete, suchend auf dem Gelände des Woodstock-Seminars in Maryland herum. Er hielt Ausschau nach einem schlanken, grauhaarigen alten Jesuiten und fand ihn auf einem Pfad, der durch ein Wäldchen führte. Höflich überreichte er ihm ein Telegramm. Der Alte dankte ihm gelassen, mit ruhigem, gütigem Blick. Dann wandte er sich um und fuhr mit seinen Kontemplationen fort, wanderte weiter durch die Natur, die er so über alles liebte. Hier und da blieb er stehen, um dem Gesang eines Rotkehlchens zu lauschen oder einen bunten Schmetterling zu beobachten, der trunken an einer Blüte hing. Das Telegramm öffnete er nicht. Das war nicht nötig, denn er kannte den Inhalt. Kannte ihn schon seit langem. Er hatte ihn im Staub der Tempel von Ninive gelesen. Er war bereit ...

Die Ausgrabungsarbeiten waren abgeschlossen. Der Hügel war Schicht um Schicht abgetragen und gesiebt, die Funde untersucht, etikettiert und verfrachtet worden: Perlen und Anhänger, Gegenstände in Steinschneidekunst, Phalli, ockerfleckige Reibschalen, brünierte Töpfe. Nichts Ausgefallenes. Ein assyrischer Toilettenkasten aus Elfenbein. Und Menschen. Menschenknochen. Böse Vorahnung haftete an seinem Rücken wie kaltes, nasses Laub.

Der Duft der Süßholzsträucher und Tamarisken zog seinen Blick auf die mohngetupften Hügel, die Ebenen voll Schilfgras, den gezackten, steinigen Pfeil der Straße. Im Nordwesten lag Mosul, im Osten Erbil, im Süden Bagdad, Kirkuk und der Feuerofen des Nebukadnezar. Vor der einsamen *chaykhana* am Straßenrand sitzend, schlug er die Beine unter dem Tisch übereinander und musterte nachdenklich die Grasflecken auf seinen Stiefeln und der Khakihose. Langsam trank er seinen Tee. Die Ausgrabungsarbeiten waren beendet. Doch was begann? Er befreite diesen Gedanken vom Staub, als wäre es ein neuer Fund, aber er konnte ihn nicht etikettieren.

Aus der *chaykhana* kam unter pfeifendem Keuchen der altersschwache Besitzer geschlurft: mit seinen Schuhen, made in Rußland, die er mit heruntergetretenen Hacken als Pantoffeln trug, wirbelte er den Staub auf. Sein Schatten fiel über den Tisch.

„Kaman chay, chawaga?“

Der Mann in Khaki schüttelte den Kopf und starrte schweigend auf die mit Dreck verkrusteten Schuhe.

Der Schatten bewegte sich. Der Kurde stand wartend da. Der Mann in Khaki richtete seinen Blick auf die Augen, die feucht und milchig waren, als klebte die dünne Innenhaut einer Eierschale auf der Iris. Glaukom. Früher hätte er diesen Mann nicht lieben können.

Er holte seine Brieftasche heraus und suchte zwischen den brüchigen, vergilbten Papieren, die sie enthielt: einige Dinars, ein irakischer Führerschein, ein ausgeblichener Kalender aus Plastik, der schon seit zwölf Jahren ungültig war und auf der Rückseite eine Inschrift trug. WAS WIR DEN ARMEN GEBEN, NEHMEN WIR BEIM TOD MIT UNS. Die Karte stammte von der Jesuitenmission. Er bezahlte den Tee und ließ auf dem splittrigen Holz des Tisches ein Trinkgeld von fünfzig Fils zurück.

Er ging zum Jeep. Einen Augenblick wartete er noch und ließ die Ruhe auf sich einwirken. Weit aus der Ferne, von der Spitze eines hochragenden Berges, grüßten die rechtwinkligen Dächer von Erbil herüber. Das nasse Laub haftete noch fester auf seinem Rücken. Irgend etwas wartete auf ihn.

„Allah ma'ak, chawaga."

Verfaulte Zähne: Der Kurde winkte ihm grinsend Lebwohl. Der Mann in Khaki tastete in der Tiefe seiner Seele nach ein bißchen Wärme und fand eine Abschiedsgeste und ein Lächeln. Es verlosch, als er sich abwandte. Er startete den Wagen, wendete und fuhr in Richtung Mosul davon. Der Kurde sah ihm regungslos nach; er wußte nicht, warum er das Gefühl hatte, einen Verlust zu erleiden. Was mochte es sein? Was hatte er in dieses Fremden Gegenwart empfunden? Soweit es ihm noch gewärtig war, ein Gefühl der Geborgenheit und des tiefen Wohlbehagens. Das nun mit dem schnell fahrenden Jeep in der Ferne entschwand. Er fühlte sich seltsam verlassen.

Zehn Minuten nach sechs war die gewissenhaft zusammengestellte Inventarliste fertig. Der archäologische Kurator von Mosul, ein Araber mit Hängebacken, trug sorgfältig den letzten Posten in das Buch ein, das auf seinem Schreibtisch lag. Zwischendurch hielt er einen Augenblick inne und sah, während er die Feder ins Tintenfaß tauchte, zu seinem Freund empor. Der Mann in Khaki war in Gedanken vertieft. Er stand, die Hände in den Hosentaschen, am Tisch und starrte stumm auf eine der uralten, etikettierten Stimmen aus der Vergangenheit hinab. Der Kurator, neugierig geworden, beobachtete ihn, ohne sich zu rühren; dann wandte er sich wieder der Liste zu und vollendete die Eintragung in seiner festen, sehr kleinen und sauberen Schrift. Als er endlich die Feder hinlegte, schaute er seufzend auf die Uhr. Der Zug nach Bagdad ging um acht. Er löschte die Tinte und bot eine Tasse Tee an.

Der Mann in Khaki, der immer noch auf die Schreibtischplatte starrte, schüttelte den Kopf. Der Araber musterte ihn leicht beunruhigt. Was lag nur in der Luft? Er stand auf und trat näher. Und spürte, als der Freund endlich doch eine Bewegung machte, ein leichtes Prickeln im Nacken: Der Mann in Khaki griff nach einem Amulett und wog es nachdenklich in der Hand. Es war ein grünlicher Stein, der Kopf des Dämons Pazuzu, der Verkörperung des Südwestwindes. Die Stirn war durchbohrt. Der Besitzer hatte das Amulett zu seinem Schutz getragen.

„Böses gegen Böses", sagte der Kurator leise. Träge fächelte er sich mit einem französischen archäologischen Monatsheft frische Luft zu.

Der Freund rührte sich nicht.

„Stimmt etwas nicht?"

Keine Antwort.

„Pater?"

Der Mann in Khaki schien immer noch nichts zu hören, so versunken war er in das Amulett, das zu seinen letzten Fundstücken gehörte. Erst nach einer ganzen Weile legte er es wieder hin und sah den Araber fragend an. Hatte er etwas gesagt?

„Nein, nichts."

Leise wünschten sie einander Lebewohl.

An der Tür ergriff der Kurator die Hand des Alten mit festem Druck. „Mein Herz hat einen innigen Wunsch, Pater: daß Sie jetzt nicht gehen müßten."

Der Freund erwiderte gütig etwas von Tee, wenig Zeit, unaufschiebbaren Erledigungen.

„Nein, nein! Ich meine, nach Hause."

Der Mann in Khaki richtete den Blick auf einen Essensrest, der in des Arabers Mundwinkel hing, doch seine Augen wirkten, als wäre er weit, weit fort. „Nach Hause ...", wiederholte er.

„In die Staaten", ergänzte der Araber, fragte sich aber sofort, warum er es eigentlich gesagt hatte.

Der Mann in Khaki spürte die Trauer des anderen. Diesen Mann zu lieben war ihm noch nie schwergefallen.

„Auf Wiedersehen“, sagte er leise; dann drehte er sich schnell um und trat in die zunehmende Dämmerung der Straße hinaus. Vor ihm lag eine Heimreise, deren Dauer unbestimmt zu sein schien.

„Auf Wiedersehen in einem Jahr!“ rief ihm der Kurator von der Haustüre nach. Aber der Mann in Khaki sah sich nicht um. Der Araber beobachtete ihn, wie er, immer kleiner werdend, die schmale Straße überquerte und dabei fast mit einer schnellfahrenden Droschke zusammenstieß. Im Wagen saß eine dicke, alte Araberin, in ihren schwarzen Spitzenschleier gehüllt, als wäre er ein Leichentuch, hinter dem ihr Gesicht wie ein Schatten wirkte. Sicher eilte sie zu einer Verabredung. Kurz darauf konnte er seinen Freund nicht mehr sehen.

Der Mann in Khaki ging wie von einem Zwang getrieben. Er ließ die City hinter sich und durchquerte die Randbezirke der Stadt auf der anderen Seite des Tigris. Je näher er den Ruinen kam, desto langsamer wurde er, denn mit jedem Schritt nahm seine Vorahnung eine bestimmtere, erschreckendere Form an. Aber er mußte Gewißheit haben. Er mußte sich vorbereiten.

Die Holzplanke, die über das schmale, schlammige Flüßchen Khosr führte, ächzte unter seinem Gewicht. Dann war er angekommen, stand auf dem Hügel, auf dem einst in strahlendem Glanz das fünfzehntorige Ninive, gefürchtetes Nest assyrischer Horden, gelegen hatte. Jetzt dehnte sich die Stadt ohne einen Funken Leben im blutigen Staub ihrer Bestimmung. Und doch war *er* hier, war die Atmosphäre hier immer noch von ihm erfüllt — von jenem anderen, der ihn in den Träumen heimsuchte.

Ein kurdischer Wachtposten bog um die Ecke. Er nahm das Gewehr von der Schulter und kam auf ihn zugelaufen. Dann jedoch machte er plötzlich halt, winkte ihm freundlich grinsend einen Gruß zu und setzte seine Runde fort.

Der Mann in Khaki wanderte durch die Ruinen. Der Nabu-Tempel. Der Ishtar-Tempel. Er prüfte die Schwingungen. Beim Palast des Assurbanipal blieb er stehen, um einen Blick zu der plumpen, riesigen Kalksteinstatue hinüberzuwerfen: Fledermausflügel, Krallenfüße, knollenförmiger, steil aufgerichteter Penis und ein Maul, das sich zu einem bestialischen Grinsen öffnete. Der Dämon Pazuzu.

Jetzt wußte er es.

Es kam.

Er starrte in den Staub, in die rasch sich verdichtenden Schatten. In der Ferne hörte er das Gekläff von Hunden, die in den Außenbezirken der Stadt herumstreunten. Langsam sank der Sonnenball unter den Horizont. Als sich eine kühle Brise erhob, rollte der Mann seine Hemdsärmel herunter. Die Brise kam aus Südwesten.

Eilig kehrte er nach Mosul zurück und bestieg seinen Zug. Im Herzen die eiskalte Gewißheit, schon bald einem uralten Feind gegenüberzustehen.

VIERTES BUCH

„Und laß mein Flehen zu dir kommen“

1

In der pulsierenden Dunkelheit des stillen Büros saß Kinderman brütend an seinem Schreibtisch.

Er stellte den Schein, den die Arbeitslampe auf die Platte warf, genauer ein. Vor ihm lagen zahlreiche Dokumente ausgebreitet: Kopien, Beweisstücke, Polizeiakten, Laborberichte und hingekritzelte Notizen. Beim Nachdenken hatte er sie sorgfältig zu einer Collage in Rosenform geordnet — als wollte er die häßliche Schlußfolgerung, zu der sie ihn geführt hatten und die er nicht akzeptieren konnte, Lügen strafen.

Engstrom war unschuldig. Zum Zeitpunkt von Dennings' Tod hatte er seine Tochter besucht und ihr eine Geldsumme zum Kauf von Rauschgift gebracht. Er hatte an jenem Abend nur gelogen, um sie zu schützen und um ihre Mutter zu schonen, die glaubte, Elvira sei tot und damit über jede Gefahr und Demütigung hinaus.

Das hatte Kinderman allerdings nicht von Karl selber erfahren. Am Abend ihrer Begegnung im Treppenhaus vor Elviras Wohnungstür hatte der Diener verstockt geschwiegen. Erst als der Inspektor die Tochter von dem Verdacht in

Kenntnis setzte, der im Zusammenhang mit dem Fall Dennings auf ihrem Vater lastete, war Elvira mit der Wahrheit herausgerückt. Sogar einige Zeugen gab es, die ihre Aussage bestätigten. Engstrom war also unschuldig. Er war unschuldig und blieb, was die Ereignisse im Haus der MacNeils betraf, auch weiterhin stumm wie ein Fisch.

Stirnrunzelnd musterte Kinderman seine Rosen-Collage. Irgend etwas störte das Gleichgewicht der Komposition. Behutsam schob er eine Blattspitze — die Ecke der Niederschrift einer eidlichen Aussage — ein wenig tiefer und nach rechts.

Rosen. Elvira. Er hatte ihr in seinem strengsten Ton erklärt, wenn sie sich nicht innerhalb von vierzehn Tagen in einer Klinik melde, werde er sie so lange mit Haussuchungsbefehlen verfolgen, bis das Beweismaterial für ihre Verhaftung ausreiche. Im Grunde glaubte er nicht, daß sie tatsächlich in eine Klinik gehen würde. Es gab Gelegenheiten, da starrte er, ohne zu blinzeln, auf das Gesetz, als wäre es die grelle Mittagssonne, und hoffte, es werde ihn vorübergehend blenden — so lange, bis seine Jagdbeute erfolgreich die Flucht ergriffen hatte.

Engstrom war unschuldig. Was also blieb?

Keuchend brachte Kinderman seinen massigen Körper in eine bequemere Position. Dann schloß er die Augen und stellte sich vor, in einem schönen, heißen Bad zu liegen. Geistiger Räumungsverkauf! befahl er sich. Wir ziehen um in neue Konzeptionen! Es muß alles geräumt werden! Einen Augenblick wartete er, eindeutig unzufrieden. Dann fügte er energisch ein: Absolut alles! hinzu.

Er öffnete die Augen wieder und begann aufs neue die vielen verwirrenden Fakten zu untersuchen.

Punkt eins: Der Tod des Regisseurs Burke Dennings schien irgendwie mit den Kirchenschändungen in Holy Trinity zusammenzuhängen. Bei beiden war Hexerei im Spiel, und der unbekannte Kirchenschänder konnte durchaus auch Dennings' Mörder sein.

Punkt zwei: Das maschinenbeschriebene Blatt Papier mit dem blasphemischen Text, das man über dem Liturgieblatt in Holy Trinity gefunden hatte, war gründlich auf Fingerabdrücke untersucht worden. Man hatte Abdrücke auf beiden Seiten gefunden. Einige stammten von Damien Karras. Darüber hinaus gab es aber noch eine Reihe anderer Abdrücke, die, nach ihrer Größe zu urteilen, von einer Person mit sehr kleinen Händen, möglicherweise sogar von einem Kind stammen mußten.

Punkt drei: Die Maschinenschrift auf dem Liturgieblatt war analysiert und mit dem Schriftbild des unbeendeten Briefes verglichen worden, den Sharon Spencer damals, als Kinderman Chris verhörte, aus ihrer Schreibmaschine gerissen, zusammengeknüllt und an dem Papierkorb vorbeigeworfen hatte. Der Detektiv hatte ihn aufgehoben und unbemerkt aus dem Haus geschmuggelt. Die Schrift auf diesem Brief und die Schrift auf dem Liturgieblatt stammten von ein und derselben Maschine. Den Expertenberichten zufolge jedoch war der Druck, der bei den beiden Schreiben angewendet worden war, verschieden. Diejenige Person, die den blasphemischen Text geschrieben hatte, tippte mit sehr viel mehr Druck als Sharon Spencer. Und da die letztere überdies nicht im „Zwei-Finger-Such-System“ getippt, sondern mit routinierter Geschicklichkeit geschrieben hatte, konnte man unschwer daraus schließen, daß der anonyme Schreiber des Liturgieblattes eine Person mit überdurchschnittlicher Kraft sein mußte.

Punkt vier: Burke Dennings war — falls es sich bei seinem Tod wirklich um keinen Unfall handelte — von einer Person mit überdurchschnittlicher Kraft umgebracht worden.

Punkt fünf: Engstrom stand nicht mehr unter Verdacht.

Punkt sechs: Eine Nachfrage bei inländischen Fluggesellschaften hatte ergeben, daß Chris MacNeil mit ihrer Tochter nach Dayton, Ohio, geflogen war. Kinderman wußte, daß das Kind krank war und in eine Klinik gebracht werden sollte. Bei dieser Klinik in Dayton konnte es sich aber nur um die Barringer-Klinik handeln. Kinderman hatte sich dort sofort erkundigt, und die Klinik hatte ihm bestätigt, daß Chris MacNeils Tochter zur Beobachtung im Hause gewesen war. Über die Art der Krankheit hatte die Klinik zwar jegliche Auskunft verweigert, es mußte sich jedoch eindeutig um eine sehr schwere geistige Störung handeln.

Punkt sieben: Schwer Geistesgestörte entwickelten zuweilen außergewöhnliche Kräfte.

Kinderman seufzte und schloß die Augen. Schon wieder dasselbe! Schon wieder war er zu demselben logischen Schluß gekommen! Er schüttelte den Kopf. Dann machte er die Augen auf und starrte gebannt auf den Mittelpunkt seiner Papierrose: die verblichene, alte Ausgabe eines Nachrichtenmagazins. Auf dem Titelblatt Chris und Regan. Der Detektiv betrachtete das Foto: das liebe, sommersprossige Kindergesicht, die Rattenschwänze mit den großen Schleifen, die Zahnlücke, die sich beim Grinsen deutlich zeigte. Dann blickte er durch das Fenster ins Dunkel hinaus. Ein feiner Nieselregen hatte eingesetzt.

Er watschelte in die Garage hinunter, stieg in die unauffällige schwarze Limousine und fuhr durch die regennassen, glänzenden Straßen zum Georgetown-Viertel, wo er auf der östlichen Seite der Prospect Street parkte. Er blieb im Wagen sitzen, eine Viertelstunde lang, und starrte zu Regans Fenster hinauf. Sollte er an die Haustür klopfen und sie zu sehen verlangen? Er rieb sich die Stirn. William F. Kinderman, du fühlst dich nicht wohl! Du bist krank! Fahr nach Hause! Nimm deine Medizin! Schlaf!

Noch einmal sah er zum Fenster hinauf und schüttelte trübselig den Kopf. Dahin also hatte ihn seine rastlose Logik geführt!

Er löste den Blick erst von Regans Fenster, als vor dem Haus ein Taxi hielt. Jetzt startete er den Wagen und schaltete die Scheibenwischer ein.

Dem Taxi entstieg ein hochgewachsener alter Mann. Schwarzer Regenmantel, schwarzer Hut, schäbige Reisetasche. Der Mann bezahlte den Fahrer, dann drehte er sich um und blieb, das Haus anstarrend, regungslos stehen. Das Taxi fuhr an und bog in die Thirty-sixth Street ein. Rasch setzte auch Kinderman seinen Wagen in Bewegung und folgte ihm. Bevor er zur Ecke kam, drehte er sich noch einmal um. Der hochgewachsene alte Mann hatte sich immer noch nicht von der Stelle gerührt, sondern stand, im Schein der Straßenlaterne von feinem Dunst umgeben, wie ein melancholischer, in der Zeit erstarrter Reisender da. Mit den Scheinwerfern gab Kinderman dem Taxifahrer ein Zeichen zum Halten.

Drinnen im Haus waren Karras und Karl in diesem Augenblick damit beschäftigt, Regans Arme festzuhalten, während Sharon ihr eine Librium-Injektion gab und damit die Gesamtmenge, die das Kind in den letzten zwei Stunden bekommen hatte, auf vierhundert Milligramm erhöhte. Eine unglaubliche Dosis! Doch nach einer vorübergehenden Ruhepause von mehreren Stunden war die dämonische Persönlichkeit plötzlich wieder zu einem so wahnsinnigen Tobsuchtsanfall erwacht, daß Regans geschwächter Körper die Anstrengung keinesfalls lange durchhalten konnte.

Karras war unendlich erschöpft. Nach seinem Besuch in der Kanzlei am selben Morgen war er zu Chris zurückgekehrt, um ihr zu berichten, was er erreicht hatte. Danach hatte er alles für Regans intravenöse Ernährung vorbereitet, war in sein Zimmer im Wohnheim hinübergegangen und hatte sich müde aufs Bett geworfen. Nach anderthalb Stunden Schlaf jedoch hatte das Telefon ihn bereits wieder geweckt. Sharon. Regan war noch immer bewußtlos, und ihr Puls wurde allmählich schwächer. Mit seiner Arzttasche war Karras sofort hinübergelaufen. Er hatte Regan in die Achillessehne gekniffen, um festzustellen, ob sie auf Schmerz reagierte. Sie reagierte nicht. Er hatte kräftig auf einen ihrer Fingernägel gedrückt. Wieder keine Reaktion. Er war beunruhigt. Zwar wußte er, daß bei Hysterie und auch in Trancezuständen gelegentlich eine gewisse Schmerzunempfindlichkeit auftrat, aber er fürchtete jetzt, daß Regan in ein Koma fiel, in einen Zustand, aus dem sie sehr leicht in den Tod hinübergleiten konnte. Er prüfte den Blutdruck: neunzig zu sechzig. Den Puls: sechzig. Er blieb im Zimmer und untersuchte sie anderthalb Stunden hindurch alle fünfzehn Minuten — bis er mit Sicherheit sagen konnte, daß Blutdruck und Puls wieder stabil waren. Also befand sich Regan nicht in einem Schockzustand, sondern im Stupor. Er wies Sharon an, stündlich den Puls zu kontrollieren, kehrte in sein Zimmer zurück und schlief. Und wurde wieder vom Telefon aus dem Schlaf gerissen. Den Exorzismus würde, so teilte die Kanzlei ihm mit, Lankester Merrin übernehmen. Karras sollte ihm assistieren.

Diese Nachricht hatte ihn überwältigt. Merrin, der Philosoph und Paläontologe! Der große Gelehrte mit dem überragenden, ehrfurchtgebietenden Intellekt! Seine Bücher hatten die Kirche in Aufruhr gebracht, weil sie von seinem Glauben an die Naturwissenschaften sprachen, von seinem Glauben an eine Materie, die sich noch in der Evolution befand und dazu bestimmt war, zu Geist zu werden und sich mit Gott zu vereinigen.

Sofort hatte Karras bei Chris angerufen und ihr die Neuigkeit mitgeteilt, aber sie hatte sie schon vom Bischof persönlich gehört, der sie außerdem informiert hatte, daß Merrin am nächsten Tag eintreffen werde. „Ich habe dem Bischof erklärt, Pater Merrin könne bei uns im Haus wohnen“, hatte Chris weiter berichtet. „Es kann sich ja höchstens um ein bis zwei Tage handeln, nicht wahr?“ Es dauerte eine Weile, bis Karras antworten konnte. „Ich weiß nicht recht . . .“ Und wieder nach einer Pause: „Sie dürfen nicht zuviel erwarten.“ — „Ich meine natürlich, wenn es überhaupt klappen sollte“, hatte Chris eingeschränkt. „Ich wollte damit nicht sagen, daß es nicht klappen wird“, beruhigte er sie. „Ich wollte nur sagen, daß so etwas eben seine Zeit braucht.“ — „Und wie lange braucht so etwas?“ — „Das ist verschieden.“ Er wußte genau, daß eine Teufelsaustreibung oft Wochen, ja sogar Monate dauern, ja daß sie in vielen Fällen überhaupt keinen Erfolg haben konnte. Er selbst war auf die letztere Möglichkeit vorbereitet, darauf, daß sich die Last, führte die Suggestion keine Heilung herbei, schließlich und letztlich wieder auf seine Schultern legen würde. „Es kann mehrere Tage oder auch Wochen dauern", hatte er ihr also gesagt.

„Und wieviel Zeit hat Regan noch, Pater Karras?"

Als er den Hörer auflegte, hatte er das Gefühl einer bleiernen Schwere gehabt. Ausgestreckt auf dem Bett liegend, von Unruhe gefoltert, hatte er an Merrin gedacht. Merrin! Erregung und Hoffnung waren in ihm erwacht. Nur um von einer niederdrückenden Angst abgelöst zu werden. Wäre es denn nicht logisch gewesen, ihn selber zum Exorzisten zu bestimmen? Aber der Bischof hatte ihn übergangen. Warum? Ausschließlich, weil Merrin so etwas schon einmal überstanden hatte?

Er schloß die Augen. Und nun fiel ihm auch ein, daß Exorzisten nach dem Kriterium „Frömmigkeit" und „hoher Moralstandard" ausgewählt wurden; daß das Matthäus-Evangelium an einer Stelle berichtete, Christus habe, von seinen Jüngern nach dem Grund für ihr Versagen bei einem versuchten Exorzismus gefragt, ihnen geantwortet: „... weil ihr kleingläubig seid."

Der Provinzial wußte von seinen, Karras', Problemen; ebenso der Präsident. Ob einer von ihnen dem Bischof etwas gesagt hatte?

Karras wälzte sich hin und her. Er war verzweifelt, fühlte sich unwürdig, inkompetent, zurückgestoßen. Das schmerzte. Es schmerzte wider alle Vernunft. Dann aber kam doch endlich der ersehnte Schlaf, ergoß sich gnadenvoll in seine Leere.

Und wieder weckte ihn das Schrillen des Telefons. Chris war am Apparat, um ihm von Regans neuerlichem Anfall zu berichten. Drüben angekommen, prüfte er Regans Puls. Er schlug kräftig. Karras verabreichte Librium. Kurz darauf noch einmal. Und noch einmal. Dann ging er in die Küche hinunter und setzte sich auf eine Tasse Kaffee zu Chris an den Tisch. Sie las gerade in einem Buch, dessen Verfasser Merrin war. Sie hatte sich alle seine Arbeiten kommen lassen. „Das hier geht zwar weit über meinen Horizont", gestand sie ihm leise, obwohl anscheinend zutiefst bewegt, „aber es stehen so wunderbare Dinge darin — so große Gedanken!" Sie blätterte zurück bis zu einer Stelle, die sie markiert hatte, und reichte Karras das Buch über den Tisch. Er las:

„... Wir sind vertraut mit der Ordnung, der Beständigkeit, der immerwährenden Erneuerung der materiellen Welt, die uns umgibt. So hinfällig und vergänglich auch jeder kleinste Teil dieser Welt ist, so rastlos und flüchtig auch ihre Elemente sind — sie bleibt dennoch bestehen. Sie wird von einem Gesetz der Permanenz zusammengehalten; und wenn sie auch immer wieder stirbt, so kommt sie doch immer wieder zu neuem Leben. Auflösung gebiert nur wieder neue Formen der Organisation, und ein Tod ist Erzeuger von tausendfachem Leben. Jede Stunde, die kommt und vergeht, ist Zeuge dafür, wie unbeständig und dennoch wie sicher, wie fest gefügt das Große, Ganze ist. Es ist wie ein Spiegelbild auf dem Wasser, das immer dasselbe bleibt, auch wenn das Wasser unablässig weiterfließt. Die Sonne sinkt, um wieder aufzugehen; der Tag wird vom Dunkel der Nacht verschlungen, nur um von neuem aus ihr geboren zu werden — so frisch, als wäre er nie verloschen. Der Frühling geht in den Sommer über, und dann durch Sommer und Herbst in den Winter, nur um durch seine endliche Wiederkehr um so herrlicher über das Grab zu triumphieren, auf das er von seiner ersten Stunde an unweigerlich zueilt. Wir trauern über die Blüten des Mai, weil sie zum Welken bestimmt sind; aber wir wissen, daß eines Tages der Mai den November besiegen wird — besiegen durch das Kreisen dieses erhabenen Zirkels, der niemals stillesteht. Und der uns lehrt, auf dem Höhepunkt erfüllter Hoffnungen stets nüchtern zu bleiben und in der Tiefe der Trostlosigkeit nie zu verzweifeln."

„Ja, das ist wirklich wunderschön", bestätigte Karras leise. Seine Augen konnten sich lange nicht von der Seite lösen, während sich das Toben des Dämons im oberen Stock noch steigerte und auch an Lautstärke zunahm.

„... Bastard ... Auswurf der Menschheit ... frömmelnder Heuchler!"

„Sie hat mir immer eine Rose auf den Teller gelegt ... des Morgens ... bevor ich zur Arbeit ging."

Fragend blickte Karras auf. „Regan", erklärte Chris bedrückt.

Sie senkte den Kopf. „Ach, stimmt ja! Das hatte ich ganz vergessen. Sie haben sie ja nie kennengelernt." Sie putzte sich niedergeschlagen die Nase und tupfte ihre Augen trokken. „Möchten Sie vielleicht Brandy in Ihren Kaffee, Pater Karras?" fragte sie dann.

„Nein, danke. Lieber nicht."

„Der Kaffee ist schal", flüsterte sie mit unsicherer Stimme. „Ich werde mir doch wohl den Brandy holen. Entschuldigen Sie mich." Sie stürzte hastig aus der Tür und eilte davon.

Damien Karras blieb allein am Tisch sitzen und trank deprimiert seinen Kaffee aus. Der Pullover, den er unter der Soutane trug, war ihm zu warm. Das Bewußtsein, Chris keinen Trost geben zu können, verlieh ihm ein Gefühl der Ohnmacht. Eine traurige Erinnerung an seine Kinderzeit tauchte auf, die Erinnerung an Ginger, seine Hündin, wie sie abgemagert und halb bewußtlos, von Fieber und Erbrechen geschwächt und zitternd, in ihrer Kiste lag, während Karras sie fürsorglich in warme Handtücher packte und ihr warme Milch einflößte. Bis endlich ein Nachbar kam, erkannte, daß es Staupe war, den Kopf schüttelte und sagte: „Dein Hund hätte sofort eine Spritze bekommen müssen." Dann, eines Nachmittags, nach Schulschluß: gemeinsam auf die Straße hinunter ... in Zweierreihen bis zur Ecke ... die

Mutter, die ihn dort erwartete ... etwas ganz Ungewöhnliches ... mit trauriger Miene ... seine Hand nahm und einen blitzblanken halben Dollar hineindrückte ... Jubel ... so viel Geld! Und dann ihre Stimme, weich und liebevoll: „Gingie ist tot ..."

Er starrte auf die dampfende, bittere Schwärze in seiner Tasse und spürte, daß seine Hände leer waren, daß er weder Trost noch Heilung in ihnen hielt.

„... frömmelnder Bastard!"

Der Dämon. Er tobte immer noch.

Dein Hund hätte sofort eine Spritze bekommen müssen ...

Rasch kehrte er zu Regan ins Schlafzimmer zurück, wo er sie festhielt, damit Sharon ihr eine Librium-Injektion geben konnte. Damit wurde die Gesamtmenge auf fünfhundert Milligramm gesteigert.

Während Sharon den Einstich desinfizierte, beobachtete Karras das kranke Kind. Seltsamerweise schienen Regans Schimpftiraden diesmal an keinen der hier Anwesenden gerichtet zu sein, sondern vielmehr an eine unsichtbare — oder abwesende — Person.

Er schob den Gedanken vorläufig beiseite. „Ich komme gleich wieder", erklärte er Sharon.

Er machte sich große Sorgen um Chris, deshalb ging er noch einmal in die Küche hinunter, wo er sie allein am Tisch sitzen fand. Sie goß sich Brandy in ihren Kaffee. „Wollen Sie wirklich nichts davon, Pater?" erkundigte sie sich.

Verneinend den Kopf schüttelnd, kam er ebenfalls an den Tisch und ließ sich abgespannt auf einen Stuhl sinken. Er starrte zu Boden. Er hörte das Klirren des Löffels, mit dem sie umrührte. „Haben Sie mit Regans Vater gesprochen?" fragte er sie.

„Ja. Ja, er hat angerufen." Pause. „Er wollte Rags sprechen."

„Und was haben Sie ihm gesagt?"

Pause. Dann: „Ich sagte ihm, sie wäre auf einer Party.“

Schweigen. Sogar der Löffel klirrte nicht mehr. Damien Karras blickte auf und sah, daß Chris zur Decke starrte. Und dann fiel es ihm ebenfalls auf: Der Lärm über ihnen war verstummt.

„Vermutlich hat jetzt endlich das Librium gewirkt“, sagte er mit Erleichterung.

In diesem Augenblick schrillte die Haustürklingel. Er wandte verwundert den Kopf. Dann sah er Chris an, die seinen mißtrauischen Blick mit einem fragenden Hochziehen der Brauen beantwortete.

Kinderman?

Tickende Stille. Sie warteten. Willie hatte sich hingelegt, um sich etwas auszuruhen. Sharon und Karl waren noch immer oben. Niemand ging öffnen. Nervös geworden, stand Chris plötzlich auf und lief ins Wohnzimmer hinüber. Sie kniete sich auf eines der Sofas, zog vorsichtig die Gardine ein wenig zur Seite und spähte verstohlen aus dem Fenster. Gott sei Dank! Der unerwartete Besucher war nicht Kinderman. Statt dessen sah sie einen hochgewachsenen alten Mann in fadenscheinigem Regenmantel mit gesenktem Kopf geduldig im Regen stehen. In der Hand trug er eine abgewetzte altmodische Reisetasche. Als er den Griff ein wenig fester packte, glänzte im Licht der Straßenlaterne ganz kurz ein Metallverschluß auf.

Wieder die Türklingel.

Wer kann das sein?

Verwundert stieg Chris vom Sofa herunter und ging in die Vorhalle. Die Tür nur einen Spalt breit öffnend, schaute sie — blinzelnd, weil ihr ein feiner Regen in die Augen trieb — in die Dunkelheit hinaus. Das Gesicht des Mannes wurde vom Hutrand verdeckt. „Ja, bitte? Kann ich etwas für Sie tun?“

„Mrs. MacNeil?“ kam seine Stimme aus dem Hutschatten. Es war eine sanfte, kultivierte Stimme, aber voller Kraft.

Als Chris auf seine Frage nickte, hob er die Hand an seinen Hut. Und gleich darauf starrte sie unvermittelt in ein Paar Augen, deren Blick sie überwältigte, aus denen Intelligenz und freundliches Verständnis leuchteten. Und die eine Ruhe ausstrahlten, die auf sie überströmte wie das Wasser eines warmen, heilenden Flusses.

„Ich bin Pater Merrin."

Sekundenlang sah sie ihn an, ohne zu begreifen, sah wie betäubt in das magere, asketische Gesicht und auf die gemeißelten Wangenknochen, die blank wie glattpolierter Marmor wirkten. Dann riß sie plötzlich die Haustür weit auf. „Bitte, kommen Sie doch herein! Kommen Sie doch herein, Pater! Mein Gott, ich ... Ehrlich! Ich weiß manchmal nicht, wo ich meine ..."

Er trat ins Haus, und sie schloß die Tür.

„Wissen Sie, ich hatte Sie eigentlich erst morgen erwartet."

„Ich weiß", hörte sie ihn antworten.

Als sie sich zu ihm umdrehte, sah sie ihn mit schräggelegtem Kopf und emporgerichtetem Blick regungslos dastehen. Es war, als lauschte er auf ... Nein, nein, dachte sie, viel eher, als erfühlte er eine unsichtbare Präsenz, eine ferne Vibration, die ihm bekannt und vertraut zu sein schien. Verwundert beobachtete sie ihn weiter. Seine Haut wirkte, als wäre sie gegerbt — von fremden Winden und einer Sonne, die an einem anderen Ort schien, irgendwo weit weg von dieser ihrer eigenen Zeit und Welt.

Was macht er nur?

„Darf ich Ihnen die Tasche abnehmen, Pater? Sie muß inzwischen doch eine Tonne wiegen!"

„Lassen Sie nur", antwortete er leise. Immer noch hinauffühlend. Immer noch emportastend. „Sie ist wie ein Stück von meinem Arm: sehr alt und sehr abgenutzt." Mit einem herzlichen, aber müden Lächeln in den Augen blickte er auf sie herab. „Ich bin an ihr Gewicht gewöhnt ... Ist Pater Karras hier?" fragte er dann.

„Ja, in der Küche. Haben Sie übrigens schon zu Abend gegessen, Pater?“

Sein Blick richtete sich plötzlich wieder nach oben; eine Tür war geöffnet worden. „Ja, danke. Ich habe im Zug gegessen.“

„Möchten Sie wirklich nicht noch eine Kleinigkeit?“

Ein paar Sekunden. Dann wurde die Tür wieder geschlossen. Er sah sie an. „Nein, danke.“

„Mein Gott, dieser Regen!“ protestierte sie, noch immer nervös. „Wenn ich gewußt hätte, daß Sie kommen, hätte ich Sie am Bahnhof abgeholt.“

„Ist nicht so schlimm.“

„Mußten Sie sehr lange auf ein Taxi warten?“

„Höchstens ein paar Minuten.“

„Geben Sie mir das, Pater!“

Karl. Er war mit schnellen Schritten die Treppe heruntergekommen. Jetzt nahm er dem alten Priester die Tasche ab und trug sie den Flur entlang.

„Wir haben im Arbeitszimmer ein Bett für Sie aufgestellt, Pater.“ Chris konnte nicht mehr ruhig stehenbleiben. „Es ist sehr bequem, und außerdem dachte ich, Sie wären bestimmt gern ein bißchen für sich. Kommen Sie, ich zeige es Ihnen.“ Sie wollte vorausgehen, machte aber noch einmal halt. „Oder möchten Sie erst Pater Karras begrüßen?“

„Zuallererst möchte ich mir Ihre Tochter ansehen“, entgegnete Merrin.

Chris war verblüfft. „Jetzt gleich, Pater?“

Wieder blickte er mit dieser entrückten Konzentriertheit zum oberen Stock hinauf. „Ja, jetzt gleich.“

„Ich glaube aber, daß sie schläft.“

„Das glaube ich nicht.“

„Na ja, wenn Sie ...“

Plötzlich zuckte sie zusammen. Von oben kam Lärm, die laute Stimme des Dämons, dröhnend und doch irgendwie gedämpft, heiser krächzend wie aus dem Grab.

„Merriiiiinnnnnnn!“

Und dann der schwere, schauerlich hohl tönende Krach eines einzelnen Schlages gegen die Schlafzimmerwand.

„Allmächtiger!“ keuchte Chris, die blutleere Hand an die Brust gepreßt. Benommen schaute sie Merrin an. Der alte Priester hatte sich nicht gerührt, sondern starrte — voll Spannung und dennoch äußerlich gelassen — noch immer nach oben. In seinen Augen stand nicht einmal eine Andeutung von Erstaunen. Nein, dachte Chris, weit eher etwas Ähnliches wie Erkennen.

Ein zweiter Schlag ließ die Wände erzittern.

„Merriiiiinnnnnnn!“

Ganz langsam begann der Jesuit jetzt weiterzugehen — blind gegen Chris, die ihn verwundert anstarrte; blind gegen Karl, der überrascht und katzenhaft leise aus dem Arbeitszimmer auftauchte; blind gegen Karras, der fassungslos aus der Küche kam. Während oben das alptraumartige Hämmern und Krächzen pausenlos weiterging, stieg er ruhig, die schlanke Hand auf dem Geländer, die Treppe hinauf.

Karras trat neben Chris, und beide sahen von unten aus zu, wie Merrin Regans Schlafzimmer betrat und die Tür hinter sich zuzog. Eine Zeitlang blieb alles still. Dann brach der Dämon auf einmal in wieherndes Gelächter aus, und Merrin kam wieder auf den Korridor. Er schloß die Schlafzimmertür und ging auf die Treppe zu, aber die Tür wurde gleich hinter ihm noch einmal geöffnet. Sharon steckte den Kopf heraus. Sie starrte mit einem sonderbaren Gesichtausdruck hinter ihm her.

Der Jesuit kam rasch die Treppe herab und reichte dem wartenden Karras die Hand.

„Pater Karras ...“

„Hallo, Pater!“

Merrin hatte die Hand des jüngeren Priesters in seine beiden genommen und drückte sie herzlich, während er Karras forschend, mit ernstem und besorgtem Blick ansah und oben das Lachen wieder wüsten, an Merrins Adresse gerichteten

Beschimpfungen wich. „Sie sehen erschöpft aus!" stellte der Alte fest. „Sind Sie müde?"

„Durchaus nicht. Warum fragen Sie?"

„Haben Sie einen Regenmantel hier?"

Karras schüttelte den Kopf. „Nein", sagte er.

„Hier, bitte. Nehmen Sie meinen." Der grauhaarige Jesuit knöpfte seinen Mantel auf. „Ich möchte Sie bitten, ins Wohnheim hinüberzugehen und einige Dinge zu holen, die wir für unsere Aufgabe brauchen. Eine Soutane für mich, zwei Chorröcke, eine Purpurstola, ein bißchen Weihwasser und Ihre Ausgabe des ‚Römischen Rituals'." Er reichte dem verblüfften Karras den Regenmantel. „Ich denke, wir sollten gleich damit anfangen."

Karras runzelte ungläubig die Stirn. „Sie meinen, jetzt? Auf der Stelle?"

„Ja, das meine ich."

„Aber wollen Sie sich denn nicht zunächst über die Einzelheiten des Falles informieren?"

„Wozu?"

Merrins Gesicht zeigte tiefen Ernst.

Karras sah ein, daß es darauf keine Antwort gab. Kleinlaut senkte er vor diesen durchdringenden Augen den Blick. „Gut", sagte er dann. Er zog den Regenmantel über und wandte sich zum Gehen. „Ich werde die Sachen sofort holen."

In diesem Augenblick schoß Karl quer durch die Vorhalle an Karras vorbei und riß diensteifrig die Haustüre vor ihm auf. Die beiden tauschten einen kurzen Blick, und Karras trat in den regennassen Abend hinaus. Jetzt richtete Merrin das Wort wieder an Chris. „Oder stört es Sie, wenn wir jetzt gleich beginnen?" fragte er leise.

Sie hatte ihn nicht aus den Augen gelassen und spürte, aufatmend vor Erleichterung, die Atmosphäre von Energie, Entschiedenheit und Kompetenz, die seit seiner Ankunft das Haus erfüllte wie ein Ruf an einem sonnigen Tag. „Nein, gar nicht. Im Gegenteil, ich bin sehr froh darüber", versicherte sie ihm voll Dankbarkeit. „Aber Sie, Pater — Sie müssen doch todmüde sein!“

Er sah ihren ängstlichen Blick nach oben wandern, wo immer noch der Dämon tobte.

„Hätten Sie vielleicht gern eine Tasse Kaffee?“ fragte sie ihn drängend. „Er ist ganz frisch. Er ist noch heiß. Er wird Ihnen bestimmt guttun, Pater.“

Er sah ihre Hände, die sich ineinander verkrampften und wieder lösten; er sah ihre Augen, die tief in den Höhlen lagen. „Ja, danke. Gern“, antwortete er mit Wärme. „Vielen Dank.“ Irgend etwas Lastendes war sanft, aber energisch beiseite geschoben, zurückgestellt worden. „Wenn es Ihnen keine Mühe macht ...“

Sie führte ihn in die Küche hinüber, und kurz darauf stand er schon, einen Becher mit dampfendem schwarzem Kaffee in der Hand, an den Herd gelehnt.

„Möchten Sie ein bißchen Brandy dazu, Pater?“ Fragend hielt Chris die Flasche empor.

Er senkte den Kopf und starrte ausdruckslos in seinen Becher. „Die Ärzte haben es mir eigentlich verboten“, meinte er. Dann streckte er ihr trotzdem den Becher hin. „Aber mein Wille ist, Gott sei Dank, ziemlich schwach.“

Einen Moment leicht verwirrt, wußte Chris nicht recht, was sie machen sollte. Doch als er den Kopf hob, sah sie das Lächeln in seinen Augen.

Sie schenkte ein.

„Sie haben einen so hübschen Namen“, sagte er. „Chris MacNeil. Ist das ein Bühnenname?“

Chris füllte auch ihren Kaffee mit Brandy auf und schüttelte dabei verneinend den Kopf. „Nein, Pater. Sie können beruhigt sein. Ich heiße wirklich nicht Esmeralda Glutz.“

„Dann danken Sie dem Herrgott dafür“, murmelte er.

Lächelnd setzte Chris sich auf einen Stuhl. „Und woher kommt Lankester, Pater? Ein äußerst ungewöhnlicher Name. Wurden Sie nach jemandem getauft?“

„Ja, nach einem Frachtdampfer.“ Geistesabwesend ins

Leere starrend, hob er den Becher an den Mund. „Oder vielmehr nach einer Brücke. Doch, ja, ich glaube, es war eine Brücke.“ Seine Miene wurde wehmütig. „Damien dagegen ...“, fuhr er dann fort. „Ich wünschte, ich hätte einen Namen wie er. Wunderschön!“

„Und woher kommt er, Pater? Ich meine, der Name.“

„Damien?“ Wieder richtete er den Blick auf seinen Becher. „Das war der Name eines Priesters, der sein Leben der Pflege der Leprakranken der Insel Molokai widmete. Zuletzt steckte er sich selber an.“ Merrin hielt inne. „Ein schöner Name“, wiederholte er. „Ich glaube, bei einem Vornamen wie Damien könnte ich mich sogar mit dem Familiennamen Glutz abfinden.“

Chris mußte lachen. Allmählich löste sich ihre innere Spannung. Sie fühlte sich freier. Und dann unterhielt sie sich mit Merrin eine geraume Weile über ganz simple, belanglose Dinge. Erst als schließlich Sharon hereinkam, machte Merrin Anstalten zu gehen. Es war, als hätte er nur auf sie gewartet, denn kaum war sie erschienen, trug er seinen Becher zum Spülstein, reinigte ihn und stellte ihn vorsichtig auf das Ablaufbrett. „Vielen Dank, Mrs. MacNeil, das war sehr gut“, sagte er. „Genau das hatte ich gebraucht.“

Auch Chris erhob sich von ihrem Stuhl. „Ich bringe Sie zu Ihrem Zimmer.“

Er dankte und folgte ihr bis vor die Tür des Arbeitszimmers. „Falls Sie etwas brauchen, Pater, sagen Sie mir nur Bescheid.“

Er legte ihr mit beruhigendem Druck die Hand auf die Schulter. Chris fühlte, wie seine Kraft und Wärme auf sie übergingen. Frieden. Sie spürte einen inneren Frieden. Und seltsamerweise so etwas wie ... Ja, konnte es Geborgenheit sein?

„Sie sind sehr liebenswürdig.“ Seine Augen lächelten. „Ich danke Ihnen.“

Er zog die Hand zurück und sah ihr, als sie davonging, ruhig nach. Doch sobald sie verschwunden war, verzerrte sich sein Gesicht schmerzvoll. Rasch trat er ins Arbeitszimmer und schloß die Tür. Aus seiner Hosentasche holte er eine Schachtel mit dem Aufdruck „Bayer-Aspirin“, öffnete sie, entnahm ihr eine Nitroglyzerinpille und legte sie sich vorsichtig unter die Zunge.

Chris kehrte in die Küche zurück. An der Tür blieb sie stehen und beobachtete Sharon, die mit der Hand am Siedetopf dastand und darauf wartete, daß der Kaffee heiß würde.

Beunruhigt ging Chris auf sie zu. „Jetzt hör mal, Sharon“, sagte sie leise. „Willst du dich nicht lieber ein bißchen ausruhen?“

Keine Antwort. Die Sekretärin war tief in Gedanken versunken. Dann drehte sie sich auf einmal um und starrte Chris verständnislos an. „Entschuldige, bitte. Hast du etwas gesagt?“

Chris musterte prüfend das angespannte Gesicht, die abwesend blickenden Augen. „Was hat sich da oben abgespielt, Sharon?“ fragte sie.

„Wo?“

„Als Pater Merrin nach oben kam.“

„Ach so ...“ Sharon krauste die Stirn. Ihr ferner Blick kehrte zurück und heftete sich auf einen Punkt zwischen Zweifel und Erinnerung. „Hm ... Das war wirklich komisch.“

„Komisch? Wieso?“

„Merkwürdig. Die beiden haben nur ...“ Sie stockte. „Tja, sie haben sich nur eine Weile angestarrt, und dann sagte Regan ... sagte dieses Wesen ...“

„Was sagte es?“

„Es sagte: ‚Diesmal wirst du unterliegen.‘“

Chris sah sie neugierig abwartend an. „Und dann?“

„Mehr nicht. Dann machte Pater Merrin kehrt und ging wieder hinaus.“

„Und wie sah er aus?“ erkundigte sich Chris.

„Komisch.“

„Himmel, Sharon — will dir denn gar kein anderes Wort einfallen?“ fuhr Chris die Sekretärin an. Sie wollte noch mehr sagen, aber da merkte sie, daß Sharon geistesabwesend den Kopf schiefgelegt hatte und lauschte.

Chris sah nach oben und hörte es ebenfalls: die Stille, das plötzliche Schweigen des rasenden Dämons. Und außerdem noch etwas ... Irgend etwas ... Und es wuchs.

Die Frauen warfen einander einen stummen Blick zu.

„Spürst du es auch?“ fragte Sharon leise.

Chris nickte. Das Haus. Irgend etwas war hier im Haus. Eine Spannung. Ein allmähliches Verdichten der Atmosphäre. Ein Pulsieren — als würden ganz langsam Energien aufgebaut.

Das Läuten der Türklingel wirkte in dieser Stille unwirklich.

Sharon riß sich mühsam los. „Ich mache auf.“

Sie ging hinaus und öffnete die Haustür. Es war Pater Karras. Mit einem Wäschekarton unter dem Arm. „Vielen Dank, Sharon.“

„Pater Merrin ist im Arbeitszimmer“, informierte sie ihn.

Eilig ging Karras zum Arbeitszimmer, klopfte leise und flüchtig an die Tür und trat dann mit seiner Pappschachtel ein. „Tut mir sehr leid, Pater“, sagte er dabei entschuldigend. „Ich habe ein bißchen länger ...“

Wie angewurzelt blieb er stehen. Pater Merrin kniete in Hose und Unterhemd neben dem Bett, betend, die Stirn tief auf die gefalteten Hände geneigt. Einen Augenblick war Karras unfähig, sich von der Stelle zu rühren: Es war, als wäre er nichtsahnend um eine Ecke gebogen und stünde nun plötzlich seinem eigenen Kindheits-Ich gegenüber, dem kleinen Meßjungen, der mit dem Chorhemd über dem Arm ohne ein Anzeichen des Erkennens an ihm vorüberlief.

Karras senkte den Blick auf den offenen Wäschekarton, auf die Spritzer, die der Regen auf der Stärke hinterlassen hatte. Dann ging er langsam, noch immer mit gesenktem

Blick, zum Sofa und breitete geräuschlos den Inhalt der Schachtel aus. Als er damit fertig war, zog er den Regenmantel aus und legte ihn sorgfältig über einen Stuhl. Ein kurzer Blick über die Schulter zeigte ihm, daß Merrin sich gerade bekreuzigte. Hastig wandte er sich wieder ab und griff nach dem größeren der beiden weißen Baumwoll-Chorröcke, den er über seine Soutane streifte. Er hörte, daß Pater Merrin sich erhob; sodann ein: „Danke, Damien". Nun erst drehte sich Karras, den Chorrock zurechtzupfend, zu Merrin um, und dieser kam auf das Sofa zu. Mit liebevollem Blick betrachtete der ältere Jesuit den Inhalt der Pappschachtel.

Karras nahm einen Pullover heraus. „Ich dachte, Sie könnten ihn unter der Soutane tragen", sagte er erklärend zu Merrin. „Es wird in dem Zimmer da oben zuweilen sehr kalt."

Der Priester strich leicht mit der Hand über die Wolle. „Das war sehr fürsorglich von Ihnen, Damien."

Karras nahm die zweite Soutane vom Sofa und wartete, bis Merrin den Pullover über den Kopf gezogen hatte. Und jetzt erst, plötzlich, während er diesem alltäglichen, prosaischen Tun zusah, spürte er die überwältigende Aura dieses Mannes, dieses Augenblicks, dieser Stille im Haus, die über ihn hereinbrach, ihn erdrückte, ihm den Atem abschnürte.

Er kehrte erst in die Realität zurück, als er fühlte, daß ihm die Soutane aus den Händen genommen wurde. Merrin. Er warf sie über. „Die Regeln der Teufelsaustreibung sind Ihnen vertraut, Damien?"

„Ja", antwortete Karras.

Merrin begann seine Soutane zuzuknöpfen. „Besonders wichtig ist das Verbot, eine Unterhaltung mit dem Dämon zu beginnen ..."

Mit dem Dämon. Er sagt das, als wäre es etwas völlig Normales, dachte Karras. Diese Feststellung erschütterte ihn.

„Wir dürfen ihm zwar Fragen stellen, die zur Sache gehören", fuhr Merrin, der sich inzwischen den Kragen der Soutane zuknöpfte, belehrend fort, „doch alles, was darüber hinausgeht, ist gefährlich. In höchstem Maße gefährlich sogar." Aus Karras' Händen nahm er den Chorrock entgegen und zog ihn über die Soutane. „Hören Sie vor allem nicht auf das, was der Dämon sagt. Er ist ein ungeheurer Lügner. Er lügt, um uns irrezuführen, aber um uns zu attackieren, mischt er seine Lügen gelegentlich auch mit der Wahrheit. Diese Attacken sind psychologischer Natur, Damien. Und ungemein wirkungsvoll. Hören Sie also nicht darauf. Das dürfen Sie auf keinen Fall vergessen. Hören Sie ihm nicht zu!"

Als Karras ihm die Stola reichte, fügte der Exorzist noch hinzu: „Möchten Sie mir jetzt noch eine Frage stellen, Damien?"

Doch Karras schüttelte den Kopf. „Nein. Allerdings glaube ich, daß es von Nutzen wäre, wenn ich Ihnen ein paar Einzelheiten über die verschiedenen Persönlichkeiten berichte, die in Regan gefahren sind. Bis jetzt scheinen es drei zu sein."

„Es gibt nur eine", entgegnete Merrin leise, als er sich die Stola um die Schultern legte. Einen Moment blieb er, einen tieftraurigen Ausdruck in den Augen, regungslos stehen, ohne die Hände von dem Stoffstreifen zu lösen. Dann griff er nach den beiden Ausgaben des „Römischen Rituals" und reichte die eine davon Damien Karras. „Die Litanei der Heiligen werden wir überspringen. Haben Sie das Weihwasser mitgebracht?"

Karras zog die dünne, mit einem Korken verschlossene Phiole aus der Tasche. Merrin nahm sie ihm aus der Hand. Dann wies er mit einer gelassenen Kopfbewegung zur Tür. „Wenn Sie bitte vorangehen wollen, Damien ..."

Oben, vor Regans Schlafzimmertür, standen, gespannt und nervös wartend, Sharon und Chris. Sie hatten sich dick in Pullover und Wolljacken vermummt. Als sie die Tür des Arbeitszimmers aufgehen hörten, schauten sie aufgeregt über das Geländer und sahen Karras und Merrin in feierlicher Prozession den Flur entlang auf die Treppe zukommen.

Wie groß sie sind, dachte Chris. Und Karras: Dieses dunkle, holzgeschnitzte Gesicht über dem unschuldigen Meßjungen-Weiß des Chorrocks! Als die Priester langsam und ruhig die Treppenstufen heraufkamen, war Chris von einem sonderbaren, sehr tiefen Gefühl bewegt. Da kommt mein großer Bruder, der haut dich zusammen, du gemeiner Kerl! Ja, ja, dies war ein ganz ähnliches Gefühl! Sie spürte, wie ihr Herz schneller zu schlagen begann.

An der Schlafzimmertür blieben die Jesuiten stehen. Stirnrunzelnd musterte Karras Pullover und Jacke, die Chris sich übergezogen hatte. „Haben Sie etwa vor, mit hineinzukommen?"

„Ich halte es für angebracht."

„Tun Sie das lieber nicht", riet er ihr ab. „Es ist wirklich besser, wenn Sie nicht mitkommen. Das wäre meines Erachtens ein großer Fehler."

Chris wandte sich fragend an Pater Merrin.

„Pater Karras weiß schon, was richtig ist", sagte der Exorzist begütigend.

Wieder richtete Chris ihren bittenden Blick auf Karras. Dann senkte sie ergeben den Kopf. „Okay", sagte sie kleinlaut und lehnte sich wieder an die Wand. „Ich warte solange hier draußen."

„Wie lautet der zweite Vorname Ihrer Tochter?" erkundigte sich Merrin bei ihr.

„Teresa."

„Ein hübscher Name!" erwiderte Merrin voll Wärme. Sekundenlang schaute er ihr mit beruhigendem Blick in die Augen. Dann wandte er sich zu Regans Tür um. Und nun spürte es Chris zum zweitenmal: die Spannung, die Verdichtung der Atmosphäre hinter dieser geschlossenen Tür. Sie sah, daß Karras es ebenfalls spürte. Und auch Sharon.

Merrin nickte. „Fertig", sagte er leise.

Karras öffnete die Tür und wäre beinahe zurückgeprallt, so heftig schlug ihm eine Woge von Gestank und eisiger Kälte entgegen. In einer Zimmerecke hockte, frierend zusammengekauert, der Diener Karl auf einem Stuhl. Er war in eine verschossene olivgrüne Jägerjacke gekleidet und drehte sich erwartungsvoll zu Karras um. Der Jesuit warf einen kurzen Blick auf den Dämon. Die funkelnden Augen starrten an ihm vorbei in den Flur hinaus. Sie hefteten sich fest auf Merrin.

Während Karras ans Fußende des Bettes trat, schritt Merrin langsam, groß und hochaufgerichtet bis an die Bettseite. Dort blieb er stehen. Sein Blick traf auf unmenschlichen Haß.

Erstickendes Schweigen hing im Raum. Dann leckte sich Regan mit einer wölfischen, schwarz verfärbten Zunge die aufgesprungenen, geschwollenen Lippen. Es klang, als striche eine Hand über zerknittertes Pergament. „Na, endlich, hochmütiger Abschaum!" krächzte der Dämon. „Endlich bist du zu mir gekommen!"

Der alte Priester hob gelassen die Hand und schlug das Kreuzeszeichen über dem Bett. Dann wiederholte er die Geste für alle, die außer ihm noch im Zimmer waren. Wieder dem Bett zugewandt, zog er den Korken aus der Weihwasserphiole.

„Aha! Jetzt kommt ihr mir wieder mit dem geweihten Urin!" schnarrte der Dämon. „Dem Sperma der Heiligen."

Merrin hob die Phiole empor, und der Dämon wurde auf einmal aschgrau. Sein Gesicht verzerrte sich zu einer gräßlichen Fratze. „Na, traust du dich wirklich, du alter Bastard?" geiferte er. „Traust du dich?"

Merrin besprengte ihn daraufhin mit den ersten Tropfen Wasser.

Ruckartig hob der Dämon den Kopf; Mund- und Halsmuskeln zitterten vor Anstrengung und Wut. „Ja, spreng du nur, Merrin! Spreng du nur! Durchtränke uns! Ertränke uns in deinem Schweiß! Denn dein Schweiß ist ja geweiht, heiliger Merrin! Beuge dich tief herab und furze Weihrauchwolken in die Welt! Beuge dich und zeige deinen heiligen Hintern, auf daß wir ihn anbeten und bewundern! Küssen! Lecken! Du Geheiligter ..."

„Schweig!"

Hart wie ein Peitschenschlag kam das Wort. Karras zuckte erschrocken zusammen und fuhr verwundert zu Merrin herum, der mit befehlendem Blick auf Regan hinunterstarrte. Und der Dämon schwieg wirklich. Erwiderte zwar den starren Blick, aber der Ausdruck in seinen Augen war unsicher geworden. Nervös. Mißtrauisch.

Geschickt verkorkte Merrin die Weihwasserphiole und reichte sie Karras, der sie in die Tasche steckte. Merrin kniete neben dem Bett nieder und begann mit geschlossenen Augen ein Gebet zu murmeln. „Vater unser ..."

Da spie der Dämon und traf Merrin mit einem gelblichen Schleimklumpen ins Gesicht. Ganz langsam rann der Speichel an der Wange des Jesuiten herab.

„... Dein Reich komme ..." Ohne den Kopf zu heben, ohne in seinem Gebet innezuhalten, holte Merrin ein Taschentuch hervor und wischte sich gelassen den Speichel ab. „... und führe uns nicht in Versuchung", endete er sanft.

„Sondern erlöse uns von dem Übel", respondierte Karras.

Er hob den Kopf. Regan hatte die Augen so weit nach oben verdreht, daß nur noch das Weiße der Lederhaut sichtbar war. Karras wurde von einem beunruhigenden Gefühl gequält. Von dem Gefühl, als ob sich etwas in diesem Zimmer verdichtete. Er konzentrierte sich auf seinen Text, um nicht den Anschluß an Merrins Gebet zu verlieren:

„Gott und Vater unseres Herrn Jesus Christus, ich rufe Deinen Heiligen Namen an und bitte Dich in aller Demut, daß Du mir in Deiner großen Güte gnädig Hilfe gewährest gegen diesen unreinen Geist, der dieses Dein Geschöpf jetzt quält; durch Jesus Christus, unseren Herrn."

„Amen", schloß Karras.

Nunmehr erhob sich Merrin und betete ehrfürchtig: „Herr Gott, Schöpfer und Beschützer aller Menschen, blicke mitleidig herab auf Deine Dienerin Regan Teresa MacNeil, die gefangen ist in den Umschlingungen des uralten Menschenfeindes, des eingeschworenen Widersachers unseres Geschlechtes, der ..."

Regan begann auf einmal zu zischen, und Karras blickte verwundert hoch: Das Kind saß steif aufgerichtet, das Weiß ihrer Augen glänzte tückisch, die Zunge zuckte flink hin und her, der Kopf wiegte sich wie der einer Kobra langsam und drohend vor und zurück.

Wieder hatte Karras dieses Gefühl der Unruhe. Entschlossen richtete er den Blick auf seinen Text.

„Rette Deine Dienerin", betete Merrin aufrecht stehend aus dem „Ritual".

„Die auf Dich, mein Herr und Gott, vertraut", antwortete Karras.

„Gib, o Herr, daß sie in Dir einen Turm der Sicherheit findet."

„Im Angesicht des Feindes."

Während Merrin weiterlas, hörte Karras hinter sich ein erschrockenes Aufkeuchen. Rasch drehte er sich danach um und sah Sharon fassungslos auf Regans Bett starren. Verwundert wandte er sich wieder zurück. Und war sofort wie elektrisiert. Die Vorderkante des Bettes hob sich in die Luft!

Ungläubig starrte er auf das Phänomen. Zehn Zentimeter. Fünfzehn. Dreißig. Und nun begannen sich auch die hinteren Beine zu heben.

„Mein Gott im Himmel!" flüsterte Karl verstört auf deutsch. Doch Karras hörte es nicht; er sah auch nicht, wie sich der Diener bekreuzigte, denn jetzt schwebte der rückwärtige Teil des Bettes ebenso hoch wie der vordere. Es ist nicht wahr! dachte er, während er wie gebannt zusah.

Das ganze Bett stieg noch um ungefähr dreißig Zentimeter weiter und blieb dann, sanft wiegend, als treibe es auf einem stillen See, in dieser Höhe stehen.

„Pater Karras?"

Regan wand sich. Zischte.

„Pater Karras?"

Karras drehte benommen den Kopf. Der Exorzist betrachtete ihn ruhig. Dann deutete er mit einer Kopfbewegung auf das „Ritual" in Karras' Hand. „Die Responsorien, bitte."

Karras machte ein verständnisloses Gesicht. Sharon stürzte aus dem Zimmer.

„Laß den Feind nicht Macht über sie gewinnen", wiederholte Merrin leise.

Hastig suchte Karras die Textstelle und flüsterte mit klopfendem Herzen die Antwort: „Und den Sohn der Sünde ihr nicht Schaden zufügen."

„Herr, erhöre mein Gebet", fuhr Merrin fort.

„Und laß mein Flehen zu Dir kommen."

„Der Herr sei mit euch."

„Und mit deinem Geiste."

Nunmehr versenkte sich Merrin in ein längeres Gebet, und Karras konzentrierte sich wieder auf das Bett, auf die Hoffnungen, die er in seinen Gott setzte, und auf das Übernatürliche, das in dieser leeren Atmosphäre hing. Begeisterung ließ ihn bis ins Innerste erschauern. Da ist es! Dort! Vor meinen Augen! Dort! Als sich die Tür öffnete, fuhr er herum. Sharon brachte Chris herein, die ungläubig stehenblieb und atemlos nur: „Großer Gott!" keuchte.

„Allmächtiger Vater, ewiger Gott . . ."

Der Exorzist erhob die Hand, als handelte es sich um eine ganz alltägliche Geste, und zeichnete, ohne mit dem Lesen des „Ritual"-Textes innezuhalten, gemessen dreimal ein Kreuz auf Regans Stirn. „. . . der seinen eingeborenen Sohn in die Welt schickte, damit er diesen brüllenden Löwen zerschmettere . . ."

Das Zischen verstummte. Statt dessen kam nun aus Regans weit aufgerissenem Mund das ohrenbetäubende Gebrüll eines Stiers.

„. . . entreiße dieses Menschenkind, das nach Deinem

Ebenbild geschaffen wurde, der Zerstörung und den Klauen des Mittagsteufels und ..."

Das Brüllen steigerte sich und wurde immer lauter, bis es allen Anwesenden durch Mark und Bein ging.

„Gott und Herr aller Schöpfung ..." Mit geübter Geste hob Merrin die Hand und drückte ein Stück seiner Stola an Regans Hals, während er weiterbetete: „... durch dessen Macht der Satan wie der Blitz aus dem Himmel fiel, schlage das Untier, das Deinen Weinberg verwüstet, mit Entsetzen ..."

Das Brüllen riß ab. Dröhnende Stille. Und dann begann sich aus Regans Mund in langsamen, regelmäßigen Stößen ein Strom von dickflüssigem, übelriechendem, grünlichem Erbrochenem zu ergießen, das zäh wie Lava über ihre Lippen kam und Welle um Welle über Merrins Hand floß. Der Priester rührte sich nicht. „Laß Deine mächtige Hand diesen grausamen Dämon aus Regan Teresa MacNeil vertreiben, die ..."

Nur vage hörte Karras, daß eine Tür geöffnet wurde, daß Chris verzweifelt aus dem Zimmer stürzte.

„Treibe aus diesen Verfolger der Unschuldigen ..."

Das Bett begann träge zu schaukeln, dann zu stoßen, und plötzlich schwankte es heftig auf und ab. Noch immer kam Erbrochenes aus Regans Mund, doch Merrin folgte gelassen jeder Bewegung des Bettes und hielt die Stola fest an ihren Hals gepreßt.

„Erfülle Deine Diener mit Mut, auf daß sie sich mannhaft dem ruchlosen Drachen entgegenstellen, damit er nicht diejenigen verderbe, die ihr Vertrauen in Dich setzen, und ..."

Abrupt hörten die Bewegungen des Bettes auf, und Karras beobachtete fasziniert, wie es ganz langsam, federleicht auf den Boden herabschwebte, bis es mit einem weichen Geräusch auf dem Teppich landete.

„Herr, gewähre dieser ..."

Benommen ließ Karras den Blick weiterwandern. Merrins

Hand. Er konnte sie nicht mehr sehen. Sie war unter einem Berg von dampfendem Erbrochenen begraben.

„Damien?"

Karras sah auf.

„Herr, erhöre mein Gebet", wiederholte der Exorzist voll Ruhe.

Langsam wandte sich Karras wieder dem Bett zu. „Und laß mein Flehen zu Dir kommen."

Merrin löste die Stola von Regans Hals, trat einen kleinen Schritt zurück und brachte mit seiner schneidenden Stimme die Wände zum Beben, als er dem Dämon plötzlich befahl: „Ich treibe dich aus, unreiner Geist, und mit dir alle höllischen Mächte des Feindes! Alle Phantome der Hölle! Alle deine unheiligen Begleiter!" Von Merrins Hand, die er herabhängen ließ, tropfte Erbrochenes auf den Teppich. „Es ist Christus, der dir dieses befiehlt, Christus, der einst den Wind, das Meer und den Sturm beruhigte! Der . . ."

Regans Erbrechen versiegte. Sie saß ganz still. Ohne sich zu bewegen. Das Weiße der Augen glänzte unheimlich. Vom Fußende des Bettes aus betrachtete Karras sie aufmerksam. Sein Schock, seine Erregung klangen allmählich ab, während sein Verstand fieberhaft herumtastete und wie unter einem Zwang mit seinen Fingern tief in den Kavernen der von der Logik begründeten Zweifel zu bohren begann: Poltergeister; Psychokinese; nervöse Spannungen bei Heranwachsenden und willensgesteuerte Kräfte. Auf einmal fiel ihm etwas ein. Stirnrunzelnd trat er an die Seite des Bettes, beugte sich aufmerksam über das Kind und ergriff sein Handgelenk. Und fand, was er befürchtet hatte: Wie bei dem Schamanen in Sibirien raste auch Regans Puls mit einer unglaublichen, beängstigenden Geschwindigkeit. Diese Feststellung verdunkelte mit einem Schlag jeden Hoffnungsstrahl. Die Uhr in der Hand, zählte er nunmehr die Herzschläge, als wären es Argumente, die gegen sein eigenes Leben sprachen.

„Er ist es, der dir befiehlt, Er, der dich kopfüber von der Höhe des Himmels stieß!"

Merrins machtvolle Beschwörungen prallten wie dröhnende, unerbittliche Hammerschläge an der Peripherie von Damiens Bewußtsein ab, während er selbst sich auf die Feststellung konzentrierte, daß Regans Puls noch schneller wurde. Und noch schneller. Karras beobachtete das Kind. Noch lag es still. Regungslos. Von dem Erbrochenen stiegen, wie von einer übelriechenden Opfergabe, dünne Dampfwolken in die eiskalte Luft. Karras war unruhig. Und plötzlich sträubten sich die feinen Härchen auf seinen Armen: Mit alptraumhafter Langsamkeit, millimeterweise und knirschend wie ein verrosteter Mechanismus, drehte sich Regans Kopf, bis dieses schauerlich glänzende Weiß der schrecklichen Augen starr auf ihn gerichtet war.

„Und darum erzittere in Furcht, Satan ..."

Langsam drehte sich der Kopf wieder zu Merrin zurück.

„... Verderber der Gerechtigkeit! Erzvater des Todes! Betrüger der Völker! Räuber des Lebens! ..."

Karras hob verwundert den Kopf. Die Lichter im Zimmer begannen zu flackern. Dann wurden sie schwächer und verglommen zu einem unheimlichen, pulsierenden Bernsteingelb. Er fror. Es war noch kälter geworden. Es wurde immer kälter in diesem Raum.

„... Fürst aller Mörder! Erfinder aller Obszönitäten! Urfeind des Menschengeschlechtes! ..."

Ein dumpfes Poltern erschütterte den Raum. Und noch einmal. Dann kam das Poltern in einem gleichmäßigen Rhythmus, so daß alle Wände vibrierten, der Fußboden vibrierte, die Decke vibrierte, dumpf dröhnend, hämmernd, schwer wie der Schlag eines starken, aber sehr kranken Herzens.

„Weiche, Ungeheuer! Dein Platz ist in der Einsamkeit! Deine Wohnung ist ein Vipernnest! Hinunter mit dir, auf daß du mit ihnen kriechest! Gott selber befiehlt es dir. Das Blut der ..."

Das Klopfen verstärkte sich und wurde jetzt auch immer schneller. Schicksalsschwer.

„Ich beschwöre dich, uralte Schlange ..."

Noch schneller.

„... beim Richter über die Lebendigen und die Toten, bei deinem Schöpfer, beim Schöpfer der Welt ..."

Sharon schrie auf und preßte die Fäuste an ihre Ohren, denn nun war das Poltern betäubend geworden, nahm unvermittelt auch noch einmal an Geschwindigkeit zu und erfolgte jetzt in einem beängstigenden Tempo.

Regans Pulsschlag war nicht mehr glaubhaft. Er hämmerte jetzt mit einer derartigen Schnelligkeit, daß man die einzelnen Schläge nicht mehr zählen konnte. Auf der anderen Seite des Bettes stehend, streckte Merrin ruhig die Hand aus und zeichnete mit der Daumenspitze ein Kreuz auf Regans mit Erbrochenem bedeckte Brust. Die Worte seines Gebetes gingen im ohrenbetäubenden Getöse der Klopfgeräusche unter.

Auf einmal fühlte Karras, daß Regans Puls absank, und als der alte Jesuit unerschüttert weiterbetete und auch auf Regans Stirn ein Kreuz zeichnete, brach das unheimliche Klopfen ganz plötzlich ab.

„O Gott des Himmels und der Erde, Gott der Engel und Erzengel ...", hörte Karras den Exorzisten beten. Regans Puls wurde langsamer und langsamer ...

„Merrin, du hochmütiger Bastard! Du Auswurf! Du wirst unterliegen! Und sie wird sterben! Das Schwein wird sterben!"

Das flackernde Dämmerlicht wurde allmählich heller. Der Dämon war wieder zum Vorschein gekommen und überschüttete Merrin mit Haßtiraden. „Lasterhafter Geck! Uralter Ketzer! Ich beschwöre dich, dreh dich um und sieh mich an! So sieh mich doch an, du Auswurf!" Der Dämon fuhr hoch und spie Merrin ins Gesicht. Dann krächzte er: „Siehe, so heilt dein großer Meister die Blinden!"

„Gott und Herr aller Schöpfung ...", betete Merrin,

gelassen nach seinem Taschentuch greifend und sich den Speichel abwischend.

„Nun folge seiner Lehre, Merrin! Tu's doch! Steck doch dem kleinen Schwein deinen geweihten Schwanz in den Mund und reinige ihn, wische ihn aus mit deinem verschrumpelten Relikt, und sie wird geheilt sein, Sankt Merrin! Ein Wunder! Ein ..."

„... erlöse diese Dienerin von ..."

„Heuchler! Das Schwein interessiert dich ja gar nicht! Nicht im geringsten interessiert es dich. Gar nichts kann dich interessieren. Du machst das Schwein ja nur zu einem Konkurrenzgegenstand zwischen uns!"

„... demütig flehe ich ..."

„Lügner! Lügnerischer Bastard! Sag mir, wo ist deine Demut, Merrin? In der Wüste geblieben? In den Ruinen? In den Grabstätten, wohin du geflohen bist, um deinen Mitmenschen zu entgehen? Um denen, die tief unter dir stehen, zu entgehen, den Lahmen und den Lahmen des Geistes? Sprichst du zu Menschen, du frömmelnder Haufen von Erbrochenem? ..."

„... erlöse ..."

„Deine Wohnung ist ein Pfauennest, Merrin! Dein Platz ist in dir selbst! Kehre zurück auf den Berg und sprich mit dem einzigen, der dir ebenbürtig ist!"

Ohne den Dämon zu beachten, fuhr Merrin mit seinen Gebeten fort. Die Sturzflut von Beschimpfungen ging unaufhaltsam weiter. „Hungert dich, heiliger Merrin? Warte, ich gebe dir Nektar und Ambrosia, ich gebe dir die Speise deines Gottes!" krächzte der Dämon. Und entleerte sich laut und grinsend. „Denn dies ist mein Leib! Und jetzt segne das, heiliger Merrin!"

Angewidert konzentrierte Karras seine Aufmerksamkeit auf den Text. Merrin las jetzt eine Stelle des Lukas-Evangeliums vor:

„... Der Mann antwortete: ‚Mein Name ist Legion.' Denn viele Dämonen waren in ihn gefahren. Und sie baten

Jesus, er möge ihnen nicht befehlen, in die Unterwelt zu fahren. Es war aber dort eine Herde von vielen Schweinen auf dem Berg zur Weide; und sie baten Jesus, er möchte ihnen erlauben, in diese zu fahren. Und er erlaubte es ihnen. Da fuhren die Dämonen aus dem Menschen aus und fuhren in die Schweine. Und die Herde stürzte sich den Abhang hinunter in den See und ertrank. Als ..."

„Willie, ich habe eine gute Nachricht für dich!" krächzte der Dämon. Als Karras den Kopf hob, sah er Willie, den Arm voll Handtücher und Bettwäsche, in der Türöffnung stehen. „Ich bringe dir die Erlösung!" höhnte der Dämon. „Elvira lebt! Sie ist am Leben! Sie ist ..."

Willie stand, versteinert vor Schreck, mit weit aufgerissenen Augen da. Karl fuhr herum und schrie ihr zu: „Nein, Willie! Nein!"

„... rauschgiftsüchtig, Willie. Hoffnungslos ..."

„Nicht hinhören, Willie! Nicht hinhören!" Hastig schob Karl seine Frau wieder hinaus.

„Geh sie besuchen, Willie! Am Muttertag. Bereite ihr eine hübsche Überraschung! Geh hin und ..."

Abrupt verstummte der Dämon und richtete seinen starren Blick auf Karras. Der Psychiater hatte ihren Puls kontrolliert und festgestellt, daß er wieder kräftig war. Also konnte er ihr jetzt ohne Gefahr Librium geben. Er ging zu Sharon hinüber, um ihr zu sagen, daß sie eine weitere Injektion vorbereiten möge. „Begehrst du sie?" höhnte der Dämon. „Nun gut, sie ist dein! Ja, ja, diese Stallhure ist dein! Du darfst sie bereiten, soviel du willst! Sie denkt jede Nacht an dich, Karras! Sie masturbiert und träumt dabei von deinem großen, priesterlichen ..."

Sharon wurde puterrot und wagte Karras nicht anzusehen, als er ihr Anweisungen für die Librium-Spritze erteilte.

„Außerdem auch ein Compazin-Zäpfchen. Für den Fall, daß sie noch weiter erbricht", fügte er schließlich hinzu.

Sharon nickte mit niedergeschlagenen Augen und ging

mit marionettenhaft steifen Bewegungen hinaus. Als sie, den Kopf noch immer gesenkt, am Bett vorbeikam, kreischte Regan ihr ein: „Du Dirne!“ entgegen, fuhr hoch und schoß ihr einen Strahl Erbrochenes ins Gesicht. Und während Sharon noch wie gelähmt dastand, tauchte auf einmal die Dennings-Persönlichkeit auf. „Stallhure! Scheiß-Weibsbild!“ schnarrte sie spöttisch.

Sharon stürzte zur Tür hinaus.

Die Dennings-Persönlichkeit zog eine angeekelte Grimasse, sah in die Runde und fragte affektiert: „Würde vielleicht jemand ein Fenster öffnen? Verdammt noch mal, es stinkt hier in diesem Zimmer. Nicht auszuhal ... Nein, nein! Lieber doch nicht!“ korrigierte sie sich sodann. „Um Himmels willen, macht nur kein Fenster auf! Sonst könnte noch einer rausfallen!“ Dann kicherte sie, zwinkerte Karras vertraulich zu und verschwand.

„Er ist es, der dich austreibt ...“

„Tut er das wirklich, Merrin? Ja?“

Der Dämon war wieder da, und Merrin fuhr, während er von ihm mit Obszönitäten überschüttet wurde, unbeirrt mit den Beschwörungen, dem Stola-Auflegen, dem Kreuzzeichen fort. Zu lange, dachte Karras beunruhigt. Der Anfall dauert schon viel zu lange!

„Ah, da kommt ja auch die Sau! Die liebe Mutter unseres kleinen Schweins!“ spöttelte der Dämon.

Als Karras sich umdrehte, sah er Chris mit einem Desinfiziertupfer und einer Wegwerfspritze hereinkommen. Sie senkte bei den Beleidigungen des Dämons den Kopf, und Karras ging ihr stirnrunzelnd entgegen.

„Sharon zieht sich nur schnell um“, erklärte Chris ihm, warum sie selber kam. „Und Karl ist ...“

Ungeduldig schnitt Karras ihr mit einem „Schon gut!“ das Wort ab und führte sie an Regans Bett.

„Ah ja, kleine Sau-Mutter. Komm her und betrachte dein Werk! Na, komm schon her!“

Chris gab sich verzweifelt Mühe, nicht auf seine Worte zu

hören, ihn nicht anzusehen. Karras hielt Regans schlaffe Arme.

„Siehst du das Erbrochene? Siehst du diese Mordhexe?" geiferte der Dämon. „Bist du nun zufrieden? Das ist dein Werk. Du hast das getan. Jawohl, du, mit deiner Karriere, die dir doch immer vorgeht, vor deinem Mann, vor ihr, vor . . ."

Karras drehte sich fragend um. Chris stand wie gelähmt. „Machen Sie weiter!" befahl er ihr. „Nicht hinhören! Machen Sie weiter!"

„. . . deine Scheidung! Zu Priestern laufen — ja, das kannst du! Aber auch Priester werden dir nicht viel helfen!" Chris' Hand begann unkontrollierbar zu zittern. „Sie ist nämlich wahnsinnig! Jawohl, wahnsinnig! Das kleine Schwein ist wahnsinnig geworden. Du hast sie in den Wahnsinn getrieben, und sogar zum Mord, und . . ."

„Ich kann nicht!" Mit verzerrtem Gesicht starrte Chris auf die wild zuckende Spritze in ihren Fingern. Sie schüttelte den Kopf. „Ich kann es nicht!"

Karras nahm ihr das Instrument aus der Hand. „Na schön, dann desinfizieren Sie die Stelle. Hier!" forderte er sie energisch auf.

„. . . in ihr Grab, du Hexe, von . . ."

„Nicht hinhören!" warnte Karras sie wieder. Jetzt fuhr der Kopf des Dämons herum, und seine Augen traten vor Wut aus den Höhlen. „Und du, Karras, ebenfalls!"

Chris desinfizierte Regans Arm. „Jetzt gehen Sie!" befahl ihr Karras. Geschickt stieß er die Nadel in das abgezehrte Fleisch.

Chris floh.

„Jawohl, wir kennen die Güte, mit der du Mütter behandelst, mein lieber Karras!" krächzte der Dämon. Der Jesuit erbleichte und war einen Augenblick unfähig, sich zu rühren. Dann zog er langsam die Nadel heraus und starrte in Augen, die sich in den Höhlen nach oben verdrehten. Und jetzt kam mit der süßen, klaren Stimme eines Chorknaben getragener, rhythmischer Gesang, beinahe ein Psalmodieren, aus Regans Mund: „Tantum ergo sacramentum veneremur cernui . . ."

Es war ein geistliches Lied, das beim katholischen Segen gesungen wurde. Karras lauschte. Aus seinem Gesicht war jeder Blutstropfen gewichen. Schauerlich und erschreckend war dieser Gesang — ein Vakuum, in das, wie Karras mit unheimlicher Klarheit zu spüren vermeinte, das ganze Entsetzen dieses Abends strömte. Er blickte auf und sah, daß Merrin ein Handtuch hielt. Mit müden, behutsamen Bewegungen wischte er Regan das Erbrochene aus dem Gesicht und vom Hals. „. . . et antiquum documentum . . ."

Dieser Gesang! Wessen Stimme? fragte sich Karras. Dann kamen Gedankenfetzen: Dennings . . . Das Fenster . . . Bedrückt sah er, daß Sharon wieder das Zimmer betrat und Merrin das Handtuch abnahm. „Jetzt werde ich weitermachen, Pater", erklärte sie. „Mit mir ist wieder alles in Ordnung. Ich möchte Regan umziehen und säubern, bevor ich ihr das Compazin gebe. Ist Ihnen das recht? Können Sie beide solange draußen warten?"

Die beiden Priester traten in die Wärme des dämmrigen Korridors hinaus und lehnten sich erschöpft an eine Wand.

Karras lauschte auf das unwirkliche, gedämpfte Singen im Zimmer. Nach einer Weile wandte er sich mit leiser Stimme an Merrin. „Sie sagten . . . Sie sagten vorhin, daß es nur . . . nur eine Entität gäbe."

„Ganz recht."

Der Flüsterton, die gesenkten Köpfe . . . Alles erinnerte an eine Beichte.

„Die anderen sind lediglich Angriffswaffen", erklärte Merrin. „In Wirklichkeit gibt es nur eine . . . nur eine einzige. Und das ist der Dämon." Schweigen. Dann stellte Merrin nüchtern fest: „Ich weiß, Damien, Sie bezweifeln das. Aber sehen Sie, dieser Dämon . . . Ich bin ihm früher schon einmal begegnet. Er ist sehr mächtig . . . unvorstellbar mächtig . . ."

Er schwieg. Karras sagte: „Es heißt doch, daß der Dämon ... den Willen des Opfers nicht zu beeinflussen vermag. Nicht wahr?“

„Das stimmt ... Ja, Damien, das stimmt ... Es liegt keinerlei Sünde vor.“

„Was wäre dann aber der Zweck der Besessenheit?“ rätselte Karras mit gerunzelter Stirn. „Worin läge der Sinn?“

„Wer kann das wissen?“ antwortete Merrin. „Wer könnte das je zu ergründen hoffen?“ Er überlegte einen Moment und fuhr dann, nach Worten suchend, bedächtig fort: „Trotzdem bin ich überzeugt, daß eigentlich gar nicht der Besessene das Ziel des Dämons ist, sondern daß wir es sind ... die Zuschauer ... jeder einzelne in diesem Haus. Und der Zweck ... der Zweck ist nach meiner Meinung die Absicht, uns zur Verzweiflung zu treiben — so weit, daß uns unsere eigene Menschlichkeit anekelt, Damien: daß wir uns als essentiell animalisch betrachten, als essentiell niedrig und verdorben, als ehrlos, häßlich, unwürdig. Und da liegt, glaube ich, vielleicht der springende Punkt: in der Unwürdigkeit. Denn in meinen Augen ist der Glaube an Gott keineswegs eine Frage der Vernunft; in meinen Augen ist er letztlich eine Frage der Liebe, des Akzeptierens der Möglichkeit, daß Gott uns wirklich und wahrhaftig lieben kann ...“

Wieder hielt Merrin inne. Dann fuhr er, noch langsamer und in dem verhaltenen Ton derjenigen, die ihre eigenen Gedanken zu erforschen suchen, fort: „Er weiß ... Der Dämon weiß genau, wo er uns packen kann ...“ Merrin nickte nachdenklich. „Vor vielen Jahren hatte ich die Hoffnung aufgegeben, meinen Nächsten jemals lieben zu können. Gewisse Menschen ... stießen mich einfach ab. Wie sollte ich sie lieben können? Dieser Gedanke marterte mich, Damien. Er ließ mich an mir selbst verzweifeln ... Und dann sehr bald auch an Gott. Mein Glaube war restlos zerstört ...“

Karras betrachtete Merrin interessiert. „Und was geschah?“ fragte er ihn.

„Nun ja ... Mir wurde schließlich klar, daß Gott niemals etwas von mir verlangen würde, von dem ich wußte, daß es mir psychologisch unmöglich war; daß die Liebe, die er verlangte, meinem Willen entspringen mußte und gar nicht als Emotion empfunden werden sollte. Im Gegenteil. Er verlangte von mir, daß ich mit Liebe handeln sollte, daß ich für meinen Nächsten etwas tun sollte und daß ich es für diejenigen tun sollte, die mich abstießen. Und so etwas ist, wie ich glaube, eine weit größere Tat der Nächstenliebe als jede andere.“ Er schüttelte nachdenklich den Kopf. „Ich weiß natürlich, daß all das für Sie zweifellos auf der Hand liegt, Damien. Das ist mir klar. Ich jedoch sah damals das Offensichtliche nicht. Eine ganz merkwürdige Blindheit war das. Wie viele Ehepaare“, fuhr er voll Trauer fort, „glauben wohl, einander nicht mehr zu lieben, nur weil ihre Herzen beim Anblick des geliebten Menschen nicht mehr schneller schlagen? Oh, du mein Gott!“ Er schüttelte den Kopf; dann nickte er. „Darin liegt sie, Damien, wie ich glaube ... die Besessenheit. Nicht in den Kriegen, wie manche Leute so gerne glauben — jedenfalls nicht so häufig —, und äußerst selten in ungewöhnlichen Vorkommnissen wie diesem hier ... bei diesem Mädchen ... diesem erbarmungswürdigen Kind. Nein, nein, ich sehe sie vielmehr in den unbedeutenden Dingen, Damien: in all den sinnlosen, kleinen Gehässigkeiten, den Mißverständnissen, den grausamen, schmerzenden Sticheleien, die Freunden oft so schnell und leicht von der Zunge gehen. Oder auch Liebenden. Haben wir nur genügend davon“, flüsterte Merrin, „brauchen wir keinen Satan mehr, der unsere Kriege anzettelt. Das können wir dann auch allein ... ganz allein ...“

Das süße Singen im Schlafzimmer hörte nicht auf. Merrin schaute zur Tür hinüber und lauschte einen Moment. „Und dennoch wird sogar daraus — aus dem Bösen — Gutes entstehen. In irgendeiner Form. In einer Form, die für uns möglicherweise weder begreiflich noch sichtbar ist." Merrin hielt inne. „Vielleicht ist das Böse der Schmelztiegel für das Gute", sinnierte er. „Und vielleicht trägt sogar der Satan, ohne es zu wollen, dazu bei, den Willen Gottes zu wirken."

Der alte Priester verstummte, und eine Zeitlang blieben sie beide schweigend stehen. Karras überlegte. Ein weiterer Einwand kam ihm in den Sinn. „Wenn der Dämon nun ausgetrieben ist . . .", fragte er. „Was hält ihn ab, wieder einzufahren?"

„Das weiß ich nicht", gab Merrin zurück. „Ich weiß es nicht. Aber es kommt anscheinend niemals vor. Niemals." Der alte Jesuit hob die Hand und preßte die Finger fest in seine Augenwinkel. „Damien . . .", murmelte er. „Ein wunderschöner Name." Karras hörte deutlich die Erschöpfung in seiner Stimme. Und außerdem noch etwas. Eine Beklemmung. Als werde ein großer Schmerz unterdrückt.

Auf einmal stieß Merrin sich von der Flurwand ab, entschuldigte sich — die Augen noch immer unter der Hand verborgen — und eilte zum Badezimmer. Was ist mit ihm? fragte sich Karras verwundert. Er beneidete und bewunderte den Exorzisten für seinen starken und schlichten Glauben. Dann drehte er sich zu Regans Tür um. Der Gesang! Er war verstummt. War nun die Nacht endlich vorbei?

Einige Minuten darauf kam Sharon mit einem übelriechenden Bündel Bettzeug und Kleidung aus dem Zimmer. „Sie schläft", berichtete sie ihm. Dann wandte sie hastig den Kopf zur Seite und ging davon.

Karras tat einen tiefen Atemzug und kehrte ins Schlafzimmer zurück. Er spürte die Kälte, roch den Gestank. Mit langsamen Schritten trat er ans Bett. Regan. In tiefem Schlaf. Endlich. Und endlich, dachte Karras, kann ich mich auch ausruhen.

Er griff, den Sekundenzeiger seiner Armbanduhr beobachtend, nach Regans magerem Handgelenk.

„Dimmy, warum hast du das getan?"

Sein Herz blieb stehen.

„Warum tust du das?"

Der Priester war zu keiner Bewegung fähig. Er wagte nicht zu atmen, wagte nicht, zu dieser bekümmerten Stimme hinüberzusehen, wagte nicht, in diese Augen zu blicken, die wirklich, wahrhaftig da waren: einsame Augen, vorwurfsvolle Augen. Seine Mutter.

„Du hast mich allein gelassen, weil du Priester werden wolltest, Dimmy; du hast mich ins Krankenhaus geschickt . . ."

Nicht hinsehen!

„Und jetzt jagst du mich wieder fort? . . ."

Es ist nicht deine Mutter!

„Warum tust du das?"

Mit dröhnendem Kopf und zugeschnürter Kehle schloß Karras krampfhaft seine Augen, aber die Stimme wurde nur immer flehender, immer angstvoller, immer tränenerfüllter. „Du warst doch immer mein guter Junge, Dimmy. Bitte! Ich hab' so Angst! Bitte, jag mich nicht fort, Dimmy!"

. . . nicht meine Mutter!

„Draußen ist nichts! Nur Dunkel, Dimmy. Einsam!" Weinend.

„Du bist nicht meine Mutter!" flüsterte Karras leidenschaftlich.

„Dimmy, bitte! . . ."

„Allmächtiger, Karras!"

Dennings.

„Hören Sie, mein Bester, es ist einfach unfair, uns von hier zu vertreiben! Ehrlich! Ich finde, in meinem Fall zum Beispiel ist es doch nur gerecht, daß ich hierbleiben darf! Die kleine Hexe! Hat mir meinen Körper genommen, deswegen halte ich es nur für fair, wenn ich jetzt in ihrem bleiben darf. Meinen Sie nicht? Großer Gott, Karras, nun sehen Sie mich doch endlich an! Los doch! Es kommt nicht oft vor, daß ich mal raus darf, um auch mein Sprüchlein aufzusagen. Nun drehen Sie sich schon zu mir um!"

Karras machte die Augen auf und sah die Dennings-Persönlichkeit.

„Na also! Ist doch viel besser! Wissen Sie, das Biest hat mich nämlich umgebracht. Nicht unser Gastgeber, Karras — sie! O ja, auf Ehre!“ Dennings nickte bekräftigend. „Sie! Ich saß nichtsahnend an der Bar, wissen Sie, und da glaubte ich sie auf einmal oben stöhnen zu hören. Na ja, da mußte ich doch schließlich nachsehen gehen, ob ihr was fehlte, nicht wahr? Also ging ich hinauf. Und wissen Sie, was? Sie hat mich doch tatsächlich bei der Kehle gepackt, dieser verdammte kleine Scheißer!“ Die Stimme hatte einen winselnden, mitleidheischenden Ton angenommen. „Himmel, in meinem ganzen Leben habe ich noch nie eine derartige Kraft erlebt! Schrie mir doch glatt ins Gesicht, ich triebe es mit ihrer Mutter und hätte veranlaßt, daß sie sich scheiden ließ. Oder so ähnlich. War nicht sehr deutlich zu verstehen. Aber dann, mein Bester, hat sie mich doch tatsächlich aus diesem verdammten Fenster gestoßen!“ Die Stimme überschlug sich. Schrillte. „Umgebracht hat sie mich. Umgebracht! Und nun sagen Sie mir, ob Sie es fair finden, mich von hier zu vertreiben. Los, raus damit, Karras! Antworten Sie mir! Halten Sie das für fair? Ehrlich?“

Karras schluckte.

„Ja oder nein?“ drängte ihn Dennings. „Ist das fair?“

„Wie kommt es, daß Ihr ... Ihr Hals umgedreht war?“ erkundigte sich Karras heiser.

Dennings wich seinem Blick feige aus. „Ach, das ... Ja, das war ein Zufall ... Eine verrückte Sache ... Ich schlug auf der Treppe auf, das wissen Sie ja ... Es war ein Zufall.“

Mit trockener Kehle überlegte Karras. Dann nahm er mit abschließender Geste wieder Regans Handgelenk und sah konzentriert auf seine Uhr.

„Dimmy, bitte! Mach nicht, daß ich allein sein muß!“ Seine Mutter.

„Wenn du Doktor geworden wärst und nicht Priester,

dann hätte ich in einem schönen Haus leben können, Dimmy. Und nicht mit den vielen Küchenschaben. Nicht ganz allein in der schmutzigen Wohnung! Dann ..."

Er zwang sich, nichts von dem, was er sah und hörte, an sich heranzulassen, aber die Stimme begann schon wieder zu weinen.

„Dimmy, bitte!"

„Du bist nicht meine ..."

„Aha, du willst also der Wahrheit nicht ins Gesicht sehen, du stinkender Auswurf!" Der Dämon. „Glaubst du denn etwa, was Merrin dir vorerzählt?" Er schäumte. „Glaubst du wirklich, der Kerl wäre fromm und gut? Das ist er nicht! Im Gegenteil, stolz und unwürdig ist er! Und ich werde es dir beweisen, Karras! Ich werde es dir beweisen, indem ich das kleine Schwein hier töte!"

Karras machte die Augen auf, er wagte aber noch immer nicht hinzusehen.

„Jawohl, sie wird sterben, und Merrins Gott wird sie nicht retten, Karras! Und du wirst sie ebensowenig retten. Sie wird an Merrins Stolz und deiner Unfähigkeit sterben! Stümper! Du hättest ihr nicht das Librium geben dürfen!"

Jetzt mußte sich Karras doch umdrehen und dem Dämon in die Augen sehen. Sie funkelten vor Triumph und vernichtender Bosheit.

„Fühl ihr den Puls!" Der Dämon grinste. „Los doch, Karras! Fühl ihr den Puls!"

Er hatte das Handgelenk des Kindes noch nicht losgelassen. Jetzt runzelte er beunruhigt die Stirn. Der Puls ging ungewöhnlich schnell und ...

„Schwach?" krächzte der Dämon. „O ja! Ein wenig. Im Augenblick vorerst nur ein wenig."

Karras holte die Arzttasche her und entnahm ihr ein Stethoskop. „Hör nur gut hin, Karras!" schnarrte der Dämon. „Hör nur gut hin!"

Karras lauschte. Die Herztöne klangen fern und viel zu matt.

„Ich werde sie nicht schlafen lassen!"

Karras warf dem Dämon einen scharfen Blick zu.

„Jawohl, Karras!" krächzte der Dämon. „Sie wird nicht mehr schlafen! Hörst du? Ich werde das kleine Schwein nicht schlafen lassen!"

Als Karras ihn benommen anstarrte, warf der Dämon hohnlachend den Kopf in den Nacken. Damien hörte nicht, daß Merrin wieder ins Zimmer kam.

Der Exorzist trat neben ihn ans Bett und musterte prüfend sein Gesicht. „Was ist?" fragte er ihn.

Karras erwiderte erschöpft: „Der Dämon ... hat gesagt, er werde sie nicht mehr schlafen lassen." Seine bekümmerten Augen richteten sich auf Merrin. „Ihr Herz arbeitet nicht mehr ausreichend, Pater. Wenn sie nicht sehr bald zur Ruhe kommt, wird sie an Herzschwäche sterben."

Merrins Miene wurde ernst. „Könnten Sie ihr Medikamente verabreichen? Irgend etwas, damit sie schlafen kann?"

Karras schüttelte den Kopf. „Nein, nein, viel zu gefährlich! Sie könnte in ein Koma abrutschen." Er drehte sich wieder zu Regan um; das Kind gackerte wie ein Huhn. „Wenn ihr Blutdruck noch weiter absinkt ..." Er ließ den Satz unbeendet in der Luft hängen.

„Aber was kann man denn nur für sie tun?" erkundigte sich Merrin besorgt.

„Nichts ... Gar nichts", antwortete Karras. „Allerdings ... Ich weiß nicht recht ... Vielleicht gibt es da eine ganz neue Therapie ..." Er riß sich zusammen und sagte energisch: „Pater, ich werde einen Herzspezialisten hinzuziehen."

Merrin nickte.

Karras ging ins Erdgeschoß. In der Küche fand er Chris, die einsame Wache hielt. Aus dem Zimmer neben der Anrichtekammer kamen Willies Schluchzen und Karls beruhigende Stimme. Karras erklärte Chris die Notwendigkeit, einen Spezialisten zu konsultieren, war aber sorgsam darauf bedacht, das Ausmaß der Gefahr, in der Regan schwebte, vor ihr zu verbergen. Chris erteilte ihm die Erlaubnis, und Karras ging sofort ans Telefon und rief einen Freund an, einen bekannten Spezialisten der medizinischen Fakultät der Georgetown University. Er holte ihn aus dem tiefsten Schlaf und setzte ihm mit kurzen, präzisen Sätzen die Situation auseinander.

„Ich komme sofort“, antwortete der Spezialist.

In einer knappen halben Stunde war er da. Im Schlafzimmer reagierte er verblüfft auf Kälte und Gestank, entsetzt und mitleidig auf Regans physischen Zustand. Im Augenblick gab sie wieder mit heiserer Stimme ihr Kauderwelsch von sich. Während der Spezialist sie untersuchte, begann sie abwechselnd zu singen und Tierstimmen zu imitieren. Dann tauchte unvermittelt Burke Dennings auf.

„Bei Gott, es ist schändlich!“ beschwerte er sich bei dem fremden Arzt. „Einfach schändlich! Hoffentlich können Sie was dagegen tun! Wäre das möglich? Wir haben nämlich sonst keine Bleibe, mein Guter. Und alles nur, weil... Verdammt noch mal, dieser halsstarrige Teufel!“ Der Spezialist, der Regans Blutdruck kontrollierte, starrte das Kind verwundert an, während Dennings sich jetzt an Karras wandte und diesen anfuhr: „Zur Hölle, was denken Sie sich eigentlich, Karras? Sehen Sie denn nicht, daß diese kleine Hexe in eine Anstalt gehört? Sie muß ins Irrenhaus, Karras! Das wissen Sie doch. Oder nicht? Also ehrlich — hören wir endlich mit diesem Hokuspokus auf! Es ist Ihnen doch sicher klar, daß Sie ganz allein die Schuld tragen, wenn sie stirbt, nicht wahr? Sie ganz allein! Verdammt, Sie brauchen sich doch wirklich nicht gleich so unverschämt aufzuführen, nur weil er widerspenstig und uneinsichtig ist! Sie sind ein Arzt, Karras! Sie sollten klüger sein! Und jetzt nehmen Sie endlich Vernunft an! Die Wohnungsnot ist größer denn je, und wenn wir...“

Schon war der Dämon wieder da. Er heulte jetzt wie ein Wolf. Mit steinerner Miene löste der Spezialist die Manschette des Blutdruckmessers. Dann nickte er Damien Karras zu. Er war mit der Untersuchung fertig.

Gemeinsam gingen sie auf den Flur hinaus, wo sich der Spezialist noch einmal zur Schlafzimmertür umdrehte. Dann wandte er sich fragend an Karras. „Was geht da drinnen eigentlich vor, Pater?"

Der Jesuit wich seinem Blick aus. „Das kann ich Ihnen leider nicht sagen", antwortete er still.

„Okay."

„Was halten Sie von der Situation?"

Der Spezialist wirkte bedrückt. „Sie muß zur Ruhe kommen ... schlafen ... Sie muß unbedingt schlafen, denn wenn der Blutdruck weiter absinkt ..."

„Kann ich denn gar nichts für sie tun, Bill?"

Der Spezialist sah Karras offen an. „Beten Sie", antwortete er knapp.

Er wünschte dem Jesuiten gute Nacht und ging. Karras schaute ihm müde nach. Mit jeder Faser, jedem Nerv um Ruhe, um Hoffnung, um ein Wunder flehend. Obgleich er wußte, daß es keine Wunder gab ... Du hättest ihr das Librium nicht geben dürfen!

Er drehte sich um und stieß mit einer Hand die Schlafzimmertür auf.

Der alte Priester stand am Bett und beobachtete Regan, die schrill und durchdringend wieherte wie ein Pferd. Als Merrin Karras hereinkommen hörte, hob er den Blick und sah ihm erwartungsvoll fragend entgegen. Karras schüttelte den Kopf. Merrin nickte. In seinen Augen stand Trauer, dann Resignation und, als er sich wieder Regan zuwandte, grimmige Entschlossenheit.

Er kniete neben dem Bett nieder. „Vater unser", begann er.

Regan spie ihm dunkle, stinkende Galle entgegen und krächzte boshaft: „Du wirst unterliegen! Sie wird sterben! Sterben wird sie!"

Karras nahm sein „Ritual" zur Hand, schlug es auf, hob den Kopf und starrte Regan an.

„Rette deine Dienerin", betete Merrin.

„Im Angesicht des Feindes."

Karras' Herz wurde von verzweifelter Qual zerrissen. Schlaf ein! Schlaf ein! schrie seine Willenskraft in leidenschaftlichem Flehen.

Doch Regan schlief nicht.

Nicht bei Morgengrauen.

Nicht zur Mittagszeit.

Nicht, als es Abend wurde.

Auch nicht am Sonntag, als ihr Puls auf einhundertvierzig stieg und immer dünner wurde, während die Anfälle unaufhörlich weitergingen, während Karras und Merrin, ohne an Schlaf auch nur zu denken, immer von neuem das Ritual wiederholten, während Karras fieberhaft nach kleinen Erleichterungen suchte: ein fest gespanntes Tuch, das Regans Bewegungen auf ein Minimum herabsetzen sollte; vorübergehende Verbannung aller Anwesenden aus dem Schlafzimmer, um festzustellen, ob die Anfälle nachließen, wenn man jegliche Provokation vermied. Sie ließen nicht nach. Überdies war Regans ununterbrochenes Gebrüll ebenso anstrengend wie ihre niemals endende Unruhe. Seltsamerweise hielt sich der Blutdruck aber trotzdem auf gleicher Höhe. Wie lange noch? Karras führte einen verzweifelten Kampf. Oh, du mein Gott, laß sie nicht sterben! lautete immer wieder sein stummer Schrei. Laß sie nicht sterben! Laß sie schlafen! Laß sie endlich schlafen! Nicht eine Sekunde war ihm bewußt, daß seine Gedanken Gebete waren; er war sich lediglich der Tatsache bewußt, daß diese Gedanken nicht erhört wurden.

An jenem Sonntagabend um sieben Uhr saß Karras stumm neben Merrin im Schlafzimmer — erschöpft und zermürbt von den ständigen Angriffen des Dämons; von seinem mangelnden Glauben, von seiner Unfähigkeit.

Die Priester hatten soeben einen Zyklus des Rituals abgeschlossen. Jetzt ruhten sie aus und lauschten Regan, die „Panis Angelicus" sang. Es war inzwischen so weit gekommen, daß beide kaum noch das Zimmer verließen. Damien Karras höchstens einmal, um andere Kleider anzuziehen und sich zu duschen. Die Kälte, die im Zimmer herrschte, erleichterte ihnen jedoch das Wachbleiben. Ebenso der Gestank, der seit dem Vormittag einen ganz neuen Charakter angenommen hatte und jetzt an den Übelkeit erregenden Geruch fauligen, modernden Fleisches erinnerte.

In den vergangenen Stunden hatte der Exorzist nur wenig mit ihm gesprochen, höchstens gelegentlich etwas erzählt: ein alltägliches Erlebnis aus seiner Kinderzeit, Erinnerungen, die Geschichte einer Ente namens Clancy, die er als Junge einmal besessen hatte. Karras machte sich Sorgen um ihn. Der Mangel an Schlaf. Die wütenden Angriffe des Dämons. In seinem Alter! Merrin hatte die Augen geschlossen und ließ das Kinn langsam auf die Brust sinken. Karras richtete den Blick wieder auf Regan. Mühsam erhob er sich und trat ans Bett. Er kontrollierte ihren Puls und machte Anstalten, ihren Blutdruck zu messen. Als er die schwarze Manschette um den mageren Arm legte, mußte er immer wieder die Lider zukneifen, um den Schleier zu vertreiben, der sich über seine Augen legte.

„Heute ist Muttertag, Dimmy."

Sekundenlang konnte er sich nicht rühren. Er hatte ein Gefühl, als würde ihm das Herz aus der Brust gerissen. Und dann blickte er in diese Augen hinab, die nicht mehr Regan zu gehören schienen, sondern unendlich traurig und vorwurfsvoll dreinblickten. Die Augen seiner Mutter.

„War ich nicht gut zu dir? Warum hast du mich ganz allein sterben lassen, Dimmy? Warum? Warum hast du ..."

„Damien!"

Merrin umklammerte seinen Arm. „Bitte, gehen Sie und legen Sie sich ein bißchen hin!"

„Dimmy, bitte! Warum hast du ..."

Sharon kam, um die Bettwäsche zu wechseln.

„Gehen Sie, Damien", drängte Merrin. „Ruhen Sie sich ein bißchen aus!"

Einen Kloß in der Kehle, drehte Karras sich um und verließ das Zimmer. Er blieb kraftlos im Flur stehen, stieg dann die Treppe hinunter, machte unten aber noch einmal halt. Kaffee? Er lechzte danach. Doch mehr noch nach einer heißen Dusche, nach frischer Kleidung, nach einer Rasur.

Er verließ das Haus und ging über die Straße zum Jesuitenwohnheim. Er trat ein und tappte müde zu seinem Zimmer. Nein, jetzt nicht mehr duschen. Nur schlafen. Wenigstens eine halbe Stunde. Er wollte gerade nach dem Telefon greifen, um der Rezeption zu sagen, daß er geweckt werden wollte, da fing der Apparat an zu schrillen.

„Ja, bitte?" meldete er sich heiser.

„Pater Karras? Hier ist jemand, der Sie sprechen möchte. Ein Mr. Kinderman."

Sekundenlang hielt Karras den Atem an; dann antwortete er resigniert: „Sagen Sie ihm, daß ich in zwei Minuten bei ihm bin."

Als er den Hörer auflegte, sah Karras eine Stange Camel auf seinem Schreibtisch liegen und daneben einen Zettel von Joe Dyer. Mit verschwimmendem Blick las er:

„In der Kapelle wurde auf der Betbank vor den Votivkerzen ein Schlüssel zum Playboy-Club gefunden. Gehört er vielleicht dir? Du kannst ihn dir an der Rezeption abholen."

Mit unbewegter Miene schob Karras den Zettel beiseite, zog sich um und ging hinaus. Die Zigaretten hatte er vergessen.

In der Empfangshalle sah er Kinderman am Tresen der Telefonvermittlung stehen und behutsam Blumen in einer Vase zurechtrücken. Als sich der Kriminalbeamte zu Karras umwandte, hielt er eine Rispe rosafarbener Kamelien in der Hand.

„Ah, guten Tag, Pater!" strahlte Kinderman, blickte jedoch sofort bekümmert drein, weil er dem Jesuiten die Erschöpfung ansah. Rasch steckte er die Kamelie in die Vase zurück und eilte dem Priester entgegen. „Sie sehen ja furchtbar aus, Pater Karras! Was ist denn los? Das kommt davon, wenn man immerzu um diese Bahn herumrennt! Hören Sie auf damit! Und jetzt kommen Sie!“ Er griff nach Damiens Ellbogen und steuerte ihn energisch zur Tür. „Haben Sie eine Minute Zeit für mich?“ fragte er, als sie auf die Straße hinaustraten.

„Eigentlich nicht“, murmelte Karras abwehrend. „Was gibt es denn?“

„Ach, nichts Besonderes. Ein kleines Gespräch. Ich brauche Ihren Rat. Weiter nichts. Nur Ihren Rat.“

„In welcher Angelegenheit?“

„Moment!“ winkte Kinderman ab. „Zunächst werden wir ein Stückchen spazierengehen. Frische Luft schnappen. Den Abend genießen.“ Er hakte sich bei ihm unter und führte ihn schräg über die Prospect Street. „Ah, sehen Sie sich das mal an! Herrlich!“ Er deutete auf die Sonne, die hinter dem Potomac unterging. In dieser Abendstille klang das Lachen und Durcheinanderschwatzen einiger Georgetown-Studenten vor dem Lokal an der Ecke Thirty-sixth Street doppelt laut. Einer knuffte den anderen in die Seite, und zwei begannen freundschaftlich miteinander zu raufen. „Ach ja, das College ...“, keuchte Kinderman kopfnickend, während er sehnsüchtig zu den Burschen hinüberstarrte. „Ich selber habe es nie geschafft ... Aber ich wünschte ... ich wünschte ...“ Er sah, daß Karras den Sonnenuntergang betrachtete. „Nein wirklich, Sie sehen miserabel aus“, wiederholte er. „Was ist denn los? Waren Sie krank?“

Wann kommt der Mensch endlich zur Sache? dachte Karras. „Nein, nur sehr beschäftigt“, antwortete er laut.

„Dann mäßigen Sie Ihr Tempo ein bißchen“, riet Kinderman. „Treten Sie kürzer. So vernünftig müßten Sie doch sein. Haben Sie übrigens das Bolschoi-Ballett im ‚Watergate‘ gesehen?“

„Nein.“

„Ich auch nicht. Leider. Die Tänzerinnen sind so graziös ... so bezaubernd!“

Sie waren an der Umfassungsmauer des Straßenbahndepots angekommen. Den Unterarm auf die Brüstung gestützt, wandte sich Karras dem Kriminalbeamten zu, der seine gefalteten Hände auf die Steine gelegt hatte und nachdenklich über den Fluß hinausblickte. „Na, was bedrückt Sie denn nun, Inspektor?" erkundigte sich der Priester.

„Tja, wissen Sie, Pater ..." Kinderman seufzte. „Ich fürchte, ich habe da ein großes Problem."

Karras warf einen kurzen Blick zu Regans mit Läden verschlossenem Fenster hinauf. „Beruflicher Art?"

„Na ja, zum Teil ... Eigentlich nur zum Teil."

„Und worum handelt es sich?"

„Na ja, es handelt sich vor allem um ..." Unsicher kniff Kinderman die Augen zusammen. „Na ja, es handelt sich vor allem um eine Gewissensfrage, könnte man sagen, Pater Karras ... Um eine Angelegenheit, die ..." Der Detektiv drehte sich um und lehnte sich mit dem Rücken an die Mauer. Stirnrunzelnd blickte er auf das Pflaster zu seinen Füßen. Dann zuckte er mit den Achseln. „Ich habe niemanden, mit dem ich darüber sprechen kann. Vor allem nicht mit meinem Captain. Das wäre ganz und gar unmöglich. Ich könnte es ihm einfach nicht sagen. Und darum dachte ich ..." Auf einmal wurde seine Miene lebendig, hellte sich auf. „Ich hatte da eine Tante ... Ach, wissen Sie, das muß ich Ihnen erzählen. Es ist urkomisch. Die hatte eine schreckliche Angst — eine ganz schreckliche Angst — vor meinem Onkel. Jahrelang. Nie wagte sie ihm ein einziges Wort zu sagen. Niemals hätte sie es gewagt, ihre Stimme gegen ihn zu erheben. Niemals! Und darum lief sie jedesmal, wenn sie sich aus irgendeinem Grund über ihn ärgerte, ganz schnell ins Schlafzimmer, kroch in den Kleiderschrank, und dort im Dunkeln — ob Sie es glauben oder nicht —, dort im Dunkeln, allein mit den Motten und den Kleidern, die da herumhingen, begann sie ungefähr zwanzig Minuten lang wütend auf meinen Onkel zu fluchen — und wie zu fluchen! Präzise auszusprechen, was sie von ihm hielt. Wenn sie dann wieder hervorgekrochen kam, fühlte sie sich ungeheuer erleichtert, ging zu ihm hin und küßte ihn sanft auf die Wange. Was sagen Sie dazu, Pater Karras? Ist das eine gute Therapie oder nicht?"

„Eine ganz ausgezeichnete sogar", gab Karras trübe lächelnd zurück. „Und jetzt soll ich wohl Ihr Kleiderschrank sein, wie? Wollten Sie das damit andeuten?"

„Gewissermaßen", bestätigte Kinderman. Wieder starrte er auf das Gehsteigpflaster. „Gewissermaßen. Nur in einer weit ernsteren Angelegenheit, Pater Karras." Er machte eine kurze Pause. „Und außerdem muß mir der Kleiderschrank antworten", ergänzte er kleinlaut.

„Haben Sie eine Zigarette für mich?" fragte Karras, dessen Hände noch immer zitterten.

Der Kriminalbeamte hob den Kopf und musterte ihn ungläubig. „In diesem Zustand? Würde ich da rauchen?"

„Nein, nein, natürlich nicht", murmelte Karras entschuldigend. Er legte die Hände fest auf die Brüstung und starrte sie stumm und befehlend an. Hört auf zu zittern!

„Ein schöner Doktor sind Sie! Gott behüte, daß ich im Urwald einmal krank werde und dann statt Albert Schweitzer Sie an meiner Seite habe! Heilen Sie Warzen noch immer mit Fröschen, Doktor Karras?"

„Mit Kröten", berichtigte Karras stumpf.

„Sie lachen heute ja gar nicht!" wunderte sich Kinderman. „Ist etwas nicht in Ordnung mit Ihnen?"

Karras schüttelte stumm den Kopf. „Reden Sie weiter", sagte er dann leise.

Der Kriminalbeamte seufzte und sah wieder auf den Fluß hinaus. „Ich wollte sagen ...", keuchte er, mit dem Daumennagel seine Augenbraue kratzend, „ich wollte sagen ... Na ja, nehmen wir an, daß ich gerade einen Fall bearbeite, Pater Karras. Einen Mord."

„Dennings?"

„Nein, nein! Rein hypothetisch. Sie können nichts davon wissen. Gar nichts. Ganz und gar nichts."

Karras nickte.

„Dieser Mord nun sieht aus wie ein Hexen-Ritualmord", fuhr der Kriminalbeamte bedächtig fort. Er krauste die Stirn und wählte seine Worte langsam und sorgfältig. „Und nehmen wir weiter an, daß in dem Haus — dem hypothetischen Haus — fünf Personen wohnen und eine davon der Mörder sein muß." Er machte eine knappe, unterstreichende Handbewegung. „Das weiß ich. Ich weiß es ohne den geringsten Zweifel." Langsam ausatmend, machte er eine kurze Pause. „Aber nun kommen wir zu meinem Problem... Sämtliche Beweise... tja, sie deuten alle auf ein Kind, Pater Karras; ein kleines Mädchen, ungefähr zehn bis zwölf Jahre alt, fast noch ein Baby. Sie könnte meine Tochter sein." Er wandte den Blick nicht vom Flußufer unten. „Ja, ja, ich weiß: es klingt phantastisch, lächerlich, aber es ist wahr. Nun kommt aber ein Priester in dieses Haus, Pater... Ein sehr berühmter Priester. Und da dieser Fall rein hypothetisch ist, Pater, ermittle ich kraft meines ebenso hypothetischen Genies, daß dieser Priester einmal eine ganz besondere Krankheitsform geheilt hat. Eine Geisteskrankheit, übrigens. Das möchte ich, falls es Sie interessieren sollte, nur ganz nebenbei erwähnen."

Karras spürte, wie seine Niedergeschlagenheit mit jeder Sekunde wuchs.

„Tja, und zu diesem Krankheitsbild gehört Satanismus und Kraft... eine schier unglaubliche Kraft. Und dieses hypothetische kleine Mädchen könnte daher einem, sagen wir einmal, einem ausgewachsenen Mann den Hals umdrehen. Ja, doch. Das könnte es." Er nickte nachdrücklich. „Und jetzt kommt das große Problem..." Grübelnd verzog er sein Gesicht zu einer Grimasse. „Denn sehen Sie, Pater, das kleine Mädchen ist nicht verantwortlich für das, was es tut. Es ist unzurechnungsfähig." Er zuckte mit den Achseln. „Und außerdem noch ein Kind! Ein Kind!" Er schüttelte den Kopf. „Trotzdem aber könnte diese Krankheit, an der es leidet, gefährlich werden. Weil nämlich das kleine Mädchen noch mehr Menschen umbringen könnte. Wer soll das wissen?" Wieder spähte er mit zusammengekniffenen Augen zum Fluß hinunter. „Es ist ein echtes Problem. Was soll ich tun? Hypothetisch, meine ich natürlich. Die Sache fallenlassen? Fallenlassen und hoffen, daß sie" — Kinderman hielt ganz kurz inne — „wieder gesund wird?" Er langte nach einem Taschentuch. „Ich weiß es nicht, Pater ... Ich weiß es nicht." Er putzte sich geräuschvoll die Nase. „Es ist eine furchtbar schwere Entscheidung!" Er suchte nach einer sauberen, unbenutzten Stelle des Taschentuchs. „Und es ist mir unerträglich, derjenige zu sein, der diese Entscheidung zu treffen hat." Wieder putzte er sich die Nase und tupfte dann behutsam an einem Nasenloch herum. „Pater, was wäre in einem solchen Fall das Richtige? Hypothetisch. Was wäre nach Ihrer Meinung die richtige Entscheidung?"

Einen Moment regte sich Rebellion in dem Priester — ein dumpfer, müder Zorn über die Last, die ihm schon wieder auferlegt wurde. Er wartete, bis er verebbte. Dann sah er Kinderman freundlich an und antwortete: „Ich würde sie in die Hand einer höheren Autorität legen."

„Ich glaube, da befindet sie sich bereits", sagte der Detektiv.

„Ganz recht ... Und dort würde ich sie auch lassen."

Es dauerte lange, bis ihre Blicke sich voneinander lösten. Dann steckte Kinderman sein Taschentuch ein. „Ja ... Ja, Pater, ich hatte mir schon gedacht, daß Sie das sagen würden." Er nickte; betrachtete den Sonnenuntergang. „Wunderschön! Ein herrlicher Anblick." Er schob seinen Ärmel zurück, um auf die Armbanduhr zu sehen. „Tja, ich muß gehen. Mrs. Kinderman wird schon schreien: ‚Das Abendessen wird kalt!'" Er drehte sich noch einmal zu Karras um. „Vielen Dank, Pater. Ich fühle mich jetzt wesentlich wohler. Ach, übrigens — könnten Sie mir einen Gefallen tun? Jemandem eine Nachricht überbringen? Falls Sie einem Mann namens Engstrom begegnen, richten Sie ihm doch bitte aus ... nun, etwa: Elvira ist in einer Klinik; es geht ihr gut. Ja? Er wird es schon verstehen. Würden Sie das für mich tun, Pater? Ich meine, falls Sie ihn zufällig treffen sollten."

Karras sah den Kriminalbeamten verwundert an. „Aber gewiß", sagte er dann. „Gewiß."

„Und könnten wir nicht einmal abends zusammen ins Kino gehen?"

Der Jesuit senkte den Kopf. „Ja. Bald", murmelte er.

„Bald. Sie reden wie ein Rabbi, wenn er vom Messias spricht: immer nur bald. Hören Sie, Pater, Sie könnten mir noch einen anderen Gefallen tun." Der Detektiv machte ein ernstes, bekümmertes Gesicht. „Lassen Sie dieses Gerenne um die Bahn. Wenigstens eine Zeitlang. Gehen Sie langsamer. Mäßigen Sie Ihr Tempo. Werden Sie das für mich tun?"

„Ich werde es tun."

Die Hände in den Taschen vergraben, starrte Kinderman resigniert zu Boden. „Ich weiß", seufzte er müde. „Bald. Immer nur bald." Ehe er sich, immer noch mit gesenktem Kopf, zum Gehen wandte, hob er die Hand und legte sie dem Jesuiten mit festem Druck auf die Schulter. „Schöne Grüße von Elia Kazan."

Eine Zeitlang sah Karras hinter dem davonwatschelnden Kriminalbeamten her. Sein Blick drückte Staunen aus, Zuneigung und Verwunderung über die labyrinthgleichen Wege des Herzens. Er schaute zu den in leuchtendem Rot gebadeten Wolken über dem Fluß hinauf und ließ seinen Blick dann dorthin wandern, wo sie, sanft nachglühend, aufs Ende der Welt zutrieben. Er hob die Faust an den Mund und wehrte sich gegen die Trauer, die aus seiner Kehle bis in seine Augen stieg. Er wartete. Er wagte den Sonnenuntergang nicht noch einmal anzusehen, sah statt dessen zu Regans Fenster hinauf und ging schließlich auf das Haus zu.

Sharon öffnete ihm die Tür und berichtete, es habe sich in der Zwischenzeit nichts verändert. Sie trug ein übelriechendes Wäschebündel in der Hand. „Ich muß das Zeug hier nur schnell in die Waschmaschine im Keller bringen", entschuldigte sie sich.

Er sah ihr nach. Dachte an Kaffee. Hörte aber, daß der Dämon Pater Merrin wieder einmal mit wüsten Beschimpfungen überschüttete, und ging zur Treppe. Doch plötzlich fiel ihm die Nachricht ein, die er überbringen sollte. Karl. Wo war der Diener? Er wollte Sharon fragen, sah aber, als er sich umdrehte, daß sie bereits die Kellertreppe hinunter verschwand. Wie von einem Nebel umfangen, ging er zur Küche.

Kein Karl. Nur Chris. Sie saß am Tisch und betrachtete ... Ein Album? Eingeklebte Fotografien. Zettel. Ihre Hände, die sie über die Stirn gelegt hatte, verbargen ihr Gesicht vor seinem Blick.

„Verzeihung", machte sich Karras leise bemerkbar. „Ist Karl in seinem Zimmer?"

Sie schüttelte den Kopf. „Er macht eine Besorgung", flüsterte sie tonlos. „Da drüben steht Kaffee, Pater", murmelte sie dann. „Er muß jeden Augenblick fertig sein."

Während sich Karras nach der Kaffeemaschine umsah, hörte er Chris vom Tisch aufstehen, und als er sich umwandte, sah er sie hastig, mit abgewandtem Gesicht, an ihm vorüberlaufen. Ein zitterndes: „Entschuldigen Sie!" Dann war sie fort.

Sein Blick fiel auf das Album. Er trat an den Tisch und betrachtete es. Schnappschüsse. Ein kleines Mädchen. Als Karras klarwurde, daß es sich um Regan handelte, verspürte er einen schmerzhaften Stich: Regan, wie sie die Kerzen einer Geburtstagstorte aus Sahne auspustete; Regan in Shorts und Turnhemd auf dem Anlegesteg eines Sees, fröhlich in die Kamera winkend. Auf dem Turnhemd eine Inschrift: CAMP ... Er konnte die Schrift nicht weiter entziffern.

Auf der gegenüberliegenden Seite ein mit Kinderschrift bedeckter, liniierter Papierbogen:

„Wenn ich statt Ton die schönsten Dinge der Welt nehmen könnte: einen Regenbogen oder Wolken oder ein Vogellied, dann könnte ich, liebe Mutter, wenn ich sie alle zusammennähme, vielleicht eine Plastik von dir machen."

Und darunter: „Ich hab' dich lieb! Alles Gute zum MUTTERTAG!" Die Unterschrift — mit Bleistift gekritzelt — lautete „Rags".

Karras mußte die Augen schließen. Diese plötzliche Konfrontation ging über seine Kraft. Müde wandte er sich ab und wartete, bis der Kaffee fertig war. Mit gesenktem Kopf umklammerte er die Tischkante und schloß wieder die Augen. Laß es nicht an dich heran! befahl er sich. Laß es nicht an dich heran! Gerade das aber war ihm unmöglich, und während er dem Geräusch des siedenden Kaffees lauschte, begannen seine Hände zu zittern, steigerte sich sein Mitleid auf einmal zu blindem Zorn auf Krankheit und Schmerz, auf das Leiden der Kinder und die Vergänglichkeit des Körpers, auf die ungeheuerliche und schändliche Geißel des Todes.

Wenn ich, statt Ton ...

Der Zorn verrauchte und wandelte sich zu Kummer und Hilflosigkeit.

... die schönsten Dinge der Welt ...

Er konnte nicht länger auf den Kaffee warten. Er mußte fort ... irgend etwas unternehmen ... irgend jemandem helfen ... mußte versuchen ...

Er verließ die Küche. Als er am Wohnzimmer vorbeikam, warf er einen Blick durch die offene Tür. Drinnen lag Chris krampfhaft schluchzend auf dem Sofa, während Sharon bemüht war, sie zu trösten. Er wandte sich ab und stieg die Treppe hinauf. Brüllend wütete der Dämon gegen Merrin. „... wärst unterlegen! Du wärst unterlegen, das wußtest du! Merrin, du Auswurf! Du Bastard! Komm zurück! Komm zurück und ..." Mit all seiner Willenskraft verschloß Karras seine Ohren.

... oder ein Vogellied ...

Erst als er das Schlafzimmer betrat, merkte er, daß er vergessen hatte, sich einen Pullover überzuziehen. Er sah zu Regan hin. Ihr Kopf war, von ihm abgewandt, zur Seite gerichtet. Und immer noch geiferte der Dämon.

„... die schönsten Dinge der Welt ..."

Langsam ging er auf seinen Sessel zu und nahm die Wolldecke vom Sitz. So tief erschöpft war er, daß ihm erst jetzt Merrins Abwesenheit auffiel. Benommen ging er noch einmal zum Bett, um Regans Blutdruck zu messen, und auf dem Weg dahin stolperte er über ihn. Zusammengekrümmt, mit seltsam verrenkten Gliedern lag der Exorzist neben dem Bett auf dem Fußboden. Erschrocken kniete Karras neben ihm nieder. Er drehte ihn auf den Rücken, sah die bläuliche Verfärbung seines Gesichtes, tastete nach dem Puls und begriff innerhalb eines schmerzdurchzuckten, niederschmetternden Sekundenbruchteils, daß Merrin tot war.

„... scheinheilige Überheblichkeit! Sterben willst du? Sterben? He, Karras, heile ihn!" wütete der Dämon. „Hol ihn zurück, damit wir es bis zum Ende ausfechten können! Damit wir ..."

Herzschlag. Koronarthrombose. „Oh, du mein Gott!" stöhnte Karras flüsternd. „Nein! O Gott, nein!" Er schloß die Augen und schüttelte fassungslos, verzweifelt den Kopf. Dann grub er dem Toten plötzlich in einer Aufwallung tiefsten Schmerzes mit unbändiger Kraft den Daumen ins schneeweiße Handgelenk. Als wollte er den verlorenen Pulsschlag des Lebens aus seinen Sehnen pressen.

„... frömmelnder ..."

Ermattet sank Karras auf seine Absätze zurück und atmete tief durch. Dann sah er rings auf dem Boden verstreut die winzigen Pillen. Er hob eine auf und mußte mit schmerzlicher Trauer erkennen, daß Merrin es gewußt haben mußte. Nitroglyzerin. Er hatte es also gewußt. Mit roten, schwimmenden Augen betrachtete der Jesuit Merrins

Gesicht: ... gehen Sie und ruhen Sie sich ein bißchen aus, Damien.

„Nicht einmal die Würmer wollen deine Verdorbenheit fressen, du ..."

Allmählich begriff Karras den Sinn der Beschimpfungen und fing vor überwältigender Wut an zu zittern.

Nicht hinhören!

„... schwuler ..."

Nicht hinhören! Nicht hinhören!

Dunkel pulsierend stand eine dicke Vene auf seiner Stirn. Während er Merrins Hände ergriff und sie ihm sorgsam in Kreuzesform auf die Brust legte, hörte er den Dämon krächzen: „Und jetzt leg ihm noch seinen Schwanz in die Hände!" Ein Strahl stinkenden Geifers traf das Auge des Toten. „Die Sterbesakramente!" höhnte der Dämon. Er legte den Kopf zurück und brach in wildes Gelächter aus.

Benommen starrte Karras auf den Speichel. Er war zu keiner Bewegung fähig, er hörte nichts als das Rauschen des eigenen Blutes. Und als er dann endlich unsagbar langsam, mit zitternden, ruckweisen Drehbewegungen den Kopf hob, war sein Gesicht zu einer roten, bösartigen Fratze verzerrt. „Du Hundsfott!" schäumte Karras. „Du Bastard!" Obgleich er sich nicht von der Stelle rührte, schien er, die Halssehnen straff wie ein Kabel gespannt, zu wachsen und immer größer zu werden. Der Dämon hörte auf zu lachen und musterte ihn feindselig. „Du standest kurz vor der Niederlage! Du bist der Versager! Du bist schon immer ein Versager gewesen!" Regan bespie ihn mit Erbrochenem. Er kümmerte sich nicht darum. „Mit kleinen Kindern — ja, da bist du großartig!" sagte er bebend. „Mit kleinen Mädchen ... Aber komm! Wollen wir doch sehen, ob du dich auch an einen härteren Brocken wagst! Na, komm schon her!" Er hatte die Hände wie große, fleischige Haken ausgestreckt und winkte ihn langsam zu sich heran. „Komm doch! Nun komm schon, du Versager! Versuch's mal mit mir! Fahr aus dem kleinen Mädchen heraus und nimm statt dessen zum Beispiel mich! Nimm mich! Fahr doch in ...“

Knapp eine Minute darauf hörten Chris und Sharon im oberen Stockwerk Tumult. Sie waren beide im Arbeitszimmer. Chris hockte mit trockenen, brennenden Augen an der Bar, während Sharon hinter der Theke stand und jedem von ihnen einen Drink mixte. Als sie den Wodka mit Tonic auf die Bar gestellt hatte, blickten beide wie auf Kommando zur Decke hinauf. Ein Poltern, als wäre jemand gestolpert. Ein scharfer Stoß, als wäre jemand gegen Möbelstücke gefallen. Gegen Wände. Dann eine Stimme. Die Stimme des ... des Dämons? Ja, die des Dämons. Wüste Obszönitäten. Aber mit einer anderen Stimme. Abwechselnd. Karras? Ja, Karras. Nur kraftvoller. Sonorer.

„O nein! Ich werde nicht dulden, daß du ihnen Böses zufügst! Du wirst ihnen nichts Böses zufügen! Du wirst jetzt mitkommen und ...“

Chris stieß ihr Glas um, so war sie zusammengezuckt, als oben ein dröhnendes Krachen ertönte, und gleich darauf ein Splittern von Glas. Sekundenschnell war sie, war Sharon aufgesprungen, und beide Frauen rannten zum Zimmer hinaus, die Treppe empor, zu Regans Schlafzimmer. Sie stürzten hinein und sahen zuerst nur, daß beide Fensterläden, aus ihren Angeln gerissen, auf dem Boden lagen. Dann sahen sie das Fenster. Die Scheiben waren restlos herausgeschlagen worden!

Erschrocken eilten sie darauf zu. Auf halbem Wege entdeckte Chris, daß Pater Merrin regungslos neben dem Bett auf dem Fußboden lag. Sie lief zu ihm, kniete nieder und hielt vor Bestürzung den Atem an. „Oh, du mein Gott!“ wimmerte sie dann. „Sharon! Sharon, komm her! Schnell, komm ...“

Sharon jedoch stand schreiend am Fenster, und als Chris mit weitaufgerissenen Augen totenbleich aufblickte, sah sie nur noch, daß die Sekretärin sich umwandte und wieder zur Tür hinausrannte.

„Sharon, was ist?“

„Pater Karras! Pater Karras!“

Hysterisch schluchzend, stürzte Sharon hinaus, während Chris mühsam aufstand und mit zitternden Knien zum Fenster lief. Sie sah hinaus und glaubte, das Herz müsse ihr brechen. Denn unten, am Fuß der Treppe, lag Damien Karras inmitten einer rasch größer werdenden Menschenansammlung verkrümmt auf dem Pflaster der belebten M-Street.

Entsetzt starrte sie hinab.

„Mutter?“

Eine ganz kleine, schwache Stimme, die tränenerstickt nach ihr verlangte. Chris mußte schlucken. Sie wagte es nicht zu glauben, weil sonst vielleicht ... „Mom, was ist passiert? Bitte, komm zu mir, Mom! Bitte, komm! Ich hab solche Angst! Ich bin ...“

Chris fuhr herum, sah die Tränen der Verwirrung, das Flehen in den Augen. Und stürzte plötzlich weinend ans Bett. „O Rags! Oh, du mein Kind, mein Allerliebstes! O Rags!“

Unten stürmte gerade Sharon aus dem Haus und rannte wie von Sinnen zum Wohnheim der Jesuiten hinüber. Sie verlangte drinnen Pater Dyer. Er kam sofort an die Rezeption. Sie erzählte ihm alles. Er wurde blaß.

„Haben Sie einen Krankenwagen gerufen?“

„O Gott! Daran habe ich gar nicht gedacht!“

Rasch gab Pater Dyer dem Mann an der Telefonvermittlung einige Anweisungen. Dann lief er, von Sharon unmittelbar gefolgt, hinaus, über die Straße und die Treppe hinab.

„Bitte, lassen Sie mich durch! Machen Sie Platz!“ Während er sich einen Weg durch die herumstehenden Neugierigen bahnte, hörte Joe Dyer gemurmelte Bruchstücke der üblichen Gespräche. „Was ist denn da los?“ — „Ein Mann ist die Treppe hinuntergefallen.“ — „Haben Sie ...?“ — „Muß wohl betrunken gewesen sein. Sehen

Sie das Erbrochene?" — „Wir müssen weiter, sonst kommen wir noch zu spät zum ..."

Endlich hatte Dyer es geschafft und wurde einen herzzerreißenden Augenblick lang von dem Gefühl gepackt, in einer zeitlosen Dimension der Trauer erstarrt zu sein, in einem Raum, in dem selbst die Luft zu schmerzhaft zum Atmen war. Damien Karras lag, den Kopf in einer wachsenden Lache Blut, verkrümmt auf dem Rücken und starrte mit offenem Mund und leerem Blick in das Nichts. Jetzt richteten sich seine Augen mühsam auf Dyer. Ein Funke Leben sprang in ihnen auf. Ein Glanz, anscheinend von Erregung entzündet. Eine Bitte. Irgend etwas sehr Dringendes.

„Zurück, Herrschaften! Treten Sie bitte zurück!" Ein Polizist. Dyer kniete neben Karras nieder und legte die Hand leicht und liebevoll an das zerschlagene, wunde Gesicht.

So viele Schnitte! Ein Blutfaden rann aus dem schlaffen Mund. „Damien ..." Dyer brach ab, um das Zittern in seiner Kehle abklingen zu lassen, und sah in den Augen des Gestürzten wieder diesen schwachen, erregten Glanz, diese herzliche, flehende Bitte. Er beugte sich über ihn. „Kannst du sprechen?"

Langsam tastete Karras nach Dyers Handgelenk. Den Freund fest ansehend, umklammerte er es.

Dyer kämpfte mit den Tränen. Er beugte sich noch weiter hinab und legte den Mund an Karras' Ohr. „Damien, möchtest du jetzt die Beichte ablegen?"

Ein Druck.

„Bereust du alle Sünden deines Lebens und das Unrecht, das du gegen Gott, den Allmächtigen, begangen hast?"

Ein Druck.

Jetzt richtete Dyer sich wieder auf, schlug langsam das Kreuzeszeichen über Karras und sprach dabei die Absolution: „Ego te absolvo ..."

Eine große Träne rann aus dem Augenwinkel des Sterbenden, und Dyer fühlte, wie sich der Druck an seinem Handgelenk verstärkte, während er die Absolution beendete: „... in nomine Patris, et Filii, et Spiritus Sancti. Amen.“

Wieder beugte sich Joe Dyer hinab und legte den Mund an Karras' Ohr. Wartete. Kämpfte gegen die Schwellung in seiner Kehle. Murmelte fragend: „Bereust du ...?“ Hielt aber unvermittelt inne, als sich der Druck an seinem Handgelenk plötzlich löste. Er hob den Kopf. Die Augen des Freundes waren von Frieden erfüllt; und von etwas anderem: von etwas Rätselhaftem, das an die Freude bei der Erfüllung eines Herzenswunsches erinnerte. Die Augen waren noch immer offen. Aber sie sahen nichts.

Langsam, liebevoll schloß Dyer die toten Lider. Von fern hörte er die Sirene des Krankenwagens. Er wollte noch sagen: „Lebe wohl“, konnte es aber nicht. Er senkte den Kopf und weinte.

Der Krankenwagen kam. Karras wurde auf eine Bahre gelegt. Als man ihn in den Wagen schieben wollte, stieg auch Joe Dyer ein und setzte sich neben den Arzt. Er griff hinüber und nahm Damiens Hand.

„Sie können jetzt nichts mehr für ihn tun, Pater“, sagte der Arzt in gütigem Ton. „Machen Sie es sich selbst nicht noch schwerer, als es bereits ist. Kommen Sie lieber nicht mit uns.“

Ohne den Blick von dem wie aus Holz geschnitzten, zerschundenen Gesicht zu nehmen, schüttelte Dyer schweigend den Kopf.

Der Arzt sah den Fahrer an, der geduldig an der offenen Hecktür des Krankenwagens wartete. Er nickte. Mit leisem Geräusch wurde die Tür hochgeklappt.

Vom Gehsteig aus sah Sharon betäubt dem abfahrenden Krankenwagen nach. Leise Bemerkungen der Umstehenden drangen an ihr Ohr.

„Was ist passiert?“

„Keine Ahnung.“

Schrill stieg das Jaulen der Krankenwagensirene in die Nacht über dem Fluß. Bis plötzlich dem Fahrer klarwurde, daß Zeit jetzt keine Rolle mehr spielte, und er sie abstellte. Und wieder strömte der Fluß lautlos, gelassen dahin — zu neuen, friedlicheren Ufern.

EPILOG

Späte Junisonne fiel leuchtend in die Fenster von Chris MacNeils Schlafzimmer. Sie hatte eine Bluse gefaltet und legte sie oben auf den fertig gepackten Koffer. Sie schloß den Deckel. Dann ging sie mit raschen Schritten zur Tür. „Okay, Karl, das wäre alles“, sagte sie im Vorbeigehen zu dem Diener, der hereinkam, um den Koffer zu holen. Sie trat auf den Flur hinaus und ging zu Regans Zimmer hinüber. „Rags, wie weit bist du?“

Sechs Wochen waren seit dem Tod der beiden Priester vergangen und seit dem Abschluß von Kindermans Ermittlungen. Und immer noch gab es auf viele Fragen keine Antwort. Nur quälende Vermutungen und häufiges, von Tränen begleitetes Hochschrecken aus dem Schlaf. Merrin war eindeutig an einer Koronarthrombose gestorben. Was jedoch Karras betraf... „Rätselhaft“, hatte Kinderman gesagt. Das Kind konnte es nach seinen Feststellungen nicht gewesen sein. Regan war von den Haltegurten fest und sicher an ihr Bett gefesselt gewesen. Offensichtlich hatte Karras selber die Fensterläden herabgerissen und war freiwillig in den Tod gesprungen. Aber warum? Aus Angst? In dem Versuch, etwas Grauenvollem zu entkommen? Nein, diese Idee hatte Kinderman rasch wieder ad acta gelegt. Hätte der Jesuit fliehen wollen, so hätte er nur zur Tür hinauszugehen brauchen. Außerdem war Karras bestimmt nicht der Mensch, einfach davonzulaufen.

Aber warum dann der Todessprung?

Für Kinderman begann sich die Antwort auf diese Frage schwach abzuzeichnen, als Pater Dyer in seiner Aussage die inneren Konflikte von Damien Karras erwähnte: das Schuldbewußtsein des Priesters im Hinblick auf seine Mutter; deren Tod; sein schweres Glaubensproblem. Und als dann Kinderman zu diesen Faktoren noch den ständigen, tagelang andauernden Mangel an Schlaf hinzuzählte, die Sorge und das Schuldbewußtsein wegen Regans anscheinend kurz bevorstehendem Tod, die Angriffe des Dämons in der Gestalt seiner Mutter, schließlich den Schock bei Pater Merrins Tod — da kam der Kriminalbeamte betrübt zu dem Schluß, daß Karras übergeschnappt, daß sein Verstand unter der Last der Schuldgefühle, die er nicht länger tragen konnte, zusammengebrochen sein mußte. Außerdem hatte Kinderman bei den Ermittlungen im Fall Dennings seiner Lektüre über Besessenheit entnommen, daß Exorzisten häufig selber besessen wurden, und zwar aus Gründen ebenjener Natur, wie sie hier vorgelegen haben mochten: aus übermächtigem Schuldbewußtsein und dem Verlangen nach Strafe, gekoppelt mit der Macht der Autosuggestion. Ja, Karras war reif gewesen. Und die Geräusche des Kampfes, die so sehr veränderte Stimme des Priesters — alles Dinge, die sowohl von Chris als auch von Sharon gehört worden waren —, schienen die Hypothese des Detektivs noch zu untermauern.

Nur Dyer hatte sie nicht akzeptieren wollen. Immer wieder war er während Regans Rekonvaleszenz herübergekommen, um sich mit Chris zu unterhalten. Hatte immer wieder gefragt, ob Regan jetzt in der Lage sei, sich an das zu erinnern, was an jenem Abend in ihrem Schlafzimmer geschehen war. Und hatte als Antwort jedesmal nur ein Kopfschütteln bekommen. Oder ein Nein. Bis dann der Fall zuletzt endgültig zu den Akten gelegt worden war.

Jetzt steckte Chris den Kopf durch Regans Schlafzimmertür. Die Tochter stand, zwei Stofftiere in den Armen, vor ihrem Bett und starrte mit kindlichem Mißmut auf den gepackten, offenen Koffer, der auf der Matratze lag. „Wie geht's mit dem Packen, mein Schatz?" erkundigte sich die Mutter.

Regan sah auf. Ein bißchen matt. Ein bißchen mager. Ein bißchen dunkel unter den Augen. „Es ist einfach nicht genug Platz in diesem Ding!" beklagte sie sich stirnrunzelnd.

„Tja, Liebes, alles wirst du nicht mitnehmen können. Laß ruhig die übrigen Sachen hier; Willie wird alles mitbringen, was wir nicht mehr unterbringen können. Und jetzt beeil dich, mein Kleines. Sonst verpassen wir noch unser Flugzeug."

Sie wollten die Nachmittagsmaschine nach Los Angeles nehmen, während Sharon und die Engstroms noch hierbleiben und alles abwickeln sollten. Anschließend sollte Karl sie dann mit dem Jaguar quer durch das Land nach Los Angeles fahren.

„Na ja ..." Regan zog eine enttäuschte Grimasse.

„Brav, mein Schatz!" Chris wandte sich ab und stieg rasch die Treppe hinunter. Gerade als sie unten war, läutete die Haustürklingel. Sie machte auf.

„Hallo, Chris!" Es war Pater Dyer. „Ich wollte mich nur schnell von Ihnen verabschieden."

„Das ist aber nett! Ich wollte Sie eben anrufen." Sie trat einen Schritt zurück. „Bitte, kommen Sie doch herein!"

„Nein, nein — schon gut, Chris. Ich weiß, daß Sie nur wenig Zeit haben."

Sie nahm seine Hand und zog ihn einfach ins Haus. „Ach, bitte! Ich wollte gerade eine Tasse Kaffee trinken."

„Na schön, wenn Sie meinen ..."

Gemeinsam gingen sie in die Küche, setzten sich an den Tisch, tranken Kaffee und plauderten, während Sharon und die Engstroms geschäftig hin und her eilten. Chris sprach von Merrin: wie tief beeindruckt und überrascht sie gewesen war, bei seiner Beerdigung die zahlreichen Prominenten und ausländischen Würdenträger zu sehen. Dann schwiegen sie eine Weile, während Dyer betrübt in seine Tasse starrte. Chris konnte seine Gedanken erraten.

„Sie kann sich immer noch nicht erinnern", sagte sie leise. „Es tut mir leid."

Niedergeschlagen nickte der Jesuit. Chris' Blick fiel auf ihren Frühstücksteller, der noch nicht abgeräumt worden war. Vor Aufregung und Nervosität hatte sie kaum etwas angerührt. Sogar die Rose lag noch da. Sie nahm sie in die Hand und drehte den Stengel nachdenklich hin und her. „Er hat sie nie kennengelernt", murmelte sie geistesabwesend. Dann hielt sie die Rose wieder still und schaute zu Dyer auf. Er starrte sie an. „Was ist nach Ihrer Ansicht wirklich geschehen?" fragte er leise. „Was meinen Sie als Nichtgläubige: Glauben Sie, daß sie wirklich besessen war?"

Sie überlegte, den Blick auf die Tischplatte gerichtet. Ihre Finger spielten noch immer mit der Rose. „Nun ja, wie Sie schon sagten ... Was Gott betrifft, bin ich tatsächlich nichtgläubig. Noch immer nicht. Doch was den Teufel betrifft ... Das ist eine andere Sache. An den könnte ich glauben. Ehrlich gesagt, ich glaube sogar an ihn. Und wirklich nicht nur wegen dem, was Rags zugestoßen ist, sondern ganz allgemein." Sie zuckte die Achseln. „Überlegen Sie doch einmal: Gott. Man kommt doch unwillkürlich zu dem Schluß, daß er in jeder Nacht Millionen Jahre von Schlaf braucht, damit er nicht reizbar wird. Verstehen Sie, was ich meine? Er spricht niemals. Der Teufel dagegen, der macht Reklame, Pater. Eine sehr wirksame sogar. Der Teufel rührt ununterbrochen die Werbetrommel für seine Firma."

Sekundenlang sah sie Dyer an. Dann sagte er ruhig: „Aber wenn all das Böse auf der Welt Sie zu der Überzeugung bringt, daß es den Teufel tatsächlich gibt, womit erklären Sie sich dann all das Gute in der Welt?"

Sein Argument machte sie nachdenklich. Abwägend die Augen zusammengekniffen, hielt sie seinen durchdringenden Blicken stand. Dann sah sie auf die Tischplatte hinab. „Ja . . .“, murmelte sie leise. „Ja, das ist natürlich ein Gedanke.“ Sie erinnerte sich, wie Dyer sie nach Karras' Beerdigung zu ihrem Wagen begleitet hatte. „Haben Sie Zeit für mich, Pater Dyer? Würden Sie noch ein bißchen mit mir nach Hause kommen?“ hatte sie ihn gefragt. — „Das würde ich sogar sehr gerne tun, aber ich darf unser Festmahl nicht versäumen“, war seine Antwort gewesen. Sie hatte ihn daraufhin verständnislos angesehen. „Wenn ein Jesuit gestorben ist“, hatte er ihr dann erklärt, „gibt es bei uns jedesmal eine festliche Mahlzeit. Wir feiern, weil es für ihn ein Anfang ist.“

Jetzt fiel Chris plötzlich noch etwas anderes ein. „Sie sagten, Pater Karras habe ein Glaubensproblem gehabt?“

Dyer nickte.

„Das kann ich mir eigentlich gar nicht vorstellen“, entgegnete sie. „In meinem ganzen Leben habe ich noch keinen so tiefen Glauben gesehen.“

„Das Taxi ist draußen, Madam.“

Chris tauchte aus ihren Gedanken auf. „Vielen Dank, Karl. Ich komme sofort.“ Sie erhob sich, und Dyer stand ebenfalls auf. „Nein, Pater — bitte, bleiben Sie. Ich bin gleich wieder bei Ihnen. Ich gehe nur schnell hinauf, um Rags zu holen.“

Er nickte gedankenverloren und sah ihr nach. Er mußte an Karras' rätselhafte letzte Worte denken, an das, was man ihn noch kurz vor seinem Tod rufen gehört hatte. Es schien ein verborgener Sinn dahinterzustecken. Doch welcher? Er wußte es nicht. Sowohl Chris als auch Sharon hatten sich nur undeutlich an alles erinnern können. Er sah wieder diesen geheimnisvollen Ausdruck der Freude in Damiens Augen vor sich. Nein, nicht nur der Freude! Es war viel mehr gewesen, erinnerte er sich plötzlich: ein tiefes, hell glänzendes Funkeln des . . . Triumphes? Ganz sicher war er allerdings nicht, aber er fühlte sich dennoch seltsamerweise erleichtert. Wieso erleichtert? fragte er sich.

Er ging in die Vorhalle hinaus. Die Hände in die Taschen gesteckt, lehnte er sich an die offene Haustür und sah zu, wie Karl das Gepäck im Taxi verstaute. Es war sehr heiß, und er wischte sich mit einem Taschentuch die Stirn. Als endlich Schritte die Treppe herunterkamen, drehte er sich um. Hand in Hand kamen Mutter und Tochter auf ihn zu. Chris gab ihm einen leichten Kuß auf die Wange. Dann reichte sie ihm die Hand und blickte ihm liebevoll prüfend in die Augen.

„Es ist gut so“, sagte er. Dann zuckte er die Achseln. „Ich habe jedenfalls das Gefühl, daß alles gut ist.“

Sie nickte. „Ich werde Sie von Los Angeles aus anrufen. Lassen Sie es sich gutgehen.“

Dyer schaute auf Regan hinab. Die Kleine musterte ihn stirnrunzelnd, als stiege in ihr die Erinnerung eines vergessenen Kummers auf. Impulsiv streckte sie ihm beide Arme entgegen. Er bückte sich, und sie küßte ihn. Dann blieb sie einen Augenblick ganz still stehen, während sie ihn immer noch mit diesem seltsamen Ausdruck anstarrte. Oder nein — nicht ihn: vielmehr seinen runden Priesterkragen.

Chris wandte den Blick ab. „Komm!“ sagte sie mit belegter Stimme. Dann griff sie entschlossen nach Regans Hand.

„Wir kommen zu spät, mein Schatz! Komm schnell!“

Dyer sah zu, wie sie zum Taxi hinuntergingen. Er winkte, und Chris warf ihm noch eine Kußhand zu, bevor sie zu Regan in den Wagen stieg. Karl nahm neben dem Fahrer Platz. Durchs Fenster winkte ihm Chris ein letztes Mal zu. Das Taxi setzte sich in Bewegung. Dyer trat an den Straßenrand und sah ihnen nach. Dann bog der Wagen um eine Ecke und verschwand.

Auf der anderen Straßenseite quietschten Bremsen. Neugierig drehte er sich um. Ein Polizeiauto. Jemand stieg aus. Kinderman. Schwerfällig kam der Detektiv um den Wagen herum und watschelte auf Dyer zu. Er winkte. „Ich wollte noch schnell auf Wiedersehen sagen."

„Da kommen Sie leider ein bißchen zu spät."

Niedergeschlagen blieb Kinderman stehen. „Sie sind schon fort?"

Dyer nickte.

Kinderman blickte kopfschüttelnd die Straße entlang. Dann sah er zu Dyer auf. „Und wie geht's der Kleinen?"

„Allem Anschein nach ausgezeichnet."

„Ah, das ist gut! Sehr gut! Alles andere ist unwichtig." Er wandte den Blick ab. „Ich muß wieder an meine Arbeit", keuchte er. „Immer die Arbeit! Na, dann auf Wiedersehen, Pater." Er machte kehrt, tat einen Schritt auf den Streifenwagen zu, blieb wieder stehen und drehte sich noch einmal zu Dyer um. Abwägend musterte er den Jesuiten. „Gehen Sie gern ins Kino, Pater? Ja? Haben Sie was für gute Filme übrig?"

„O ja — gewiß."

„Ich kriege Freikarten." Er zögerte einen Augenblick. „Ich habe sogar Freikarten für morgen im ‚Crest'. Haben Sie Lust, mitzugehen?"

Dyers Hände steckten noch immer in seinen Taschen. „Was gibt es denn?"

„Wuthering Heights."

„Und wer spielt mit?"

„Den Heathcliff spielt Jackie Gleason, die Rolle der Catherine Earnshaw hat Lucille Ball. Sind Sie mit dieser Besetzung zufrieden?"

„Habe ich schon gesehen", erklärte Dyer mit steinerner Miene.

Sprachlos starrte Kinderman den Jesuiten an. Er blickte zur Seite und murmelte: „Schon wieder so einer!" Dann kam er ganz über die Fahrbahn herüber, nahm Dyers Arm und führte ihn langsam die Straße entlang. „Ich muß da an eine ganz bestimmte Stelle in dem Film ‚Casablanca' denken", begann er eifrig. „Da sagt Humphrey Bogart am

Schluß zu Claude Rains: ‚Louie — ich glaube, dies ist der Anfang einer wundervollen Freundschaft!'"

„Wissen Sie, was? Sie sehen Bogart ein bißchen ähnlich."

„Und das haben Sie gemerkt?"

Im Vergessen suchten sie die Erinnerung.

NACHWORT

Bei der Beschreibung der Lage der Georgetown University habe ich mir einige Freiheiten erlaubt. Das Haus in der Prospect Street gibt es nicht, ebenso nicht den Empfangsraum des Jesuitenwohnheims, so wie ich ihn beschrieben habe.

Die Textstelle, die ich Lankester Merrin zugeschrieben habe, ist einer Predigt von John Henry Newman mit dem Titel „Zweiter Frühling" entnommen.

Mein Dank gilt Dr. med. Herbert Tanney, Mr. Joseph E. Jeffs, Bibliothekar der Georgetown University, Mr. William Bloom, Mrs. Ann Harris, der Lektorin bei Harper & Row, Reverend Thomas V. Bermingham, SJ, und Mr. Marc Jaffe von Bantam Books für ihre wertvolle Hilfe und Unterstützung. Besonders danken möchte ich Dr. Bernard M. Wagner von der Georgetown University dafür, daß er mich schreiben, und den Jesuiten, daß sie mich denken lehrten.

William Peter Blatty